숭실대학교 한국문학과예술연구소 학술총서 60

최현崔晛의
『조천일록朝天日錄』
세밀히 읽기

조규익·성영애·윤세형·정영문
양훈식·김지현·김성훈   공저

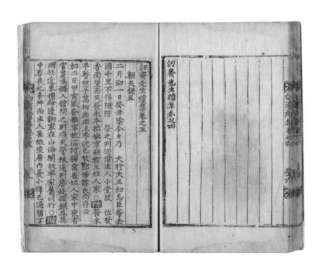

學古房

▲ 압록강

▲ 구련성 고성지

▲ 태자하 고려문반점

▼ 요양의 백탑

▲ 천산의 진의강(振衣岡)

▼ 의무려산

▲ 영원성(寧遠城) 시가지

▲ 강녀묘의 강녀와 시녀상

▲ 천하제일관

▼ 각산장성(角山長城)

▲ 하북성 노룡현의 이제고리(夷齊故里)

▼ 고려포 역참 앞에서 축제를 즐기는 주민들

▲ 자금성 태화전

▲ 연행도: 자금성 태화전/ 작자 미상/ 1760년/ 숭실대 한국기독교박물관 소장

인재(訒齋) 최현(崔晛) 공의 6세손인 광벽(光璧)으로부터 『조천일록』
의 서문을 청탁받은 당시의 탁월한 학자 이헌경(李獻慶). 다음과 같은
말로 글을 시작한다.

"조천록이 이 세상에 어찌 없을 수 있겠는가? 우리나라 사대부들이
연경에 갔다가 돌아오며 이런 기록을 남기지 않은 이가 없었으나 선생처
럼 상세하지 않았다. 이를 갖고 연경에 가서 살펴 따라가면 비록 처음
가는 나그네라도 익숙한 길처럼 생각될 것이다. 군대를 이끄는 자가 이를
얻으면 견고함과 빈틈, 험지와 평지의 소재를 알 수 있고, 풍속을 살피는
자가 이를 보면 풍속의 교화와 다스림이 어디에서부터 시작되는지를 알
수 있다.(…)당시에는 경계할 줄 몰랐고 오히려 뒷사람에게 밝은 본보기
를 남겨주었으니, 조천록이 세상에 어찌 없을 수 있겠는가?"

그렇다. 당시 조선의 지식인들에게 연경은 세상을 향한 창문이었고,
중국은 자신들을 지탱해주던 중세 질서의 근원이었다. 인재 공 또한 중국
의 실상을 바탕으로 조선의 문제적 현실을 고쳐보려는 꿈을 갖고 있었지
만, 이미 기득권 세력의 아성으로 굳어버린 조선에서 어찌 그 꿈의 실현
이 가당키나 했겠는가. 150여 년 후에야 겨우 문집의 한 부분으로 엮이어
나온 인재 공의 기록. 그 시기에라도 지식사회가 인재 공의 경계(警戒)를
받아들였더라면, 왕조는 더욱 탄탄해질 수 있었을 텐데... 후손들을 위한
그런 꿈을 기록으로나마 제대로 남겨 놓은 인물이 바로 인재 공이었다!

나는 십 수 년 전 인재 공의 『조천일록』을 발견했고, 최근 숭실의 학인

들과 함께 역주(譯註) 작업을 마친 바 있다. 그 사이에 발표한 몇 편의 논문들 가운데 두 편을 고르고 학인들의 논문을 덧붙여 묶은 것이 바로 이 책이다. 근래 인재 공의 정치적 활약이나 저술들에 관한 연구가 활발해진 것은 사실이나 『조천일록』에 관한 논의는 아직 없는 점으로 미루어, 그간 이 기록이 강호 학자들의 시야에서 벗어나 있었음이 분명하다. 우국의 충심으로 점철된 인재 공의 진면목이 제대로 드러나지 않으면 어쩌나? 서둘러 『조천일록』의 역주서와 연구서를 자매편으로 엮어내는 이유도 이 점에 있다.

맨처음 텍스트를 제공해주신 이현조 박사, 텍스트의 원본 이미지들을 제공해주신 서울대 규장각과 성균관대 존경각, 거친 원고들을 보암직한 책으로 엮어주신 학고방의 하운근 사장님과 조연순 팀장을 비롯한 직원 여러분께 고마움을 전하며, 강호 제현의 일독과 질정(叱正)을 고대한다.

2020. 4.
백규서옥에서 조규익

목차

화보 ·· 2

머리말 ·· 9

최현과 『조천일록』을 보는 관점 ······················ 조규익   13

『조천일록』과 현실인식 ································· 정영문   73

『조천일록』과 의례 ······································ 성영애   107

『조천일록』과 누정문화 ································· 양훈식   155

『조천일록』과 유산기(遊山記) ························ 김지현   191

『조천일록』과 요동 정세 ································ 윤세형   215

『조천일록』과 글쓰기 관습 ···························· 조규익   253

최현 문학 연구의 현황과 전망 ······················· 김성훈   285

Abstract

  A Detailed Analysis of *Choi, Hyeon's Jocheonilrok* ·············· 311

참고문헌 ·· 322

찾아보기 ·· 331

최현과 『조천일록』을 보는 관점

조 규 익

1. 서론

조선조 격동기에 태어나 정치·외교·학문 등의 분야에 뚜렷한 족적을 남긴 인재(訒齋) 최현[崔晛, 1563 명종 18~1640 인조 18]은 공리공론(空理空論)으로 치우치기 쉬운 성리학의 학풍에 매몰되지 않고 민생과 안보 등 국가의 현실문제들에 대하여 실용적인 가치를 추구한 실천적 지식인이었다.

그가 46~47세 때인 1608~1609년 동지사의 서장관으로 중국에 다녀온 사행의 기록[『조천일록(朝天日錄)』]이 『인재선생속집(訒齋先生續集)』[1]에 실려 있는데, 그간 사행록[혹은 연행록][2] 연구자들로부터 제대

---

1) 필자는 고문서 전문가 이현조 박사로부터 『朝天日錄』이 들어있는 『訒齋續集天』[목판본, 29cm×18cm]을 입수한 바 있다. 그런데 그 책의 표지에는 '朝天錄'으로, 이면에는 '朝天日錄'으로 약간 다르게 쓰여 있었다. 그러나 출발부터 돌아와 복명하기까지 하루도 빠놓지 않고 기록한 점을 중시하여 '조천일록'이란 제목으로 학계에 공개했다. 필자가 논문들을 통하여 이 자료를 공개한 뒤 서울대학교 중앙도서관 규장각과 성균관대학교 존경각에 이 문헌들이 소장되어 있다는 점과, 세 판본들[이현조 소장본/서울대학교 중앙도서관 규장각 소장본: 想白古819.5 In5S, 3-5권 *v.1~2가 빠진 零本/성균관대학교 존경각 소장 목판본 7권 3책 중 권1~5] 사이에 차이가 없다는 점 또한 확인하게 되었다. 현재 『조천일록』을 비롯한 『訒齋先生續集』은 e-book으로도 제공되고 있다. [(주) 미디어한국학, 한국학 종합DB 참조.] 본서에서는 편의상 성균관대 존경

로 된 조명을 받지 못했다.3) 무엇보다 그동안 『금생이문록(琴生異聞錄)』이나 <용사음(龍蛇吟)>·<명월음(明月吟)> 등 문학작품들만 집중적으로 연구해 온 데서 그 원인을 찾을 수도 있을 것이다. '연행록'은 고려부터 조선 왕조까지 700여 년 동안 고려·조선의 외교 사절들이 중국에 나가 견문한 것들과 선진문물에 대한 체험들을 자유롭고 창의성 있게 기록한 장르이며.4) 최현 자신도 『조천일록』의 한 부분인 「조경시별단서계(朝京時別單書啓)」에서 "문견한 바를 날마다 하나하나 열거하고 또한 목도한 폐단 두세 가지 일들에 대하여 슬며시 생각한 바가 있어 아울러 별단으로 기록하여 삼가 갖추어 계문하옵니다"5)라는 언급을 전제로 '문견사건(聞見事件)'6)임을 밝힌 바 있다. 그러나 연행록의 일반적인 성격을 감안한다 해도 최현의 「조천일록」은 다른 기록들에 비해 두드러진 면들을

각에 소장되어 있는 『訒齋先生續集』(卷之一~卷之五)을 텍스트로 사용한다.
2) 명나라에 다녀 온 사행록을 '朝天錄', 청나라에 다녀온 사행록을 '燕行錄'으로 구분하는 것이 일반적이나, 양자를 통틀어 '연행록'으로 통칭하기도 한다. 최현의 『조천일록』은 명 말에 중국을 다녀 온 기록이다. 본서에서는 명·청 구분 없이 중국 사행록 일반을 '연행록'으로 통칭하고, 필요에 따라 '조천록'과 '사행록'이란 명칭들도 함께 사용한다.
3) 조규익[「사행문학(使行文學) 초기 자료의 쓰기 관습과 내용적 성격-인재(訒齋) 최현(崔晛)의 『조천일록(朝天日錄)』을 중심으로-」, 『국제어문』 42, 국제어문학회, 2008./「조선 지식인의 중국체험과 중세보편주의의 위기-최현의 『조천일록』과 李德泂의 『朝天錄』·『竹泉行錄』을 중심으로-」, 『溫知論叢』 40, 사단법인 온지학회, 2014], 윤세형[「최현의 <朝京時別單書啓>에 나타난 현실인식 연구」, 『溫知論叢』 42, 사단법인 온지학회, 2016], 정영문[「최현의 조천일록에 나타난 현실인식」, 『한국문학과 예술』 27, 숭실대학교 한국문학과예술연구소, 2018, 76쪽] 등 숭실대 학인들을 중심으로 최현의 『조천일록(朝天日錄)』에 대한 연구가 진행되어 오고 있다.
4) 임기중, 『연행록 연구』, 일지사, 2002, 9~10쪽 참조.
5) 『訒齋先生續集: 朝天日錄一』卷之一·書啓, 10쪽의 "凡所聞見 逐日開坐 且因目睹弊端二三事 竊有所懷 並錄別段 謹具啓聞" 참조.
6) 같은 문헌, 같은 곳의 "聞見事件 逐日附私日記" 참조.

갖고 있다. 필자는 이미 발표한 논문에서 여타의 기록자들과 달리 비교적 열린 시각을 견지하고자 노력한 최현의 『조천일록』이 글쓰기의 두 가지 장점을 갖고 있다고 보았다.

첫째, 견문[보는 것/듣는 것] 모두가 기록의 내용으로 구현되었으나, 그 가운데 전자에 해당하는 시각적 이미지를 적절히 사용함으로써 구체화의 효과를 거두었다는 점이다. 예컨대 이국땅에서 만나는 산의 규모를 독자들이 알 수 있도록 우리나라의 산을 끌어와 비교한다든가 그 모양을 구체적인 물상들에 비유함으로써 대상을 객관화시키는 데 성공한 점이 두드러진다.

둘째, 견문의 정확성과 전문성에 대한 책임의식이 투철했다는 점이다. 스치듯 보고 듣는 것만으로는 견문의 정확성과 전문성을 기할 수 없다고 생각한 것은 사명을 수행하는 공인의 자세로부터 나온 판단이었다. 단순히 정보의 기록으로 끝나는 것이 아니라, 자신과 나라가 존재의 바탕으로 삼고 있던 이념적 색채를 노출시키고, 그것을 바탕으로 평가를 내리기까지 함으로써 기록의 효용가치를 한갓 호기심 충족의 수준에 머물러 두려 하지 않았음을 알 수 있다.[7]

앞서 인용한 최현의 말[8]과 『조천일록』 글쓰기에 관한 필자의 견해[각주 7)의 논문]는 '효율적인 정보 수집과 전달의 방책'으로 요약될 수 있다. 당시 사신들의 주된 임무들 중의 하나가 '중국 정보의 수집'에 있었으며, 특히 '명·청 교체기 대명(對明)·대후금(對後金) 관계에서 발생한 외교문제들을 해결하고 자국의 이익을 보전하기 위해 양질의 중국 관련 정보가 필수적으로 요구된'[9] 조선의 현실적 상황은 연행록들의 글쓰기

<hr />

7) 조규익, 「사행문학(使行文學) 초기 자료의 쓰기 관습과 내용적 성격-인재(訒齋) 최현(崔晛)의 『조천일록(朝天日錄)』을 중심으로-」, 33~34쪽 참조.
8) 주 5) 참조.
9) 丁晨楠, 「16·17세기 朝鮮燕行使의 중국 通報 수집 활동」, 『한국문화』 79, 서울대학교 규장각 한국학연구원, 2017, 168쪽.

에도 크게 영향을 미쳤을 것으로 보이기 때문이다. 문견사건들은 말 그대로 가공하지 않은 순수한 정보들이고, '목도한 폐단들'에 명시적으로든 암시적으로든 자신의 생각을 주입하여 기록해 놓은 것들은 일종의 해석적 정보들인 셈이다. 그럼에도 불구하고 『조천일록』에서 보여주는 기술상의 특징들은 여타 연행록들에서 보기 드문 것이며, 그것은 기록자가 여타 지식인들이 공유하고 있던 사고의 틀이나 수준을 뛰어넘는 실용성 추구의 철학을 지니고 있었음을 보여주는 점이기도 하다. 예외적인 몇몇을 제외한 대부분의 사신들은 교조적(敎條的) 유학자들의 범주에 들어 있었고, 그들이 벗어나기 힘든 이념의 틀 안에서 산출된 사행록들은 마찬가지로 그런 굴레에 갇힌 사람들의 호기심을 충족시키는 데 기여할 뿐이었다. 기록 내용의 장·단점이나 내재적 의미를 당시 조선 사회 현실의 개선에 반영하고자 하는 기록자의 의도와 독자들의 기대지평이 분명치 않았기 때문이다. 앞에서 언급한 것처럼 최현은 국방이나 민생에 대한 체험적 식견을 갖고 있던 실용적 지식인이었다. 물론 그도 지식체계의 뿌리를 당시 조선 사회를 지배하고 있던 성리학에 두고 있었던 것은 사실이다. 그럼에도 불구하고 사신으로 가면서 그가 알고 싶었던 것은 중국의 현실이었다. 그가 믿고 있던 중국의 당위는 조선과 마찬가지로 '중세적 보편성을 형성하던 유교적 질서의 이상적인 구현'이었다. 그러나 그가 중국에서 목격한 것은 '유교 이데올로기의 지도력 상실, 공직사회의 부패 풍조, 오랑캐의 침입' 등이 야기한 극도의 사회적 혼란상이었다.[10] 그런 중국의 혼란상과 중국 왕조의 대응을 기록하면서 그 가운데 조선의 현실과 미래에 대한 처방을 암시하고자 한 것이 기록자 최현의 의도였다.

기존의 사행록들을 크게 공적인 부류와 사적인 부류로 나눌 수 있긴 하나, 어느 경우이든 기록자들 대부분 책으로만 읽어오던 중국의 역사나

---

10) 조규익, 「사행문학(使行文學) 초기 자료의 쓰기 관습과 내용적 성격-인재(訒齋) 최현(崔晛)의 『조천일록(朝天日錄)』을 중심으로-」, 66쪽 참조.

현실을 현장의 견문을 통해 확인했다는 점에 그 의의가 있다. 즉 사행의 노정별 기록과 함께 북경에서의 일처리 과정들을 기록하여 보고하기 위한 공적 목적이 주를 이루지만, 견문의 기록 혹은 기록자 개인의 깨달음을 충실히 적어놓아 중국을 이해하기 위한 읽기 자료의 의미를 부여함으로써 조선의 지식사회에 큰 충격을 준 것도 사실이었다.

그런 기록들을 통해 전달하고자 한 메시지가 무엇이었는지 살펴봄으로써『조천일록』의 한 독법(讀法)을 모색하는 것은『조천일록』의 내재적 의미를 찾는 지름길일 수 있다.

2. 최현의 실용주의적 안목과 『조천일록』 글쓰기의 현실적 준거

학계에서는 최현의 행적에 관하여 가장 정확하고 권위 있는 근거로『인재선생문집부록(訒齋先生文集附錄)』의 기록들[「묘갈명(墓碣銘)」-권두인(權斗寅)/「묘지명(墓誌銘)」-정범조(丁範祖)/「신도비명(神道碑銘)」-채제공(蔡濟恭)]과 대산(大山) 이상정(李象靖)의「인재선생최공행장(訒齋先生崔公行狀)」[11]을 꼽는다. 그간 최현의 특출한 생애는 이동영,[12] 고순희,[13] 홍재휴,[14] 김시황,[15] 최재남,[16] 조규익,[17] 정영문,[18] 박영주,[19] 김

---

11) 『大山集』에 수록된 원래 제목은「贈純忠補祚功臣資憲大夫禮曹判書兼知經筵義禁府春秋館事同知成均館事弘文館提學完城君行通政大夫江原道觀察使兼兵馬水軍節度使巡察使訒齋先生崔公行狀」이다.[『標點影印 韓國文集叢刊 227: 大山集 Ⅱ』, 민족문화추진회, 1999, 469쪽.]
12)「訒齋歌辭研究」, 『語文學』 5, 한국어문학회, 1959.
13)「<龍蛇吟>의 作家意識」, 『이화어문논집』 9, 이화어문학회, 1987.
14)「訒齋歌辭攷-附: 龍蛇吟, 明月吟」, 『동방한문학』 18, 동방한문학회, 2000.
15)「訒齋 崔晛 先生의 政治 思想과 學問」, 『동방한문학』 18, 동방한문학회, 2000.
16)「訒齋 崔晛의 삶과 시세계」, 『韓國漢詩作家研究』 8, 한국한시학회, 2003.
17) 주 10)의 논문.
18) 앞의 논문.

기탁,[20] 인재 최현선생 숭모사업회[21]등 여러 학자들에 의해 반복적으로 언급되어 왔는데, 그 언급들의 근거자료는 이미 언급한 각종 명(銘)이나 행장 등이었다.

최현은 8세 때 고응척[高應陟, 1531~1605]을 찾아 배움을 시작한 이래, 학봉(鶴峯) 김성일[金誠一, 1538~1593]·초간(草澗) 권문해[權文海, 1534 ~1591]·여헌(旅軒) 장현광[張顯光, 1554~1637]·한강(寒岡) 정구[鄭逑, 1543~1620] 등 명현들에게 일생 배움을 지속했고, 44세에 관직을 시작한 이래 수많은 요직들을 거치면서 임·병 양란에 참전하는 등 국가적 위기들의 처리에 부심했다. 46세 8월에는 동지사의 서장관으로 명나라에 갔고, 이듬해 정월 황제로부터 은자(銀子)·대학연의(大學衍義)·소대전칙(昭代典則) 등을 받았으며, 78세 되던 인조 18년(1640) 질병으로 눕게 되자 자손에게 유서(遺書)를 남기고 6월 4일 금산(金山)의 봉계(鳳溪)에서 고종(考終)했다.[22] 사후 예조판서에 추증되었고, 동지사 서장관으로 명나라에 다녀 온 기록[『조천일록』]이 『인재선생속집』에 실리게 된 것이다. 『인재선생문집』은 원집(原集) 13권, 별집(別集) 2권, 습유(拾遺)·연보(年譜)·부록(附錄) 등으로 이루어져 있으며, 시(詩)·교문(敎文)·소(疏)·차자(箚子)·계(啓)·서계(書啓)·장계(狀啓)·서연강의(書筵講義)·경연강의

---

19) 「가사작가 인물전: 현장의 사실성을 중시한 인재 최현」, 『오늘의 가사문학』 11, 고요아침, 2016.
20) 「訒齋 崔晛 선생의 儒賢에 대한 천양 및 존현의식」, 『제40차 儒敎文化學術大會 발표문집』(2017년 9월 23일/구미시 구미코).
21) 『訒齋 崔晛先生 文學資料集』, 인재 최현선생 숭모사업회, 2017. 4.
22) 각종 銘이나 행장 등을 바탕으로 정리된 최현의 일생은 김기탁, 앞의 글, 33~36쪽 참조. 승정원에 제출할 서장관의 보고서[聞見事件]와 단편적인 개인 메모들이 사행 기간 중 작성되었을 것이고, 사행으로부터 돌아온 뒤에 그 메모들을 바탕으로 사기록(私記錄)은 완성되었을 것이며, 그의 사후 상당 기간의 세월이 흐른 뒤 6세손 최광벽에 의해 공적인 보고서와 '附'로 구분된 사기록들이 합쳐져 『조천일록』은 이루어졌을 것으로 보인다.

서(經筵講義書)·잡저(雜著)·서(序)·기(記)·발(跋)·잠(箴)·명(銘)·전(箋)·축문(祝文)·제문묘갈(祭文墓碣)·묘지(墓誌)·행록(行錄) 등이 원집에, 관서록(關西錄)·서계·장계 등이 별집에, 시·서(書)·사적(事蹟) 등이 습유(拾遺)에 각각 실려 있는 등 다양한 문체의 방대한 글들을 남겼고,[23] 그 외에 가사 <용사음>·<명월음>,[24] 소설 <금생이문록>,[25] 선산읍지인 『일선지(一善志)』[26] 등이 남아 있다.

그의 생애나 관직, 저술 등을 통괄할 때 '의병으로 임진왜란에 참전한 점, 서장관으로 명나라에 다녀 온 점, 임금에게 여러 번 소와 차자들을 통해 시무책(時務策)을 올린 점' 등은 본서의 논점과 관련하여 두드러진 행적들이다. 김기탁이 지적한 그의 학문적 특성은 '실용학(實用學)'을 지향한 점, 소차(疏箚)를 통해 시정(時政)의 폐단을 직서불휘(直書不諱)한 점 등 두 가지이다. 영남 성리학의 대표적인 학자들로부터 학문을 배웠으면서도 성리학 관련 저술은 한 편도 남기지 않았다거나, 임병양란(壬丙兩亂)의 와중에 민생·국방·병법·천문·지리·역사·산수 등 현실과 관련되는 실용적인 저술을 많이 한 점 등에서 그의 학문적 특성은 구체적으로 확인된다.[27]

'공이 사람들의 착함을 말하기 좋아하고 사람들의 잘못과 악함을 입에 올려 말하지 않았다는 점/이해(利害)에 임하고 사변(事變)을 만나면 의연하여 뺏을 수 없는 게 있었고, 마음의 공평함을 잡아 같고 다름을 따져 논하지 않았으므로 좌우의 사람들도 감히 헐뜯지 않았다는 점/일찍이 스승의 문하를 찾아 정인(正人)과 군자(君子)의 논의를 들었고, 일찍이 한강(寒岡)과 여헌(旅軒) 두 선생을 따라 놀며 학문을 연마하여 온축에 바

---

23) 『標點影印 韓國文集叢刊 67: 訒齋集』, 민족문화추진회, 1991.
24) 『訒齋崔晛先生文學資料集(2)』, 訒齋崔晛先生崇慕事業會, 2018, 9~44쪽.
25) 같은 책, 45~55쪽.
26) 『一善志[국역본]』, 구미문화원, 1998.
27) 김기탁, 앞의 논문, 37쪽 참조.

탕이 있으니, 그 수립한 바가 근본 없이 그러할 수 없었다는 점/공은 귀가 밝고 기억을 잘하여 천문·지리·병법·산수를 통해 알지 못함이 없었으므로 문장을 함에 매이거나 꾸밈을 일삼지 않았고, 산이 맥을 타고 흐르듯 끝없이 이어지고 비가 억수로 쏟아지듯 기세가 왕성하여 이치의 통달로 주를 삼았다는 점'[28] 등을 지적한 권두인[權斗寅, 1643~1719]의 평에도 성리학으로 배움을 시작했으되 실용학문으로 입신한 그의 철학과 학문적 성향은 분명히 드러난다. 두곡에게서 학문의 기초를 닦았고, 학봉에게서 평생 힘써야 할 학문의 요체를 터득했으며, 한강을 만나면서 예학을 비롯 다양한 학문을 익힘으로써 식견을 크게 넓혔다는 점과 이들 3인이 퇴계 이황의 학통을 이어받은 인물들임을 감안할 때, 그가 퇴계학파의 한 맥을 잇고 있다는 지적[29]이 타당하며, 이 점은 실용주의로 무장한 그도 한국 성리학의 본류에 바탕을 두고 있었음을 보여준다.

따라서 다른 유자(儒者)들과 달리 의병으로 임진왜란에 참전함으로써 충성심이나 애국심을 몸으로 실천했고, 그런 차원에서 그가 올린 각종 소차들의 진정성이나 실용성은 본서에서 다룰『조천일록』의 방향성과 직결된다는 점에서도 무엇보다 중요하다. 그는 임진왜란 참전의 경험을 가사 <용사음>으로, 임금에 대한 근심을 가사 <명월음>으로 각각 술회했고, 각종 시무책에 관한 소차들을 여러 번 올린 점 등은『조천일록』텍스트 해석에 결정적인 단서나 바탕으로 작용했다고 할 수 있는데, 다음과 같은 두 가지 사실이 그것들이다.

---

28) 權斗寅, 「觀察使訒齋先生崔公墓碣銘」, <『標點影印 韓國文集叢刊 151: 荷塘集 續集 卷一』(민족문화추진회, 1995) 463쪽.>의 "嗟乎惜哉 公樂道人之善 口不言 人之過惡 至臨利害 遇事變 毅然有不可奪者 秉心公平 不以論議異同 而左右之 人 亦不敢訾警 蓋公早登師門 旣聞正人君子之論 又從寒岡旅軒兩先生遊 浸灌 磨礱 蓄之有素 其所樹立 豈無本而然哉 公聰明强記 天文地理兵法算數 無不該 通 爲文章 不事鉤棘 紆餘滂沛 專以理達爲主" 참조.

29) 박영주, 앞의 논문, 55쪽 참조.

첫째, 그가 임진왜란에 참전했다는 것은 애국심의 진정성과 함께 당시 일반적인 유자들과 달리 투철하고 합리적인 국방이나 안보의식으로 무장하고 있었음을 입증한다. 따라서 『조천일록』에 반영되어 있는 애국심이나 안보의식의 근원을 확인할 필요가 있다.

둘째, 『인재선생문집』에 15편의 소[30]와 9편의 차자[31]가 실려 있는데, 그것들 대부분은 시무책에 관한 것들이다. 그 가운데 「진시무구조소(陳時務九條疏)」, 「홍문관조진팔무차(弘文館條陳八務箚)」 등 두 편의 소차들은 국가 전반의 문제들에 관한 최현의 의식을 직접 살필 만한 자료로 꼽을 수 있다.[32] 그것들에서 개진한 내용을 통해 시국이나 정치현실에 대한 최현의 생각을 알 수 있고,[33] 그 내용의 요목들은 『죽천행록』의 내용적 골자를 판별하고 평가하는 기준이 될 수도 있을 것이기 때문이다.

전자「진시무구조소」에서는 '① 올바른 인재를 구분하는 안목이 부재한 현실의 문제[人材之戕鑠 以朋比之說壞之]/② 장상(將相)에게 합

---

30) 『標點影印 韓國文集叢刊 67: 訒齋集』(민족문화추진회, 1991) 卷之二・疏[「陳時務九條疏」, 卷之三・疏[「擬請速遣陳奏使疏」・「仲辨晦齋先生疏」・「王世子冠禮時疏」・「元帥從事時陳弊疏」・「壬戌擬疏」], 卷之四・疏[「反正初辭修撰疏」・「辭應敎疏」・「辭陞秩疏」・「辭大司成疏」・「又辭大司成兼承文副提調疏」・「江原監司時疏」・「丁卯胡變後疏」・「代人請築龜山山城疏」・「兵曹參知時原情疏」] 등.

31) 『標點影印 韓國文集叢刊 67: 訒齋集』 卷之四・箚子[「玉堂箚」・「再箚」・「三箚」・「五箚」・「論僞勳箚」・「奉慈殿追崇後請寢詰命奏請箚」, 卷之五・箚子[「大司諫時因天災陳時弊箚」・「弘文館條陳八務箚」・「因進講陳弊箚」] 등.

32) 김시황도 이 두 편의 글들을 중심으로 최현의 정치사상을 읽어냈다.[앞의 논문, 34〜48쪽 참조.] 두 편의 글을 선정한 김시황의 의도와 견해에 동의하며, 필자는 이 글들에 제시된 최현 생각의 골자를 『조천일록』 분석의 틀로 원용하고자 한다.

33) 예컨대, 중국 사행과 관련하여 禁銀之令이 사실상 虛文으로 전락했다거나 사행단 단속의 책임을 지고 있는 서장관직의 폐지를 주장한 것 등도 실용성을 강조하는 그의 현실적 안목을 입증한다.[윤세형, 앞의 논문, 157쪽 참조.]

당한 권한을 부여하지 않아 천하의 기강이 무너짐으로써 올바른 정치가 이루어지지 못하는 문제[綱紀之不振 以將相之無權也]/③ 상벌이 엄정하지 않아 선악을 분별할 수 없고 간사(奸邪)와 총영(寵榮)이 충실(忠實)을 억압하는 데서 생겨나는 인심해이(人心解弛)의 문제[人心之解弛 以賞罰之不明也]/④ 국가의 어려움을 극복하기 위해서는 사기(士氣)를 진작시키고 절의를 숭상하게 하여 선인·현사들이 많이 나오게 해야 하는데, 그렇지 못한 현실의 문제[士氣之偸靡 以獎勵之未至也]/⑤ 성실과 신의가 없어 조정에 현인(賢人)·준재(俊才)들이 모이지 않는 문제[賢俊之未集 以誠信之未孚也]/⑥ 관리들의 직책을 수시로 바꾸어 숙련을 방해하므로 능력에 따른 직분을 얻지 못하는 문제[庶官之不職 以委任之不專也]/⑦ 방략 없는 장수를 등용함으로써 절제지장(節制之將)·절충지장(折衝之將)·현장(賢將)·재장(才將) 등이 나타나지 않아 좋은 군대를 만들지 못하는 문제[軍容之不振 以御將之無方也]/⑧ 지방수령들이 사욕(私慾)과 독직(瀆職)으로 백성들을 고통스럽게 하는 문제[民生之日困 守令之不擇也]/⑨ 지리(地理)의 형세를 활용하지 못하거나 둔전(屯田)을 넓히지 않아 적을 제압하지 못하고 군수물자를 원활하게 조달하지 못함으로써 전쟁에 이기지 못하는 문제[國計之日蹙 以制置之失宜也]' 등을 제시했다.[34]

후자[「홍문관조진팔무차」]에서는 '① 심학(心學)[危微精一·四端·求其放心]을 밝혀 정치의 근본으로 삼아야 하는 문제[明心學 以爲出治之本]/② 사람들의 마음을 살펴 인정(人情)에 순응해야 하는 문제[謹辭令 以順群下之情]/③ 궁액(宮掖)을 엄히 단속하여 궁금(宮禁) 내의 언설들이 거리에 나돌지 않아야 하는 문제[嚴宮掖 以絶街巷之議]/④ 훌륭한 상신(相臣)의 등용으로 임금이 치공(治功)을 쌓고 조정이 자존(自尊)토록 해야 하는 문제[重相臣 以責治下之效]/⑤ 기량에 따라 인재를 부리

---

34) 『標點影印 韓國文集叢刊 67: 訒齋集』, 189~199쪽 참조.

고, 유능한 인재를 모두 찾아 써야 하는 문제[器使人 以盡一代之才]/⑥
관리들의 자리를 자주 옮기지 않도록 하여 돈독(敦篤)·질박(質樸)한 풍
조를 이루어야 하는 문제[戒數遷 以存敦樸之風]/⑦ 조정의 공론(公論)
을 세워 붕당(朋黨)의 폐단을 없애야 하는 문제[植公論 以消朋黨之弊]/
⑧ 유학을 숭상하여 풍화(風化)의 근원을 배양해야 하는 문제[崇儒學 以
培風化之源]' 등을 제시했다.[35]

　이런 소차의 내용들 모두 '정치의 잘 되고 못됨'으로 귀결되는 문제들
이다. 전자의 경우 ①~⑧ 모두 인재 관련 사안들[양성·등용·관리감독]
과 그 정책의 문제들이다. 좋은 인재를 관리로 등용할 수 있는 안목을
지적한 것이 ①이고, 장상에게 합당한 권한을 부여하지 못하여 천하의
기강이 무너지는 원인도 인재의 적절한 관리 부재에 있음을 지적한 ②
또한 인재관리의 문제이다. 상벌이 불공정하여 선악의 분별을 어렵게 하
면 결국 인심이 풀어지게 된다는 ③이나 사기를 진작시켜 선인과 현사들
이 많이 나오게 해야 나라의 어려움을 극복할 수 있게 된다는 ④도 출발
은 인재관리의 문제이다. 성신(誠信)이 없어 현준(賢俊)들이 모이지 않는
다는 ⑤, 관리들의 직책을 수시로 바꿈으로써 직책의 숙련도를 저하시킨
다는 ⑥, 방략 없는 장수를 등용함으로써 좋은 인재들이 영입되지 못하여
좋은 군대를 만들지 못한다는 ⑦ 등도 인재에 대한 육성과 발굴, 관리가
제대로 되지 못하여 결국 나라를 혼란으로 몰아넣는다는 비판이다. 지방
수령들의 탐학으로 백성들이 고통 받는다는 사실을 말하는 ⑧도 표면상
으로는 타락한 이도(吏道)를 지적한 말이지만, 근원적으로 인재의 발굴
과 등용, 관리인 점에서는 앞의 지적들과 같다. ⑨에서는 외적 침입 시
우리가 유리한 지형이나 지세를 활용하지도 못하고 평소에 둔전을 제대
로 관리하지 못하여 적을 제압하거나 군수물자를 원활하게 조달하지 못
하는 폐단을 지적했다. 이처럼 정신적인 문제보다는 인재의 발굴·육성

---

35) 같은 책, 244~248쪽 참조.

·관리를 비롯하여 현실적이고 실용적 측면의 정책이 나라의 안정에 얼마나 중요한지를 역설한 내용이 전자이다.

전자에 비해 좀 더 근본적인 문제를 거론한 것이 후자이다. 심학 즉 마음의 근본을 밝혀 정치의 근본으로 삼아야 한다는 것이 ①이고 백성의 마음을 살피고 그에 순응해야 한다는 것이 ②이다. 최고 권부인 궁중의 일이 백성들에게 새어나가 저자의 이야깃거리로 떠돌아다니지 말게 해 달라는 요청인 ③은 ①과 ②로부터 한 발 더 나아간 것이다. 임금을 보필하여 국정을 담당하는 상신으로 훌륭한 인재를 발탁해야 한다는 것이 ④이고, 기량이 출중한 인재들을 빠짐없이 선발해 써야함을 강조한 것이 ⑤이며, 관리들의 자리를 자주 바꿈으로써 직책에 대한 능력과 신뢰도를 떨어뜨리지 말아야 함을 말한 것이 ⑥이다. 조정의 공론 확립과 붕당의 폐단을 없애야 한다는 주장이 ⑦이고, ⑧에서는 처음의 주장으로 돌아가 유학을 숭상함으로써 풍화의 근원을 배양해야 한다는 주장을 펴고 있다. 말하자면 좋은 정치의 근본은 심학을 통해 마음의 근본을 밝히는 데 있고, 좋은 정치의 마무리는 유학의 숭상을 통해 풍속 교화의 근원을 배양하는 데 있음을 강조하고 있는 것이다.

최현은 두 가지의 건의들[「진시무구조소」, 「홍문관조진팔무차」]을 통해 정치의 내면과 외면 즉 원론적인 측면과 실용적인 측면을 아울러 주장한 셈이다. 이런 내용은 최현이 자신의 공부와 삶에서 체득한 정치의 원리이자 신념인데, 『조천일록』 텍스트 구성과 해석의 결정적인 단서나 출발점으로 작용하는 핵심 요소들일 수 있다고 보는 것이 필자의 생각이다. 아홉 가지 문제점을 제시한 최현은 그 글의 말미에 결론 삼아 덧붙인 말 가운데 '무허멸실(務虛蔑實)' 즉 헛된 것을 힘쓰고 실제적인 것을 멸시하는 풍조를 근심한다고 했으며, 보잘 것 없는 경륜은 종이쪽 위의 텅 빈 말로 그치고, 바쁘고 급한 기무(機務)는 도리어 꿈속의 행사와 같아 시작은 볼 만해도 종내 얻는 것은 없다고 했다. 그래서 비록 한고조의 책사인 장량(張良)과 진평(陳平)에게 지혜를 빌리고 관우(關羽)와 장비

(張飛)에게 용맹을 빌린다 해도 성취하는 날이 없을 것이라 탄식한 것이다. 결국 '무실존성(務實存誠)' 즉 '실제적인 것을 힘쓰고 성실함을 보존하는 것'을 보천지석(補天之石: 지극히 어려운 상황을 극복하고 헤쳐 나갈 방책)으로 삼겠다고 한 것도 「홍문관조진팔무차」의 앞머리에 강조한 심학과 실용주의를 함께 중시해야 한다는 최현 자신의 철학을 밝힌 데 불과한 것이다.[36]

3. 『조천일록』의 통시적 위상과 최현의 의도

이헌경[李獻慶, 1719~1791]의 서문에 의하면, 최현의 6세손인 최광벽[崔光璧, 1728~1791]이 『조천일록』의 원고와 시문들 약간 편을 모아 『인재최선생속집』을 만들었다고 한다.[37] 『조천일록』이 당시 지식사회에 중국 견문의 기록으로 알려져 있던 조천록 일반의 범주로부터 벗어나 있었음을 이헌경도 이 책의 서문에서 명확히 언급하고 있다. 그 부분은 다음과 같다.

> 헌경이 응해 말하기를 "조천록이 세상에 어찌 없을 수 있겠는가? 우리나라 사대부들이 연경에 사행 갔다 돌아오며 이런 기록들을 남기지 않은 이가 없었으나, 선생처럼 상세하지는 않았다. 이를 갖고 연경에 가서 살펴 따라가면 비록 처음 가는 객이라도 익숙한 길처럼 생각될 것이다. 군대를 이끄는 자가 이를 얻으면 견고함과 빈틈, 험지와 평지의

---

36) 『標點影印 韓國文集叢刊 67: 訒齋集』卷之二·「陳時務九條疏」, 199쪽의 "然今日之患 正在於務虛而蔑實 草草經綸 止於紙上空言 恩恩機務 還似夢裡行事 始若可觀 終焉無得 苟如是 則雖借智於良平 假勇於關張 恐無克濟之日矣 臣故以務實存誠 爲今日補天之石" 참조.

37) 『標點影印 韓國文集叢刊 234: 艮翁集』(민족문화추진회, 1999) 卷之十九·「訒齋崔先生續集序」, 400쪽의 "訒齋崔先生遺集既梓行矣 而先生六世孫光璧氏又取先生朝天錄及詩文遺佚者若而篇 裒成續集" 참조.

소재를 알 수 있고, 풍속을 살피는 자가 이를 보면 풍속의 교화와 다스림
이 어디서부터 시작되는지를 알 수 있다. 하물며 때는 황조의 말엽을
당하여 환관들의 폐단이 이미 자심해졌고, 외국 손님들의 원망이 이미
일어났으며, 오랑캐들과의 다툼이 점점 커져 요동과 계주의 통로가 장
차 막히게 되었음에랴! 아, 근심하고 탄식하며 주나라 성시를 생각하니
조나라와 회나라 시와 똑 같구나. 애석하도다! 당시에는 경계할 줄 몰랐
고, 오히려 뒷사람의 밝은 본보기를 남겨 주었으니, 조천록이 이 세상에
어찌 없을 수 있겠는가.[38]

이헌경은 최현의 『조천일록』이 지닌 장점을 상세함에서 찾았다. 말하
자면 지리(地理), 산하(山河), 도회(都會), 문물(文物) 등 노정 주변의 모
든 것들을 눈에 보이듯 사실적으로 정확하게 적어 놓았다는 장점을 갖고
있다는 것이다. 따라서 이 책
은 군사들을 이끄는 장수가
작전용으로 쓸 수 있고, 연경
에 처음 가는 사람도 길잡이
로 삼을 수 있을 만큼 세밀하
며, 풍속을 살피는 자가 그
책에 기록된 풍속교화의 내
용을 그대로 활용할 수 있을
만큼 정확도와 신뢰도가 높
다는 것이다. 단순히 기이한
견문들의 기록으로 심심파적

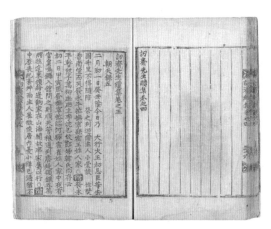
▲『조천일록』 규장각 소장본

---

38) 같은 책, 같은 곳의 "獻慶應之曰 朝天錄世烏可無也 我國士大夫使燕還 莫不有
是錄 而莫先生詳 以之燕 按而跡之 雖生客若熟路 行師者得之則知堅瑕險易
之所在 觀風者見之則知謠俗化理之所自 又況時當皇朝季葉 左璫之弊已滋矣
賓旅之怨已興矣 蒙猺之釁漸搆矣 遼薊之路將梗矣 愀然憂歎 思周盛時 一如曹
檜之詩 惜乎 當時之不知戒而尙貽後人之明鑑 朝天錄世烏可無也" 참조.

의 독서물이 되는 데 만족하지 않고, 실제로 뒷사람들이 활용할 수 있도록 내용의 정확도와 실용성에 초점을 두고 세밀히 기록했음을 강조한 말이다.

무엇보다 중요한 지적이 '근심하고 탄식하며 주나라 성시를 생각하니 조나라와 회나라 시와 똑 같구나. 당시에는 경계할 줄 몰랐고, 오히려 뒷사람의 밝은 본보기를 남겨 주었다'는 부분에 들어 있다. 과연 이 뜻은 무엇일까. 극성스러운 탐풍(貪風)으로 이도가 붕괴된 명말(明末)의 상황이 『조천일록』의 도처에 기록되어 있음을 떠올리면서 언급한 말이 바로 이것이다. 조나라는 주나라 무왕의 아우 진탁(振鐸)을 봉한 나라이고, 회나라는 축융(祝融)의 후손이 다스리던 나라로서 주나라가 쇠함에 따라 정(鄭)나라 환공(桓公)에게 멸망당한 나라이다. 총 4편[<고구(羔裘)>·<소관(素冠)>·<습유장초(隰有萇楚)>·<비풍(匪風)>] 12장에 불과한 회풍(檜風)[『시경(詩經)』「국풍(國風)」]은 모두 군주가 도를 따르지 않고 유연(遊宴)에만 힘쓴다거나 예법을 행하지 않아 정사(政事)가 혼란함을 풍자한 시들이다. 마찬가지로 총 4편[<부유(蜉蝣)>·<후인(候人)>·<시구(鳲鳩)>·<하천(下泉)>] 15장에 불과한 조풍(曹風)[『시경』「국풍」]도 왕이 사치하거나 군자를 멀리하고 소인을 등용하여 마음을 붙이지 못하고 근심하던 백성들이 명왕(明王)·현백(賢伯)을 그리워하며 부른 노래들이다. 이 노래들 모두 두 나라[조/회]가 망하고 난 뒤의 사람들에게 '밝은 본보기'가 된 것은 망하기 직전의 명나라에 대한 최현의 기록이 뒷사람들에게 '밝은 본보기'로 남은 것과 같다는 점을 지적한 말로서, 이헌경이 『조천일록』에 반영된 최현의 뜻을 정확히 파악하고 있었음을 분명하게 보여준 부분이 바로 이것이다. 단순히 중국에서의 견문을 기록하는 데 그치지 않고, 중국의 사정을 속속들이 탐문·기록함으로써 조선의 지배층 특히 왕을 위한 명감(明鑑)이 되게 하고자 한 데 최현의 본심이 숨어 있었음을 간파했던 것이다.

이헌경이 밝힌 바와 같이 6세손 최광벽이 『조천일록』을 엮었다면, 기록시기와 성책(成冊)시기가 다른 만큼 편제 상 약간의 차이는 있었을 것이나, 현격하게 달라지지는 않았을 것이다.[39] 특히 '일록'인 만큼 날짜가 바뀌었거나 엉켰을 가능성도 별로 없다. 1608년[광해군 원년] 8월 3일부터 이듬해 3월 22일 복명하기까지 하루도 빠짐없이 기록한 것이 공식적인 사행 기록이고, 예부의 회자(回咨) 가운데 '조선권서국사일원(朝鮮權署國事一員)'이란 말로 물의가 생겨 한동안 고초를 겪다가 논란이 가까스로 일단락되어 4월 19일 하향(下鄕)하는 것으로 『조천일록』 전체의 기록은 마무리된다. 9월 8일자까지는 사일기(私日記)만 제시했고, 9월 9일부터는 문견사건들을 기록하되 날마다 사일기를 첨부하는 방식으로 이어나갔으며 이듬해 3월 7일부터 마지막 날인 4월 19일까지는 다시 사일기만으로 채워져 있다.

현재 '후일에 남길 목적으로 어떤 사실을 적는 행위나 그 글'을 기록(記錄)이라 하고 있지만, 원래 '기(記)'와 '록(錄)'은 뚜렷이 구분되던 말들이다. '기'는 적는 자의 주관이 담긴 글로서 특히 개인의 의식을 발현시킨 조선조 후기의 일기는 문학성이 강한 장르이고,[40] '록'은 가급적 주관을 배제한 채 정확한 사실의 나열로 이루어진 글[41]이라는 차이가 있다. 1832

---

39) 최현은 16세기 후반에서 17세기 전반에 걸쳐 산 사람이고, 그의 원고를 수합하여 『인재선생속집』을 간행한 그의 6대 후손 최광벽은 최현으로부터 대략 150여 년 후의 인물이다. 저작시기와 편집시기의 차이가 크긴 하지만, 조상의 글을 편집한 입장이므로 원고의 상태를 크게 바꾸었으리라 볼 수는 없다.

40) 이우경, 『한국의 일기문학』, 집문당, 1995, 8쪽 참조. 劉勰은 '자신의 뜻을 進言하는 일'을 記라 했다.[최신호 역, 『文心雕龍』, 현암사, 1975, 107쪽 참조.]

41) 『서경(書經)』 「우서(虞書)」 '益稷'의 경문("庶頑讒說 若不在時 侯以明之의 撻以記之 書用識哉 欲竝生哉")과 그 集傳("蓋懲之 使記而不忘也 識誌也 錄其過惡 以識于冊 如周制鄕黨之官 以時 書民之孝悌睦婣有學者也")[『文淵閣四庫全書: 經部/書類/書經大全』 卷二] 참조. '識'와 '誌'는 기록[錄]의 뜻을 갖는 말로서 '징계하고 기억하여 잊지 않게 하는 것'임을 감안하면, 錄은 '있는 사실을 정확히 남기는 행위 혹은 그 결과물'을 뜻한다고 할 수 있다.

년 동지겸사은사의 서장관으로 입연(入燕)했던 여행(汝行) 김경선[金景善, 1788~1853]은 연행록『연원직지(燕轅直指)』의 서문에서 "연경 갔던 사람들이 대부분 기행문을 남겼는데, 그 중 삼가(三家)가 가장 저명하니 곧 노가재(老稼齋) 김창업(金昌業), 담헌(湛軒) 홍대용(洪大容), 연암(燕巖) 박지원(朴趾源)이다"라고 세 연행록의 의미와 가치를 강조한 바 있다.[42] 그러나 기술의 방법이나 분류는 조선조 사행록의 통시적 차원에서『조천일록』이 갖는 위치와 의미에 따라 달라질 수 있다. 필자가 발굴·분석한 죽천(竹泉) 이덕형[李德泂, 1566년~1645년]의『죽천행록(竹泉行錄)』[일명『죽천조천록(竹泉朝天錄)』]은 서사적 대결과 승리를 내용의 핵심으로 하는 사행의 기록이고, 노가재 김창업[1658~1721]의『노가재연행일기(老稼齋燕行日記)』는 자아각성에 의한 대청(對淸) 적개심과 화이관(華夷觀)의 문명론적 승화를 핵심 주제의식으로 하는 기록이다. 담헌 홍대용[1731~1783]의『을병연행록(乙丙燕行錄)』[혹은 한문본『담헌연기(湛軒燕記)』]이 자아각성에 의한 화이관의 극복과 북학의 당위성 고취를 염두에 둔 기록이라면, 학수(鶴叟) 서유문(徐有聞, 1762년~1822년)의『무오연행록(戊午燕行錄)』은 세계의 정밀한 묘사를 통한 자아인식의 기록이며,[43]『노가재연행일기』와『담헌연기』에 크게 힘입은 연암 박지원[1737~1805]의『열하일기(熱河日記)』는 청조 중국의 문물을 접하고 실용적 사고와 북학의 정신을 바탕으로 조선의 사회와 문제점들을 풍자한 점에서, 이것들 전체를 연행록 역사의 중요한 맥으로 삼을 수 있다.[44] 그렇다면 생산 시기나 글쓰기의 유사성을 감안할 때『조천일록』을 어디에 위치시키는 것이 타당한가의 문제가 제기된다. 최현과 동시대의 인물로 겹치는 인물은 이덕형이다. 최현은 45세(1608년)에 동지사의 서장

---

42) 김경선,『국역연행록선집 X ~ XI: 燕轅直指』, 민족문화추진회, 1976, 25쪽.
43) 조규익,『국문 사행록의 미학』, 亦樂, 2004, 280쪽.
44) 같은 책, 162쪽 참조.

관으로 사행을 다녀왔고, 이덕형은 58세(1624년)에 주문사(奏聞使)의 정사로 명나라를 다녀왔다. 최현은 자신이 직접 쓴 『조천일록』을 남겼고, 그보다 16년 뒤에 명나라를 다녀온 이덕형은 사행단의 누구인가가 쓴 『죽천행록』을 남겼다.45) 『죽천행록』은 일반적인 연행록의 범주에서 많이 벗어나는 모습을 보였을 뿐 아니라, 『조천일록』보다 시기적으로 늦다는 점에서 양자의 관련 가능성은 전혀 없다. 『조천일록』 중 '기'를 명시하여 쓴 글은 없지만, 최현과 비슷하거나 같은 시기에 최현의 글과 비슷한 분위기로 중국내의 명소들에 대한 '기'를 쓴 사람들이 있다. 월사(月沙) 이정구[李廷龜, 1564~1635]와 김창업[1658~1721]이 그들이다. 월사는 5차46)에 걸쳐 명나라를 다녀왔고, 두 번 째 사행길에 「유천산기(遊千山記)」47)를, 다섯 번째 사행길에 「유의무려산기(遊醫巫閭山記)」48)를 남겼다. 그런데 최현은 월사의 4차, 5차 사행 중간쯤인 1608년의 동지사행에 서장관으로 다녀왔고, 『조천일록』을 남겼으며,49)

▲ 의무려산 망해루

45) 조규익, 『17세기 국문 사행록 죽천행록』, 도서출판 박이정, 2002, 45쪽.
46) 1차[1595년 동지사의 서장관], 2차[1598년 진주변무사의 부사], 3차[1601년 주청사의 부사], 4차[1604년 주청사의 정사], 5차[1616년 주청사의 정사] 등이다.
47) 『標點影印 韓國文集叢刊 70: 月沙集 Ⅱ』, 민족문화추진회, 1991, 131~132쪽.
48) 같은 책, 133~134쪽.
49) 물론 이것이 그의 문집인 『인재최선생문집 속』으로 편찬된 것은 훨씬 뒤의 일이다. 그러나 이 당시에 그 기록은 왕에게 보고되었고, 일부 지배층들 사이에

그 속에 '기'라는 장르명이 달려있지 않은 상태로 천산·의무려산·수양산의 기록들이 모두 들어 있다. 최현은 중국으로 들어가던 해인 ①1608년 9월 26일 천산에 들렀고, ②10월 3~8일 의무려산에 들렀으며, ③10월 21일 수양산에 들렀다.50) 그리고 귀국 길의 1609년 2월 17일 광녕과 의무려산에 다시 들렀다. 최현 역시 이 세 곳에서의 느낌을 비교적 상세히 묘사했을 뿐 아니라 분량 또한 다른 노정에 비해 많은 점으로 미루어 이 부분들에 특별한 의미를 부여한 것으로 보인다. ①은 월사의 그것에 이은 또 다른 「유천산기」, ②도 월사의 그것에 이은 또 다른 「유의무려산기」, ③은 「유수양산기[이제묘기]」로 각각 볼 수 있는 경우들이다. 이처럼 『조천일록』에는 '기'를 붙이지 않았으나, 월사의 기록에는 '기'를 붙인 천산과 의무려산의 상세한 기록들이 들어 있다. 최현보다 1세기 정도 늦게 출생하고 활동한 김창업은 형 창집의 타각으로 연행 길에 오르면서 형으로부터는 연로(沿路)의 명산·대천·고적이 기록된 책 한 권을, 월사로부터는 그의 『각산여산천산유기록(角山閭山千山遊記錄)』한 권과 여지도(輿地圖) 한 장을 받았다.

원래 중국 구경을 하고 싶어 하던 노가재가 무리하면서까지 삼산에 들른 것은 이처럼 형과 월사의 배려 덕분이었음을 확인할 수 있다. 『노가재연행일기』의 「의무려산기」와 「천산유기」가 자신의 철학을 강하게 노출시킨 글들이면서 월사의 그것들을 바탕으로 할 수밖에 없었던 것도 이런 점에서 당연하다. 노가재는 연경으로 가는 길에 수양산과 이제묘를, 귀로에 의무려산과 천산을 각각 들렀다.51) 상세한 비교를 요하는 일이긴 하나, 최현의 『조천일록』에 기록된 삼산의 기록들은 '기'라는 장르명만

읽히고 있었으리라 본다.

50) 월사는 사행 후 「유천산기」·「유의무려산기」 외에 「遊角山寺記」(『標點影印 韓國文集叢刊 70: 月沙集 Ⅱ』, 132~133쪽)도 남겼다.
51) 조규익, 『국문 사행록의 미학』, 290~292쪽 참조.

부대하지 않았을 뿐 월사의 그것들로부터 영향받았을 가능성이 크고, 월사가 자신의 글을 직접 건넨 점을 고려하면 노가재의 그것들은 월사의 그것들로부터 직접적인 영향을 받았음이 분명하다. 그 뒤 홍대용·서유문·김경선 등으로 이어지는 삼산의 유기들은 사행에 참여한 지식인들에게 미학적·철학적 해석을 요구하는 내면화된 공간으로 각인되었던 것이다.[52]

최현의 6대손이자 『조천일록』을 엮은 최광벽은 박지원과 같은 시대의 인물로서 편집 당시 조야의 화제였던[53] 『열하일기』의 영향을 받았을 가능성도 없지는 않을 것이다. 『열하일기』가 나날의 일기와 단편 산문들을 포함하고 있어 작자의 현실적인 삶과 그에 반응한 인식의 표현을 총체적으로 드러냈다면,[54] 개인적인 정서나 철학이 바탕을 이루고 있긴 하나 서장관의 직책을 띤 최현이 자신의 견문들을 최대한 객관적으로 기록하고자 한 점에서[55] 『조천일록』은 『열하일기』와 다르다. 그러나 최현은 매일매일 문견사건에 사일기를 끼워 넣음으로써[56] 자신의 정서나 철학을 담고자 한 것으로 보이는데, '부(附)'로 구분된 이 글들이 실질적으로 기록문학으로서의 『조천일록』이 갖는 핵심적 부분들이다. 『조천일록』에 이 부분들이 함께 기록됨으로써 표제는 '일록'이되 이면은 '일기'와 큰 차이 없게 되었음을 알 수 있다는 것이다. 그러나 일기이든 일록이든 공적 임무를 띠고 가는 사행의 입장에서 기록하는 모든 것들은 기본적으로 '중국에 대한 정보'이고, 그것들은 조선의 국내 정책이나 외교 정책의 수립에 큰

---

52) 三山의 의미는 조규익의 글 「삼산의 외연과 내포」[『국문 사행록의 미학』, 298~323쪽.] 참조. 이 기록들을 비교하여 통시적 변이양상을 살펴보는 일은 차후의 과제로 남겨둔다.

53) 앞 주 42) 참조.

54) 이우경, 앞의 책, 126쪽.

55) 정영문, 앞의 논문, 105쪽 참조.

56) 私日記가 부대되어 있지 않은 경우도 여러 날이다. 대개 간단한 공적 업무만 처리하고 별도로 기록할 개인 활동이 없었던 경우 사일기를 적지 않은 것으로 보인다.

도움이 되었으리라는 점은 부인할 수 없다. 제도·정책·사회풍조·민생 등의 문제, 오랑캐와의 갈등을 중심으로 하는 국가안보 문제, 관리들의 탐풍이나 예법의 문란을 중심으로 하는 기강 해이의 문제, 학자나 무장(武將)을 중심으로 하는 인물 등용의 문제, 문화·역사에 대한 평가와 해석의 문제 등은 중국에서 만나는 각종 물상들과 함께 정치·사회·안보·문화·인물·역사 등을 망라하는 사안들이다. 조선의 왕과 지배층이 유념하기를 바라는 최현의 소망이 그런 글들의 이면에 들어 있음은 물론이다.

4. 최현의 관심사와 정보 탐색의 범주

최현은 『조천일록』의 앞부분에서 자신이 중국 여행 중 수집해야 할 정보들에 관한 범주와 자신의 의도를 제시하고자 했다. 조선 땅과 가장 가까우면서 역사적으로 의미심장한 요동성(遼東城)을 택하여 구체적인 내용 범주와 자신의 메시지를 암시한 것도 그 때문이다. 최현이 들른 요동성은 원래 고구려의 요새였고, 태자하와 요동 백탑 사이에 위치한 명나라 때와 청나라 때의 요동구성(遼東舊城) 바로 그곳이었다. 고려 때부터 중국과의 통로로 요동을 중시해온 점은 기록으로도 남아 있다. 원명 교체기의 명나라는 고려 사행이 육로로 들어와 해로로 돌아가려는 것을 산동성 일대의 명나라 군비태세에 대한 '정탐(偵探)'의 목적으로 해석했기 때문에, 굳이 고려가 해로를 원한다면 사행이 돌아갈 때 등주(登州)에서 출발할 것을 통보하기도 했다.57) 이런 기록을 통해 '고려는 중원의 정세를 알아내기 위해 노력하고 있었으며, 명나라의 불만도 고려가 요동 사정을 정탐하려 했기' 때문이었다.58)

원명 교체기의 고려에 이어 건국한 조선으로서는 명나라 말기에 이르러 중국의 정세변화에 촉각을 곤두세울 수밖에 없었을 것이고, 그 조짐을 가장 먼저 알 수 있는 공간이 역사의 고비마다 중국의 왕조들과 함께 쟁탈하고자 애쓰던 요동성이었을 것이다. 최현 일행은 9월 10일 압록강의 중강(中江)을 건넌 뒤 구련성 북쪽의 세천촌(細川村)[10일/1박], 봉황성의 백안동(伯顔洞)[11일/1박], 반절대(半截臺)[12일/1박], 연산보(連山堡)[13일/1박], 낭자산(狼子山)[14일/1박] 등을 거쳐 9월 15일 요동의 회원관에 도착했다. 간단치 않았을 사행의 이동 속도로도 5일 만에 도착할 만큼 조선 땅과는 지척에 있는 요충이 바로 요동성이었다. 말하자면 태자하 중하류 유역의 중심인 요동성은 예로부터 요하의 도하로(渡河路)가 모이는 곳이자 육상과 수로 교통의 핵심지역이었다. 그 뿐 아니라 요동평

---

57) 『高麗史 卷 四十四: 世家 卷第 四十四』 '공민왕 22년 7월'의 "명황제가 우리 사신들에게 정치나 외교관계에 대한 각종 지시를 내리다" [http://db.history. go.kr] 참조.

58) 김철웅, 「高麗와 중국 元·明 교류의 통로」, 『東洋學』 53, 단국대 동양학연구원, 2013, 77쪽.

원에서 압록강 방면으로 나아가는 '본계-봉성로'의 출발점이기도 했다.[59]

　　서장관 최현으로서는 중국의 관문 요동성의 전략적 가치에 대한 생각이 없을 수 없었고, 그런 점 때문에 요동성의 전략적 정보를 상세히 기술하고자 노력한 것으로 보인다. 특히 요동성의 기술에 그가 앞으로 남기게 될 기록들의 방향이나 내용적 범주를 암시하는 효과를 상정한 것으로 추정될 만큼 그의 기술태도는 매우 용의주도했다. 요동성에 관한 기록 중 핵심 부분은 다음과 같다.

> **15일 기해일. 맑음.**
> 　새벽에 낭자산을 출발하여 냉정에서 점심을 먹고 고려촌을 지나 요동 회원관에 닿았습니다. 각 아문의 동정을 물으니 순안 응정필이 새로 제수 받았으나 아직 오지 않았고, 포정사【요동은 산동도에 속한다. 이에 포정을 배분하였다.】사존인은 조집을 전송하러 광녕으로 갔고, 부총병【총병은 병마절도이다. 요에는 세 총병이 있는데 광녕에 있는 자는 진수총병으로 모든 진을 통솔하고, 요동성에 있는 자는 원요부총병이고 전둔위에 있는 자는 서로부총병으로 각각 병마 5천을 거느린다.】오희한과 방추개원위 삼도사 고관은 성절에 표문을 올리는 일로 북경에 가서 모두 돌아오지 않았고, 다만 장인도사 엄일괴와 이도사 좌무훈만이 아문에 있다고 하였습니다. ○요동성곽은 장대·견고하고 지세는 평이하며 민물은 번성하고 축산은 양·나귀·닭·돼지 등을 많이 길러 생산의 밑천으로 삼는다. 땅은 서직과 사탕수수와 조를 재배하기에 알맞고, 논농사를 짓지 않아 비록 부유한 자라도 모두 수수쌀밥을 먹는다. 조세는 밭의 상·중·하로 차등을 두는데 상등전일 경우 하루갈이에 조 두 말을, 중등전일 경우 한 말 두 되를, 하등전일 경우 한 말을 낸다. 민간에서는 검소함과 절약함을 숭상하며 백성에게서 조세를 취함에 제한이 있어 거소를 잃는 자가 드물다. 군병은 한 집에서 1정(丁)을 뽑는데 한 집에 남자가 4~5인이 있을 경우 1인이 정이 되고 3~4인은 솔이

59) 이경미, 「태자하-요동반도 일대 고구려 성의 분포 양상과 지방 통치」, 『역사문화연구』 61, 한국외국어대학교 역사문화연구소, 2017, 87~88쪽 참조.

된다. 급여는 후하게 매 달 은 두 냥을 주는데 군졸들은 처자를 먹여 살릴 수 있어 병역을 심히 싫증내거나 피하지 않아, 모든 공가의 노역에는 다만 소속된 병사들만 노역시키고 촌민에게는 미치지 않으므로 농민들은 농사일에 전념할 수 있다. 공적으로 왕래할 때의 지공은 각 참에서 은전으로 계산을 하되, 모두 정해진 법칙이 있다. (사행이) 머무는 곳에서 차와 술과 닭과 돼지 등의 물건은 은전으로 지불하였는데, 이는 우리나라가 등에 지고 수레에 실은 자가 길에 가득하여 공사간에 폐를 끼치는 것과는 같지 않으니, 대개 은전이 통행되고 물건에 정가가 있기 때문이었다. 풍속은 변변치 않고 문을 소홀히 여겼으며 남녀 간에는 분별이 없었다. 사족이라 불리는 자들이 성 안에 많이 살고 있었으나 문교를 숭상하지 않아 학교가 황폐하였고, 성 안에 있는 사람들은 이익을 좋아해 부끄러움이 없고 도둑질을 잘하였다. 하급관리들은 광포함이 더욱 심하여 우리나라 사신이 입관한다는 소식을 들으면 진기한 보물이라도 얻은 듯이 여겨 열 명, 백 명이 무리를 지어 역관에게로 몰려와서 반드시 은과 인삼 등의 물건을 징색하였다. 비록 공헌할 중요한 물건일지라도 전혀 개의치 않았으며 오직 저지하고 이득을 추구하는 것을 좋은 계책으로 여겼다. 우리나라 사람은 국가에 일을 일으킬 것을 두려워하여 의례히 먼저 비굴해져 뇌물을 주어 아부를 하니 이미 잘못된 규범이 되었다. 비단 하급관리만이 그런 것이 아니었다. 아문에서는 징색할 물건을 편지에 가득 써서 내려 보냈는데, 만약 그들의 탐욕을 채우지 못하면 사신들을 꼼짝 못하게 옭아매어 오래도록 출발하지 못하도록 한다. 절일이 박두하면 짐꾸러미를 모두 보낸 연후에야 수레를 떠나게 하는데, 이로 인해 간혹 기한에 맞게 당도하지 못하는 자도 있다.[60]

---

60) 『訒齋先生續集』卷之一,『朝天日錄 一』, 12쪽의 "十五日 己亥 晴 晨發狼子山 中火于冷井 過高麗村 抵遼東懷遠館 問各衛門動靜 則巡按態廷弼 新除授 未來 布政司【遼東 屬山東道 此乃分布政也】謝存仁 往錢趙檄于廣寧 副總兵【總兵 乃 兵馬節度也 遼有三總兵 在廣寧者 爲鎭守總兵 統領諸鎭 在遼城者 爲援遼副總 兵 在前屯衛者 爲西路副總兵 各領五千兵馬】吳希漢 防秋開原衛三都司高寬 以 聖節進表 往北京 俱未回 只有丈印都司嚴一魁 二都司左懋勳 在衙云 ○遼東城 郭壯固 地勢平夷 民物殷盛 畜産則多畜羊驢鷄豚 以資生産 土宜黍稷糖粟 不治 水田 雖富人 皆食糖米飯 賦稅則以田之上中下爲差 上田則一日耕納粟二斗 中 則一斗二升 下則一斗 俗尚儉嗇 而取民有制 故失所者鮮 軍兵則家抽一丁 一家

이 기록은 전반의 보고문과 후반의 부기(附記) 등 두 부분으로 이루어
져 있다. 전자에는 요동성 지휘부 및 군사배치에 관한 내용이 담겨 있으
며, 후자에는 산업·조세·안보·유통·풍속·이도(吏道) 등이 비교적 상
세하게 기술되어 있다. 국가 정치 및 정책의 핵심과 민생에 관한 실용적
입장을 지니고 있던 최현의 평소 관점으로 미루어, 일개 지역의 성(城)에
불과한 요동성의 현실적 모습이 정보가치의 측면에서 조선에 매우 유용
하다는 판단을 내린 것이고, 그런 판단을 통해 나머지 노정들에서 만나는
물상들을 통해 조선이 지향해야 할 바를 제시하고자 했음을 짐작할 수
있다. 당시 새로 임명된 순안어사(巡按御史) 웅정필[熊廷弼, 1569~1625]
이 아직 부임 전이었고, 최고 행정관인 포정사(布政司) 사존인(謝存仁)
은 전임 조집을 전송하러 광녕으로 갔으며, 제2의 군령권자 부총병(副總
兵) 오희한(吳希漢)과 방추개원위(防秋開原衛) 삼도사(三都司) 고관(高
寬)도 무슨 일들로 자리를 비운 형편이었다. 다만 장인도사(丈人都司)
엄일괴(嚴一魁)와 이도사(二都司) 좌무훈(左懋勳)만 아문에 머물고 있
음을 최현은 탐지한 것이다. 말하자면 행정이나 안보 등을 총괄하는 핵심
관리들이 자리를 비운 채 어딘가에 가서 엉뚱한 일들을 수행하고 있다는
점을 최현은 이 기록에 명시하고 있다. 지방 관리들의 나태와 무관심으로
부터 나온 말기 명나라의 문제적 현실이 결국 국방과 민생의 파탄을 초

有男四五人 則一人爲丁 而三四人爲率 優給月餉銀兩 軍卒得以周其妻子 而不
甚厭避 凡有公家興作之事 只役所屬之軍 不及村民 故農民得以專治稼事 往來
公行 支供則各站 計以銀錢 皆有定式 所駐之處 茶酒鷄豚等品 以銀錢立辦 非如
我國負載滿路 貽弊公私 盖銀錢通行 而物有定價故也 風俗則菲薄小文 男女無
別 號爲士族者 多在城中 而不尙文敎 學校荒廢 城中之人 嗜利無恥 善爲偸竊
吏胥之輩 獷狃尤甚 聞我國使臣 入舘若得奇貨 什百爲羣 來侵譯官 必索銀參
等物 雖貢獻之重 畧不以爲意 唯以阻當要利爲得計 我國之人 恐生事國家 例先
卑屈 啗以賄贈 已成謬規 非但下吏爲然 衛門徵索之物 滿紙書下 若不滿其慾
則牢繫使臣 久不打發 至於節日迫頭 盡輸行橐 然後乃發車輛 因此 或有末及期
限者" 참조.

래하여 명나라가 큰 위험에 처해 있음을 명시하고자 한 자신의 의도를 9월 15일자 문견일기 첫머리에 적고 있는 것이다.

○이하의 부기는 크게 두 부분으로 나뉜다. 하나는 과거 명나라 성시(盛時)의 바람직한 제도나 정책, 다른 하나는 현재 명나라를 황폐하게 만든 빗나간 풍속이나 극도로 문란해진 이도가 그것들이다. 전자와 후자를 연결시킨다면, '좋았던 정책이나 정치도 예법이 무너지고 관리들의 기강이 해이해질 경우 나라의 멸망으로 이어진다'는 메시지로 귀결된다. 우선 요동성이 매우 크고 견고하다는 점, 인구가 많고 물자가 풍부하다는 점, 축산을 크게 하여 생산의 밑천으로 삼는다는 점, 서직과 사탕수수 및 조를 재배하기에 알맞은 땅인데, 논농사를 짓지 않으므로 부자라도 검소하여 수수쌀밥을 먹는다는 점, 합리적이고 공평한 조세로 민간은 검약함을 숭상하게 되고 조세를 함부로 걷지 않아 민생이 보장된다는 점, 군병은 한 집 당 1명을 차출하고 가솔을 먹여 살릴 수 있는 급여를 지급함으로써 국방력이 강해진다는 점, 현역 병사들만 공적 노역을 시키고 농민들은 제외시킴으로써 농사일에만 전념할 수 있게 한다는 점, 공적 출장의 경우 각 역참에서는 정해진 법칙에 따라 은전으로 비용을 지급하고, 지급받은 은전으로 정가에 맞추어 물건을 구매하므로 우리나라와 달리 가는 곳마다 공사 간의 폐를 끼치지 않는다는 점 등이 전반부의 구체적인 내용이다. 명나라 성시의 모습은 이처럼 바람직한 정치와 정책의 덕분이었음을 강조하고자 한 것이 이 부분의 핵심 내용이다.

이와 대조적으로 바람직하지 못한 부분을 구체적으로 지적한 것이 후자의 내용이다. 첫머리에 언급한 내용이 '풍속의 변변치 못함과 문을 소홀히 여김, 남녀간의 분별 없음'이다. 이 지적의 핵심은 '문을 소홀히 여긴다'는 것이다. 여기서의 문은 『주역(周易)』「비괘(賁卦)」단전(象傳)의 '인문(人文)'으로부터 나온 개념이다. 즉 "觀乎天文 以察時變 觀乎人文 以化成天下"에서 '인문은 인리(人理) 즉 인도(人道)의 차례이니 인문을 관찰하여 천하를 교화하며 천하가 예(禮)스러운 풍속을 이룸은 바로 성인이 비(賁)를 쓰는 도(道)'라 했다.[61] 정이천(程伊川)은 '천문은 하늘의 이치이고 인문은 사람의 길'이라는 단정을 바탕으로 '인문이란 사람의 이치가 갖는 조리와 순서이니, 인문을 관찰해서 세상을 교화하고 세상이 그 예교와 풍속을 완성한다'고 했다.[62] 최현이 지적한 문은 그 가운데 『주역』의 이른바 '인문(人文)'이다. 그것이 바로 '문'의 개념이 나온 원천 텍스트인 것이다. 그러니 '문을 소홀히 여긴다'는 것은 예의를 소홀히 한다는 것이고, 예의를 소홀히 한다는 것은 앞부분의 '풍속의 변변치 못함'이나 뒷부분의 '남녀의 분별이 없음'과 직결되는 개념이면서 동시에 그것들을 견인하는 의미의 핵심이다. 그 자연스런 귀결로 사족들은 문교를 숭상하지 않아 학교가 황폐해졌고, 성 안에 사는 자들은 이익만을 추구하므로 수치심이 없어 도둑질을 일삼는다고 했다. 그 자연스런 귀결로 관리들은 권력에 기대어 광포함을 자행하고, 특히 조선의 사신이 입관하면 떼로 몰려들어 은이나 인삼 등 고가의 물품들을 징색하고 이득을 추구하는 것이 상례가 되었음을 지적했다. 심지어 중국의 조정에 올릴 공물도 아랑곳하지 않고 빼앗기 일쑤였으며, 이런 행태는 하급관리들 뿐 아니라 아문의 고급관리들도 똑같은 양상을 보여주어 사행을 괴롭히고 국가 외교의 일을 그르치게 하는 일들이 비일비재함을 고발하고 있는 것이다.

중국의 초입인 요동성에서 경험한 이런 부정적 현상들을 말기 명나라에 드러나기 시작한 '중세 질서 붕괴'의 조짐으로 보여주고자 하는 동시에 조선의 지배층으로 하여금 국가 기강의 확립이 민생과 정치의 안정을 통한 왕조의 만년대계에 얼마나 중요한지를 깨우치려는 최현의 의도가 반영된 글로 보는 것이 타당하다. 그 점은 사행 기간 내내 최현의 관심사는 무엇이었고 중국 정보의 탐색 범주가 어느 선까지인지 보여주는, 가늠자 역할을 한다고 볼 수도 있다.

---

61) 成百曉, 『懸吐完譯 周易傳義 上』, 전통문화연구회, 2017, 501~504쪽 참조.
62) 정이천 주해, 심의용 옮김, 『주역』, 글항아리, 2015, 469~470쪽 참조.

5. 『조천일록』에 담긴 최현의 메시지

1) 중국의 경세문(經世文)들과 정치의 요체: 메시지 1

『조천일록』에 실린 기록들로서 최현 자신의 글이든 인용해 온 남의 글이든 명시적으로 '기'라는 장르명이 붙은 글은 양유년(梁有年)의 「신수노하기(新修路河記)」[10월 3일] 한 편 뿐이다. 사실 중국에서 기이한 경물이나 역사유적을 만나는 경우 상당수의 기록자들은 기를 남긴 편인데, 최현의 경우는 길고 상세하게 글은 썼으되 그것들을 기로 명시하지 않았다. 기가 주관적인 성향의 글쓰기라는 점을 인식하고 있던 최현은 서장관으로서의 직책 상 논쟁적인 제목을 별도로 붙이길 꺼려했던 것으로 보이며, 그런 이유로 '~기'로서는 유일하게 인용한 「신수노하기」의 경우도 단순히 실어놓기만 했을 뿐 일언반구 평을 붙이거나 해석하려 하지 않았다.

자신의 생각을 덧붙이거나 해석하지 않고 실어놓은, 같은 성격의 글이 고사기(顧士琦)의 「제본(題本)」이다. 양유년의 「신수노하기」는 단문이고, 고사기의 「제본」은 장문이다. 전자는 여러 문제점들을 축약하여 기술했고 후자는 확장적으로 썼다는 차이를 제외하면, 인용자 최현의 의도는 같다. 최현은 이미 국내에서 각종 시무(時務)들에 대하여 이례적으로 많은 수의 소차들을 임금에게 올린 바 있었다. 임금이 국정의 방향을 올바로 잡을 수 있도록 진언한 것이 그런 글들인데, 경험을 통한 깨달음이 그런 글들의 바탕을 이루고 있었다. 예컨대 임진왜란과 정묘호란에 의병의 지도부로 참전했거나 조정의 관리로서 민생의 중요성을 절감한 그의 경험상 국방과 민생은 무엇보다 긴요한 정책의 최우선적 과제였다. 사실 「신수노하기」는 그런 점이 핵심으로 되어 있고, 고사기의 「제본」은 국방[안보]과 민생, 인재 관리[산업담당 재상과 무장], 내탕금 및 세금, 백성들의 구휼 등 국정 전반의 방책을 담고 있으니, 그의 「제본」을 액면 그대로 옮겨놓는 것이 자신의 생각을 소차로 올리는 것보다 훨씬 효과적이라고 생각했을 것이다. 서장관으로서의 직책 때문이었다는 점 말고, 퍼다 놓은 두 가지 글들에 자신의 생각을 덧붙이거나 평가·논단하는 일체의 해석행위를 생략한 다른 이유는 없었을까. 『장자(莊子)』[「제물론(齊物論)」제 4 '대각우화(大覺寓話)']의 이른바 '무위유위(無謂有謂) 유위무위(有謂無謂)'[63]가 이 경우를 설명하는 성어(成語)로 합당하다. '아무 말도 하지 않은 듯하면서도 자신이 하고자 하는 말을 다 했다'는 것, 즉 자신의 말을 하지 않음으로써 인용한 글 속의 말이 상대에게 훨씬 강하고 분명하게 전달될 수 있음을 그는 이미 알고 있었던 것으로 보인다. 이런 '무위유위'야말로 『조천일록』의 몇 부분에 보이는 '최현 특유의 글쓰기 방식'인데, 무엇보다 위의 두 글들[고사기의 「제본」/양유년의 「신수노하기」]은 '견문의 과정에서 획득한 자료들 중의 일부'이니, 그 글들만 싣고 자신의 생각을 끼워 넣지 않음으로써 임금이나 지배층의 독서행위에 개입하지 않으려 조심한 것도 그 이유였을 것이다.

이런 것들과 함께 고려해야 할 것이 중국에서 만나는 각종 물상이나 제도·정책·사회풍조·민생 등의 문제, 오랑캐와의 갈등을 중심으로 하는 국가안보 문제, 관리들의 탐풍이나 예법의 문란을 중심으로 하는 기강 해이의 문제, 학자나 무장을 중심으로 하는 인물 등용의 문제, 문화·역사에 대한 평가와 해석의 문제 등인데, 정치·사회·안보·문화·인물·역사 등을 망라하는 사안들이다. 그런 글들의 이면에 조선의 왕과 지배층이 유념하기를 바라는 최현의 소망이 들어 있음은 물론이다. 다음에 언급할 고사기의 「제본」을 통보(通報)에서 얻은 것과 달리 「신수노하기」의 경우 출처나 작성경위 등은 전혀 언급되어 있지 않다. 소차를 통해 시무책을 올리며 왕에게 정치의 정도를 간언해오던 최현의 국내 행적과 관련하여 입수 경위나 출처를 밝히지 않은 채 이 글을 들어놓은 점은 시사하는

---

63) 『文淵閣四庫全書: 子部/道家類/莊子注』卷一의 "無謂有謂 有謂無謂 而遊乎塵垢之外" 참조.

바가 예사롭지 않다. 이 부분을 '말없이 하고자 하는 말을 전하고자 한' 최현의 메시지 전달 방법의 구현으로 보는 것도 그 때문이다.

1608년 10월 2일 반산역(盤山驛)에서 하루를 묵고 방물(方物) 열람의 일로 늦게 출발한 최현 일행은 저녁 무렵 광녕(廣寧)에 도착, 왕씨 집에 묵게 되었고, 거기서 누군가로부터 「신수노하기」를 입수한 모양이다. 노하는 광녕부의 동쪽에 있으며 하류에 도달하여 요하(遼河)로 흘러 들어 가는 물 이름이다. 육로와 병행하는 그 물에 운하가 만들어져 백성들이 물자를 운송하기에 편리했다. 최현은 노하의 존재를 발견하고 나서 중국에 들어 온 이후 처음으로 민생의 편의를 위해 관리들과 정부가 해야할 일이 무엇인가를 발견한 것으로 보이며, 그와 함께 「신수노하기」의 필자가 조선의 지배층에게도 널리 알려진 양유년이라는 사실을 깨닫고 이 글을 별다른 논평 없이 게재한 것으로 짐작된다. 양유년[64]은 이미 선조 39년(1606년) 4월에 황태자의 첫 아들 순산을 알리는 칙사단의 부사로 정사인 주지번(朱之蕃)과 함께 조선을 찾은 바 있다.[65] 두 사람 모두 중국의 명환(名宦)이자 뛰어난 문사들이었으므로 조선에 머무는 동안 조선의 탁월한 문인들과 많은 교유가 있었고, 『조선왕조실록』에는 나타나지 않으나 최현 역시 조선 측 파트너로 그 대열에 끼어 있었으리라 추측된다. 그렇다면 최현은 어떤 점에서 이 글을 이곳에 전재(轉載)했을까.

광녕에 노하가 있는데 그 근원이 오래 되었다. 처음에는 제승보로부터 2백리를 흘러 물길이 굽어있었는데, 해운하고자 할 때에 남쪽 포화보

---

64) 廣東 順德人으로, 호는 星田, 자는 書之. 명나라 萬曆 22년[1594] 향시에 합격했고 이듬해 會試에 합격하여 진사가 되었으며, 禮科左給事中・刑科都給事中 등을 거쳐 浙江右布政에 이르렀다. 사행 부사로 조선에 나와 지은 시문과 기행문 등을 수록한 책 『奉東方錄』이 남아 있다.

65) 『선조실록』 198권, 선조 39년 4월 11일 기유. "중국 황제의 조서와 칙유"[조선왕조실록 사이트(http://sillok.history.go.kr) 참조.]

로부터 노하를 배를 타고 지나 제승보에 이를 수 있도록 수리하니 광녕의 군민들이 편하게 여겼다.(⋯)대개 제방에는 여섯 가지 이로움이 있다. 하천이 깊고 넓어 해자와 같고 제방이 높고 두터워 성과 같으니, 오랑캐가 제멋대로 하고자 하나 금성탕지를 두려워하지 않을 수 없어 미리 퇴각하는 것이 그 이로움의 하나요, 북쪽으로부터 흘러오는 물이 넘치더라도 하천이 물을 모아둘 만하고 제방이 물을 막을 만하여 남쪽 땅을 경작할 수 있으며 갑자기 물에 잠기는 근심이 없으니 그 이로움의 둘이요, 두 하천[노하와 요하]에서 관군을 우연히 만나 책응할 때 왕래가 끊어져 오랑캐에게 가까이 있어도 중단하지 않음이 이로움의 셋이요, 농부와 나그네가 식량을 싸서 포대를 몸에 지녀도 편안함을 생각할 뿐 도적질 당할 근심 없음이 이로움의 넷이요, 배로도 수레로도 갈 수 있어 배가 좌초하거나 막히지 않아 짐을 운반할 때 번거롭지 않고 힘을 덜어 멀리까지 갈수 있음이 그 이로움의 다섯이요, 매년 한번만 준설해도 높이와 깊이가 여전하니 만년의 이로움을 한 번의 노력으로 이룸이 이로움의 여섯이다. 이 여섯 가지 이로움은 지나가는 자 모두가 볼 수 있는 것이요, 식견이 있는 자를 기다린 이후에야 알게 되는 것이 아니다. 위대하도다, 이 공사여! 어찌 요동지역의 한 가지 큰 보장이 아니겠는가?[66]

인용문의 내용은 크게 두 부분으로 나뉜다. 해운(海運)하고자 할 때 남쪽의 포화보에서 제승보까지 노하를 배로 이동할 수 있게 수리하자 군민들이 편하게 여겼다는 것이 하나이고, 제방과 노하를 수리함으로써 얻게 되는 이점을 여섯 가지로 나누어 설명한 것이 나머지 하나이다. '제

---

66) 『訒齋先生續集』卷之一, 『朝天日錄 一』, 23~24쪽의 "廣寧有路河 所從來遠矣 初自制勝堡 將二百里而遙 當海運時 南從布花堡 浮路河 達制勝而修 廣寧軍民 便之 (中略) 蓋其中有六利焉 河深廣若池 堤高厚若城 虜即思逞 不能不畏金湯 而先却 利一 縱北來水漲而河足以畜 堤足以捍 南土可耕 不虞淹没 利二 兩河倘 遇策應 官軍往來 隔絶近虜 不虞中斷 利三 耕夫行旅 裹糧挾佇 惟意所適 無虞 剽竊 利四 可舟可車 不膠不窘 負戴無煩 力省致遠 利五 歲一濬葺 高深如故 萬年之利 成于一勞 利六 此六利者 過者皆能見之 不待有識者而後知也 偉哉斯 擧 豈非遼左之一大保障哉" 참조.

방이 높아진 것은 성곽과 같고, 깊어지고 넓어진 노하의 물은 해자와 같아 금성탕지같은 요새가 되었으므로 오랑캐가 두려워하게 되었다는 것/유실되는 물을 가두어 놓고 농사에 사용할 수 있고 갑작스런 홍수로 잠기는 일이 없게 되었다는 것/하천 인근에서 관군을 만나 책응할 때 서로 왕래가 끊어져 오랑캐에게 가까이 있어도 중단하지 않을 수 있게 되었다는 것/식량을 싸들고 다녀도 도적질 당할 근심이 없게 되었다는 것/배로 갈 수도 수레로 갈 수도 있어 짐을 운반할 때 힘들이지 않고 멀리 갈 수 있게 되었다는 것/매년 한 번만 준설해도 높이와 깊이가 여전하다는 것' 등이 그가 제시한 이점들이다. 그것들은 '오랑캐와 도적들로부터 안전하게 되었다는 것[안보]/물 부족으로 농사를 망치거나 물이 넘쳐 잠길 일도 없게 되었다는 것[민생]/힘들이지 않고도 짐을 멀리 운반할 수 있게 되었다는 것[민생]/매년 한 번만 준설해도 문제없다는 것[관리의 효율성·민생]' 등으로 요약된다. 말하자면 '노하'를 보수함으로써 안보[국방]와 민생, 효율성 등을 높이게 되었다는 것이니, 뒷부분의 내용은 '군민들이 편하게 여겼다'는 앞부분 언급의 설명인 셈이다. 그리고 이 역사(役事)를 성공시키는 데 기여한 관리들은 맨 처음 상소를 통해 이 일의 필요성을 중앙정부에 알린 정통[正統, 1436~1449] 연간의 도독(都督) 무개(巫凱), 그 상소에 따라 공사를 마친 뒤 물길이 자주 막히자 잇달아 상소를 올려 준설의 허가를 받은 가정[嘉靖, 1522~1566] 연간의 순무(巡撫) 장연갈(張連葛)·사마(司馬) 소진(邵緝)·순무(巡撫) 왕지고(王之誥) 등과 총제(摠制) 건달(謇達)·영원백(寧遠伯) 이성량(李成樑)·사향(司餉) 사존인(謝存仁)이 함께 도모하여 1605년 음력 10월에 시작한 공사를 이듬해 5월에 완성했다고 했다. 말하자면 이들의 주선으로 보군(步軍) 17,400명, 이들을 먹이는 데 쓰인 식비와 상금으로 11,200냥의 자금을 소요하여 큰 역사를 완성했다는 것이다.

그렇다면 최현은 왜 이런 내용의 글을 일언반구의 설명도 없이 들어 놓은 것일까. 필자는 앞에서 그가 올린 「진시무구조소」의 내용을 언급한 바 있다. 굳이 이 글과 연관시키자면 그 가운데 ⑧[지방 수령들이 사욕과 독직으로 백성들을 고통스럽게 하는 민생 침해의 문제]과 ⑨[지리의 형세를 활용하지 못하거나 둔전을 넓히지 않아 적을 제압하지 못하고 군수물자를 조달하지 못함으로써 전쟁에 이기지 못하는 문제]가 직·간접적으로 연결될 수 있을 것이다. 그 역사를 완성함으로써 백성들의 삶이 개선되었을 뿐 아니라, 오랑캐들이 침범하지 못함으로써 안보나 국방이 튼튼해졌음을 분명히 밝히고 있기 때문이다. '민생과 안보를 위해 중앙과 지방 관리들이 상소를 올려 중앙정부의 허락을 받고, 군사들을 동원하여 역사를 성공시킨 사례'를 조선의 왕과 지배층에게 읽히고 싶었던 것이 이 글을 『조천일록』에 올린 최현의 내심이었을 것이다.

좋은 정치란 백성들을 위한 정치이며, 그것은 지방의 관리들로부터 출발되어야 한다고 보는 것이 최현의 철학이었다. 백성들에 대한 탐학(貪虐)의 주체이자 원흉으로 이미지가 굳어져 온 지방관들의 문제를 심각하게 고민해 온 최현으로서는 '중앙 및 지방의 관리들과 황제가 하나 되어 이룩한 역사의 기록'을 통해 민생과 안보는 어떻게 확보될 수 있는가를 조선의 지배층에게 '말없이' 강조하고자 한 것으로 보인다. 이런 글에 최현 자신의 평가와 해석을 덧붙일 경우 원래 글의 취지가 곡해되거나 손상될 가능성이 있다는 점에 유념했을 것이다. 경세가(經世家) 최현의 심사원려(深思遠慮)가 발휘됨으로써 『조천일록』은 사행록의 일반적인 범주를 얼마간 벗어날 수 있게 된 것 아닐까.

다음으로 국가정책의 요체를 제시한 고사기의 「제본」을 살펴보고자 한다.

1609년 1월 20일[예부로부터 상은(賞銀)을 받지 못한 관계로 상통사 권득중을 보내 받아오게 함]의 부기(附記)에는 4건의 통보[67]들이 언급되

---

67) 1월 4일자[太學士 李廷機의 문서 1본 관련]/1월 5일자[刑科給事中 杜士全의 문서 1본]/1월 6일자[孟春 太廟 祭享 관련]/1월 10일자[戶科給事中 顧士琦의

어 있는데, 그 중 앞 세 건은 단신들이고, '초 10일 통보'의 호과급사중(戶科給事中) 고사기의 제본[68]은 국가의 시무를 조목조목 지적한 장문인데, 그 내용은 최현의 현실인식과 상통한다. 통보는 중국 조정의 정보들에 관한 공식 매체로서, 고사기의 「제본」이 실린 통보는 『조천일록』의 이 기록날짜보다 열흘 빠른 것이다. 정신남이 밝힌 것처럼, 조선조는 대외정책의 수립에서 중국의 통보를 매우 유용한 것으로 인식하고 있었으며, 그에 따라 조선의 국왕도 중국의 통보를 애독한 것으로 알려져 있다. 자연스럽게 연행사들 역시 중국의 정세를 확인하거나 국왕에게 장계 혹은 상주문을 올릴 때 흔히 통보를 참고자료로 사용했다고 한다.[69] 고사기 「제본」의 내용이 중국의 시무에 관한 중요 정보이면서 조선조에도 긴요한 의미를 지니는 문제들임을 최현 자신은 간파했을 것이고, 무엇보다 그가 여러 번 올린 소차들의 이슈와 내용적으로 겹친다는 점에서 이 글을 통해 다시 한 번 자신의 진정성을 국왕에게 주지시키고 싶은 욕구 또한 생겼으리라 짐작된다.

> 변경에 경계할 일이 많아 시사가 우려스럽습니다. 간절히 비옵건대 성명께서는 빨리 내정을 정비하고 외적을 막으셔서 치안을 보존하소서. 소직이 들건대 예로부터 '안이 편안하면 밖으로 우환이 있다'고 하였으며, 또한 '군자는 환난을 생각하고 예방해야 한다'고 하였습니다. 무릇 안의 편안함이 근심을 부르는 것이니 이는 태만하고 소홀한 까닭이 아니겠습니까? 환난을 막는 것은 마땅히 미리 해야 하니 이는 환난이 이르면 미칠 수 없기 때문 아니겠습니까? 지난 해 유도에서 하늘이 울고 경성에 물이 넘쳤으며 부세가 많이 나오는 땅이 곳곳마다 크게 잠겼습니다. 하늘을 헤아려 아는 자는 위기를 어지러움의 징조로 여겼

제본 관련] 등.
68) 원문의 題는 題本을 말하고, 제본은 명·청 시대 兵制·刑制·錢糧 등 공무로 올리던 上奏文을 일컫는다.
69) 정신남, 앞의 논문, 198쪽 참조.

으니 얼마 지나지 않아 계주 지역에서 경계를 고했습니다. 근일 황하
유역의 전투에서 마침 오랑캐들이 침범하여 변란을 일으켰는데, 얼마
지나지 않아 경술년의 변고를 당하지 않았습니까? 새해 초두에 잘못
전해져 성문을 모두 잠갔으니, 이것이 태평시절의 조짐일 수 있겠습니
까? 외적을 물리치고자 하면 먼저 내정을 정비해야 하는데, 급한 일은
오직 사람을 쓰고 재물을 관리하는 일로서 양자는 마땅히 전전긍긍
힘써야 합니다. 정부의 입장은 실로 천하의 안위와 관련되니, 모두 남음
이 없이 꾀하여도 마땅히 뒤엉켜 해결되지 않는데, 국가의 중요한 일을
잘못 담당하여 그 정사를 방해함이 어찌 작은 일입니까?(…)장수가 훌
륭하고 식량이 풍족하다면 또한 무엇을 근심하겠습니까? 군대가 강하
지 못하고 오랑캐를 평정하지 못하는 것 등 두어 가지 일은 모두 절실한
금일의 내정과 외치의 일입니다. 황상께서는 어찌 한 번 거행을 지시하
시어 유비무환의 효과 거두심을 꺼려하십니까? 또한 근래의 와전은
다행히 와전일 뿐이지만, 과연 도성에 예기치 못한 일이 일어난다면
놀라고 두려워 속수무책일 것이니 황상께서는 이때에 어떠한 태도를
보이고 어떻게 일처리를 할지를 한 번 생각해 보시기 바랍니다. 천하의
훌륭한 임금은 편안할 때 위험을 생각하여 뒤에 후회를 남기지 않습니
다. 일에 임하여 주저하면 앉아서 천리를 잃는다는 말이 있습니다. 이때
가 어찌 다시 주저할 때이겠습니까?[70]

---

70) 『訒齋先生續集』卷之一, 『朝天日錄 一』, 61~62쪽의 "邊疆多警 時事可虞 懇乞
聖明 亟圖修攘 以保治安事 職聞自古內寧必有外憂 又曰君子以思患而預防之
夫內寧之召憂 非以怠忽之故乎 防患之當非 非以患至爲無及乎 頃年天鳴留都
水溢京城 至于財賦之地 在在大浸 稽天識者 危之爲亂徵 未幾而薊邊告警矣 近
日河流之役 倘虜欲難厭 不幾踵庚戌之故事乎 歲首訛傳 城門盡閉 是可爲太平
之先兆乎 欲攘外 先修內 急務惟在用人理財 兩者當爲兢兢 迺政府之地 實關天
下安危 而殫射無餘者 當牽纏不決 擔誤機務 其妨政豈細故哉 (中略) 將良食足
而又何慮 兵之不强虜之不靖乎之數者 皆切今日修攘之事 皇上何憚一批發擧行
而不以收有備無患之效也 且近日訛傳 幸而訛耳 倘果有不虞都城 震驚倉忙束
手 皇上試思 此時成何等景象 作何等計處 天下聖明 居安思危 無貽後事之悔
語云 臨事躊躇 坐失千里 此時 豈復可以躊躇之時乎" 참조.

고사기는 이「제본」에서 국가의 광범위한 시무들에 대한 문제를 제기하고 실용적 관점에서의 해결책들을 제시했다. 이 글은 표면상 문제점의 제기와 해결책의 제기로 보이지만, 이면으로는 명나라가 노정(露呈)하고 있던 말기적 현상으로서 조선의 입장에서는 상세히 알고자 했던 정보들일 수 있다. 예컨대 명나라가 언제까지 지속될 것이며, 누르하치 세력의 기세로 보아 언제쯤 중원의 패권을 잡을 것인지 등에 대한 정보가 외교정책 수립 상 필요했을 것이기 때문이다. 내용 중 '계변고경(薊邊告警)'이나 '경술지변(庚戌之變)' 등 핵심적 사건들은 모두 오랑캐의 침투와 그로 인한 국가의 혼란을 언급한 내용들이다. 따라서 그런 정보들이 외국으로 유출되는 것이 명나라에게 유리할 이유는 전혀 없었다. 원래 통보·조보(朝報) 등 명나라의 관보가 조선에서 대외비 문건으로 인식되고 있었던 것도 그런 이유 때문이다.[71] 명나라의 중앙기구인 통정사(通政

---

71) 『선조실록』 11권, 선조 10년 11월 28일 경진. "헌부가 조보를 인출한 것은 고의가 아니니 조옥에 내리라는 명을 거두기를 청하다." 이 날 자 내용 중 "중국에서는 통보(通報)를 인출하여 유통시켜도 금하지 않기 때문에 우리나라의 사대부들도 간혹 무방하다고 여기는 사람이 있습니다." 라고 하여 당시 사대부들 사이에서는 통보를 유통시키는 것을 비교적 자유롭게 여기는 풍조가 있었던 것 같다. 그러나 『선조실록』78권[선조 29년 8월 10일 을사]에는 "그런데 지금 통보를 증거로 삼으려고 한다면 통보는 곧 중국 조정에서 외국 사람에게는 일체 금하는 것이고, 사신으로 간 사람이 제독(提督)과 주사(主事)에게 들은 것으로 증거를 삼으려 한다면 주사는 단지 왜인들이 요구한 지도에 대한 한 가지 일을 가지고 물어보았을 뿐 일찍이 그 위첩은 보이지 않았으니, 이는 곧 사신이 화방(火房) 등을 통해서 통보의 내용을 볼 수 있었다는 말이 되므로, 반복해서 생각해 보아도 공문에 넣을 만한 증거로 삼을 수는 없습니다." 라 했고 『선조실록』109권[선조 32년 2월 23일 계유]에는 "(명나라 장수)오종주가 말하기를, "귀국에서도 중국의 당보(塘報)를 봅니까?" 하니, 상이 이르기를, "외번(外藩)의 신하가 어떻게 얻어 보겠소이까." 하자, 오종주가 말하기를, "천하가 한 집안이고 내외가 일체인데 어찌 번방(藩邦)이라고 하여 스스로 멀리하십니까. 사천(泗川)의 촉왕(蜀王)은 매일 사람을 보내 조보(朝報)를 탐지해 갑니다." 라고 하였다는 기록이 나온다. 이로 미루어 원래 명나라 조정에서는

司)와 육과(六科)에서 편집·반포된 관보인 조보와 저보(邸報)의 별칭으로 오늘날의 신문과 유사한 공문이 통보인데, 그 문건에는 주 내용으로 조정의 정치동향 및 행정운영에 관한 것과 관원들이 올린 상주문 및 황제의 비답(批答) 등이 실려 있었다.[72] 그런 정보수집의 임무를 사행단이 수행해야 했고, 여기에 최현은 자신의 철학을 담아 조선의 상황에 들어맞는다고 생각하는 기사들을 『조천일록』에 실어놓게 된 것이다. 『조천일록』에 통보를 인용하거나 그 내용을 전재한 경우는 대략 16건에 이른다.[73]

외국인들이 조보나 통보 등을 입수하는 것이 불법으로 되어 있었으나, 어느 시기부터는 크게 단속하지 않게 된 듯하다. 특히 사신들은 숙소인 옥하관에서 관부들을 통하거나 제독회동관주사와 부사의 도움으로 통보를 얻어 보기도 하고, 사절단 소속의 역관을 통해서 얻어 보는 등 중국 내에서도 쉽게 통보를 접한 것으로 보인다.[정신남, 앞의 논문, 180~182쪽 참조.]

72) 정신남, 앞의 논문, 165쪽 참조.

73) 그 내용은 1608년 10월 초3일 '附' '요동 각 진의 병마 수의 근거자료로 활용한 일' 『인재선생속집 권지2』/11월 초10일, '옥하관에서 통보를 구해 본 일' 『인재선생속집 권지3』/11월 초15일, '刑科給事中 杜士全의 題本을 취득한 일' 『인재선생속집 권지3』/11월 22일, '국경 수비에 필요한 양식이 고갈된 일' 및 '교활한 오랑캐가 침범할 수 있었던 것은 장령의 죄를 처리하는 일이 미흡했기 때문이라는 지적' 『인재선생속집 권지3』/11월 29일, '오랑캐 정세에 대한 일' 『인재선생속집 권지3』/12월 초6일 '초1일의 통보[이정기의 문서 1본 「태학사 주갱이 11월 29일에 병으로 죽은 것에 대한 주본」에 대한 성지를 받들었다는 문서] 및 초2일의 통보[戶部 福建司 主事가 빠르게 응답하여 이정기에게 올린 글]의 건' 『인재선생속집 권지4』/12월 13일, '오랑캐의 침범에 관한 王象乾의 주본과 聖旨의 건' 『인재선생속집 권 4』/12월 15일, '12월 8일의 통보[병부에서 극악한 도적이 재물을 빼앗고 살인한 일과 황극찬이 범인 유정찬 등에게 過失을 묻고 회답한 문서로 제본하여 성지를 받든 일]과 12월 7일의 통보[죽은 태학사 주갱의 유소]' 『인재선생속집 권지4』/12월 18일, '순천순무사 劉四科의 주본과 그에 회답한 병부의 복본(覆本) 및 聖旨', 『인재선생속집 권지4』/1609년 1월 20일, '초4일 통보[태학사 이정기의 문서 1본에 대한 성지]·초5일의 통보[형과급사중 두사전의 문서 1본]·초10일의 통보[戶科給事中 고사기의 제본]' 『인재선

고사기 「제본」의 주된 내용은 다음과 같다.

① 계주(薊州) 지역의 외환(外患)에 대한 경계.
② 오랑캐의 침입과 국가 기무의 불안.
③ 인재등용의 조건[능력과 도덕 우선/병기(兵機)·헌법(憲法)·형명 (刑名)·전곡(錢穀) 등을 감당할 만한 현사들 물색/제대로 된 인재 를 농경(農卿)으로 앉혀 국부(國富)가 새어나가지 않도록 해야 함].
④ 세당(稅璫)[조세 징수를 맡은 환관]을 제거하고 세금을 감당할 수 있도록 백성들을 부유케 할 것이며, 전쟁을 잘 할 수 있게 만들어 오랑캐로부터 나라를 지켜야 함.
⑤ 즉시 내탕금 수십만 금을 지급하여 백성을 구휼하고 변방의 삼군 을 지원하여 오랑캐로 하여금 변경을 넘보지 못하게 해야 하는데, 무엇보다 선(宣)·대(大) 두 변경이 급박한 상황임.
⑥ 정예병을 기르고 병기를 정돈하며 공격과 방어의 훈련을 거듭함으 로써 나라를 지키게 해야 함. 특히 훌륭한 자질을 갖춘 장수를 등용 하고 오랑캐의 침입에 대비하여 유비무환의 효과를 거두어야 함.

이처럼 제본의 내용들 가운데 반복적으로 제기되는 문제는 '민생·안 보·인재등용'에 관한 것들이다. 망가진 농업으로 고통을 받고 있는 백성 들은 세금을 낼 형편이 되지 못하므로 국가의 재정이 어려워지고, 그런 이유로 병사들에 대한 지원이 부실해짐에 따라 자연스럽게 국방력이 약 화될 수밖에 없다는 논리가 들어 있다. 그래서 황제의 내탕고를 헐어서라 도 민생을 살리고 국방력을 강화해야 나라가 정상화된다는 것이 고사기 의 주장이다. 그러자면 농업을 담당할 능력 있는 재상과 병사들을 지휘할

생속집 권지4』/3월 초7일, '통보를 돌아오는 행장의 궤에 넣은 일' 『인재선생속 집 권지5』 등이다.

만한 장수를 등용해야 하고, 백성의 고혈을 빨아내거나 세정(稅政)을 농단하는 환관들을 물리치고 조세정책을 정상화해야 한다는 것이다. 내탕고를 허는 것만으로 감당할 수 없을 경우에는 백성들을 모집하여 황무지를 개간하거나 대금업법(貸金業法)을 제정해서라도 재원을 마련해야 한다고 주장한 것은 그런 이유 때문이었다.

고사기 주장들의 대부분은 다음과 같이 최현이 임금에게 올린 소차들의 내용과 부합한다.

고사기 「제본」	최현 「진시무구조소」	최현 「홍문관조진팔무차」
①	⑦	
②	⑦	
③	①, ⑤, ⑥	④, ⑤, ⑥
④	⑦, ⑧, ⑨	
⑤	⑦, ⑧	
⑥	⑦, ⑨	

이 글의 2장에서 제시한 「진시무구조소」(최현)의 내용들 가운데 ⑦이 5차례, ⑧·⑨가 각각 두 차례, ⑤와 ⑥이 각각 한 차례 등이 「제본」의 내용과 관련된다. ⑦은 무장의 등용에 관한 문제이다. 이 부분에서 최현은 방략 없는 장수를 등용함으로써 절제지장·절충지장·현장·재장 등이 나타나지 않아 좋은 군대를 만들지 못하는 문제를 꼽았는데, 그것과 관련되는 내용이 고사기의 「제본」에도 많이 언급되었다. 그만큼 오랑캐의 침입으로 국가가 혼란하던 말기 명나라로서는 능력 있는 무장의 등용이 절실했고, 모든 정책들도 결국 그 문제로 연결된다는 점을 보여주고 있었던 것이다.

최현은 사행 이전에 이미 임진왜란 참전의 경험이 있어서 국방·안보는 물론 경제·사회·민생 관련 정책들 모두 외치(外治)와 불가분의 관계를 갖는다고 보았다. 그런 까닭에 중국에서 만나는 공식적인 문건들의 이슈들 가운데 국방·안보와 함께 민생문제에 주로 초점을 맞춘 것으로

보인다. 「제본」에서 제기된 문제들이 명나라의 말기적 징후들임을 보여
줌으로써, 이와 유사한 문제들을 안고 있는 조선의 지배층을 경각시키고
자 한 것이 최현의 의도였음을 알 수 있다. 앞에서 언급한 바와 같이 연행
록이 단순한 견문이나 정보의 기록에 그치지 않고 기록자의 정치적 소신
을 입증하는 논거의 기능을 하거나 직접적인 소차의 역할을 대신할 수도
있음을 이런 사례에서 확인하게 되는 것이다.

2) 탐풍의 만연 및 이도의 타락과 말기적 증상: 메시지 2

　『조천일록』의 내용 가운데 가장 큰 부분을 차지하는 것이 중국의 공직
사회에 만연한 탐풍이었다. 필자는 전고에서 '공직사회의 부패 풍조와
사회적 혼란'을 언급한 바 있고, 당시 이미 중국에서는 공도(公道)가 통
하지 않았음을 지적한 바 있다. 즉 최현이 사행을 시작한 1608년[광해군
원년]은 후금(後金)[1608~1616]의 시작년도이고, 후금의 압력에 무너져
가던 명나라로서는 체제 내부의 분열과 부패로 인해 당시 실리외교를
지향하던 광해군의 조선조에게 중세적 질서 안에서의 외교관계로 복귀
하도록 요구할만한 명분을 상실해가던 시기였음을 밝힌 것이다.[74] 중국
의 탐풍을 기록하여 조선의 지배층에게 보여줌으로써 관리들의 탐학이
백성들의 삶을 고달프게 하고, 그것이 결국 국방력의 약화로 이어지며,
그런 국방력의 약화는 오랑캐의 침탈로부터 나라를 방어하지 못하게 만
들어 중세질서의 와해로 나갈 수밖에 없음을 깨닫게 하려는 최현의 현실
인식을 분석하려는 것이 이 부분의 핵심이다.
　『조천일록』에는 최현이 중국 땅에 발을 붙인 순간부터 돌아오는 길에
압록강을 건너기 전까지 중국 관리들로부터 무수히 당한 착취의 현장들

---

74) 조규익, 「조선 지식인의 중국체험과 중세 보편주의의 위기-최현[『조천일록』]
　　과 이덕형[『조천록』/『죽천행록』]을 중심으로-」, 53쪽.

이 세세히 그려져 있다. 분명한 탐풍에 관한 사건의 기록들 가운데 두드
러진 것들은 17군데에 이른다.[75) 그 가운데 회원관에서 당한 뇌물 징색의

75) 그 대강의 기록들은 "9월 10일, '압록강을 건너기 위해 중국 쪽 위관들에게
예물로 토산물을 보냈으나 경력 설성이 내심 적다는 불만을 표하여 재차 더
보낸 일'『인재선생속집 권지1』/9월 16일, '회원관의 진무 두량신 등이 뇌물을
요구하여 開참禮를 할 수 없게 되자 술과 반찬을 후하게 대접한 뒤 허락한
일'『인재선생속집 권지1』/9월 17일 '회원관을 빨리 출발하고자 했으나 뇌물을
탐하여 지연시킨 일'『인재선생속집 권지1』/9월 19일, '회원관에서 세 명의
대인들과 도사로부터 가렴주구를 당한 일'·'일행의 출발을 지연시키며 뇌물을
강요하는 관리들의 비행'『인재선생속집 권지1』/9월 20일, '진무 5인과 두량신
등이 뇌물에 만족하지 않아 결국 수행원들의 노잣돈까지 거두어 추가로 건네
는 등 뇌물 액수가 헤아릴 수 없었던 일'/9월 21일, '장인도사 엄일괴에게 보낸
뇌물 목록. *이것들 외에 인삼은 반드시 18근을 보낸 후에야 받겠다고 한 일'
·'이도사, 삼도사, 오총병, 총병 아문 서판, 일도사 아문의 관가, 진무 5인 등에
게 보낸 뇌물 목록. *진무 등은 받지 않고 折銀 25냥을 요구한 일'『인재선생속
집 권지1』/9월 22일, '각 아문이 장사꾼이 값을 따지는 것처럼 양을 저울에
달고 품질을 살펴 뇌물을 징색한 일'『인재선생속집 권지1』/9월 23일, '진무
등이 예물 증여의 일이 끝나지 않았다며 보내주지 않은 일'『인재선생속집
권지1』/9월 24일, '뇌물의 품질이 좋지 않다고 불평한 엄도사에게 인삼 4냥,
백미 2 포대를 보냈고, 예물이 부족하다고 불평하는 회원관 위관에게 토산물을
더 보낸 뒤에야 차량표첩을 보내 준 일'『인재선생속집 권지1』/9월 25일, '값을
올려 받으려는 노새 주인과 다툰 일'·'뇌물 건으로 요동에 붙들어 둔 두량신
무리의 행위에 대한 분노'『인재선생속집 권지1』/11월 2일, '고부사·진주사
등의 행차에 뇌물을 많이 쓴 관계로 주본을 올릴 때 인삼 5~6근으로 액수가
오른 일'『인재선생속집 권지3』/11월 4일, '진주사가 떠나려 할 즈음 내시·
종자·하리·관부 등이 서로 힘을 썼다고 끝없이 뇌물을 요구한 일'『인재선생
속집 권지2』/11월 7일, '표전과 방물을 올리면서 쓴 뇌물성 비용'『인재선생속
집 권지3』/11월 18일, '뇌물 아니면 일이 이루어지지 않는 중국 조정의 관습'
『인재선생속집 권지3』/12월 9일, '칙서를 받기 위해 내각·한림원·중서과·고
칙방·제칙방·전적청·하인장방·서파장반·관가첩방·내각문 등 온갖 곳에
뇌물을 보낸 일'『인재선생속집 권지4』/12월 16일, '칙서를 수정하기 위해 한림
원과 내각에 인삼과 은냥을 보낸 일'『인재선생속집 권지4』/12월 25일, '칙서를
받을 때 관원이 뇌물을 요구하여 은 3냥과 부채 등을 준 일'『인재선생속

일들을 두 가지만 들어보기로 한다. 회원관은 요동성의 안정문(安定門) 밖에 위치한 숙소인데, 중국에 들어가면서 만나는 큰 숙소이고, 이곳 관리들의 탐학이 자심했을 뿐 아니라 뇌물 징색의 방법에서도 전형적인 모습을 보여주기 때문이다.

[1]9월 20일 갑진. 대설.
진무 다섯 사람이 뇌물로 바친 물건을 점검하여 퇴짜를 놓고 오직 역관을 시켜 날마다 술과 음식을 바치게 하므로, 신 등은 도사에게 정문하여 평안도 호송군마가 방물만 싣고 광녕으로 달려가게 하고자 했습니다. 그런즉 그 무리들은 차량을 출발시키지 않은 죄를 입을 것이므로 출발시키지 않을 수 없을 것이기 때문이었습니다. 글을 갖추어 쓴 다음 길을 떠나려 하였는데, 두량신 등이 또 제지하려는 모습이 있었고 도사 또한 출근하지 않아 정문하지 못하였습니다. 신 등은 표류해온 중국사람 대조용 등이 우리나라의 은혜에 보답하려는 생각을 알고는 그들을 불러 서로 만나 그 이유를 갖추어 설명해주고 도사를 만나 말하게 하였습니다. 두량신이 잔꾀로 그것을 알아내고 또 문을 지키는 관리를 시켜 막아 들어오지 못하게 하였습니다. 대조용 등이 수차례 왕래했으나 도사를 만나지 못하고 불만스럽게 성을 내며 돌아왔습니다. 역관 등이 부득이 공사 간의 노잣돈을 다 기울여 진무 5인 및 그들의 종자들에게 차등 있게 나누어 주니, 소요된 비용은 이루 가늠할 수 없을 정도였습니다.[76]

권지4』/1609년 1월 23일, '염치가 없어져 뇌물을 주고받는 명나라의 조정 비판' 『인재선생속집 권지4』" 등이다.
76)『訒齋先生續集』卷之一,『朝天日錄 一』, 15쪽의 "二十日 甲辰 大雪 鎭撫五人 等 點退所賂之物 唯令譯官 日供酒食 臣等欲呈文都司 以平安道護送軍馬 只載 方物 馳往廣寧 則渠輩恐被不發車輛之罪 不得不發矣 具草將往 良臣等又有 阻却之狀 都司亦不坐堂 故不得呈 臣等知漂流唐人戴朝用等 思報我國之恩 招 與相見 其述其由 使見都司言之 良臣譏知之 又使門吏阻遏 令不得入 戴朝用等 往來數次 不見都司 怏怏而還 譯官等 不得已盡傾公私行資 分給鎭撫五人 及其 從者有差 所費不可勝計" 참조.

[2]9월 21일 을사. 맑음.

회원관에 머물렀습니다.(…)예물을 각 아문에 나누어 보냈는데 진무 등이 즉시 받지 않아 역관이 개인적으로 뇌물을 주었는데 그 수를 헤아릴 수 없었습니다.

○ [부] 장인도사 엄일괴 처소에는 인삼 14근, 백주 12필, 궁자 6장, 장지 5백장, 강연 6면, 유둔 4장, 부 5덩이, 백첩선 15파, 유선 50파, 황모필 30매, 유매묵 30홀, 철병도 10자루, 골병도 40자루, 화석 10장, 백미 60말, 대구어 100마리, 복어 200개, 해삼 500개, 미역 5묶음, 송백자 3말, 팔대어 4마리를 보냈는데, 진무 등이 말하기를 인삼은 반드시 18근을 보내야한다며 그런 연후에야 받겠다고 하였다. 이도사 처소에는 백주 4필, 백미 20말, 화연 2면, 화석 3장, 장지 80장, 황모필 10매, 유매묵 10홀, 궁자 2장, 유둔 1덩이, 각병도 20자루, 해삼 400개, 대구어 40마리를 보냈고, 삼도사 처소에 보낸 물건도 이와 같았다. 오총병 처소에는 백주 2필, 궁자 2장, 백미 20말, 장지 60장, 화연 1면, 붓 10자루, 대구어 30마리, 해채 3동, 화석 2장을 보냈고, 총병아문 서판【서리】처소에는 백주 2필, 화석 2장, 칼 5자루, 붓 5자루, 묵 5홀, 쌀 10말을 보냈고, 일도사 아문의 관가【가정】처소에는 백주 5필, 화석 3장, 칼 10자루, 부채 10파, 붓 5자루, 먹 5홀을 보냈다. 진무 5인에게는 백주 10필, 쌀 50말, 화석 10장, 화연 10면, 백지 10권, 활 5장, 붓 50자루, 먹 50홀, 유선 100파, 칼 50자루, 대구어 300마리, 말린 노루 5마리, 말린 꿩 25마리, 팔대어 10마리, 해삼 5근, 해채 15동, 홍합 5말, 잣 5말, 화연 50개를 보냈는데 진무 등이 받지를 않고 절은 25냥을 요구하였다. 우리들은 역관을 엄히 꾸짖었는데 신중히 하여 절은으로 하지 말고 반드시 토산물로 그들에게 주도록 하였다. 그런데 역관 등이 개인적으로 뇌물을 주고받는 것을 금지할 수 없었다.[77]

---

77) 『訒齋先生續集』卷之一,『朝天日錄 一』, 15~16쪽의 "二十一日 乙巳 晴留懷遠館 (中略) 分送禮物于各衙門 鎭撫等不卽受去 譯官私相贈賂者 不記其數○ [附]掌印都司嚴一魁處 送人參十四斤 白紬十二疋 弓子六張 壯紙五百長 江硯六面 油芚四張 付五塊 白貼扇十五把 油扇五十把 黃毛筆三十枚 油煤墨三十笏 鐵柄刀十柄 骨柄刀四十柄 花席十張 白米六十斗 大口魚百尾 鰒魚二百介 海參五百介 海藿五同 松栢子三斗 八帶魚四尾 鎭撫等言人參必送十八斤 然後可納

[1]에서 도사(都司) 즉 도지휘사사(都指揮使司)는 한 성(省)의 군무를 총괄하는 군직(軍職)이고, 진무(鎭撫)들은 그 밑에서 도사의 지휘를 받던 하위직이다. 이들이 사행을 겁박하여 뇌물을 요구하고, 뇌물이 마음에 차지 않는다는 이유로 날마다 술과 음식을 바치게 하는 횡포가 눈에 보이듯이 묘사되어 있다. [1]에 기술된 사정은 다음과 같다. 최현 사행은 동지 절일의 하축(賀祝) 외에 조선 땅에 표착(漂着)한 중국인 대조용(戴朝用) 무리들을 호송하는 임무도 띠고 있었다. 그런데 요동성의 하급 군관들이 뇌물 건으로 사행을 타발(打發)시키지 않는 까닭에 동짓날까지 북경에 도착할 수 없을지도 모르는 곤경에 처하게 되었던 것이다. 그래서 조선으로부터 구원의 은혜를 받은 대조용 등에게 도사를 만나 사행의 사정을 호소하게 하였으나, 미리 알아챈 그들의 계략으로 문을 막아 들어가지도 못하고 돌아온 것이다. 부득이 사행의 공금과 수행원들이 갖고 있던 사사로운 노자들을 모두 모아 진무 다섯 사람과 그들의 부하들에게 차등 있게 지급한 다음에야 타발할 수 있었는데, '그 비용은 가히 헤아릴 수 없다'고 말할 정도로 막대했다는 것이다. '소비불가승계(所費不可勝計)'는 당시 명나라 안에서 당하던 징색의 규모나 그로 인한 고통이 얼마나 컸었는지를 보여주는 결정적 문구다. 그 어마어마한 뇌물의 명세(明細)가 인용문 [2]이다. 아문에 나누어 보내고, 그 아문에 속한 진무들에게

云 二都司處 送白紬四疋 白米二十斗 花硯二面 花席三張 壯紙八十張 黃毛筆十枚 油煤墨十笏 弓子二張 油苴一塊 角柄刀二十柄 海參四百介 大口魚四十尾 三都司處 所送亦如此數 吳總兵處 送白紬二疋 弓子二張 白米二十斗 壯紙六十張 花硯一面 筆十柄 大口魚三十尾 海菜三同 花席二張 總兵衙門書辦【胥吏】處 贈白紬二疋 花席二張 刀五柄 筆五枚 墨五笏 米十斗 一都司衙門管家【家丁】處 贈白紬五疋 花席三張 刀十柄 扇十把 筆五枝 墨五笏 鎭撫五人 贈白紬十疋 米五十斗 花席十張 花硯十面 白紙十卷 弓五張 筆五十柄 墨五十笏 油扇百把 刀五十柄 大口魚三百尾 乾獐五口 乾雉二十五首 八帶魚十尾 海參五斤 海菜十五同 紅蛤五斗 栢子五斗 火鍊五十介 鎭撫等不受 要以折銀二十五兩 我等嚴責譯官 愼勿折銀 必以土産贈之 而譯官等私相贈賂 不能禁" 참조.

나누어 주었음에도 즉시 받지 않고 더 많은 것들을 요구하던 상황을 여기서는 '불기기수(不記其數)'라 했다. 부기에 나열된 물목(物目)들이 한 곳의 몇 사람들에게 건넨 뇌물들임을 감안하면, 연로의 각 관아는 물론 북경의 중앙정부 관리들까지 계산에 넣을 경우 막대한 수량의 물자들이 뇌물로 소요되었음을 헤아리기에 어렵지 않다.

도적떼로 변한 관리 사회에 만연한 탐풍은 명나라 말기의 상황을 더 심각하게 몰아갈 뿐 아니라, 사행에 참여한 주변 왕조들의 지식인들은 중세적 질서의 중심부를 형성하던 명나라의 문화적 보편성이 붕괴되고 있다는 충격적 징후로 받아들일 수밖에 없었을 것이다. 사실 최현을 비롯한 조선의 식자들은 자신들의 고유한 지역성을 탈피하여 세계적인 문화의식이나 사상을 귀하게 여기는 의식구조를 갖고 있었으며, 그런 까닭에 '선진문화를 수용하여 그 척도로 자신의 문화를 비판하는 것을 특성으로 하는 보편주의'에서 자신들의 정체성을 찾는 것이 일반적이었다.[78] 보편주의적 사고에 젖어있던 그가 그런 보편주의의 본산인 명나라에 만연한 탐풍을 발견하면서 갖게 된 충격은 말로 표현할 수 없었다. 권력을 가진 누군가에게 재화를 건네는 것은 주는 자의 입장에서 보면 권력을 무기로 남의 물건을 빼앗는, 일종의 도적질이다. 최현이 현장에서 보고 느낀 것은 바로 그런 놀라움이었을 것이다. 말하자면 그곳 관아의 도사나 진무들은 모두 '도적들'이었고, 자신은 물건을 송두리째 빼앗긴 힘없는 과객이었다. 뇌물 강요 사건은 그에게 말할 수 없는 충격이었고, 그들에게 건넨 물목들과 수량을 빠짐없이 나열한 것도 그런 충격을 표현하는 한 방법이었다. 최현은 유가의 정치이념에 충실했을 뿐 아니라 남들과 달리 실용적인 측면에도 뛰어난 통찰력을 지니고 있었으며, 그런 생각을 과감히 임금에게 진언할 정도로 뛰어난 경세가였다. 사실 명나라의 귀한 손님이자 조선의 왕사(王使)였던 최현이 중국의 하찮은 지방 하급관리들로부터 당

---

78) 정구복, 『韓國中世史學史(Ⅰ)』, 집문당, 1999, 25쪽 참조.

하는 수모는 감내하기 어려웠을 것이다. 자존심을 꺾으면서까지 강탈당한 물목들과 수량을 글로 적어 나열하기란 더더욱 쉽지 않았을 것이다. 그럼에도 시시콜콜 하나에서 열까지 그것들을 생생하게 나열한 것은 조선의 지배층에게 중국의 현실을 보여주어야 한다는 사명감 때문이었다. 중세 보편주의의 근원인 명나라가 처참하게 무너진 모습을 보여줌으로써 역으로 미구에 갖게 될 '소중화의 오기어린 자부심'을 마음속으로 다졌을 것이다. 최현은 명나라 관리들에 의해 강탈당한 물목들을 중세질서 와해의 증거물로 세상에 드러내어 고발하고자 한 것도 그 때문이었다.

3) 예법의 붕괴 및 오랑캐의 침탈과 중세 질서의 와해 : 메시지 3

긍정적이든 부정적이든 명나라의 현실에 대한 최현의 판단 척도는 중세적 질서의 바탕으로 작용해온 예 관념이었다.[79] 유교 이념을 명나라와 조선이 공유한다는 믿음은 명나라의 실정을 목격하면서 상당 부분 허물어진 것이 사실이고, 그것은 『조천일록』의 기록내용들을 바탕으로 이 부분에서 거론해야 할 가장 중요한 논점이다. 유교 이념의 붕괴나 중세적 질서의 와해가 명 왕조의 시작부터 나타난 현상은 아니겠지만, 명 왕조가 시대의 흐름에 적절히 대처하지 못함으로써 생겨난 말기적 폐단들이라는 사실 만큼은 부정할 수 없었다. 그런 사례들은 조선 역시 이미 직면하고 있거나 머지않아 직면하게 될 문제임을 조선의 지배층이 명심해야 한다고 보았고, 그것들을 정확히 기록하여 전하는 것이 서장관인 최현

---

79) 필자의 논문「조선 지식인의 중국체험과 중세보편주의의 위기」, 45~56쪽]에서는 최현의 기록들에 나타나는 중세보편주의의 위기를 '유교 이데올로기의 지도력 상실과 사회적 혼란', '공직사회의 부패 풍조와 사회적 혼란', '오랑캐의 침탈과 사회적 혼란' 등으로 진단한 바 있다. 그런 관점을 본서에서도 계속 유지하며, 경세가인 최현이 '예의의 붕괴'가 야기한 중국의 현실문제들을 통해 조선 지배층의 경각심을 불러일으키고자 의도한 점에 논의의 무게중심을 두고자 한다.

자신의 의무라고 자임한 것으로 보인다. 바로 그 핵심에 예 혹은 예의가 자리 잡고 있었다. '중국 고대의 전장(典章)과 제도를 연구하려면 그 원칙과 정신을 파악해야 하며 고대의 사상과 문화를 연구하려면 정치사상의 기본적 사상을 분석해야 하는데, 그러기 위해서는 예에 관한 연구를 배제할 수 없다'[80]고 할 만큼 중국의 역사 문화와 예는 불가분의 관계를 맺어왔다. 예가 중심을 이루던 춘추시대 이래 예의의 전통은 중국 역대 왕조들에 계승되었으며, 한대(漢代) 이후부터 유가사상이 각 왕조의 정통학문으로 자리 잡으면서 예교(禮敎)는 인간생활의 가장 중요한 규범으로 인식되었다. 따라서 중국사회에서 예교의 지위는 중국인들의 인생관이자 도덕관이며 가치관이 되었던 것이다.[81] '중국이 중국이 되는 까닭은 예의 때문이니, 예의를 한 번 잃으면 이적이 되고, 두 번 잃으면 금수가 되어 인류는 멸망한다'는 송나라 학자 호안국(胡安國)의 말[82]처럼 전통시대 중국문명의 핵심은 예라고 할 수 있었다. 명나라의 말기적 증상들에 대한 비판이나 기록도 이념적 바탕의 확인으로부터 출발해야 하는데, 그 내용은 『예기(禮記)』 「곡례(曲禮)」의 초반에 제시된 '예'의 중요성과 범주로부터 확인되는 점이다.

> 도덕과 인의는 예 아니면 이룰 수 없고, 교훈과 정속은 예 아니면 갖출 수 없고, 분쟁·변송은 예 아니면 결정될 수 없고, 군신·상하·부자·형제는 예 아니면 안정될 수 없고, 벼슬과 배움의 스승을 섬김에서 예 아니면 서로 친할 수 없고, 조정에서 서열을 정하고 군대를 다스리며 벼슬에 임하고 법을 시행함에 예 아니면 위엄이 서지 않고, 기도하고

---

80) 李學勤, 『中國文化史槪要』, 北京: 高等敎育出版社, 1988, 4쪽 참조.

81) 정종복, 「中國의 道德主體인 「仁과 禮」의 思想硏究」, 『교육과학연구』 7, 청주대 교육문제연구소, 1993, 29쪽 참조.

82) 『春秋胡傳』 권 12, 僖公 23년 11월. 권선홍, 「전통시대 유교문명권의 책봉 조공 제도 부정론에 대한 재검토」[『국제정치논총』 57(1), 한국국제정치학회, 2017], 23쪽에서 재인용.

제사하여 귀신에게 공급함도 예 아니면 정성스럽고 단정하지 못하다.
이로써 군자는 공경하고 절도를 적절히 하며 자신을 낮추고 사양함으로
써 예를 밝히는 것이다.[83)][밑줄은 인용자]

　도덕·인의·풍속·인정·도리·학문·정치·법·제사·지도자의 리더십
등 국가 전반적인 문제들의 대전제가 예라는 것이 인용문의 핵심이다.
즉 모든 일의 성패가 '예의 있고 없음'과 결부된다는 것이다. 명나라와
조선이 유교라는 동일한 문명적 바탕을 지니고 있다는 믿음이 있었기에
최현을 비롯한 조선의 사신들은 '유례(有禮)/비례(非禮)[무례(無禮)·실
례(失禮)]'를 명나라 평가의 척도로 지니고 있었던 것이다. 유교적 공의
(公義)는 공적인 부분과 사적인 부분을 막론하고 준수되어야 한다는 것
이 최현을 비롯한 조선 사행의 일반적인 관점이었다. 말하자면 삶의 모든
부분들이 경전(經典)에 입각하여 분석·통제되어야 한다고 믿던 그들의
생각은 명나라의 빗나간 현실들을 목도하면서 크게 흔들렸다고 볼 수
있는데, 특히 최현의 경우는 그런 현실들로부터 조선의 지배층이 유념해
야 할 바를 읽어낸 것으로 생각된다. 그런 것들을 상세하게 기록함으로써
고발적 문투의 효과를 덤으로 발휘했다고 보기 때문이다.
　만연한 관리들의 탐풍, 인간적 도리나 예의를 망각한 백성들, 정책의
실패로 인한 민생의 파탄과 그로 인한 오랑캐의 침탈 등은 앞서 인용한
『예기』의 이른바 '비례'의 소산들이고, 그것들은 공고하게 구축되어 있
던 중세적 질서를 허무는 요인들이었다. 권력의 힘으로 백성 혹은 타국
빈객들의 재물을 탈취하거나 오랑캐들이 침범하여 안보를 해치는 현실
등은 예를 바탕으로 형성된 중세적 통치 질서를 무너뜨리는 결정적 요인

---

83) 『文淵閣四庫全書: 經部/禮類/禮記之屬/禮記註疏』卷一의 "道德仁義 非禮不
　　成 敎訓正俗 非禮不備 分爭辯訟 非禮不決 君臣上下父子兄弟 非禮不定 宦學事
　　師 非禮不親 班朝治軍涖官行法 非禮威嚴不行 禱祠祭祀供給鬼神 非禮不誠不
　　莊 是以 君子恭敬撙節退讓 以明禮" 참조.

들이라는 것이다. 사실 조선도 지방관들의 탐학으로 민생이 어려워졌다거나 안보를 소홀히 함으로써 임진왜란·병자호란 등의 외침을 겪었고, 그로 인해 중세질서의 위기에 봉착하게 되었음을 체험적으로 알고 있던 최현의 입장에서 그런 말기적 현상들이 중세질서의 본산인 명나라의 경우가 훨씬 더 심각하다는 점을 발견하면서 그 충격은 더 컸던 것으로 보인다. 명나라 비정(秕政)의 원인으로 비례에 초점을 맞춘 최현의 의도는 그 사례들을 기록하여 유사한 상황에 빠져 있으면서도 깨닫지 못하는 조선 지배층을 경각시키고자 한 데 있었으리라 추측할 수 있는 것도 그 때문이다.

명나라 사회가 갖고 있던 긍정적인 면과 부정적인 면을 균형 있게 기록한 부분을 먼저 살펴봄으로써 최현이 갖고 있던 현실인식을 살펴보기로 한다.

> [1]중국의 제도는 관대하여 귀천을 제한하지 않으니, 진실로 재능만 있으면 비록 역졸과 노복이라도 고귀한 관직에 오르지 않는 경우가 없다. 옥하관의 패자 유씨에게는 두 아들이 있는데 모두 서생이었다. 제독이 패자를 노예처럼 대했으나 이 두 서생이 오면 몸소 뜰에 내려가 공손히 인사하고 마루에 오르게 하여 빈주의 예로 대했으니, 그 유사를 중히 대하고 출신성분에 매이지 않음이 이와 같았다. 그러므로 사람들이 모두 자중하여 어린아이와 천한 노예라도 예의바른 몸가짐을 잘 익혀 통달할 줄 알았다. 걸음걸이, 손님을 맞고 보내는 절차, 절하고 읍하는 절차, 주객이 술을 마시는 절차가 반드시 법도에 맞았으며 의관과 복식이 정연하여 볼 만 하였다. 창녀를 제외하고는 여자는 상업을 경영할 수 없어 길거리에서 여자의 얼굴을 보는 일이 드물었다. 무릇 불 때고 물 긷고 음식 익히는 일은 모두 남자가 주관하며 여자는 마루 아래로 내려오는 때가 없다. 만약 중국인들이 우리나라의 마을사람들이 절하고 읍하는 데에 절도가 없고 의관이 정돈되지 않았으며 여자가 시장에 앉아 물건을 팔며 들에서 일을 하는 것을 본다면 반드시 놀라고 비웃을 것이다. 집들의 제도는 반드시 동서를 바르게 하고, 도성과 군읍의 사이는 비늘과 빗살처럼 빼곡하게 차례로 늘어서 한 결 같이 정연했

다. 도로와 문항이 평평하고 곧기가 화살 같아 비록 궁벽한 촌마을이라
도 모두 그러하였으니, 우리나라의 거리와 골목이 바르기도 하고 굽기
도 하여 들쭉날쭉한 것과 같지 않았다. 그러나 내외간이 엄격하지 않으
므로 더럽고 난잡함이 풍속을 이루어 행상과 노복이 곧바로 침실까지
들어가 부인과 섞여 있어도 조금도 이상하게 여기지 않았다. 사대부
집안은 비록 약간 출입의 제한은 있었으나 우리나라의 정연하고 엄숙함
만 같지 않았다. 예악의 법도가 폐지되거나 해이해져 이단의 술법을
몹시 숭상하고 도관과 승당이 여염과 조시의 가운데로 섞여들었다. 사
대부 모두 신불을 몹시 숭상하여 분향 정례하며 제사를 지냈다. 옛날의
예법이 점차 없어지면서 상기가 문란해져 벼슬아치와 선비의 무리는
부모 돌아가신 지 오래 되지 않아 상중인데 벼슬살이를 하였다. 시체를
넣은 관이 출입할 때 여러 악기들과 잡희를 많이 늘어놓고 신을 즐겁게
하는 형상을 지었다. 부자는 겉모습의 아름다움을 지극히 하는 데만
힘쓰고 슬퍼하는 모양은 적었으며, 가난한 자는 해가 바뀌도록 장례를
지내지 못하고 산야와 도로 사이에 시신을 방치하기도 하였다. 조정에
서는 염치가 쓸어낸 듯 사라져 뇌물의 이로움만 강구했다. 벼슬아치들
은 몸소 장사를 하여 십분지일의 이익을 다투고 각 부의 아문에서는
한 가지 호령을 발하고 한 가지 명령을 베풀 때마다 반드시 뇌물을
앞세웠다. 부상대고인 경우 수만 냥의 은을 갖고 있은 즉 그 세력으로
환관과 교통하며 조정의 권력을 잡아 생살여탈이 공도에서 나오지 않으
니 한심하다고 할 수 있었다.[84]

---

84) 『訒齋先生續集』卷之四, 『朝天日錄 四』, 62~63쪽의 "二十三日 丙午 晴(中略)
中國制度寬大 不限貴賤 苟有其才 則雖馹卒傭僕 無不顯揚淸班 玉河舘牌子劉
姓者 有子兩人 皆爲書生 提督待牌子如奴隷 而兩書生至 則親自下庭 揖讓升座
如賓主之禮 其重待儒士 而不係世類如是 故人皆自重 稚童賤隷 亦知閑習禮容
步趨送迎拜揖酬酌 必中規矩 衣冠服飾 整然可觀 娼女之外 女子不得倚門倚市
故衢路之間 罕見面目 凡炊汲烹飪事 皆男子主之 而女子無下堂之時 若中朝人
見我國村巷之人 拜揖無節 而衣冠不整 女人坐市販賣 服役田野 則必駭笑矣 堂
室之制 必正東西 都城郡邑之間 鱗錯櫛比而整整如一 衢路門巷 平直如矢 雖窮
村僻巷 莫不皆然 不如我國之或正或邪 參差不齊也 然內外不嚴 穢亂成風 行商
僕隷 直到寢室 與婦人混處 畧不怪訝 士夫家雖或稍有閨禁 而亦不如我國之斬
斬然 文敎廢弛 酷尙異術 道觀僧堂 錯雜於閭閻 朝市之中 士大夫皆酷尙神佛

중국의 장·단점에 대한 종합적 견문으로서 군데군데 짧지만 날카로운 비판까지 포함하고 있는 이 글의 소재나 내용은 여덟 가지로 나눌 수 있는데, 중국인들의 삶에 대한 최현의 비평적 식견이 빛나는 경우라 할 수 있다. 첫째, 신분의 귀천보다 재능을 중시하는 중국의 장점이다. 재능만 있다면 역졸이나 노복이라도 고관에 오를 수 있다는 것인데, 그 사례로 옥하관 패자 유씨의 사례를 들었다. 제독은 그를 노예처럼 대했지만, 공부를 하고 있는 그의 두 아들을 만나면 빈주(賓主)의 예로 대했다는 것이다. 그런 까닭에 어린 아이와 천노(賤奴)들이라도 예의 바른 몸가짐을 잘 익혔다는 것이다. 대부분의 중국 사람들이 걸음걸이나 손님의 송영(送迎)·배읍(拜揖)·수작(酬酢)의 절차 등에서 법도와 합치했고, 의관과 복식이 정연한 것도 그 때문이었다고 했다. 이 부분의 핵심은 학문하는 사람을 중히 여기고 출신성분에 매이지 않으며 일상적인 범절을 통해 질서를 익히게 하는 중국의 장점을 첫머리에 들고 그 합리적 개방주의를 찬양한 점이다. 이 내용 속에 반(班)-상(常)-천(賤)으로 구분하여 인재를 버리는 조선의 협애(狹隘)함과 조악(粗惡)함에 대한 비판이 들어있음은 물론이다.

둘째, 남녀의 구분, 특히 여성을 배려하는 중국의 장점을 들었다. 중국에서는 창녀를 제외하고는 상업을 경영하지 못하고, 집안일도 남성이 처리해야 했으므로 여성은 마루 아래로 내려올 수 없다고 했다. 그에 비해 마을 사람들이 인사를 나누는 태도에 절도가 없고 의관이 정돈되지 않았으며, 특히 여성들이 시장에 앉아 있거나 들판에서 일하는 모습을 본다면 중국인들이 놀랄 것이라는 점 등을 조선의 단점으로 들었는데, 그 말 속

焚香頂禮而祀事焉 古禮寢亡 喪紀紊亂 搢紳之徒 親死未久 起復從宦 喪柩出入時 多張衆樂雜戲 以爲娛神之狀 富者務極觀美 而少哀戚之容 貧者經年不葬 或置山野道路之間 朝廷之上 廉恥掃如 賄利是營 衣冠之人 親行商賈之事 而逐什一之利 各部衙門 發一號施一令 則必先之以賄遺 若富商大賈 有數萬兩之銀 則其勢交通內璫 把握朝權 生殺與奪 不出於公道 可爲寒心矣" 참조.

에 비판적 어조가 숨어 있음은 물론이다.

셋째, 단정하고 정연한 주택과 도성 및 군읍 제도의 장점을 들었다. 동서를 바르게 만든 도시의 주택들이 생선의 비늘이나 빗살처럼 빼곡하고 정연하게 늘어서 있는 것이 중국의 도시와 농촌을 막론하고 같은 모습인데, 거리나 골목이 들쭉날쭉한 조선의 그것과는 다르다는 것이었다.

다섯째, 남녀 간에 내외하는 분위기가 없어 행상이나 노복이 내실까지 들어가 부인과 함께 있는 것이 이상하지 않을 정도로 자유롭고, 남녀 간의 내외하는 법이 엄숙한 조선과 다르다는 점을 부정적인 어조로 묘사했다.

여섯째, 명나라에 예악의 법도가 사라져 이단의 술법을 숭상한다거나, 도관과 불당이 도시와 여염에 침투되어 장례식에는 분향·정례하며 제사 지낸다는 부정적 현상을 비판했다.

일곱째, 옛날의 예법이 사라져 부모 상중에 벼슬살이를 하고, 시체를 넣은 관이 출입할 때 악대를 동원한 잡희로 신을 즐겁게 하는데, 부자는 겉모습 꾸미기에 주력하고 가난한 자는 해가 바뀌도록 장례를 지내지 못해 시신을 도로와 산야에 방치하는 부정적 현상을 비판했다.

여덟째, 조정에 염치가 아주 사라져 뇌물의 이로움만 추구하고 벼슬아치들은 장사를 겸하여 작은 이익을 다투며 각 부의 아문에서는 명령을 낼 때마다 뇌물을 요구하는 폐습을 지적했다. 뿐만 아니라 돈 많은 상인은 그 세력으로 환관과 교통하며 조정의 권력을 잡음으로써 심지어 생살여탈까지 공도에서 나오지 않는다는 통치체제의 난맥을 들었다.

첫째~셋째는 긍정적인 현상, 나머지는 부정적인 현상인데, '예의 있음'이 전자의 원인이고, '예의 없음'이 후자의 원인이다. 인재를 육성하고 등용하는 데 출신성분을 고려하지 않고 예의바른 몸가짐이나 일상적 범절을 통해 질서를 익히며 여성을 배려하는 중국인들의 관대함과 함께 단정한 주택의 모습, 도성 및 군읍 제도의 정연함을 배워야 할 긍정적인 점으로 제시했는데, 그것들은 모두 예의의 소산이었다.[85] 남녀 간에 내외법이 없어 문란해 보이는 점, 예악의 법도가 사라지고 도가와 불가를 숭상하는 풍조가 만연함 점, 상기(喪紀)의 문란·탐풍으로 인한 이도의 문란·환관을 돈으로 매수하여 권력을 농단하는 통치체제의 난맥 등을 부정적인 것으로 제시했는데, 이들 모두는 '예의 없음'의 소산들이다. 중국 현실의 긍·부정적인 면을 함께 들어 긍정적인 면은 적극 수용하고, 부정적인 면은 고칠 것을 촉구하며, 그러기 위해서라도 예의 회복의 당위성을 보여주고자 한 데 최현의 의도가 있었음은 당연하다.

다음의 글들을 살펴보기로 한다.

> [2]18일 신축. 맑음(…)중국의 풍속은 도관과 절은 아름답게 꾸몄으나 국학과 문묘는 먼지로 매몰되었고 인적이 드물었다. 우리나라에 있을 때 국자감으로부터 오다 보면 문승상의 사당이 있다고 들어서, 관중의 여러 사람들에게 물었는데 모두 문승상이 있었는지를 알지 못하였다. 나는 이러한 평범한 사람들은 알지 못하지만 태학 서생에게 물어보면 알 수 있을 것이라고 생각하여 몇몇 서생들에게 물었으나, 모두 문산의 사당이 이곳에 있음을 알지 못하고 다만 이곳에서 약간 떨어진 길가에 문창묘가 있으니 반드시 그것일 것이라 하였다. 또 황금대와 소왕총의 옛 자취 및 사방득의 사당이 세워졌는지의 여부를 물었으나 또한 알지 못하였다. 태학생의 어리석음이 이와 같았다.[86]

---

85) '단정한 주택의 모습이나 도성 및 군읍 제도의 정연함'을 예의의 소산으로 보는 관점에 비판적 의문이 제기될 여지가 없지 않다. 그러나 빈부귀천의 차이가 있을 것임에도 전체적으로 주택의 모습이 단정했다거나 도성 및 군읍의 제도가 정연함은 당시의 정치나 정책이 적어도 백성들 사이에 눈에 띄는 차별을 만들어 냈다고 할 수는 없다. 이 점을 치자들이 발휘한 공효로서의 예의라 보아도 무방할 것이다.

86) 『訒齋先生續集』卷之四, 『朝天日錄 四』, 56쪽의 "十八日 辛丑 晴 (中略) 中朝之俗 致美於道觀僧舍 而國學文廟 則塵埃埋沒 人跡罕到焉 在我國時聞 自國子監來時 有文丞相廟 問于舘中諸人 皆不知有文丞相 我以爲此等庸夫 不可識 若問太學書生 則可以知矣 問于數三書生 皆不知文山之有廟于此 但云 此去路傍有文昌廟者 必是此也云 又問黃金臺昭王塚之古迹 及謝枋得立廟與否 則亦不知 太學生之貿貿如是" 참조.

[3]삼차하는 바다에서 150 리 떨어져 있는데, 조수가 넘치면 물결이 들끓어 올라 거주민과 길가는 자들 다수가 그 피해를 입는다. 옛 풍속에 수신묘를 세워 기도를 하였는데 삼차하의 동쪽에 있는 것은 천비묘 혹은 낭랑묘라 하여 전우를 새로 지었고 천비 두 부인의 소상을 세웠다. 또 좌우로 결채가 있는데 오른쪽에 있는 것은 수신이고 동쪽에 있는 것은 용왕이다. 모두 진흙으로 소상을 만들어 그곳에 제사를 지냈다. 기원을 할 때에는 마음을 가지런히 하고 경건하게 기도를 하는데 분향하고 천비묘 앞에 이마가 땅에 닿도록 구부려 공손하게 절을 한 뒤 탁상의 죽첨을 뽑아 길흉을 점친다. 삼차하의 서쪽에 있는 것은 삼관묘 혹은 야야묘라 하는데 전우와 소상은 동쪽 언덕에 있는 사당과 같았다. 그런데 삼관이라고 한 것은 소상의 모양이 남자였는데, 그 이름을 지은 뜻을 사당의 중에게 물어보니 삼관은 삼원으로 천신·지신·수신이라고 하였다. 아! 옛사람이 산악과 물가에 제사지내지 않음이 없었으니 강가에 수신묘를 세운 것 또한 옳다고 할 수 있다. 천신과 지기는 크고 넓어 말로써 형언할 수 없으니, 흙덩이나 목석으로 형상을 만들어 신으로 섬길 수 있는 것도 아니고, 행인과 마을 사람이 고개 숙여 예를 행하고 신격화 할 수 있는 것도 아니다. 하물며 천비와 낭자의 명칭은 더욱 설만하니 저 벌레같이 우둔한 사람과 허탄하고 망녕된 중은 족히 말할 것도 못된다. 비문을 살펴보니 명공과 석사도 모두 이름을 새기고 공덕을 칭송하였다. 어찌 하늘을 속임이 심한 자들 아니겠는가? 중국 사람은 이러한 사묘나 관왕묘를 만나면 비록 지위가 높은 관리라고 하더라도 모두 분향하고 네 번 절을 한 후에 지나간다. 우리나라 사람은 다만 한번 둘러보기만 하고 예를 행하지 않는데 중국 사람은 도리어 무례하다고 비웃는다. 아! 공자께서 말씀하시기를 "귀신이 아닌데 제사지내는 것은 아첨이다" 라고 하였는데, 지금 그것이 신이 아닌데도 예를 행하고 있으니 이것 또한 설만한 것이다. 관왕으로 말한다면 절의가 높아 사람들로 하여금 공경심을 일으키게 하지만, 소상을 만들고 예에 맞지 않는 제사를 지내는 것은 불법의 유폐에 지나지 않을 뿐이다. 그러므로 천신에 절하지 않는 것은 상천을 공경하는 것이고 관왕묘에 예를 행하지 않는 것 또한 관왕에게 예를 행하는 것이다.[87]

---

87) 『訒齋先生續集』卷之一, 『朝天日錄 一』, 21~22쪽의 "二十九日 癸丑 陰 午後

도교와 불교를 숭상하는 대신 유교를 소외시킴으로써 비례를 범하는 중국의 현실을 비판적으로 거론한 것이 [2]의 핵심이고, 천비묘(天妃廟)와 낭랑묘(娘娘廟)를 들어 섬기지 않아야 할 귀신을 섬김으로써 비례를 범하는 중국의 현실을 비판한 것이 [3]의 핵심이다.

전자에서 최현은 유학을 가르치는 중앙 관학으로 고대 교육체계 중에서 최고 학부인 국학과 공자와 제자들의 위패를 모신 문묘가 화려한 도관(道觀)과 불사(佛寺)에 비해 인적이 드물고 먼지로 덮여 있는 모습을 발견하고 충격을 받는다. 사행을 떠나오기 전 북경의 국학 가는 길에 남송의 충신 문천상[文天祥, 1236~1282]의 사당이 있다는 말을 들었는데, 그곳에 가기 위해 옥하관의 사람들에게 길을 물었으나 아무도 몰랐고, 급기야 태학의 서생들에게 물었으나 그들 역시 문천상이 누구인지조차 모른다는 사실을 확인하게 된 것이다. 더욱 해괴한 것은 그 서생들이 문천상의 사당과 문창성(文昌星)의 사당을 혼동하고 있다는 점이었다. 문

▼ 북경 국자감의 공자상

천상은 1260년 원나라 군대가 수도 임안(臨安)을 위협하자 문신으로서 근왕병(勤王兵) 1만 명을 이끌고 분전(奮戰)했으나 포로가 되었고, 결국 송나라는 멸망하였다. 원나라의 세조가 그의 재능을 아껴 벼슬을 간절히 권하였으나 끝내 거절하고 <정기가(正氣歌)>를 남긴 뒤 사형당한 충신이다. 도관과 불사는 화려했으나 국학과 문묘에는 먼지가 자욱했다는 점, 태학생이 문창성묘는 알면서도 문천상묘를 알지 못했다는 점 등을 확인한 최현이 이 문제를 제기한 것은 의미심장하다. 태학에서 유교를 배우기보다는 도관과 불사에서 기복(祈福)의 비례에 빠진 명나라의 현실을 비판하고자 했고, 충신의 아이콘인 문천상을 알지 못하고 문창성의 도움으로 글을 쉽게 익혀 과거에 급제하여 입신출세의 꿈을 이루려는 태학생을 들어 마찬가지로 비례에 빠진 명나라의 현실을 비판하고자 한 것이다.

6. 결론

인재 최현의 『조천일록』은 수많은 사행록들 가운데 하나일 뿐인가. 아니면, 천재일우의 기회를 만나 중세적 질서의 본산인 중국을 밟아보고 그곳에서의 견문을 바탕으로 자기 개혁의 처방을 만들어내고자 한 경세(經世)[혹은 경세(警世)]의 저술인가. 월사 이정구의 사행록들[「무술조천록(戊戌朝天錄) 상·하(上·下)」/「갑진조천록(甲辰朝天錄) 상·하(上·下)」/「병진조천록(丙辰朝天錄)」/「경신조천록(庚申朝天錄) 상·하(上·下)」], 죽천 이덕형의 『죽천조천록』, 노가재 김창업의 『노가재연행일기』, 담헌 홍대용의 『담헌연기』, 연암 박지원의 『열하일기』, 학수 서유문의 『무오연행록』, 여행 김경선의 『연원직지』 등, 16세기 후반부터 19세기 전반까지 조선조 여행문학의 맥을 형성하던 사행록의 계보에서 인재의 『조천일록』은 앞자리를 차지하지만, 사행록 전성기의 막내격인 김경선조차 '노가재·담헌·연암' 3인의 기록들을 꼽았을 뿐 인재의 사행록은 거론하지 않았다. 무엇보다 『조천일록』이 인재의 6대손 최광벽에 의해 비로소 편집·간행되었다는 것, 즉 원작은 17세기 초반에 이루어졌으되 공간(公刊)된 것은 19세기의 일인 셈이니, 사람들에게 쉽사리 발견되지 않았기 때문일 것이다. 인재의 『조천일록』이 단순한 보고용으로 사용된 뒤 사람들에게 알려지지 않았을 뿐 아니라, 사행록의 일반적인 패턴이 아직 확립되지 않았을 때의 기록이었다는 사실도 그 가능성을 설명해주는 점이다.

인재는 당대 성리학의 학풍에 매몰되지 않고, 민생과 안보 등 국가의 현실문제들에 대하여 실용적인 가치를 추구한 실천적 지식인이었다. 성리학으로 입문했음에도 성리학에 대한 저술을 남기지 않았고, 많은 소차들을 통해 인재등용·민생·국방 등 정치의 요체를 임금에게 간언해왔으며, 무엇보다 임진·병자 두 전쟁에 참전한 점은 그가 공리공담에 매몰되어 있던 당대 유자들의 범주로부터 훨씬 벗어나 있던 존재임을 입증한다. 본서에서 「진시무구조소」와 「홍문관조진팔무차」를 분석하여 시무에 대한 그의 관점을 찾고, 그의 관점에 입각하여 『조천일록』의 두드러진 내용들을 분석하고자 한 것도 그 때문이다.

사행기간 내내 매일매일 문견사건들을 기록하고 사일기를 부대함으로써 자신의 견해와 철학을 담고자 했는데, 그것들 모두는 '중국에 대한 정보'이자 조선의 국내 정책이나 외교 정책의 수립에 큰 도움이 되는 자료들이었다. 제도·정책·사회풍조·민생 등의 문제, 오랑캐와의 갈등을 중심으로 하는 국가안보 문제, 관리들의 탐풍이나 예법의 문란을 중심으로 하는 이데올로기적 기강 해이의 문제, 학자나 무장을 중심으로 하는 인물 등용의 문제, 문화·역사에 대한 평가와 해석의 문제 등 중국에서 만나는 각종 물상들에 대한 기록은 조선의 왕과 지배층이 유념하기를 바라던 최현의 소망이 담긴 글들이었다. 그가 주력해오던 경세문들의 골자를 이루는 철학이나 시국관으로부터 그의 비평안이 나왔고, 그런 안목으로 중국의 문제적 현실에 대한 관찰을 기록한 결과가 『조천일록』이었는데, 그런 점에서 이 기록이야말로 그가 글쓰기에서 평생 일관성 있게 견지해온 실용주의의 소산이었다.

예컨대 「신수노하기」나 「제본」 등 중국의 관리들이 쓴 글을 비평 없이 인용한 것도 그런 글들에 제시된 정치·사회·안보·문화·인물·역사 등의 실용적이고 합리적인 견해가 조선의 현실에도 매우 긴요하다고 보았기 때문이다. 중국에 들어서는 시점부터 업무를 마친 뒤 귀로에 압록강을 건너기 전까지 사행을 괴롭힌 탐풍의 문제나 중국 체류 중 목격하게 된 비례의 모습들은 조선의 경우도 현재 진행 중이거나 미구에 도래할 문제적 현실로 인식했기 때문에 상세히 기록하고자 한 듯하다. 그것들을 시시콜콜 나열한 것은 중세 보편주의의 근원인 명나라가 처참하게 무너지는 모습을 보여줌으로써 역으로 조선에도 그런 상황이 올 수 있다는 경각심을 불러일으키고자 했기 때문으로 보인다.

현실적이고 실천적인 학문으로서의 유학이나 유교를 가까이 하는 대신 기복신앙으로 빗나간 비례의 현장을 통해 유교의 순정성이 훼손되는 모습은 무엇보다 심각한 문제로 인식한 경우였다. 유자이되 실용주의적 사고를 겸한 합리주의적 경세가로서의 최현이 보기에도 중국인들의 신앙은 궤도를 상당히 이탈해 있었던 것이다.

탐풍으로 인한 이도의 붕괴, 인간적 도리나 예의를 망각한 백성들, 정책의 실패로 인한 민생의 파탄과 그로 인한 오랑캐의 침탈 등 명말 비정의 근저에 '비례'가 있었고, 그것들은 공고하게 구축되어 있던 중세적 질서를 허무는 요인들이었다. 최현은 권력의 힘으로 백성이나 타국 빈객들의 재물을 탈취하거나 오랑캐들이 침범하여 안보를 해치는 현실 등을 현장에서 목격하며 그것들이 예를 바탕으로 형성된 중세적 통치 질서를 무너뜨리는 결정적 요인들로서 쉽게 극복할 수 없는 망국의 근원임을 확인하게 된 것이다. 조선 역시 지방관들의 탐학으로 민생이 어려워졌고, 안보를 소홀히 함으로써 임진왜란의 외침을 겪었으며, 그로 인해 중세질서의 위기에 봉착하게 되었음을 체험적으로 알고 있던 최현의 입장에서 그런 말기적 현상들이 중세질서의 본산인 명나라에서 훨씬 더 심각하다는 점을 발견한 것은 엄청난 충격이었다. 최현이 명나라 비정의 원인으로 비례에 초점을 맞추어 기록함으로써 유사한 상황에 빠져 있으면서도 깨닫지 못하는 조선 지배층을 경각시키고자 한 데 있었던 것도 그 때문이었다.

이처럼 인재에게 중국 사행길은 단순한 여행길이 아니었으므로, 당연히 『조천일록』은 단순한 '사행 보고서'나 '중국 여행기'가 아니었다. 조선에 산적한 문제들을 해결할 현실적 방책이나 처방을 찾아보려는 '모색의 길'이자, 자신이 임금에게 올렸던 많은 소차들처럼 정치의 방향을 바로 잡도록 진언한, 일종의 경세적(經世的)[혹은 경세적(警世的)] 기록이었다.

『조천일록』과 현실인식

정영문

1. 서론

15세기 이후 동아시아를 지탱하던 명(明) 중심의 책봉과 조공정책은 효력을 상실해가고, 그 자리를 일본과 건주여진이 대체하였다. 야만으로 여겼던 두 세력이 성장하면서 두 세력의 틈바구니에 위치한 조선은 위태로운 상황에 놓이게 되었다. 이런 이유로 조선조 5백년 역사에 있어서 백성들이 가장 처참하게 살았던 시기가 이때였다. 이 시대에 조선의 현실을 자각하고, 변화를 모색하는 이들이 있었다. 그 중에 대표적인 인물이 인재 최현이다.

인재 최현[崔晛, 1563~1640]은 학봉 김성일, 초간 권문해, 한강 정구 등에게 수학하면서 퇴계 이황의 학풍을 계승하였다. 관료사회에서 학문적으로 인정을 받고 있었기 때문에 그의 사후 실록에서는 "영남사람으로 문예가 있어 단아하기로 이름이 높았다"[1]고 평가하였다. 그는 『인제집』과 『인제속집』 이외에 140편의 한시[2], 가사 <용사음>과 <명월음>, 소설 <금생이문록>[3], 선산읍지인 『일선지(一善志)』 등을 남겼다. 그가 남긴

---

1) 『조선왕조실록』, 한국고전종합DB, 인조 18년 경진(1640) 7월 8일(정해). 전 강원 감사 최현의 졸기.
2) 『인재집』, 『한국문집총간』 67. 『인재집』에는 128題의 한시 140수가 수록되어 있다.
3) 홍재휴, 「금생이문록」 1, 『국어교육연구』 1, 국어교육연구회, 1970.
   홍재휴, 「금생이문록」 2, 『국어교육연구』 2, 국어교육연구회, 1971.

작품을 텍스트로 하여 그의 인식세계와 작품의 내적의미를 탐구하는 활동이 있었다. 한시[4], 임진왜란을 배경으로 기록한 <용사음>과 <명월음>[5]은 그 연구의 중심에 있다. 연구 결과 최현은 퇴계의 학풍을 계승한 성리학자로 문(文)보다 도(道), 시(詩)보다는 문(文)을 중시하였다는 점, 다른 글쓰기에 비해 한시는 현실에 대한 비판적 태도가 빈약하다는 점 등이 논의되었다. 그의 한시를 "유장(儒將)으로서의 기개와 나라를 걱정하는 마음, 성리학적 사유의 시적 형상, 스승과 동료에 대한 예의와 격려"[6]로 구분하여 평가하기도 했다.

최현은 한시와 가사 등 여러 작품을 남겼지만, 그가 살았던 17세기 국제질서의 변화와 조선의 현실을 잘 보여주는 기록은 산문이라 할 수 있다. 그 중에서도 대표적인 기록이 『조천일록』이다. 『조천일록』은 한양에서 북경까지의 여정을 기록한 자료인 동시에, 조선과 대륙의 변화와 그에 대한 지식인의 인식을 반영하고 있다는 점에서 현실을 이해하는 자료라 할 수 있다. 『조천일록』에 대한 연구는 조규익[7], 윤세형[8]에 의해 진행되

문범두, 「<금생이문록>의 작가의식과 주제」, 『한민족어문학』45, 한민족어문학회, 2004.

김동협, 「<금생이문록의 창작배경과 서술의식」, 『동방한문학』 27, 동방한문학회, 2004.

4) 정우락, 「인재 최현의 한시문학과 그 의미지향」, 『동방한문학』 18, 동방한문학회, 2000.

5) 이동영, 「인재가사연구」, 『어문학』 5, 한국어문학회, 1959.

고순희, 「<용사음>의 작가의식」, 『이화어문논집』 9, 이화여자대학교 한국어문학연구소, 1987.

홍재휴, 「인재가사고, <용사음>과 <명월음>」, 『동방한문학』 18, 동방한문학회, 2000.

정재민, 「용사음의 임란 서술 양상과 주제의식」, 『육사논문집』 61-1, 육군사관학교, 2005.

6) 최재남, 「인제 최현의 삶과 시세계」, 『한국한시작가연구』 8, 한국한시학회, 2003, 253쪽.

었다. 조규익은 『조천일록』이 17세기의 사행록이지만, '사실성이나 진실성을 추구'하는 19세기 사행록 글쓰기 태도가 나타나며, 이러한 구체성은 시각적 이미지를 활용함으로써 가능했다고 하였다. 『조천일록』이 정서적인 측면만 아니라 공익을 중시하는 태도를 반영하고 있다는 점에서 중요한 기록이라는 것이다. 윤세형은 최현이 기록한 서계를 연구하여 조선시대 조천사행의 폐단과 그 폐단을 극복하려는 노력이 나타나고 있음을 밝혔다. 이러한 연구에서 최현이 현실에 대한 관심이 높은 인물이며, 문제를 해결하기 위해 노력한 인물이라는 인식이 가능해진다. 본 연구에서는 최현이 기록한 『조천일록』을 대상으로 17세기 초 조선과 중국의 현실, 사행을 통해 최현의 인식하고 지향하는 세계를 살펴보는 데 목적을 두었다.

2. 최현의 생애

최현이 살았던 시대는 외침과 반란이 끊이지 않았다. 동아시아를 지배하던 명이 무능과 부패로 몰락하고, 건주여진이 청을 건국하며 중원을 장악하였다. 일본에서도 도요토미 히데요시가 사망하고, 도쿠카와 이에야스가 에도막부[江戶幕府]를 수립하였다. 이러한 동북아시아의 변화는 국가만 아니라 개인에게도 영향을 주었다.

최현은 본관이 전주로 고려조에 문하시중을 지낸 최아(崔阿)의 후손이다. 자는 계승(季昇), 호는 인재(訒齋), 시호는 정간(定簡)이다. 1563년(명종 18) 선산(善山)의 해평현(海平縣)에서 최심(崔深)과 동래정씨(東

---

7) 조규익, 「사행문학 초기 자료의 쓰기 관습과 내용적 성격: 인재 최현의 『조천일록』을 중심으로」, 『국제어문』 42, 국제어문학회, 2008.
조규익, 「조선 지식인의 중국체험과 중세보편주의의 위기 – 최현 『조천일록』과 이덕형 『조천록/죽천행록』을 중심으로」, 『온지논총』 40, 온지학회, 2014.
8) 윤세형, 「조선시대 사행과 사행문화 : 최현의 <조경시별단서계>에 나타난 현실인식연구」, 『온지논총』 42, 온지학회, 2015.

萊鄭氏) 사이에 둘째 아들로 태어났다. 8세에 두곡(杜谷) 고응척[高應陟, 1531~1605]에게 수업을 받았다.[9] 19세에 안동 임하에서 학봉 김성일을 만나 수업을 듣게 된다. 김성일은 최현에게 자신을 속이지 말 것이며, 장구(章句)나 문사(文詞)를 일삼는 문장학(文章學)을 버리고 일용(日用)에 긴요한 실용적인 학문[10]에 힘쓰라고 가르쳤다. 이런 가르침을 받아 최현은 한시를 짓는 것보다 기록하는 것에 힘쓰게 되었다.

19세에 부인 의성 김씨와 혼인하였는데, 그녀는 부사 김복일(金復一)의 딸이다. 김복일의 아내가 초간(草澗) 권문해[權文海, 1534-1591]의 누이였기 때문에 최현과 권문해는 인척관계에 있다. 이러한 인연으로 동화사(桐華寺)에 머물며 권문해에게 수학할 수 있었다. 최현은 42세 되던 해에는 한강(寒岡) 정구[鄭逑, 1543-1620]에게도 예학을 위시하여 천문, 지리, 병법, 산수 등 다양한 학문을 수학하였다. 최현이 수학한 학봉 김성일, 초간 권문해, 한강 정구는 퇴계 이황[李滉, 1501-1570]의 제자였기 때문에 최현이 퇴계학풍을 계승했다고 할 수 있다. 그는 "재주보다는 행동을, 무늬보다는 바탕을 중시"[11]하였고, 성리학적 윤리의식을 지녔으며, 실천적인 학문을 중시하였다. 1608년 중국을 사행하던 중 모친상에 정성을 다하고, "상을 치를 때 예를 다하고, 제사를 지낼 때 정성을 다한다."고 했던 최징준의 글과 행동에 감탄하면서 차고 있던 칼을 풀어주었다는 최현의 일화[12]는 그의 인식을 잘 보여준다.

---

9) <杜谷先生高公言行錄>에 "내가 어렸을 적부터 공의 지도와 가르침을 받아 귀에 젖고 눈으로 익힌 지 여러 해가 되었지만, 평소에 보거나 들은 언행(言行)을 추기(追記)한 것이 열에 여덟, 아홉 가지는 잊어 버렸으며, 또 병화(兵火)에 흩어지고 잃어버린 유편(遺篇)을 수습한 것이 단지 약간 편(若干篇) 뿐"이라고 하였다.

10) 박영호, 「인재 최현의 현실인식과 문학관」, 『동방한문학』 18, 동방한문학회, 3쪽.

11) 『인재집』 연보.

12) 최현, 『조천일록』, 2월 2일의 "中原喪紀紊亂兮 而主人崔徵俊 居內憂小祥已過

30세(1592)에 금오랑에 천거되었지만, 그 해에 임진왜란이 일어나 의병으로 활동하였다. 이때 지은 가사가 <용사음>[13]이다.

嶺南(영남)애 스나히　　鄭仁弘(정인홍) 金沔(김면)샨가
紅衣(홍의) 郭將軍(곽장군)아　膽氣(담기)도 壯(장)홀셰고
三道(삼도) 勤王(근왕)이　　白衣(백의) 書生(서생)으로
兵單(병단) 세약(勢弱)ᄒ야　홀 일이 업건마는
거의(擧義) 復讐(복수)를　　成敗(성패)를 의논ᄒ랴[14]

<용사음>에서 최현은 영남지역의 백의서생으로 의병이 되었지만, 몸이 약해 할 일이 없었다고 하였다. 그는 실제 전투에 참전하기보다는 장서(掌書)를 맡아서 의성, 영해, 해평, 예천 등으로 옮겨 다니면서 실무적인 글을 지었다. 이때의 의병경험은 조선의 국방에 대한 관심으로 이어져 1597년, 이원익[李元翼, 1547~1634]의 종사관 김용[金涌, 1557~1620]에게 편지를 보내 산성에 목책을 설치할 계책을 논하였다.

1606년(44세) 문과에 급제하면서 본격적으로 관직에 나가게 되었다. 1608년(46세) 2월에 선조가 승하하고 광해군이 즉위했다. 최현은 사간원 정언 등을 거쳐 8월 동지사 서장관 신분[15]으로 중국사행에 참여하였다. 상사는 신설[申渫, 1560~1631], 부사는 윤양[尹暘, 1564~1638]이었다. <조천일록>에는 1608년 8월 3일 한양을 떠나 북경까지 사행하고, 1609년

猶不食肉飮酒 其門戶所書 皆思親悲慕之語 至有喪盡禮祭盡誠等語 不覺感嘆以所佩刀解贈." 참조.

13) 고순희, 「<용사음>의 작가의식」, 앞의 논문, 344쪽. <용사음>에는 선조가 환도(還都)(1593)한 내용이 없다는 점에서 1593년 여름에 <용사음>을 지은 것으로 소개하였다.

14) 최현 저, 이상보 편, <용사음>, 『한국가사선집』, 1997, 296쪽.

15) 최현, 『조천일록』, 9월 8일의 "冬至使書狀官 宣敎郎 成均館典籍 兼司憲府監察"참조. 서장관은 일행을 감독하고 화물을 점검하며 귀국한 뒤에는 사행 결과를 문서로 작성하여 국왕에게 보고할 책임이 있다.

3월 22일 돌아와 복명하였다고 기록하고 있다. 『조선왕조실록』에는 7월 29일 사행을 떠난 신설이 장계를 보냈다는 사실을 기록하고 있어 그 선후관계를 살펴볼 필요가 있다.

최현은 출발하는 날부터 도착하는 날까지의 일정을 일기체로 기록하고, 그 일기에 '문견사건'을 첨부하여 『조천일록』[16]이라 하였다. 그는 북경에서 정사 신설과 여러 차례 충돌하였고, 귀국 후에는 북경에서부터 갈등요인이었던 '칙서의 수정문제'가 표면화되어 의금부에 하옥되기도 했다. 이처럼 『조천일록』에는 사행 당시의 여러 문제를 기록하고 있어서, 17세기 초 조선과 명·청 교체기의 상황을 이해하는 데 도움을 준다.

최현은 1610년(48세) 5월에 평안도 암행어사가 되어 각 진의 사정을 살펴보고 이때의 일을 「관서집」(별집 권1)에 기록하였다. 「연강열보」(별집 권1)에서는 강변의 여러 보를 방어하는 실질적인 방법을 제시[17]하였다. 이듬해 정월에는 이원익에게 주사(舟師)의 일을 품의하기도 했다. 1613년(51세) 7월 이후에는 고향인 선산 지역에 머무르면서 『야은선생행록』(1614), 『두곡선생유집』(1614), 『학봉선생유집』(1614) 등을 교수하였다. 선산읍지(『일선지』) 기록(1618), 『선조실록』편찬(1612)과 『학봉선생언행록』찬집(1613)도 비슷한 시기에 이루어졌다. 1613년을 전후하여 최현은 정치의 뜻을 접고 은거하면서 글 쓰는 것에 몰두하였다.

1623년(61세) 3월 반정이 성공한 뒤 홍문관수찬을 제수 받고, 8월부터 10월까지 경연에 들어가 대학연의를 강했다. 이 해에 비변사에서 선비 중에 장수의 재질이 있는 10명을 천거하였는데, 그 중에 이름[18]을 올리기도 했다. 1624년

---

16) 최현, 『조천일록』, 9월 8일. 최현은 '보고 들은 바의 것'[聞見事件]을 '날마다 자세히 기록'[「日錄」]하고, '목도한 폐단 두세 가지에 대해 느끼는 바'(<朝京時別單書啓>)도 기록하였다. 이 기록에 개인의 일기를 합하여 『조천일록』을 만들었다.

17) 최재남, 「인제 최현의 삶과 시세계」, 앞의 논문, 250쪽.

18) 『인조실록』 권3, 1년 11월 7일의 "令備邊司薦儒士中有將才者, 以沈器遠, 崔睍,

(62세) 정월에는 독전어사에 임명되어 이괄의 난을 진압하였고, 1626년(64세) 8월 강원도 관찰사가 되었다. 1627년(65세)에 정묘호란이 일어나자 한강을 방어하라는 명을 받고 격문을 보내 의병을 일으키도록 하였다. 이인거의 모반사건에 연루되어 1628년(66세) 8월 함경도 회령으로 유배되었다가 9월에 특명을 받아 석방되었다. 고향에서 은거하던 1636년(74세) 12월에 병자호란이 일어나자 의병을 일으켜서 문경까지 진출하지만, 강화소식을 듣고 귀향하였다. 1640년 6월에 금산에서 사망하였다. 1707년(숙종 33) 송산서원에 배향되었고, 1874년(고종11) 정간(定簡)의 시호를 받았다.

하당(荷塘) 권두인(1643-1719)은 「묘갈명」에 "公은 총명하고 잘 기억하며, 천문·지리, 병법·산수에 널리 통하지 않음이 없고, 문장을 지음에는 구극(鉤棘)을 일삼지 않아서, 여유가 있고 성대하며, 이달(理達)을 으뜸으로 삼았다."[19]고 평가하였다. 이러한 최현의 생애를 살펴볼 때, 그의 학문과 글쓰기의 특성은 성리학적 기반 위에서 이루어졌으며, 한시창작보다는 현실적인 문제를 인식하고 실용적인 학문[20]을 위주로 글을 지었음을 알 수 있다.[21] 최현의 이러한 태도에는 성리학적 교육만 아니라 당대의 현실적 요인[22]도 작용했을 것이다.

尹守謙, 李溟, 李昌庭, 李聖求, 李敏求, 金時讓, 沈光世, 鄭基廣等十人薦之" 참조.
19) 최재남, 「인제 최현의 삶과 시세계」, 앞의 논문, 243쪽 재인용.
20) 박영호, 「인재 최현의 현실인식과 문학관」, 『동방한문학』 18, 2000, 58쪽.
21) 최현은 16-7세기 조선의 상황을 극복하기 위하여 많은 시무소를 올렸다. 이를 통해 부조리한 현실을 지적하며 현실적인 문제를 타개해 보고자 한 것이다. 이러한 인식은 書簡, 疏箚, 雜著 등에서도 발견할 수 있다. 『인재집』에 상소(上疏) 15편, 차자(箚子) 6편, 서계와 장계 20편, 서(書) 28편, 잡저(雜著) 18편이 수록되어 있다.
22) 최현은 "주사(舟師)의 이로움과 해로움을 조목조목 아뢰고, 급하지 않은 일을 정지하여 낭비를 줄이고 국방에 전력할 것을 청"(『광해군일기』 38, 3년 2월 2일 임신)하였는데, 이것은 당대의 현실을 파악하고 대응책이 무엇인가를 고민한 결과라 하겠다.

3. 『조천일록』의 구성과 서술상의 특징

사행록은 문학, 역사, 외교, 정치, 음악 등 다양한 분야에서 텍스트로 삼고 있으며, 글 쓰는 사람의 다양한 시선이 중첩되어 있는 복합적인 텍스트[23]이다. 사행록[24]은 조정에 보고하기 위한 공적목적 외에 현실적 필요성[25] 등으로 기록하기도 했다. <용사음>이 임진왜란 시기의 조선현실에 대한 최현의 인식을 반영했다면, 『조천일록』은 17세기 초 조선과 대륙의 현실, 문화와 풍속에 대한 최현의 인식을 반영하고 있다.

1) 『조천일록』의 구성

명나라가 수도를 남경에서 북경으로 옮긴 이후 조선 사신들은 육로로 요동을 거쳐 북경까지 사행하였다. 이러한 노정은 1620년 후금이 요동을 장악하기 전까지 지속되었다. 최현은 1608년 8월 동지사 서장관 겸 사헌부 감찰을 제수 받고, 8월 3일 한양을 출발하였다. 그는 사행노정[26]에서

---

23) 조규익, 「사행문학 초기자료의 쓰기 관습과 내용적 성격」, 앞의 논문, 5-6쪽.
24) 사행록은 한문에 익숙한 사대부 계층이 주로 기록하였기 때문에 현전하는 사행록은 대부분 한문으로 기록하였다. 한문에 익숙하지 않은 가족이나 독자, 특히 부녀자와 서민 등을 고려하여 기록한 경우에는 한글로 기록하기도 했다. 사행록은 대부분 일기체 형식으로 기록되었으나, 한글로 기록하는 경우도 있으며, 한글로 기록하는 경우 가사체 형식으로 기록하기도 했다.
25) 국문사행록 출현의 동인에 대한 연구 중에는 "독자층에 대한 배려라는 이유 외에 변화되고 있던 당시 지배그룹이나 문단 주류의 분위기를 반영한 결과"(조규익, 『국문사행록의 미학』, 역락, 2004, 244쪽.), "독자층을 확대하여 국문 독자들에게 실용적 의미를 가지도록 했으며, 흥미로운 중국여행의 전모를 전달"(정훈식, 『홍대용 연행록의 글쓰기와 중국인식』, 세종출판사, 2007, 257쪽), "표현의 효율성 측면에서 한문보다 국문이 낫다는 깨달음"(조규익, 「사행문학 초기자료의 쓰기 관습과 내용적 성격」, 앞의 논문, 10쪽)등이 있다.
26) 사행노정은 조선과 명·청의 조율을 거치기 때문에 왕환(往還)의 길이 거의 변하지 않았다. 최현의 사행노정과 날짜만 밝힌다. "모화관, 연서역(8월 3일),

산, 하천 등 자연지리만 아니라 인문지리에 대한 정보까지 자세하게 기록하였고, 이러한 기록은 1609년 4월 19일 낙향할 때까지 지속되었다. 그 기록을 정리한 것이 『조천일록』이다.

『조천일록』에는 몇 가지 특징이 발견된다. 첫째, 현재 전하는 『조천일록』은 최현의 원 『조천일록』의 내용을 보완한 것이다. 『조천일록』은 최현이 기록한 사행록으로 『인재선생속집』에 수록되어 전한다. 『인재선생속집』은 1785년(정조 9) 12월에 서문을 적었으니 『인재집』[27]보다 뒤에

벽제관, 파주(4일), 임진강, 동파역, 송경(5일), 청석동, 금교역(8일), 평산부(9일), 총수산, 용천관(10일), 대교탄, 홍수원, 검수관, 봉산군(11일), 동성령, 황주(12일), 황강, 중화부(13일), 평양(14일), 순안, 숙천(17일), 안주(18일), 청천, 대정강, 가산(19일), 납청정, 신안관(20일), 곽산군(21일), 선천군(22일), 오목원, 거련관(철산, 24일), 용천(25일), 고진강, 용만(26일), 통군정, 압록강, 어적도(9월 9일), 중강, 적강, 구련성 북쪽, 세천촌(10일), 이도하천, 봉황산, 백안동(11일), 진강보(일명 송참, 설리참), 옹북촌, 반절대(12일), 분수령, 연산보(13일), 고령, 비암, 청석령, 낭자산(14일), 냉정, 고려촌, 요동 회원관(15일), 팔리참, 사하보(25일), 안산, 해주위(27일), 동창보(28일), 삼차하, 사령(일명 서평보, 29일), 고평보(일명 진무보, 10월 1일), 반산역(2일), 제승보, 광녕(3일), 여양역, 장진보(십삼산) (9일), 신평둔, 대릉하, 자형산포, 소릉하역(10일), 행산보(11일), 연산역 오리보(12일), 영원위, 조장역, 사하소, 동관역(13일), 육주하, 중후소, 사하역, 전둔위(14일), 중전소, 팔리포, 정녀사, 나성(15일), 산해관(16일), 봉황점(17일), 심하역, 사천, 무녕현(18일), 동악묘, 양하, 노봉역, 배음포, 상망보, 요참, 십팔리포, 고하옥, 사호석, 영평부(20일), 난하, 이제묘(고죽고성), 예계둔, 안하포, 사와포, 사하(혹 칠가령)(21일), 진자진, 풍윤현(22일), 고려포, 염가포, 사류하포, 양가포, 팔리포, 옥전현(23일), 별산점, 계주(24일), 방균점, 삼하현(25일), 마미파, 노하, 통주(대가점)(26일), 구마포, 관음사, 동악묘, 해회사, 조양문, 옥하교, 옥하관(29일)"

27) 이순선, 「인재 최현의 우국애민 의식과 시세계」, 안동대학교 석사학위논문, 2010, 3쪽 재인용. 『인재집』은 현재 『한국문집총간』67책에 수록하고 있는데, 최현의 5대손 최수이 등이 家藏草稿를 바탕으로 수집, 편차한 본집에 6대손 최광벽(1728-1791) 등이 새로 발견된 手稿日記를 바탕으로 수집, 편차하여 1778년(정조 2) 선산에서 목판으로 간행. 원집(原集) 13권, 별집(別集) 2권, 습

▲ 조천일록(규장각 소장본)

간행되었다. 이헌경(1719-1791)은 『인재선생속집』서문에서 "인재 최선생의 유집이 이미 간행되었는데 선생의 6세손인 광벽씨가 선생이 지은 조천록과 시문 약간 편을 모아서 속집을 만들어 서문을 청하였다."[28]고 하였다.

최현의 『조천일록』을 정리하는 과정에 『조천일록』과 『조선왕조실록』에 기록된 날짜가 달라지는 일이 발생했다. 『조천일록』 8월 9일자를 보면 회사관 심집이 말한 "진무양장이 파직되어 회사를 하지 못하고 돌아옵니다."는 기록[29]이 있다. 일기의 본문에서는 단순한 만남으로 기록하고 있는 반면에, 일기의 주석에서는 진무양장인 순무사 조집(趙楫)과 진수총병 이성량(李成樑)의 상주문과 관련된 내용을 자세하게 기록하였다. 이들 두 사람은 "조선이 형제간에 서로 다투고 있으니 군사를 일으켜서 습격 탈취하여 군현으로 삼으라"고 은밀히 주청[30]했는데, 이는 조선을 멸망시켜 중국의 군현에 포함시키고자 했던 시도였기 때문에 매우 중요한 사건이다. 최현이 이 사건을 알고 있었다면 『조천일록』에 자세하게 기록했을 것이다. 기록이 누락되어 있다는 점에서 볼 때, 『조천일록』을 정리한 누군가(최광벽)가 주석에 이 사건의 전말을 기록하여 보완[31]했으리라. 이러한

유(拾遺) 1권, 연보(年譜) 1권, 부록(附錄) 1권, 총 18권 9책 구성이다.
28) 최현, 『조천일록』, 서문의 "忍齋崔先生遺集既梓行矣 而先生六世孫光璧氏又 取先生朝天錄及詩文遺佚者若而篇 裒成續集 屬獻慶弁之以文" 참조.
29) 최현, 『조천일록』, 8월 9일의 "沈云 鎭撫兩將 罷去 故不爲回謝而還矣" 참조.
30) 『조선왕조실록』, 광해군 즉위년 무신(1608) 7월 29일.

판단을 근거로 사행록 중 일부는 사행참여자[1차 기록자]와 후대의 기록
자[2차 기록자] 등이 합작하여 이루어졌을 것이라 생각할 수 있다.

『조선왕조실록』 7월 29일자에 동지사행을 가던 신설이 "바야흐로 북경
에 조회하러 갔다가 도중에 역말을 달려 보내 알려왔다."[32)고 하였다. 그
러나 최현의 『조천일록』에는 8월 3일 사행이 한양을 출발했다고 하였다.
사행이 출발한 날짜와 소식을 전해온 날짜의 순서가 잘못되어 있다. 이
사실에서 최현의 『조천일록』이 후대로 전해지는 과정에 일부 소실되었
고, 그것을 최광벽이 정리한 것으로 보인다. 동지사의 귀환보고일은 3월
22일로 『조선왕조실록』과 『조천일록』에 동일하게 기록되었다.

둘째, 최현의 『조천일록』에 수록된 일기와 문견사건은 기록목적이 달랐다.

> 신은 상사 신설, 부사 윤양과 함께 북경에 가서 일을 마치고 돌아왔습
> 니다. 보고들은 것을 날마다 자세히 기록하고 또 목도한 폐단 두세 가지
> 에 대해 남몰래 느끼는 것이 있어 아울러 별단으로 기록하여 삼가 올립
> 니다.【별단 서계는 원집에 실려 있다.】[33)

최현은 서장관인 동시에 사헌부의 감찰을 겸직하고 있었기 때문에 귀
국 후에 "김취영을 시켜 문견사건과 별단서계를 베끼게 하"[34)여 김여공
을 시켜 승정원에 올렸다.[35) 별단서계는 거절당하여 예방 서리를 통해

31) 최현, 『조천일록』, 8월 9일의 "時趙楫李成樑 密奏天朝 因朝鮮之亂 請夷滅郡縣
     之 天朝不許 且秘其本" 참조.
32) 『조선왕조실록』, 광해군 즉위년 무신(1608) 7월 29일.
33) 최현, 『조천일록』, 9월 8일의 "臣崔晛 謹啓爲聞見事 臣跟同上使臣申渫 副使臣
     尹暘 前赴京師 竣事廻還 凡所見聞 逐日開坐 且因目覩弊端二三事 竊有所懷
     並錄別段 謹具啓聞. 聞見事件 逐日附私日記" 참조.
34) 최현, 『조천일록』, 3월 22일과 23일의 "使金就英 寫聞見事件"(22일), "招金就
     英 寫聞見事件及別段書啓"(23일) 참조.
35) 최현, 『조천일록』, 3월 24일의 "聞見事件寫畢 使金汝恭呈于政院" 참조.

다시 상주하였다.[36) 이러한 기록에서 최현이 중국을 사행하면서 일기(日記), 문견사건(聞見事件), 별단서계(別段書啓)를 별도로 작성했음을 알 수 있다. 별단서계는 『조천일록』에 수록하지 않았으므로 논외로 하지만, 『조천일록』에 수록한 일기와 문견사건은 구별할 필요가 있다.

최현은 "북경에 가서 일을 마치고 돌아와" 『조천일록』을 기록하였음을 밝혔다. 이 내용 중에 "보고들은 것을 날마다 자세히 기록"한 것은 '문견사건'이고, "목도한 폐단 두세 가지에 대해 남몰래 느끼는 것이 있어 아울러 별단으로 기록"한 것은 '별단서계'이다. 문견사건은 서장관으로서 기록하고, 보고할 의무가 있어서 1608년 9월 9일 압록강을 건넌 이후 1609년 3월 6일 압록강을 다시 건너는 날까지 기록한 것이다. 최현은 개인적으로 일기를 기록하고 있었고, 이것을 '사일기(私日記)'라 하였다.

압록강을 도강한 이후에 기록한 일기에는 부(附)가 붙어있으므로 본문과 부를 구분할 필요가 있다. 『조천일록』에 "聞見事件逐日附私日記"라고 적어두었으니, '개인일기'를 본문, '문견사건'을 부록으로 보아야 한다. 그렇다면 부(附)로 표시한 부분이 '문견사건'인가?

부(附)를 표시한 부분에는 "我等反復開陳"이라 하여 '我等'을 기록한 반면에 부(附)가 표시되지 않은 부분에서는 "臣等送土産等物回禮" 등을 기록하였다. '我等'은 개인의 신분으로 기록하였을 때, '臣等'은 조정에 보고하는 기록에서 주로 사용하는 어휘이다. 이렇게 보면 '문견사건'이 본문이고, 첨부한 자료가 '개인일기'라는 것을 알 수 있다. 압록강을 건너가면서 문견사건과 개인일기의 위치가 변경된 것이다. 『조천일록』의 구성에서 문견사건이 본문이 된 것은 1785년 무렵에 『조천일록』을 편집하면서 발생한 일로 보인다. 공적 기록인 문견사건을 개인일기보다

---

36) 최현, 『조천일록』, 3월 24일. 승정원에서는 일기만 받고 별단은 전례 상 직접 올려야 한다며 거절하자 최현은 사은숙배를 하지 않은 상황이었기 때문에 예방서리에게 별단서계를 올리게 하였다.

중요하게 여겼기 때문일 것이다.

셋째, 문견사건은 공적인 보고를 목적으로 기록하여 실제상황을 반영하지 못한 부분이 있다.

> 이날 천산에서 잤는데 부사는 안산에서 잤다. 이 기록에서 천산에서
> 잤다는 말을 하지 않은 것은 국가에서 유람을 금했기 때문이다.[37)]

위의 기록은 문견사건을 사실과 다르게 기록할 때도 있음을 보여준다. 사신에게 유람을 금지하고 있었기 때문에 개인적인 일탈을 문견사건에 기록하지 못하고 개인일기에 전말을 기록한 것이다.

최현은 압록강 도강을 기점으로 개인일기만 작성하던 글쓰기에서 개인일기와 문견사건을 함께 기록하는 글쓰기로 기록방법을 달리하였다. 개인일기의 기록방법[38)]도 달라졌는데, 지명의 유래[39)], 일정 등은 그대로 유지하고 있지만, 이동거리, 숙박지의 주인이름 등을 추가적으로 기록하였다. 이러한 기록방법은 귀국이후에 다시 원래대로 돌아간다. 국경을 넘어간 이후 사행일정을 구체적이고 자세하게 기록한 것은 서장관으로

---

37) 최현, 『조천일록』, 9월 27일의 "是日 宿于千山 而副使宿于鞍山 此記不言宿千山者 國禁遊觀故也" 참조.

38) 『조천일록』에서 사일기(私日記)는 매일 기록한 일기와 특정 장소에서 제시한 장소관련 시로 구성되었다. 일기는 날짜, 날씨, 사행여정과 견문, 감상과 대상에 대한 판단, 이동거리, 숙박 장소와 주인이름의 순으로 기록하였다. 날씨는 "빛깔이 붉은 요기가 먼지 덮인 듯이 어두웠으며, 꽃씨가 비 내리듯 떨어지고 바람이 크게 불었다."(3월 27일), "태백성이 미지에 나타나고 묘시에 햇무리가 있었다. 양쪽 테두리가 좌측 테두리부터 생겼으며 흰 기운이 빙 둘러 북쪽을 가리켰는데 길이가 두 길 남짓이고 넓이가 한 척 정도였으며 오래 지속되다가 사라졌다."(4월 1일) 등의 구체적인 묘사도 있다.

39) 최현, 『조천일록』, 9월 11일. 『조천일록』에는 "백안동의 유가둔에 이르렀는데 이곳은 원나라 장군 백안이 병사를 주둔시켰던 곳" 등 지명의 유래를 적은 기록이 많다.

서 중국에서의 일을 정리할 필요가 있었기 때문이지 않을까 한다.

북경 옥하관에 머무르는 시기에는 '문견사건'을 중심으로 일정을 기록하고, 개인일기를 기록하지 않는 날이 많았다. 이에 최현은 '문견사건'이 아니라 개인일기에 사신내부의 갈등, 급박하게 변화하는 중국조정의 상황을 파악할 수 있는 '통보' 등을 기록하였다.

2) 『조천일록』 서술상의 특징

최현은 중국을 사행하면서 견문한 대상을 정확하게 기록하기 위해 검증과 확인을 거듭하였고, 대상을 자세하고, 구체적으로 기록하려는 태도를 유지했다.

(1) 검증과 확인의 반복을 통한 고증

최현은 중국을 사행하면서 흥미로운 대상을 만나면, 그 대상에 대한 정보를 선행학습(先行學習), 감각(感覺), 탐문(探問), 보고(報告) 등의 방법으로 획득하고, 검증하고, 확인한 결과를 토대로 글쓰기를 하였다. 이런 검증과 확인은 명말·청초에 시작된 고증학40)과 닮아있다. 고증학은 실증적 이해를 바탕으로 경서의 의리(義理)를 밝히려는 목적에서 출발하였다. "한대의 훈고(訓詁)나 진대의 견강부회(牽强附會), 송대의 이학(理學)처럼 실증이 없이 추측만으로 내용을 취하지 않는다."41)는 대진[戴震,

---

40) 진명호, 「戴震의 고증학 사상과 문학해석의 관계 연구」, 『중어중문학』 61, 한국중어중문학회, 2015, 152쪽. 고증학은 경서에 대한 훈고를 하는 과정에서 단지 언어에 대한 해석만을 하는 것이 아니고, "장구"처럼 문장에 대한 대의나 어의를 해석하는 방법이나 또 "주석"과 같이 고어를 현재 언어로 해석 및 방언을 통용어로 해석하는 기능을 모두 포함하여, 자의 혹은 언어나 명물 및 제도 등가지도 해석하는 방법이다.
41) 진명호, 「戴震의 고증학 사상과 문학해석의 관계 연구」, 앞의 논문, 156쪽.

1724~1777]의 말은 최현의 글쓰기에도 적용될 수 있다. 최현은 학습을 통해 고증학적인 방법론을 습득하지는 않았지만 검증과 확인을 거쳐 그가 관찰한 대상을 독자에게 전달하고자 했다.

> ① 상류 30리쯤 되는 곳에는 태자하에 임해 석성이 있다. 세속에 전하기를 고려 태자가 이 성을 지키다가 성이 함락되자 강에 빠져 죽었다 한다. 이는 해평부원군의 기록에 자세히 실려 있다.[42]

> ② 윤해평부원군의 기록에 소릉하의 북쪽에 목엽산이 있고 산에는 요조묘가 있다고 하였다. (…) 역관에게 물으니 목엽산의 이름을 몰랐으며, 주인에게 가서 물으니 남쪽으로 30리쯤 떨어진 구릉이 연이어진 곳을 가리키며 저곳이 바로 목엽산이고 또 거기에 요조묘가 있다고 하였다. 그렇다면 윤해평부원군의 기록이 잘못된 것인가? 아니면 거주민이 무식하여 산과 묘를 알지 못하는 것인가?[43]

최현은 관찰한 대상을 여러 단계에 걸쳐 확인하고 검증하였다. 위의 예문에서 최현이 제시한 대상은 '태자하에 있는 석성(石城)'과 '목엽산'이다. 그가 대상을 기록하는 방법을 살펴보면 다음과 같다.

첫째, 대상을 제시하고 기록하였다. 예문 ①에서 석성에 대한 설명을 생략한 것은 그 석성에 대해 부연할 특별함이 없었기 때문이다. 최현이 흥미를 보이는 대상에 대해서는 시간이 촉박할 경우에도 "바빠 모두 기록하지 못하였다"[44]고 기록할 정도로 대상을 자세하게 기록하려고 했다.

---

42) 최현, 『조천일록』, 9월 24일의 "太子河 上流三十里許 臨河有石城 世傳 高麗太子守此城 城陷投河而死云 詳在海平府院君記事中" 참조.

43) 최현, 『조천일록』, 10월 11일의 "尹海平記 小凌河之北 有木葉山 山有遼祖廟 (中略) 問諸譯官 不知木葉山名 訪于主人翁 南指三十里許 丘陵之邐迤者 是木葉山 而又有所謂遼祖廟者云 然則海平所記者 非也 抑居人無識 不知山與廟耶" 참조.

44) 최현, 『조천일록』, 정월 18일의 "忙不及盡錄" 참조.

둘째, 대상에 대한 과거의 기록이나 이야기를 제시하였다. 최현은 석성과 관련된 이야기에 대해서 역사로 인식하지 않고, '세속이야기'라고 하였다. 『조천일록』에는 여러 '세속이야기'를 제시하고 있는데, 이야기의 대상은 일화, 속담, 전설, 고사 성어 등이다. 정녀사 설화, 두송과 그의 첩에 대한 일화, 청개구리 설화, 노적봉 설화, 아내구하기 설화 등은 그 예이다. 이들 일화와 설화(신화, 전설, 민담)가 '문견사건'이 아니라 '개인일기'에서만 발견되는 점도 특징적이다. '문견사건'이 공적인 보고를 목적으로 한다는 점도 있지만, '개인일기'가 독자를 고려하면서 작성하고 있다는 판단도 가능하다. 이러한 판단을 뒷받침하는 자료가 원구(圓丘)를 방문한 기록이다. 최현이 원구를 방문했을 때, 상사의 권유로 남단(南壇)을 둘러보았다.

상사가 웃으며 "공들이 내 말을 듣지 않고 돌아갔다면 어찌할 뻔했소."라 말하기에, 우리들은 항복의 깃발을 세우고 "만약 이를 보지 못하고 돌아가 천단을 유람했다고 자랑했다면 '재포백정(滓泡白丁)'과 다를 것이 없었을 것이오."라 하였다. 옛날에 한 백정이 있었다. 절에서 거품[두부]을 만들려고 하였으나 중들이 거품을 훔칠 것이 걱정되어 종시 떠나지 못하였다. 바야흐로 보자기로 거품을 거르고 있었는데 거품을 가마솥에 붓고 찌꺼기는 보자기에 남게 되었다. 백정은 물을 거품으로 보고, 찌꺼기를 진짜라고 생각하고는 중이 밖으로 나가는 것을 엿보고 있다가 보자기를 지고 집으로 돌아갔다. 아내에게 자랑하기를 "내가 오늘 중을 속였소 중은 내 거품을 한 방울도 취하지 못하였소"하였다. 아내가 보자기를 열고 안을 보니 거품이 아니라 찌꺼기였다. 이것이 바로 조악한 것을 보고 참된 것을 버리는 것이다. 우리들이 오늘 거의 이와 같음을 면하지 못하였으니 서로 크게 웃었다.45)

---

45) 최현, 『조천일록』, 정월 18일의 "上使笑曰 公等不從我言而回去則何如 我等乃堅降幡曰 若不見此地而歸 詫天壇之遊賞 則無異於滓泡白丁也 昔有白丁者 欲造泡於僧舍 病僧人之竊泡也 終始不離 方漉泡於袱中也 泡注金內而滓留袱中 彼白丁者 水視泡而滓疑眞也 瞰僧之出而負袱回家 詫其家人曰 吾今日誑僧矣

최현은 원구의 남단을 관람하면서 상사와 나눈 이야기를 기록하였다. 남단은 "9층 원대에 푸른 유리벽돌을 깔고, 푸른 유리 난간을 둘렀으니 광채가 형형하여 눈으로 볼 수 없고, 발로 밟을 수 없었다."[46]고 감탄할 정도로 화려한 곳이다. 이러한 경험을 하지 못했다면, '재포백정(滓泡白丁)'처럼 본질을 알지 못하고 자랑했을 것이라고 하였다. '재포백정' 고사는 두부를 만드는 일과 관련이 있다. 콩을 끓여서 만든 거품(콩물)에 간수를 넣어 굳혀서 두부를 만들기 때문에 '거품'이 중요하고, '찌꺼기'는 부산물이다. 두부를 만드는 백정이 본질과 부산물을 혼동하였다는 이야기는 흥미로우면서도 교훈적이다. 최현은 대상을 견문하고, 상사와 이야기를 나누면서 깨달음을 얻었다. 이때의 일을 『조천일록』에 기록하는 것에 만족하지 않고, '재포백정'과 관련된 이야기까지 기록으로 남겼다. 고사와 관련된 이야기는 사행을 떠나기 전부터 알고 있었기 때문에 자세히 적을 필요는 없었을 것이다. 그런데 이것을 상세하게 기록했다는 것은 독자를 고려한 글쓰기를 하고 있다는 의미이며, 깨달음이 컸다는 의미이기도 하다.

셋째, 과거의 기록이나 이야기의 출처를 밝히고 있다. 추측만으로 대상을 설명하는 방법을 배제하고, 실증적인 증거를 제시하는 것이다. 최현이 제시한 증거는 '해평부원군의 기록'이다. 해평부원군은 '윤근수[尹根壽, 1537~1616]'로 1573년과 1589년에 중국을 사행한 인물이다. 서장관은 사행에서 돌아온 후 사행에서의 견문과 경과를 기록한 사행록과 공문서 등을 조정에 보고하였다. 이러한 기록은 후대의 사행에 있어서 전범이나 참고자료로 활용되었다. 최현도 사행을 위해 해평부원군의 사행기록을 참고했을 것이기 때문에 그 글을 자료

僧其不得取吾泡一點矣 其家人開袱而視之 非泡也滓也 此乃見其粗而遺其眞也 我等今日幾不免此也 相與大笑" 참조.

46) 최현, 『조천일록』, 정월 18일의 "九層圓臺 鋪以靑琉璃壁 周以靑琉璃欄檻 光彩 炯炯 目不能視 足不能履也" 참조.

로 인용한 것으로 보인다. 『조천일록』에는 이 자료 이외에 『맹자』, 『사기』, 『당서』, <괄지지>, <한퇴지의 시> 등 중국의 경서, 지리지, 한시 등을 근거로 제시하였고, 『대동운부군옥』 등 조선의 자료도 활용하였다. 이들 자료를 제시함으로써 자신의 기록에 타당성을 부여한 것이다.

넷째, 그의 기록이 사실인지를 제3자에게 물어보고 확인하였다. ② "소릉하의 북쪽에 목엽산이 있다"는 윤해평부원군의 기록에 대해 '모른다'는 역관의 답변과 '남쪽에 있다'는 주인의 말을 듣는다. 선행기록을 신뢰하되, 기록의 정확성을 거듭 확인하는 것이다. 주민, 역관, 선행기록을 확인한 뒤에 기록의 정확성을 의심한 것도 이러한 검증과정에서 나온 것이다. 이런 까닭에 최현의 『조천일록』은 추상적이지 않고, 현실적이고 객관적이다.

(2) 객관적인 묘사와 구체적인 기록

최현의 『조천일록』은 시기에 따라[47] 대상에 따라[48] 기록형태와 방법이 달라졌다. 국내와 국외, 장거리 이동과 생활 등 외적요인이 이러한 변화를 유발한 요인이었을 것이다. 이러한 차이에도 불구하고 대상을 최대한 자세하고, 구체적으로 기록하고자 하는 태도는 변하지 않았다. 사행록에서 보편화되고 기본적으로 대상을 기록하는 방법은 '시간 순으로 일정을 기록'하는 방법과 '대상을 객관적으로 묘사'하는 방법이다. 대상을 객관적으로 묘사하기 위하여 최현은 높은 지역에서 넓은 지역을 관찰하고, 특정 지점을 중심으로 공간을 분할하여 기술하였다. 공간을 나누어 기록하는 방법은 오랜 시간, 넓은 지역과 다양한 대상을 기록할 때 효과

---

47) 최현은 압록강 도강이전의 노정, 북경 옥하관까지의 노정, 옥하관에서의 생활, 압록강까지의 귀환노정, 도강이후 의금부옥사에서 풀려나 귀향하는 시기에 따라 기록방법이 달라졌다.
48) 최현은 자연물, 풍속과 제도, 정치 등을 기록하는 방법에 차이가 있다. 이러한 차이는 최현이 습득한 정보와 기록의 효율성이 반영된 결과에 기인한다.

적이다.

  산해관 내의 웅진은 영평이 최고이다. 성의 높이는 5-6길이고, 해자의
넓이는 10여 길이며 간혹 연꽃을 심었다. 집집마다 패루가 있는데 중원
의 풍속은 급제를 하면 패루를 만들기 때문이다. 북쪽을 바라보니 장성
은 30여 리에 장성 밖은 호산 (…) 동쪽을 바라보니 창려산이 6-70리
되는 곳에 있는데 (…) 작은 산 하나가 있는데 굽이쳐 동남쪽으로 돌다
가 북쪽으로 달려 평원이 되었다. 읍성은 언덕위에 터를 잡고 (…) 소난
하는 북쪽 호산으로부터 흘러와 성 서쪽으로 돌고, 대난하도 호산으로
부터 흘러와 남쪽으로 고죽성 북동쪽을 감싸고 돈다.[49]

▲ 영평성의 서문(사진제공: 김지현)

▲ 영평성고지도의 일부
(사진제공: 김지현)

  최현이 도착한 곳은 '영평'이다. '영평'은 국경에 접해 있으면서도 평양
과 같은 성세를 누리는 지역이다. 이곳에 대한 정보를 자세하게 기록하기

---

49) 최현, 『조천일록』, 10월 20일의 "關內雄鎭 永平爲最 城高五六丈 池廣十餘丈
    間或種蓮 家家有牌樓 中原之俗 及第則成牌樓 北望長城 三十餘里 長城之外
    胡山 (中略) 東望昌黎山 六七十里 (中略) 有小山 蜿蜒橫繞東南 北走爲平原
    邑城 據原臨河 (中略) 小灤河 北自胡山 流繞城西 大灤河 亦自胡山 南流縈廻
    孤竹城北東" 참조.

위하여 높은 위치에서 아래를 내려다보고, 공간을 나누어 기록하는 방법
을 선택하였다. 물론, 이러한 기록방법이 최현의『조천일록』에서만 발견
되는 것은 아니다. 최현은 성과 성을 둘러싼 해자의 규모를 시각적으로
관측하여 기록하였다. 5-6길, 10길, 30여 리, 6-70리 등의 거리를 시야만으
로 판단하는 일은 쉽지 않지만, 최현은 그 길이를 최대한 근사치로 기록하
고자 했다. 북쪽, 동쪽의 방위에 따라 관람한 대상을 기록하고, 그 방위에
서 벗어나 있는 작은 산과 읍성을 기록하였다. 소난하와 대난하는 지형이
변하기 때문에 마지막으로 기록하였다. 이처럼 자세하게 기록하였기 때문
에『조천일록』만으로도 영평 지역을 정확하게 파악할 수 있다.

4.『조천일록』에 나타난 최현의 현실인식

최현은 자신이 체감한 현실을 <용사음>,『조천일록』등에 기록하여
독자에게 전달하였다. 그의 감정이 가사로 표현되었다면,『조천일록』에
는 기록의 객관성이 담보되었다. 이러한 이유로 인해『조천일록』50)은
하루도 빼놓지 않고 일기를 기록하였다는 점, 공문서인 서계·장계·정
문 등을 모아 두었다는 점, 사행노정에서 장소를 인식할 수 있는 자료로
한시를 기록하고 있다는 점, 광해군의 즉위와 관련하여 중국조정의 움직
임을 자세히 기록하고, 요동지역을 차지하기 위한 건주여진과 중국군대
의 움직임을 자세히 기록하여 정치적, 군사적 자료로서의 가치도 지닌다
는 점 등을 특징으로 한다.

---

50) 최현의『조천일록』은 개인일기와 문견사건을 결합한 글쓰기 형태를 보이고
   있으며, 현장을 반영하는 시의 일부를 기록하기도 했다. 용천관을 배경으로
   황여헌의 시 3-4구인 "龍泉日暖初楊柳 劍水春寒未杜鵑"를 기록(『조천일록』,
   8월 10일)한 것은 그 예이다.『조천일록』은 후대에 편집되었기 때문에 주석에
   사행을 하면서 지은 시의 출처를 밝히고 있다. "拜夷齊廟 一律在年譜"(『조천
   일록』, 10월 21일)은 그 예이다.

1) 조선의 현실과 개혁의지

최현이 살았던 시기는 조선의 내부문제가 표면화되고, 동아시아 질서가 흔들리던 시대였다. 외세침략과 반복되는 변란으로 조선사회는 전 방위적으로 문제를 노출시켰다. 최현이 30세에 직면한 것은 '임진왜란'이다. 일본의 침략에 최현은 당대의 사회적 문제와 자신의 인식을 <용사음>에 기록[51]하였다.

<용사음>은 가사체로 기록하였으되, 앞 시대의 주된 소재였던 자연이나 연군에서 벗어나 사회현실과 일반 백성의 삶을 대상으로 하였다. 최현은 임진왜란을 계기로 "禮樂(예악) 絃誦(현송)을 추줄 딕 전혀 업다"[52]는 성리학적 질서의 파괴를 인식하였고, "니 됴흔 守令(수령)들", "톱 됴흔 邊將(변장)들"[53], 수만 채울 뿐인 조정 백관들이 집권하는 사회와 새로운 시대를 이끌어 갈 '의병'(백성)들을 인식하였다. 이러한 인식을 바탕으로 최현은 자신의 체험과 부조리한 현실을 구체적으로 기록하고, 현실적 문제를 타개해 나가고자 했다. <용사음>기술에서 나아가 현실에 대한 각종 시무(時務)를 기록하였다. 최현은 "진실로 자신의 직분을 다하면 사물은 각각 그 법칙을 따를 것이며, 그 도를 반한다면 길흉이 여기서 결정될 것"[54]이라는 생각으로 자신의 위치에서 최선을 다하려고 한 것이다. 위태로운 현실을 체험했기 때문에 현실을 바라보는 그의 태도는 조선 초기의 문인들처럼 낭만적이기보다는 현실적이다. 그는 <용사음>에서 "언제야 天河 헤쳐 이 兵塵을 씨스려뇨" 하였지만, 조선의 상황은 해결

---

51) 최현의 현실인식을 잘 보여주는 작품이 가사 <용사음>과 사행록 『조천일록』이다. <용사음>은 224구의 국한문 혼용체로 기록된 가사로, 임진왜란이 일어난 임진년과 그 이듬해인 계사년에 발생한 사건을 시간의 순서에 따라 읊은 것이다.

52) 최현 저, 이상보 편, <용사음>, 앞의 책, 294쪽.

53) 최현 저, 이상보 편, <용사음>, 앞의 책, 295쪽.

54) 『인재집』권1 장5, 「삼답」

이 쉽지 않은 난제였다.

왜란이 끝나고 10년 뒤, 최현은 북경으로 사행을 떠나게 된다. 그는 자신의 경험을 정책에 반영하려는 목적이 있었기 때문에 일을 기록함에 있어서 구체적이고 상세하고자 했다. <용사음>에 주관적 감정을 반영하였다면, 『조천일록』에는 객관적인 사실을 기록[55]하려고 한 것이다.

> ① 은 국가에서 금지한 물건이기 때문에 장계 중에는 모두 인삼으로 말하였다. 서장관은 일행의 관리들을 규검하는 관리인데 공연히 은을 사용할 수도 없고 또 노비를 금할 수도 없었기 때문에 알고도 알지 못하는 듯이 하였으니 진실로 귀를 막고 방울을 훔치는 격이었다.[56]

> ② 공적으로 왕래할 때의 음식 이바지는 각 참에서 은전으로 계산을 하는데 모두 정해진 방식이 있습니다. 머무는 곳에서 차와 술과 닭과 돼지 등의 물건은 은전으로 마련하였는데, 이는 우리나라가 등에 지고 수레에 실은 자가 길에 가득하여 공사에 해를 끼치는 것과는 같지 않음은 대개 은전을 사용하고 물건에 정해진 가격이 있기 때문이다.[57]

①은 조선에서 현물(인삼)과 화폐(은)의 사용에 대한 최현의 생각을 기록한 것이고, ②는 요동에서 명나라 화폐(은전)제도의 유용함을 발견하고 기록한 것이다. 최현은 조선에서 은의 사용을 금지하고 있기 때문에 송악에서 사행에 필요한 물품을 인삼으로 받고자 하였다. 이때 백성들은 "가렴주구(苛斂誅求)로도 구할 수 없다"[58]며 민원을 제기하였다. 중국을

---

55) 조규익, 「사행문학 초기자료의 쓰기 관습과 내용적 성격」, 앞의 논문, 20쪽.
56) 최현, 『조천일록』, 8월 8일의 "銀乃國家禁物 故凡狀啓中 皆以人蔘爲言 書狀乃 糾檢一行之官 旣不可公然用銀 又不可禁其路費 故似若不知者然 眞所謂掩耳偸 鈴也" 참조.
57) 최현, 『조천일록』, 9월 15일의 "往來公行 支供則各站 計以銀錢 皆有定式 所駐 之處 茶酒鷄豚等品 以銀錢立辦 非如我國負載滿路 貽弊公私 盖銀錢通行 而物 有定價故也" 참조.

사행할 사신에게 있어서 인삼은 토산품 이상의 가치를 지니지 못한다. 그렇기 때문에 중국에서 통용할 수 있는 은을 별도로 지참해야만 했다. 최현은 사헌부 감찰의 직함을 지닌 서장관이기 때문에 관리들을 감찰하여 노비(路費)를 제한해야 하지만, 은의 필요성을 인식하고 있었기 때문에 그럴 수 없었다. 은을 사용할 수도 없고, 노비를 금할 수도 없는 상황에 놓이게 된 것이다. 이러한 모순으로 인해 그는 당시의 상황을 "진실로 귀를 막고 방울을 훔치는 격"[掩耳偸鈴]이라고 하였다. 최현은 사행을 떠나기 전부터 이전 사행기록을 읽고 중국인과의 관계에 있어서 뇌물이 중요하다는 사실을 알고 있었을 것이다. 그렇기 때문에 은의 지참과 사용에 대한 괴로움은 컸을 것이다.

조선에서는 현물거래로 인해 문제점을 노출시키고 있는 반면에, 중국에서는 화폐를 거래에 사용하면서 물건 가격을 일정하게 유지했다. 17세기 초 명나라에는 스페인과 포르투칼 상인들이 중국에서 생산되는 생사(生絲)와 도자기를 구하기 위해 남미와 일본에서 채굴한 은을 가지고 몰려들었다. 이로 인해 중국에서는 은을 매개로 화폐경제를 발전시켰다. 요동에서 은전유통의 장점을 발견한 최현은 북경에 도착한 이후 땔감 등에 은전을 사용[59]하는 경험도 하였다. 이러한 경험은 귀국 이후 최현이 "은전의 주조와 유통"을 주장하는 계기가 되었다.

최현이 사행한 1608-1609년은 임진왜란으로 인한 피해를 극복하지 못한 상태였다. 이러한 현실인식으로 인해 "청강의 기름진 들판이 있는데 물고기도 잡고 경작할만한 곳"이라고 하면서도 "옛날에는 바다에 임해 있는 농경지로 투탁(投托)하는 자들이 매우 많았는데, 지금은 모두 흩어졌다"[60]고 하였다. 과거의 농경지는 현재 황폐화된 상태이다. 이런 어려

---

58) 최현, 『조천일록』, 8월 6일.
59) 최현, 『조천일록』, 11월 9일.
60) 최현, 『조천일록』, 8월 24일의 "曩時 爲臨海農所投托者 甚衆 今皆散去云" 참조.

움은 토지에만 국한된 것이 아니었을 것이다. 조선의 국가경제가 붕괴된 상태였기 때문에 국법에 따라 금은(禁銀)의 법령을 시행했지만, 실제로는 이 법령이 무용지물이었으며 일을 진행함에 있어서 해가 되고 있음도 인식하였다.

2) 중국의 실상과 현실인식

근대이전의 동아시아는 사행을 매개로 외교를 진행했다. 이러한 외교적 활동은 왕권이 안정된 시기에는 물론 혼란기에도 지속되었다. 급박한 양국의 현안이 있을 경우, 이를 해결하려는 목적을 지닌 사행이 오고 가는 것은 당연하였다. 그러나 현안이 없는 해에도 사행은 한양을 떠나 북경으로 향했다. 이들은 중국의 선진문화와 물품을 수입하려는 경제사절단의 역할도 겸하고 있었기 때문이다. 최현이 옥하관에 머물면서 역관에게 궁각, 염초, 서적을 무역하도록 하고, 개시(開市)를 시행한 것도 이러한 목적을 달성하기 위해서였다.

최현이 육로로 북경을 사행하던 시기는 건주여진이 강성해지던 1608년이다. 이성량의 지원으로 성장한 건주여진의 누루하치는 1589년(만력 17)에 건주여진을 통일하고, 10만의 병력으로 명나라 국경인 요동을 공격하고 있었다. 이러한 공격을 명나라 두송이 방어하면서 명나라군대와 건주여진 사이에 국지전이 빈번하게 발생하였다. 이러한 시기에 최현은 동지사로서 명나라 조정에 국서를 전달하고, 요동의 정세를 확인하며, 표류당인을 중국으로 송환하려는 목적을 지니고 한양을 출발하였다.

최현은 압록강을 도강하기 전부터 요동의 정세를 지속적으로 탐문하였다. 이러한 탐문의 결과 요동에서 광해군의 책봉을 청한 일은 준허를 받았고, 조사가 올 것이라는 연락을 받았다. 한양에서는 "임해군을 폐하여 서인으로 만들고, 그 속적(屬籍)을 끊은 일"이 일어났다는 소식도 들었다. 임해군의 폐서인 문제는 광해군의 정통성과 관련되었기 때문에 대명외교에 있어서 중요한 사안이었다. 조선의 정치변화는 요동과 명나라 조정에까지 알려져 있었고, 명나라 관리들도 이 일에 많은 관심을 보였다.[61] 조선의 명운을 장담할 수 없는 상황[62]이 지속되면서 최현 등은 정보를 얻기 위해 노력하였다. 그 노력은 강을 건넌 이후에도 지속되어 역관을 통해 중국의 상황을 탐문하고, 통보를 읽으면서 중국조정의 다양한 정보를 수집하였다. 그들이 수집한 정보는『조천일록』등에 기록하여 귀국 후 조정에 보고하였다.

　최현은 요동지역을 지나가면서 국경지역의 현실을 확인하였다. 그는 해주위에서 '연대(煙臺)'를 발견했는데, 그 연대는 5리 간격으로 설치되어 있으며, 방어요새 겸 피난처로 활용하고 있었다. 그것 보고 '매우 좋은 계책[甚善策]'[63]이라고 판단하였다. 연대가 촌락마다 설치되어 있다는

---

61) 최현,『조천일록』, 9월 17일의 "엄도사가 통사를 불러 말하기를 "임해군은 생존해 있는가? 지금 어디에 있는가?"하여 상사가 통사에게 명하여 대답하기를 "아직 교동에 있습니다."하였다. 도사가 말하기를 "국왕의 일(책봉)은 조정에서 이미 완료되었다.(嚴都司叫通事曰 臨海君生存否 今在那裏 上使令通事答曰 尙在喬桐 都司曰 國王事朝廷今已完了)" 참조.

62) 이성량의 '조선의 중국군현화' 시도를 들었기 때문에 요동에 주둔하는 명나라 장수들을 믿지 못하고 있었다. 이러한 불신으로 "진무양장이 참장 공념수와 유격 최길을 보내 선조의 상에 조문한 일"(최현,『조천일록』, 8월 9일의 "『조선왕조실록』, 한국고전종합DB. 광해 즉위년 4월 12일.)까지 의심하여 그들이 조문을 명분으로 조선으로 들어온 것은 "우리나라의 허실, 산천, 마을을 정탐하여 누르하치와 모의하여 습격하려는 것"(최현,『조천일록』, 8월 9일의 "撫鎭之差送冀崔也 托以弔祭 而其實來察我國之虛實 山川道里夷險 與建酋合謨來襲也" 참조.)이라고 생각할 정도였다. 이성량이 상주한 '조선의 멸망'관련 내용을 명나라 조정에서는 받아들이지 않았다. 병과도급사중 송일한과 급사중 사학천은 조선에 흠이 있지만, 임금을 시해한 죄도 없고, 명나라를 섬겨 신하의 예절이 어긋나지도 않는다고 주장하여 이성량과 조집을 파면하도록 하였다. 광해군은 '이성량 사건'을 계기로 요동에 대한 정탐을 강화하면서 명나라 조정으로부터 책봉을 받기위해 서둘렀지만, 1609년 6월이 되어서야 광해군책봉을 맡은 책봉사가 한양에 도착했다.

63) 최현,『조천일록』, 9월 28일의 "오랑캐 땅과 가까워졌는데 5리마다 두 개의 연대를 설치하였습니다. 비록 길옆이 아니더라도 촌락이 있으면 모두 연대를

사실은 당시 국경지역의 위태로운 현실을 보여준다. 국경지역의 주민들은 오랑캐의 침입에 대비하여 날마다 식량을 만들고, 곡식을 땅에 묻고, 초목을 불태우고 있었다.[64]

일행은 요동을 지나 북경 옥하관에 도착하였다. 이곳에서는 명나라 정치가들의 정쟁(政爭)이 벌어지고 있었고, 사행원은 '문금(門禁)'정책으로 인해 옥하관을 출입하는 것이 자유롭지 못했다. 문금정책으로 인해 식량이 떨어져 역관과 하인들이 굶주리는 상황에서도 "당신들이 나에게 문을 폐쇄했다고 탓하는데 그렇다면 문을 열고 길거리를 횡행하려는 것인가?"[65]라는 제독의 비난을 받게 된다. 사행 때마다 문금정책으로 인한 어려움이 반복되자 사신들은 명나라 조정에 공문을 보내 문제해결을 요청[66]하였다. 그러나 이러한 요구는 받아들이지 않았고, 명나라의 '문금'

만들었는데 혹시라도 오랑캐가 온다는 경보가 있으면 촌민이 모두 이곳에 들어와 지켰으며 길 가는 사람도 도망해 피할 수 있었으니 매우 좋은 계책이었습니다.(近胡地 五里置兩煙臺 雖非路傍 有村則皆爲煙臺 脫有虜警 則村民盡入以守 行路之人 亦及走避 甚善策也)" 참조.

64) 최현, 『조천일록』, 9월 28일의 "연로 곳곳마다 날마다 쌀을 찧고 곡식을 땅에 묻는 것을 일삼았으며, 민가의 잡동사니나 물건들은 연대에 들여놓아 오랑캐의 환난에 대비하고 있었습니다. 또 북방을 바라보니 연기와 화염이 공중에 가득하여 그 연유를 물어보니 초목이 빽빽하면 적이 인하여 출몰하므로 가을과 겨울 사이에 들에 있는 풀을 태워 적으로 하여금 말을 먹이기에 불편하게 하고 아군이 관찰하기 쉽도록 한다고 하였습니다.(沿路處處 日以舂米埋穀爲事 民家雜物 收入煙臺以備胡患 又見北方 煙焰漫空 問其故 以草木茂密 敵因出沒 故秋冬之交 焚其野草 使敵不便蒭牧 而我軍易以瞭望)" 참조..

65) 최현, 『조천일록』, 정월 19일의 "儞等咎我閉門 然則欲其開門而橫行於街巷耶" 참조.

66) 최현, 『조천일록』, 11월 12일의 "하절에 『대명집례』의 조문에 의거해 배신들이 모두 조복을 입고 차례대로 예를 행할 것 안남국과 유구국의 예에 의거하여 정사 2명은 가마를 타고 출입할 것, 또 역년의 은지에 의거해 문금을 없애 마음대로 유람할 수 있도록 할 것을 청했다.(請於賀節 依大明集禮 部臣皆具朝服 隨班行禮 又依安南琉球例 正使二員 乘轎出入 又依歷年恩旨 勿設門禁 使得

정책은 조천사행이 끝날 때까지 지속되었다. 이러한 이유로 인해 사신들의 북경유람과 중국지식인들과의 교류는 18세기 이후에나 본격화되었다.

문금정책이 시행되고 있었지만, 이시기에도 제한적인 교류는 있었다. 그 교류는 유구국 사신과의 교류[67], 사자관의 글씨 전달, 사신의 국자감과 원구의 방문, 무역(개시) 등을 통해 이루어졌다. 18세기 초까지는 사신들의 중국 내 개인 활동이 금지되어 있었기에 서적의 구입, 유통은 역관을 통한 제한적일 수밖에 없었고, 18세기 말엔 조선에서 청의 서적에 대한 금수령(禁輸令)이 내려졌기 때문에 서적 유입이 자유롭지 못했다.[68] 그러나 최현이 사행하던 17세기 초에는 조선과 명 사이에 무역이 이루어졌고, 무역을 통해 중국황제가 열람하던 서적도 조선에 수입[69]되었다.

최현은 "猛虎(맹호) 長鯨(장경)이 山海(산해)를 흔들"[70]어 "冤血(원혈)이 흘러 나려 平陸(평륙)이 成江(성강)"[71]하게 되었다는 임진왜란에 대한 경험이 있었고, 이러한 경험으로 인해 외세가 강해지면 조선을 침략할 것이라는 두려움을 지니고 있었다. 이러한 두려움으로 인해서 그는 북경으로 사행하면서도 외교와 정보에 있어서 매사 자세히 알아보고자 하였고, 매사에 조심하는 태도를 보였다. 특히 요동에서는 노정마다 '오랑캐의 변란'에 대비하였고, 귀국하는 노정에서도 명나라 군대와 건주여진의 움직임을 자세히 기록하였다. 이러한 태도는 당시 조선의 미약한

觀瞻無間)" 참조.

67) 유구국은 豊臣秀吉에 의해 멸망되었으나 명과의 외교를 이유로 유구국의 사신의 북경으로 파견되었다. 이 과정에 최현과의 만남이 있었다.

68) 권정원, 「이덕무의 청대고증학 수용」, 『한국한문학연구』 58, 한국한문학회, 2015, 293쪽.

69) 최현, 『조천일록』, 1월 20일의 "진상을 위해 『대학연의』, 『소대전칙』을 무역하였는데, 『대학연의』는 황제가 어람하는 책이었다.(以別般纏銀子 貿進上冊大學衍義 昭代典則 衍義則衣內押欽文廣運寶 乃皇上御覽之書也)" 참조.

70) 최현 저, 이상보 편, <용사음>, 앞의 책, 295쪽.

71) 최현 저, 이상보 편, <용사음>, 앞의 책, 297쪽.

힘을 자각하고 있었기 때문이다.

3) 풍속에 투영된 문화적 자긍심

사행에 있어서 노정이란 사신 일행이 단순히 거쳐 가는 물리적 공간만
은 아니다. 그것은 새로운 만남의 계기를 만들어주며, 의식 있는 인사들
에게는 그 자체가 의미 있는 공간으로 재현되기도 한다.[72] 최현도 사행을
통해 중국의 내면을 이해하고자 했다. 다음은 낭자산에서 요동 회원관까
지의 노정과 요동의 군제, 부세, 풍속, 백성들의 삶 등을 기록한 내용이다.

> 15일 기해. 날씨 맑음. 새벽에 낭자산을 출발하여 냉정에서 점심을
> 먹고 고려촌을 지나 요동 회원관에 도착했습니다. (…) 요동성곽은 웅장
> 하고 견고하며, 지세는 평이하며, 민가와 물건은 번성하고, 축산은 양,
> 나귀, 닭, 돼지 등을 많이 길러 생산의 밑천으로 삼았습니다. 땅은 기장,
> 사탕수수, 조를 재배하기에 적당하고, 논농사를 짓지 않아서 비록 부유
> 한 사람도 당미반(糖米飯)을 먹습니다. (…) 풍속은 검소함을 숭상하고,
> 백성에게서 조세를 취함에 제한이 있어서 거소를 잃는 자가 드뭅니다.
> 군병은 한 집에서 한 사람의 장정을 뽑으니, 한 집에 남자가 4-5인이
> 있으면 1인이 정(丁)이 되고, 3-4인은 솔우가 됩니다. 매월 군량으로
> 은량을 지급하는데 군졸들은 처자를 먹여 살릴 수 있고, 군역도 심하게
> 싫어하거나 피하지 않습니다. 모든 관공서의 노역에는 다만 소속된 병
> 사들만 일을 시키고 촌민들에게는 부역이 미치지 않으므로 농민들은
> 농사일에 전념할 수 있습니다.[73]

---

72) 조규익, 「깨달음의 아이콘, 그 제의적 공간」, 『연행노정, 그 고난과 깨달음의
   길』, 박이정, 2004, 122쪽.
73) 최현, 『조천일록』, 9월 15일의 "十五日己亥晴 晨發狼子山 中火于冷井 過高麗
   村 抵遼東懷遠館 (中略) 遼東城郭壯固 地勢平夷 民物殷盛 畜産則多畜羊驢鷄
   豚 以資生産 土宜黍稷糖粟 不治水田 雖富人 皆食唐米飯 (中略) 俗尚儉嗇 而取
   民有制 故失所者鮮 軍兵則家抽一丁 一家有男四五人 則一人爲丁 而三四人 爲

최현은 요동 백성들의 삶에 관심이 많았다. 요동은 조선을 떠나 북경으로 가는 길에서 처음 만나는 도회지이자 요충지다. 이곳은 지세가 평탄하며 물자가 많고 부세도 조선과 비교해 볼 때 가볍고 합리적이다. 견고한 성곽과 평탄한 지세는 논농사를 짓지 않더라도 백성들이 풍요롭게 살아갈 수 있는 근거가 되었다. 최현은 이곳에서 궁핍한 조선 백성들의 삶을 생각하고 요동지역 주민들의 삶과 대비하여 조선의 현실을 자각하였다. 이곳에서의 경험은 귀국 후에 백성들의 삶과 직결되는 다양한 정책을 건의하는데 바탕이 되었다. '혼란 속에 번성'[74]하는 중국을 목도하고, 기록함에 있어서 특징적인 것은 중국 문명과 풍속에 대한 이중적인 인식이다.

최현은 요동의 현상적인 모습만을 살핀 것이 아니라 풍요를 가져오는 근본적인 이유에 대해서도 천착했다. 그리고 그 이유가 중국인의 '검소함'과 제도의 '엄격함'에 있다고 보았다. 명나라에서는 병사들에게 녹봉을 지급하여 가족을 거느릴 수 있게 한다. 관청의 부역에 일반 촌민들은 동원하지 않는다는 사실을 말하면서 이러한 제도를 시행하고 있기 때문에 농민들은 농사일에 전념할 수 있다고 하였다. 최현이 명나라 제도의 장점을 소개한 것은 조선에 이러한 제도를 수용할 필요가 있음을 말하고자 한 것이다. 조선에서는 임진왜란이 끝난 지 10년이 지났지만, 이전의 상황을 회복하지 못하고 있다. 군역세로 인한 문제는 1751년(영조 27) 균역법 실시 이후에야 줄어들었고, 지공(支供)의 폐단은 최현이 사행을 하면서 체험한 일이다. 최현은 중국의 합리적인 정책과 제도를 상세하게 제시함으로써 조선의 현실을 우회적으로 비판하는 동시에 정책과 제도

率優 給月餉銀兩 軍卒得以周其妻子 而不甚厭避 凡有公家興作之事 只役所屬之軍 不及村民 故農民得以專治穡事" 참조.
74) 정영문, 「오윤겸의 사행일기 연구:『동사일록』과 『조천일록』을 중심으로」, 『온지논총』 47, 온지학회, 2016, 65쪽.

를 수용하여 조선의 현실을 개혁해야 함을 제시한 것이다.

백성들을 풍요롭게 만드는 견고한 성곽과 평이한 지세는 수용하기 어려우나, 제도는 수용이 가능하고, 이를 통해서 조선을 변화시킬 수 있다고 보았다. 최현이 흥미롭게 바라본 제도 중에는 '군율의 엄격함(9월 22일)', '제왕의 혼인(12월 28일)' 등이 있다. 명나라의 제도에 대한 긍정적인 평가와 달리 요동의 풍속에 대해서는 비판적인 시각을 보이고 있다.

> 풍속은 비박하고 문을 작게 여겼으며 남녀의 구별이 없습니다. 사족이라 불리는 자들이 성안에 많이 살고 있으나 문교를 숭상하지 않아 학교는 황폐합니다. 성안의 사람들은 이익을 좋아하고 부끄러움이 없어서 도둑질을 잘하며, 하급관리들은 포악하고 독하기가 더욱 심하다.[75]

최현은 중국의 제도를 칭찬하면서 풍속에 대해서는 비판적인 시각을 보이고 있다. 이러한 이중적인 태도는 최현이 퇴계의 학풍을 계승한 성리학자이기 때문에 필연적이라고도 할 수 있다. 요동지역의 제도와 풍속에 대한 이중적인 인식은 18세기 이후의 사행록에서도 공통적으로 발견된다. 18세기에는 병자호란 이후에 구체화된 소중화가 지식인들 사이에 자리하고 있었다고 하지만, 이 시기에는 '명'이 중원을 장악하고 있어서 아직 형성되지 않았다. 그러므로 최현이 요동의 풍속을 관찰하고 비판한 것은 조선의 문화에 대한 자긍심이 투영된 것이다. 최현이 조정에 보고하는 '문견사건'에 요동의 풍속을 기록한 것은 서장관으로서의 보고임무를 수행하려는 목적도 있었을 것이다. 여기에 오랑캐 땅과 가까운 요동지역에서는 오랑캐의 영향으로 풍속이 무너졌으니, 조선에서는 '문교를 숭상'해야 함을 주장한 것이다.

---

75) 최현, 『조천일록』, 9월 15일의 "風俗則菲薄小文 男女無別 號爲士族者 多在城中 而不尙文敎 學校荒廢 城中之人 嗜利無恥 善爲偸竊 吏胥之輩 獷悍尤甚" 참조.

17세기에 이르면 조선에서는 성리학적 세계관을 꽃피우는 반면에 명나라에서는 지배층들의 무능과 부패가 사회전반에 퍼져있었다. 철학적 기반도 성리학 위주의 조선과 달리 명나라에서는 유학(훈고학, 양명학, 고증학), 불교, 도교 등으로 다양화되었다. 이러한 명나라의 분위기가 최현에게는 낯설고 수용하기 어려웠을 것이다.

> ① 중조의 풍속은 도관과 절은 아름답게 꾸몄으나 국학과 문묘는 먼지로 매몰되었고 인적이 드물었다. 우리나라에 있을 때 듣기를 국자감으로부터 오다보면 문승상의 묘가 있다고 하여 관소의 여러 사람들에게 물었는데 모두 문승상묘가 있는지를 알지 못하였다. 우리들은 이러한 시시한 사람들은 알지 못하지만 태학 서생에게 물어보면 알 수 있을 것이라 생각하여 몇몇 서생에게 물었으나 모두 문산의 묘가 이곳에 있다는 것을 알지 못하고 다만 이곳에서 약간 떨어진 길가에 문창묘가 있으니 반드시 그것일 것이라 하였다.[76]
> ② 문교가 폐하거나 느슨해지고 이술을 몹시 숭상하여 도관과 승당이 여염 사이에 섞여 있었으며, 조정과 시정에는 사대부들이 모두 신불을 몹시 숭상하여 분향하고 머리를 땅에 대고 절하며 제사지냈습니다.[77]

①은 북경에 머물던 1월 18일, 국자감을 구경하고 돌아오는 길에 문천상의 묘를 찾아간 일을 기록한 것이다. ②는 통주를 떠나 귀국하는 길에 중국의 제도와 풍속을 기록하였다. 최현이 북경에 머무는 동안 문금정책으로 인해 유람할 수 있는 기회가 많지 않았다. 그러다 이날 국자감, 문천

---

76) 최현, 『조천일록』, 1월 18일의 "中朝之俗 致美於道觀僧舍 而國學文廟 則塵埃埋沒人跡罕到焉 在我國時聞 自國子監來時 有文丞相廟 問于舘中諸人 皆不知有文丞相 我以爲此等庸夫 不可識 若問太學書生 則可以知矣 問于數三書生 皆不知文山之有廟于此 但云 此去路傍有文昌廟者 必是此也云" 참조.

77) 최현, 『조천일록』, 1월 23일의 "文敎廢弛 酷尙異術 道觀僧堂 錯雜於閭閻 朝市之中 士大夫皆酷尙神佛 焚香頂禮而祀事焉" 참조.

상 묘, 원구를 관람할 수 있어서 최현은 『조천일록』에 북경의 명승지를 기록할 수 있었다.

▲ 국자감 대성전 앞 공자상(사진제공: 조규익)

최현은 중국의 풍속이 '도관과 절'을 중시하여 아름답게 꾸미지만, '국학과 문묘'는 소외되어 먼지에 매몰되고 있다고 하였다. 교육이 중시되지 않는 명나라에서 선진 문명을 찾는 것은 어려운 일이다. 더구나 조선에서 온 사람들도 그의 사당을 방문하려고 하는데, 명나라의 서생들은 문승상의 사당위치를 모르고 있다. 이런 상황이기 때문에 태학에 다니는 서생들도 '시시한 사람'들과 마찬가지로 어리석다고 평가하였다. 충의의 인물로 알려진 문승상에 대한 인식의 부재가 교육의 부재요, 문화와 역사의식의 부재라고 인식했기 때문이다. 이러한 인식 속에 조선의 문화적 우월함이 드러나고 있다.

최현은 조선과 중국 지식인을 대비하여 명나라의 문제점을 지적하였다. 이러한 지적은 역설적으로 조선이 나아갈 방향이 어디에 있는가를 분명히 한 것이기도 하다. 최현이 제시하는 방향은 '성리학적 가치'를 기반으로 교육과 문화, 역사인식을 정립(正立)하는 것이라 할 수 있다.

5. 결론

광해군이 즉위한 1608년, 조선에서는 명나라에 동지사를 파견하였다. 동지사는 정례사행이었으나, 이때의 사행은 표류당인을 호송하고 요동 지역과 중국조정을 탐문·조사하려는 목적도 있었다. 이 시기에 요동을 차지하기 위한 건주여진과 명나라의 지속적인 충돌이 있었고, 조선을 멸망시켜 명나라 군현에 편입시키려는 이성량과 조집의 주청이 있었기 때문이다.

위태로운 상황에 서장관으로 사행한 최현은 당시 요동과 중국조정의 정세는 물론 사행에서 견문한 대상을 자세히 기록하였다. 최현은 30세에 임진왜란을 겪었고, 이때의 체험을 중심으로 <용사음>과 <명월음>을 기록하였다. 그가 46세에 요동을 거쳐 북경으로 사행을 가면서 긴박하게 돌아가는 동북아시아의 현실과 견문한 내용을 기록한 것이 『조천일록』이다. 최현이 기록한 『조천일록』은 매일 기록하였다는 점, 공문서인 서계·장계·정문 등을 한 곳에 모아 두었다는 점, 정치·군사·풍속 등의 다양한 정보를 상세하게 기록하여 자료로서 가치가 충분하다.

최현은 사행을 하면서 일기, 문견사건, 별단서계를 작성하였으며, 일기에 문견사건을 덧붙여 『조천일록』을 구성하였다. 『조천일록』의 독자는 '조선의 조정'(문견사건), '일반독자'(개인일기)로 나눌 수 있다. 최현은 정확한 기록을 위하여 검증과 확인을 반복하여 고증하였고, 객관적 묘사를 위해서 공간을 분할하여 기록하는 등 다양한 방법을 시도하였다. 최현이 『조천일록』에 현실적인 문제를 주의 깊게 관찰하고, 기록한 데에는 개인적인 성향만 아니라 학풍도 작용했을 것이다. 최현은 이황의 제자인 김성일, 권문해, 정구 등을 스승으로 모시고 교유하면서 퇴계 이황의 학풍을 계승했기 때문이다.

최현은 1608년 8월 한양을 출발할 때부터 1609년 귀향할 때까지의 사행체험을 『조천일기』에 기록하였다. 그러나 현재 전하는 『조천일기』는 1785년 최현의 6세손인 최광벽이 조천록과 시문을 모아서 만든 『인재선생속집』에 기록되어 있다. 최현의 원래 기록과 현재 전하는 『조천일록』 사이에는 몇 가지 차이가 발견된다. 원 『조천일록』에서 현재의 『조천일록』으로 편집되는 과정에 중국지역을 기록할 때 개인일기 부분이 본문에서 부록으로 옮겨졌다는 점, 원래의 기록을 보완하기 위한 주석이 붙어 있다는 점이 그것이다. 최현의 『조천일록』에 기록된 사행출발 날짜와 『조선왕조실록』에 기록된 사행출발 날짜도 다르게 기록되었다.

최현은 사행하면서 요동지역의 풍속을 비판하였고, 이러한 비판을 기반으로 조선의 현실을 이해하였다. 그가 지향하던 세계는 '성리학'의 기반 위에 있었지만, 명나라 제도의 장점을 조선에 수용하려고 했고, 지역의 다양한 모습을 관찰, 기록하려고 했다. 이런 까닭에 최현의 『조천일록』은 16세기 말에서 17세기 초로 이어지는 혼란기 동북아 국제정세와 조선 지식인이 나가고자 했던 방향을 연구하는 데 참고가 되는 중요한 기록이라 할 수 있다.

『조천일록』과 의례

성영애

1. 머리말

최현[1563~1640]은 명종 18년 6월 10일에 경상도 선상부(善山府) 해평현(海平縣) 송산(松山)에서 최심[崔深, 1512~1589]의 둘째 아들로 태어났다. 형 최흔(崔昕)이 일찍 죽어 최현이 실제로 가훈을 이어받았다. 최현의 자는 계승(季昇)이고 호는 인재(訒齋)이며, 시호는 정간(定簡)이고 본관은 전주(全州)이다.

최현의 학문은 어머니가 돌아가시기 전 선조 3년[1570]부터 영남의 도학자 두곡(杜谷) 고응척[高應陟, 1531~1605]에게 수학하여, 공부에 힘써 게을리 하지 않았다. 일찍이 고응척이 최현에게 '비오는 밤 등불을 밝히며[雨夜明燈]'라는 제목으로 시를 짓게 하자, 최현은 바로 '등 앞에는 요순(堯舜)의 햇살이 비치고, 창밖에는 전국(戰國)의 바람이 분다'라고 하여, 두곡선생이 이를 매우 기특하게 여겨 큰 인물이 될 것[1]이라 하였다. 최현이 13세 되던 해에는 금오서원(金烏書院)[2]에서 공부하였고, 19세에

---

1) 『訒齋集』, 「年譜」의 "受業於杜谷高先生 力學不倦 嘗以雨夜明燈命題 先生應聲對曰 燈前堯舜日 窓外戰國風 杜谷先生大奇之 稱以遠到" 참조..

2) 金烏書院은 경상북도 구미시 선산읍 원리에 있는 冶隱 吉再의 충절을 기리기 위해 건립된 서원. 임진왜란 때 병화로 모두 소실되었다가 10년 뒤인 1602년[선조 35]에 지금의 금오서원이 소재한 선산읍 원리의 남산 밑에 옮겨 복원하였다가 1609년[광해군 1]에 다시 중건하였다. 그 후 金宗直, 鄭鵬, 朴英, 張顯光

는 학봉(鶴峯) 김성일[金誠一, 1538~1593]을 뵙고 수업을 청하였으며, 42
세에는 한강(寒岡) 정구[鄭逑, 1543~1620]를 처음 찾아가 뵙고서 박학에
기반을 두면서도 예학에 관심을 기울이기 시작하였다.

이같이 최현은 일차적으로 고응척에게 학문의 기본을 닦았고, 다시 김
성일에게 "학문은 장구(章句)나 문사(文詞)의 사이에 있는 것이 아니라
단지 일용(日用)의 사물 위에서 구하는 것이니, 이것이 이른바 사상학(事
上學)[3]"이라는 요체를 터득하였다. 그리고 정구를 만나면서 예학뿐 만
아니라 천문·지리·병법·산수 등 두루 통하지 않은 것이 없게 되었으며,
현실과 더욱 밀착시키면서 그의 학문을 정진시켰다.[4]

최현의 이러한 학문적 바탕에 의해서 『조천일록』이라는 기록적 자료
가 탄생된 것이라고 할 수 있는데, 『조천일록』은 최현이 46세 때에 성균
관전적으로 동지사 서장관 겸 사헌부감찰로 임명되어 명에 다녀 온 사행
을 기록한 것이다. 최현은 1608년 8월에 한양을 출발하여 북경을 거쳐
다음해 조선으로 도착하는 날[1608년 8월~1609년 4월 19일]까지의 일정
을 일기체로 기록하고, 그 일기에 문견(聞見)사건을 첨부하여 『조천일록』
이라 하였다.[5] 최현의 『조천일록』은 『인재집(訒齋集)』[6]이 아닌 『인재
선생속집(訒齋先生續集)』[7]에 실려 있다. 그 동안 최현에 대한 연구는

등을 추가로 배향하여 모두 5현의 위패를 모시고 있다. 고종 때 서원 철폐령이
내려졌을 때에도 훼철되지 않은 전국 47개 서원 중 하나이다. 『한국 향토문화
전자대전』.
3) 『訒齋集』, 「年譜」의 "學不在章句文詞之間 只向日用事物上求之 所謂事上學
也" 참조.
4) 정우락, 「인재 최현의 한시문학과 그 의미지향」, 『동방한문학』 18집, 2000, 6쪽.
5) 정영문, 「최현의 『조천일록』에 나타난 현실인식」, 『한국문학과 예술』 27집,
한국문학과예술연구소, 2018, 81쪽.
6) 『인재집』은 1778년에 간행되었으며, 원집 13권, 별집 2권, 습유, 연보, 부록
합 9책으로 구성되었다. 소장처는 서울대학교 규장각한국학연구원과 국립중
앙도서관이고, 『한국문집총간』 67에 실려 있다.

『조천일록』 연구보다 『인재집』에 초점을 맞춰 최현의 사상과 문학 등의 연구8)에 주목 받았다. 그리고 『조천일록』에 대한 연구는 2008년 조규익9)

---

7) 최현의 『인재선생속집』은 8개의 판본들이 있는데, 내용은 거의 비슷하다. 다만 진성이씨 의인파와 하계파 판본이 부분 결락이 있을 뿐이다. 『조천일록』 은 『인재선생속집』에 李獻慶의 서문을 필두로 권1에서 권5까지 실려 있다. 숭실대학교 한국문학과예술연구소 소장 조규익은 2006년에 『訒齋續集 天』 (목판본, 29㎝×18㎝)을 구입하여 이 판본을 저본으로 하여 '한국문학과예술 연구소'에서 현재 역주 · 번역하였다. 따라서 본고의 인용문은 『인재속집 천』 에 수록된 『조천일록』을 저본으로 한 내용을 토대로 하여 작성된 것이다.

번호	자료명	편저자	판종	수량	수집처	소장처
1	訒齋續集 天	崔晛 著	목판본	7卷 3冊	이현조 박사	숭실대 조규익
2	訒齋先生續集	崔晛 著	목판본	7卷 3冊	없음	규장각
3	訒齋先生續集	崔晛 著	목판본	7卷 3冊	없음	존경각
4	訒齋先生續集	崔晛 著	목판본	7卷 3冊	없음	연세대 국학자료실
5	訒齋先生續集	崔晛 著	목판본	4卷 2冊 (共 3冊 中 第2冊 缺)	진성이씨 의인파 은졸재고택	한국국학진흥원
6	訒齋先生續集	崔晛 著	목판본	3卷 1冊 (共 3冊 中 第1·3冊 缺)	진성이씨 하계파 수석정	한국국학진흥원
7	訒齋先生續集	崔晛 著	목판본	7卷 3冊	예안이씨 충효당파 양고고택	한국국학진흥원
8	訒齋先生續集	崔晛 著	목판본	7卷 3冊	선성김씨 함집당종택	한국국학진흥원

8) 김시황, 「訒齋 崔晛 先生의 政治 思想과 學問」, 『東方漢文學』 제18집, 동방한 문학회, 2000. 박영호, 「訒齋 崔晛의 現實認識과 文學觀」, 『東方漢文學』 18집, 동방한문학회, 2000. 박인호, 「선산 읍지 『일선지』의 편찬과 편찬정신」, 『역사 학연구』 64집, 호남사학회, 2016. 윤세형, 「조선시대 使行과 사행 문화 : 최현 의 <朝京時別單書啓>에 나타난 현실인식 연구」, 『온지논총』 42집, 온지학회, 2015. 이구의, 「崔晛의 「琴生異聞錄」의 구성과 의미」, 『한국사상과 문화』 제85집, 한국사상문화학회, 2016. 정우락, 「訒齋 崔晛의 한시문학과 그 의미지 향」, 『東方漢文學』 18집, 동방한문학회, 2000. 고순희, 「<용사음>의 작가의식」, 『이화어문논집』 9, 이화여자대학교 한국어문학연구소, 1987. 이동영, 「인재가 사연구」, 『어문학』 5, 한국어문학회, 1959. 정재민, 「용사음의 임란 서술 양상

에 의해서 시작되어, 윤세형[10], 정영문[11]에 의해서 진행되었다. 조규익은 『조천일록』의 글쓰기 양상이 단순한 사행 보고서나 중국 여행기가 아니라 조선에 산적한 문제들을 해결할 현실적 방책이나 처방을 찾아보려는 모색하는 경세적(經世的) 기록이라고 하였다. 윤세형은 최현이 기록한 서계를 연구하여 사행에서 오는 '금은지령(禁銀之令)과 관서(關西)지방의 지공(支供)의 폐단'에 대한 문제점을 지적하여 최현의 대책을 제시하였다. 정영문은 최현의 생애와 『조천일록』의 서술 상 특징 등을 통해서 『조천일록』은 16세기 말에서 17세기 초로 이어지는 혼란기 동북아 국제 정세와 조선지식인이 나가고자 했던 방향을 연구하는 데 참고가 되는 중요한 기록이라는 점을 밝혔다.

『조천일록』은 중국에서 만나는 각종 물상이나 제도·정책·사회·풍속·민생 등의 문제, 오랑캐와의 갈등을 중심으로 하는 국가안보의 문제, 관리들의 탐풍이나 예법의 문란을 중심으로 하는 기강 해이의 문제, 학자나 무장(武將)을 중심으로 하는 인물 등용의 문제, 문화·역사에 대한 평가와 해석의 문제 등[12]의 내용들이 실려 있다. 이러한 내용에서 본고는 『조천일록』에 나타나는 의례 관련 자료들을 주목하여 조선과 명에서 나

과 주제의식」,『육사논문집』61집 제1권, 육군사관학교, 2005. 홍재휴, 「訒齋 歌辭攷-附: 龍蛇吟, 明月吟」,『동방한문학』18, 동방한문학회, 2000.

9) 조규익, 「使行文學 초기 자료의 쓰기 관습과 내용적 성격-訒齋 崔晛의『朝天日 錄』을 중심으로」,『국제어문』42집, 국제어문학회, 2008./「조선 지식인의 중국 체험과 중세보편주의의 위기-崔晛〔朝天日錄〕과 李德泂〔朝天錄/죽천행록〕을 중심으로-」,『온지논총』40집, 온지학회, 2014./「『朝天日錄』의 한 讀法」,『한국 문학과 예술』31집, 한국문학과예술연구소, 2019.

10) 윤세형, 「최현의 <朝京時別單書啓>에 나타난 현실인식 연구」,『온지논총』42 집, 온지학회, 2015.

11) 정영문, 「최현의 『조천일록』에 나타난 현실인식」,『한국문학과 예술』27집, 한국문학과예술연구소, 2018.

12) 조규익, 앞의 논문 339쪽.

타나는 의례와, 명 민간에서 나타나는 의례를 파악하여 『조천일록』에 나타나는 의례 관련 사실들을 살펴보고자 한다. 『조천일록』은 조선에서 명으로 가는 사행을 기록한 글이기에, 제일 먼저 황제에게 표문을 보내며 치르는 배표례와 조선 사신과 명의 관원들 사이에서 행해지는 현관례, 북경에 도착하여 황제를 알현하는 현조례, 북경사행을 출발하면서 혹은 사행 중에 아니면 사행을 마치고 돌아오는 길 등에서 사행 가는 사람들에게 베풀어 주는 전별연 등이 있으며, 그리고 명 민간에서 나타나는 상례와 제례에 대한 내용들도 있다. 이러한 의례 관련 내용들을 중심으로 최현의 『조천일록』에 나타나는 의례관련 사실들이 의미하는 바를 밝혀 보고자 한다.

2. 『조천일록(朝天日錄)』에서 나타나는 조선에서의 의례

최현은 광해군이 즉위한 1608년에 동지사행 서장관으로 북경에 임명 받아 간다. 최현이 북경에 가는 목적은 동지사로 임명받아 명에 가므로 정기사행이고, 또 조선에 표류해온 당인(唐人)을 호송해 가기 위해서이다. 이러한 임무를 맡은 최현은 조선이 친명사대를 내세운 명에 처음 가는 사행 길이다. 그래서 사경[四更, 새벽 1시~3시] 초에 근정전(勤政殿)으로 나아가 사은숙배하는 최현의 심정, 마냥 설레고 기쁨 마음보다 서장관으로서 맡은 바 임무를 수행해야 된다는 생각이 앞서서 오히려 착잡하고 무거운 마음이었을 것이다. 이러한 최현의 마음을 생각하면서 앞으로의 내용들을 살펴 볼 것이다. 먼저 조선에서 나타나는 배표례와 전별연에 대한 내용을 보면 아래와 같다.

> 사경(四更) 초에 대궐에 나아가서 사은숙배했다. 진시(辰時)에 배표 례의 권정례(權停例)를 행하였다. 상사 신설(申渫)·부사 윤양(尹暘)과 함께 명을 받았다. 이를 마치고 모화관에서 나와 표문(表文)·전문(箋文)·자문(咨文)을 사대(査對)하고 하직인사를 하였다. 영의정 완평부

원군 이원익(李元翼)·형조판서 윤방(尹昉)·충청감사 신식(申湜)·호조참판 최관(崔瓘)·의정부 사인(舍人) 이지완(李志完)·홍문관 부제학 정협(鄭恊)·병조참지 홍경신(洪慶臣)·승지 유공량(柳公亮)·예조참의 유인길(柳寅吉)·승문원 저작(著作) 조우인(曹友仁)·정자(正字) 민호(閔濩)·유활(柳活)·홍호(洪鎬)·익위사 사어(司禦) 채증광(蔡增光)·전 서흥부사 유철(柳澈)과 유철의 아들 유익화(柳益華)를 만나고 작별하였다. 참판 최영중(崔瑩中)·참지 홍덕공(洪德公)·서흥의 유씨 부자(父子)·조여익[여익은 조우인(曹友仁)의 자]·채광선(蔡光先) 등이 전별연을 베풀어 주었다. 백몽린(白夢麟)·박유(朴瑜)·박종호(朴宗豪)·조성(曹誠)·김덕상(金德祥)·박은중(朴恩重)·최인수(崔仁守)가 찾아와 작별하였다.[13]

조선은 친명사대 외교정책에서 천자의 사신이 올 때 행하는 영조의(迎詔儀)[14]와 배신(陪臣)이 상국으로 갈 때 행하는 배표례, 정월 초하루와 동지·하지·성절에 행하는 망궐례(望闕禮)를 들 수 있는데, 이 의례들은 모두 가례(嘉禮)에 편성되어 있다. 가례는 나라에서 행하는 다섯 가지 의례 중의 하나로서, 즉위(卽位)·책봉(冊封)·국혼(國婚)·사연(賜宴)·노부(鹵簿) 등이 여기에 해당된다. 즉 배표례는 천자에게 올리는 표문(表文)을 봉(封)하는 예이다. 배표례는 근정전에서 문무백관이 모두 참석한 가운데 의식이 진행된다. 그 의식을 살펴보면 <표 1>과 같다.

---

13) 『조천일록』 권1, 1608년 8월 3일 정사일 기사의 "四更頭 詣闕 肅拜 辰時 拜表 權停例爲之 與上使申湜 副使尹昉 受命 訖 出慕華館 査對表箋咨文 拜辭 領議政李公元翼 又與刑曺判書尹昉 忠淸監司申湜 戶曺參判崔瓘 議政府舍人李志完 弘文館副提學鄭恊 兵曺參知洪慶臣 承旨柳公亮 禮曺參議柳寅吉 承文著作 曹友仁 正字閔濩柳活洪鎬 翊衛司司禦蔡增光 前瑞興府使柳澈 瑞興子柳益華 相見叙別 崔參判瑩中 洪參知德公 柳瑞興父子 曹汝益 蔡光先餞送 白夢麟 朴瑜 朴宗豪 曹誠 金德祥 朴恩重 崔仁守 來別." 참조.
14) 천자의 조칙을 맞이하는 의절.

<표 1> 『국조오례의』 <배표의>

구분	『국조오례의』〈배표의〉
3일전	예조에서 내외관원에게 맡은 바 직책에 따라 준비하도록 함.
전일	<근정전> ○액정서는 근정전 중앙에 남향하여 궐정 설치 ○궐정 앞에 표안 설치하고, 남쪽에 향안 설치 ○장악원은 헌현을 전정 남쪽 가까이에 북향하여 설치 ○협률랑의 휘 드는 위는 서쪽 계상 서쪽 가까이에 동향하여 설치 ○왕세자의 막차를 근정문밖의 길 동북쪽 가까이에 서향해서 설치
당일	○전하의 절하는 위를 전계 위 한복판 조금 서쪽에 북향하여 설치 ○왕세자의 위를 전정 길 동쪽에 북향하여 설치 ○문관 1품 이하의 위를 왕세자의 위를 동쪽 가까이에 설치 ○종친 및 무관 1품 이하의 위를 길 서쪽에 설치 <초엄> ○병조에서 모든 위(衛)를 동원하여 황의장을 궐정 앞에 진열 ○노부 반장을 근정문 밖 동쪽과 서쪽에 진열하고, 군사를 벌여 세우는 것을 의식대로 함 ○황옥용정을 근정문 안에, 향정은 그 남쪽에, 금고와 고악은 문 밖에 설치 ○종친과 문무백관 및 사자 이하는 모두 조당에 모여서 각각 그 복장을 갖춤 <이엄> ○종친과 문무백관 및 사자 이하는 모두 문 밖의 위에 나아가고, 승문원 관원은 누른빛 보(褓)로 표문을 싸서 안(案)에 놓고, 왕세자는 면복을 갖추고 나옴 ○익찬이 인(印)을 지고 앞서가고, 필선이 인도하여 근정문 밖의 막차로 나아가고, 시위는 평상과 같이 함 ○모든 호위하는 관원 및 사금(司禁)은 각각 기복(器服)을 갖춰 입고 사정전 합문 밖에 나아가서 대기함 ○좌통례가 합문 밖에 나아가서 부복하고 꿇어앉아 중엄을 계청하면 전하(殿下)는 면복을 갖추고 사정전에 거둥하는데, 산선과 시위는 평상 의식과 같이 함 ○전악은 악공을 거느리고 들어와서 위에 나아가고, 협률랑이 들어와서 휘를 드는 위로 나아감

<삼엄>
○왕세자가 나와 자리에 섬
○종소리 그침
○전하의 어가가 근정전에서 내림
○악공이 축을 두드려 악 연주
○전하가 절하는 위로 감
○악공이 어를 그으면 악이 그침
○전하이하 국궁사배
○세 번 향을 지피고 난 후 부복하고 일어나서 물러남
○조서전달: 봉조관-승지-전하-사자
○조서전달 후 전하이하 부복흥평신, 전하이하 국궁사배
○전하가 부복흥평신
○악 시작
○왕세자 및 종친과 문무백관들도 부복흥평신
○악 그침
○좌통례가 예필이라고 외침
○사자가 표문을 받들고 나가면 전하와 왕세자 및 종친과 문무백관이 국궁 평신
○사자가 표문을 용정 안에 넣고, 금고·의장·고악이 앞에서 인도하고, 사자 이하가 따라감
○전하가 여에 타면 악이 시작
○좌우통례가 전하를 인도하여 내전(內殿)으로 돌아감
○사정전에 도착하면 악이 그침
○봉례가 왕세자를 인도하여 나가면, 인의는 종친과 문무백관들을 나누어 인도하여 나감
○종친과 문무백관은 사자를 전송하여 모화관에 까지 이름

<표 1>에서 배표례의 구체적인 내용을 보면, 사행 떠나기 3일전부터 조서를 맞을 준비를 하고, 그 전날 근정전에 황제의 궁월을 상징하는 궐정(闕庭)을 설치하고, 궐정 앞에 표안(表案)과 향안(香案)을 설치한다. 또 장악원에서 헌현(軒懸)[15]을 전정(殿庭) 남쪽 가까이에 북향하여 설치

---

15) 헌현은 길례, 가례, 빈례, 흉례 등 오례 전반에 걸쳐 쓰인다. 헌현이 편성되는

한다.16) 헌현은 당하(堂下)에 배치되어 연주하는 제후를 위한 악대 편성으로, 남쪽을 제외한 삼면에 편종과 편경을 편성한다. 이때 악기편성은 주로 관악기와 타악기가 중심이 되는 의식음악이 사용되는데, 그 당시 선조의 국상인 관계로 헌현은 진설만 해놓고 연주는 하지 않는 진이부작(陳而不作)의 방식일 것으로 사료된다. 당일은 초엄(初嚴)과 이엄(二嚴), 삼엄(三嚴)에 의한 궐내의식으로 진행되었으며, 엄은 의식을 행하기 위해 의식에 참여한 관원들에게 준비하도록 알리는 신호로 세 번의 북을

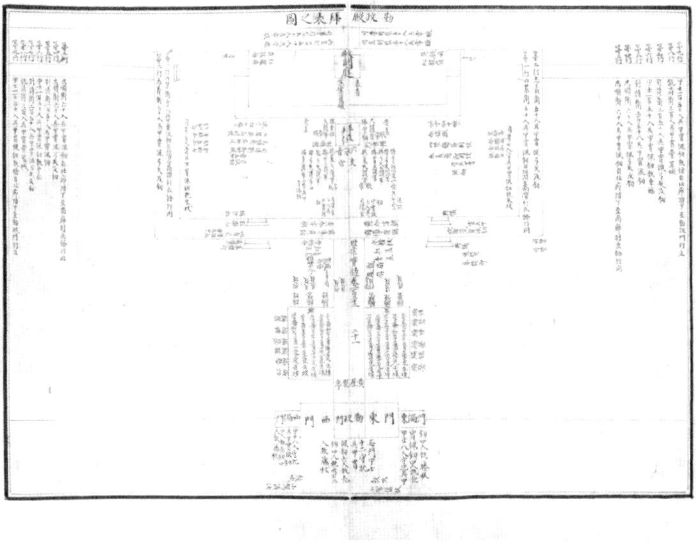

▲ 그림 1 勤政殿 拜表之圖
(世宗實錄 『五禮儀』 권132 「嘉禮序例·拜班圖」, 조선왕조실록 데이터베이스)

의례로는 종묘·사직 등의 길례, 조하·조참·양로연·왕비책봉·왕세자책봉·문무와 방방·교서반강·영조칙·배표의 등 각종 가례, 수린국서폐의 등 빈례, 사우사단의·친사의 등 군례, 사위·영사시부의 등 흉례 등이 있다.
16) 『國朝五禮儀』 권3, 嘉禮, 법제처, 1981, 39~44쪽 참조.

친다. 또 배표례를 권정례(權停例)로 행해진 것을 보면, 임금이나 세자의 참석이 없는 권도(權道)로 의식이 거행된 것이다. 당시 임금인 광해군이 참석할 수 없으면 왕세자가 대신 의식을 진행해야 하나, 이때 광해군 즉위년이라 세자는 책봉되지 않은 상태[17]이므로, 영의정 이원익이 의식을 주관하여 진행한 것을 알 수 있다.

<그림 1>의 근정전 배표지도는 조선전기 국왕이 근정전에서 중국 황제를 향하여 표문을 올 때 반열의 배치도이다. 국왕의 배위(拜位)를 전계(殿階) 위 한복판에 북향하여 설치한다. 왕세자는 전정의 길 동쪽에 북향하여 선다. 문관 1품 이하는 왕세자의 뒤쪽에 품등(品等)마다 자리를 달리하여 서고, 종친과 무관 1품 이하는 전정의 길 서쪽에 선다. 종친은 매 품등마다 반열(班列)의 앞머리에 서고, 대군은 정 1품의 앞쪽에 선다. 감찰과 전의, 찬의와 인의가 서고, 근정문 밖으로 문관 2품 이상, 종친 및 무관 2품 이상, 문관 및 종친 · 문관 3품 이하가 아래에 선다. 황의장(黃儀仗)을 궐정 앞에 진열하고, 황옥용정(黃屋龍亭)을 근정문 안에 설치하고 향정(享亭)을 그 남쪽에 둔다. 전문을 올리게 되면 청옥용정(淸屋龍亭)을 설치한다. 국왕의 노부의장(鹵簿半仗)을 근정문 밖의 동쪽과 서쪽에 진열한다. 국왕은 이 의식에서 황제에 대해 제후의 지위를 가지게 되므로, 근정전 서쪽 계단에서 여에서 내려 배위에 오른다. 시위군사는 6행으로 벌여 선다. 이는 조선전기 망궐 배표의식의 구체적인 면모를 보여주는 자료이다.[18]

또 <표 1>에서 당일에 예를 마치면 종친과 문무백관이 사자(使者)를 전송하여 모화관(慕華館)에까지 이른다. 곧 숭례문을 거쳐서 모화관에 이르러 삼공(三公)과 서벽(西璧)에게 읍례(揖禮)를 행하고 나서 임시로 세운 막사[依幕]로 돌아온다.[19] 또 모화관에서 표문(表文) · 전문(箋文)

---

17) 광해군의 아들 李祗[1593~1623]는 1610년에 세자로 책봉되었다가 1623년에 폐위됨.
18) 『조선시대 왕실문화 도해사전』, 서울대학교 규장각한국학연구원.

·자문(咨文)을 사대(查對)하고 하직인사를 하는데, 사대는 옛날 중국에 보내는 표(表)와 자문을 살피어 틀림이 없는가를 확인하던 일을 말한다. 보통 사대는 서울에서 떠나기 전에 3차례[20] 진행되는데, 1차 사대는 '흑초사대(黑草査對)'라 하여 승문원의 도제조와 제조가 흑초를 점검하는 것이고, 2차 사대는 '정부사대(政府查對)'라 하여 방물을 봉리(封裏)하는 날에 의정부·육조·사헌부·승정원·정사·부사 등이 모여 점검하는 것이며, 3차 사대는 '모화관사대'라 하여 배표하고 사행이 출발하면서 실시하는 사대로 의정부·육조·승문원·제조·정사·부사 등이 모여 점검한다. 모화관사대는 서울에서 하는 마지막 사대로 문서와 관련 물품의 품질까지 꼼꼼하게 살펴본다.[21]

전별연(餞別宴)[22]에는 국가 공식적인 전별연 사연(賜宴)과 공연(公

---

19) 許篈,『朝天記』上, 1572년 5월 11일 갑신일 기사의 "由崇禮門詣慕華館 行揖禮 于三公西壁 還于依幕" 참조.

20)『通文館志』권3 事大.

21) 김경록,「조선시대 사대문서의 생산과 전달체계」,『한국사연구』134집, 한국 사연구회, 2006, 56쪽.

22) 전별연에 대해서는 주로 조선후기 사행록을 중심으로 연구되어 있는데, 이는 조선후기 18세기부터 전별연에 대한 기록이 사행록에 많이 남아 있기 때문이다. 먼저 이지양(「18세기 중국 사행길의 악무공연-국내노정편」,『연행의 사회사』, 경기문화재단, 2005)은 18세기의 중국 사행기록과 개인의 문집들을 텍스트로 삼아 중국 사행길의 국내 노정 중에서 악무공연의 대표적 종목을 연구하여 문화적 의미 맥락을 정리하였다. 정영문(「통신사가 기록한 국내사행노정에서의 전별연」,『조선통신사연구』제7호, 조선통신사학회, 2008./「조선후기 통신사사행록에 나타난 영천에서의 전별연과 변화양상」,『온지논총』57집, 온지학회, 2018.)은 통신사의 국내노정에서 이루어지는 전별연과 영천지역에서 나타나는 전별연의 변화양상을 밝혔다. 김지현(「조선 북경사행의 한양 전별 장소 고찰」,『한문학보』38집, 우리한문학회, 2018)은 북경사행 중 한양 전별 장소를 고찰하였다. 이러한 연구는 모두 조선후기에 나타난 연행사와 통신사의 내용을 중심으로 연구된 것으로, 17세기 중반 이후까지는 전란의 긴장과 국가의 피폐함으로 인해 사행길의 악무에 관한 기록이 거의 발견되지 않는다.

宴), 지역의 수령들이 개별적으로 열어주는 사연(私宴)23)의 형태가 있다. 이때 조선은 선조의 국상 중이긴 하나 간단한 형태라도 모화관에서 임금이 베풀어 준 사연(賜宴)이 행해졌고, 또 모화관 임시막사에서 이원익을 비롯한 이하 대신들과 만나서 작별 인사만 나누는 전별을 나누었다. 그리고 최영중(崔瑩中)·홍덕공(洪德公)·유철(柳澈)·유익화(柳益華)·조우인(曺友仁)·채광선(蔡光先) 등이 베풀어 준 전별연이 있는데, 이것은 술과 음식이 갖춘 형태의 연회로서 사연(私宴)에 속한다. 또 백몽인·박유·박종호·조성·김덕상·박인중·최인수 등이 와서 작별한 전별이 있다. 따라서 위에서 나타나는 전별연은 사연(賜宴)을 비롯하여 사연(私宴)들이 베풀어졌으며, 이는 친분에 따라 전별을 한 것임을 알 수 있다.

17세기 초, 전별연의 사행길 국내 주요 노정을 알아보면, 한양을 출발하여 고양·파주·장단을 거쳐 황주·평양·안주·선천을 지나 의주에서 압록강을 건너, 구련성(九連城)으로 들어서게 되는 경우가 대개 일반적이다. 『조천일록』에서는 한양을 출발하여 압록강을 건너기까지 한 달이 약간 넘는 시일이 걸리는데, 평양과 의주지역에서 베풀어진 전별연은 다음과 같이 나타난다.

> ① 방백이 아침에 찾아 와서 만났다. 용강현령(龍岡縣令) 최동망(崔東望)·판관(黃判) 황이중(黃以中)·서윤(庶尹) 이홍주(李弘胄)가 찾아와 만났다. 상사 황징(黃澄)과 봉사(奉事) 김덕문(金德文)이 찾아와 만났다. 서쪽으로 보통문(普通門)을 나와 방백 및 양사와 함께 기자묘를 알현하였다. 묘는 성 북쪽 칠성문(七星門) 밖에 있는데 말의 갈기

그런 까닭에 17세기에는 중국 사행길의 기록에도 가무악에 대한 사실 기록이 매우 드물기 때문에 조선전기 전별연에 나타나는 악무를 밝히는 것은 매우 어려운 일이다. 앞으로 관련 자료가 나와서 조선전기 전별연이 밝혀지기를 기대해 본다.

23) 정영문, 「통신사가 기록한 국내사행노정에서의 전별연」, 『조선통신사연구』 제7호, 조선통신사학회, 2008, 41쪽.

모양으로 봉분을 하였으며 3척의 석비를 세우고 '기자묘(箕子墓)'라 새겼다. 왜적이 비석의 반쪽을 잘랐기 때문에 그 후에 새 비석으로 바꾸고 옛 것과 함께 보존하였다. 담장을 빙 돌아서 석양(石羊)과 석인(石人)이 있었는데 모두 옛 제도였으나 이것이 삼대(三代)의 것인지는 알 수 없는 일이다. 선우(鮮于)라는 성을 쓰는 자가 대대로 그 묘를 지키고 있었는데 선우씨는 기자의 후손이다. 『군옥[大東韻府群玉]』에 이르되 '무왕이 기자를 조선에 봉하고 그 자손들이 우(于)땅에서 채읍(采邑)을 받았으므로 선우로 성씨를 삼았다' 하였다. 우는 중원 땅인데 우리나라에 있는 자가 또한 선우를 성씨로 한 것은 알 수 없는 일이다. '기자의 지팡이'[箕子杖]와 '기자의 붓'[箕子筆]이 있는데 상자에 보관되어 지금까지 전해진다. 방백과 서윤을 기자묘 밑에서 전별하였다. 기성(箕城)으로부터 평원을 건너 북쪽으로 50리를 가서 순안(順安)에 당도하여 점심을 먹었다. 또 순안으로부터 북쪽으로 65리를 가서 한밤중이 되어서야 숙천(肅川)의 숙녕관(肅寧館)에 도착했다.[24]

② [부기] 떠날 때 표류당인 대조용 등과 취승정(聚勝亭)에서 서로 만나 차와 술로 대접하였다. 상하 인원은 강가에서 서로 전송하고, 부윤과 판관은 또 배 위에서 전송하였다. 월강장계(越江狀啓)를 점마관의 행차에 부쳐 보냈다.[25]

---

24) 『조천일록』권1, 1608년 8월 17일 신미일 기사의 "方伯 朝來見 崔龍岡黃判官李庶尹 來見 黃上舍澄 金奉事德文 來見 西出普通門 與方伯兩使 謁箕子墓 墓在城北七星門外 封以馬鬣 立三尺石碑 刻箕子墓 倭賊研斷其半體 其後 易以新碑 而並存其舊 繚以垣墻 有石羊石人 皆古制 而其爲三代時所爲 則未可知也有鮮于姓者 世守其墓 鮮于姓者 箕子之後 羣玉云 武王封箕子于朝鮮 其子孫食采於 因以鮮于爲氏 于中原地也 而在東國者 亦氏以鮮于 未可知也 有箕子杖箕子筆 藏之几匣 相傳至今 方伯庶尹 餞別于墓下 自箕城度平原 北行五十里入順安 中火 又自順安 北行六十五里 冒夜到肅川之肅寧館" 참조.
25) 『조천일록』권1, 1608년 9월 9일 계사일 기사의 "[附] 臨發 與唐人戴朝用等相見于聚勝亭 饋以茶酒 上下人員 相送于江上 府尹判官 則又送錢于舟中 越江狀啓 付送點馬之行" 참조.

①에서 최현은 방백과 양사, 서윤 등과 함께 기자묘(箕子墓)를 알현하고, 방백과 서윤이 명으로 사행 가는 최현의 일행에게 전별연을 베풀어 준다. 방백은 평안도관찰사 박동량[朴東亮, 1569~1635]인데, 그는 임진왜란 때 병조좌랑으로 선조를 의주로 호송하고, 중국어에 능통하여 의주에서 지내는 동안 선조의 곁에서 시종해 대중외교(對中外交)에 이바지했던 인물이다.[26] 최현 일행이 방백으로부터 전별연을 받은 곳은 기자묘가 있는 평양이다.

▲ 김홍도의 <평양감사 향연도>(국립중앙박물관 소장)

평양은 조선후기 사신 위로연이 열린 곳으로, 김홍도(金弘道)의 <평양

---

26) 『한국민족문화대백과사전』, 한국학중앙연구원.

감사 향연도(平壤監司 饗宴圖)>에도 나타나듯이 연광정(練光亭)과 부벽루(浮碧樓)가 유명하다. 그런데 최현 일행이 전별연을 받은 곳은 연광정과 부벽루가 아닌 기자묘 아래이다. 최현 일행이 방백 등과 함께 기자묘를 알현한 것은 조선시대에 기자묘가 길례 중의 중사(中祀)에 해당되기 때문이다. 기자묘에 중사이긴 하나 실제로는 공자(孔子)나 고려시조의 사당에 비해 대우가 낮았다. 1592년 임진왜란이 발발하여 일본군에 의해 훼손되었던 기자묘가 이여송[李如松, 1549~1598]이 이끄는 명의 구원 군에 의해 평양을 수복할 수 있었다. 이여송은 일본군을 몰아 낸 평양성에 입성한 다음날 기자의 사당에 제사를 지냈고,[27] 훼손된 기자묘를 봉안 한 후 제사를 지냈다. 즉 명군(明軍)에 의한 옛 도읍 평양 수복은 조선의 입장에서는 죽어가는 나라를 살려준 것과 같았다. 그래서 기자에 대한 재인식이 나타났는데, 이것은 선조의 승전 공로를 높이기 위한 방법으로 이용되기도 하였다. 이런 의미를 가지는 평양은 기자에 대한 전승이 많이 남아있던

▲『해동지도』 평안도 평양부 기자묘와 을밀대
(서울대학교 규장각 소장)

27) 『선조실록』 권 34, 선조 26년 1월 11일(병인).

곳이며, 조선과 명을 오가는 사신들이 반드시 들렀던 곳이다.[28]

또 최현 일행이 방백과 함께 기자묘 아래에서 전별연을 베푼 곳은 '을밀대(乙密臺)'인 것 같다. 『해동지도(海東地圖)』 평안도(平安道) 평양부(平壤府) 부분을 보면, 기자묘 바로 아래에 을밀대가 있음이 확인되며, 『신증동국여지승람』에 '금수산 꼭대기에 있는데 평탄하고 앞이 탁 트였다 하여 을밀대라고 부른다'[29]고 한 것만 봐도 을밀대는 전별연을 열기에 좋은 장소인 것 같다.

앞에서 말했듯이 최현은 북경으로 사행 가는 목적 중의 하나가 표류당인을 호송하는 임무가 있다고 했다. 최현 일행은 표류당인을 한양에서부터 함께 출발하였다가 ②와 같이 의주지역에서 서로 작별한다. 최현 일행은 표류당인 대조용 등과 작별하기 위해 의주 취승정(聚勝亭)에서 차와 술을 대접하여 전별연을 베풀었다. 그리고 표류당인 대조용 등이 명의 사신은 아니지만, 취승정에서 '차와 술'을 대접한 것은 표류당인을 대우하는 차원에서 연회를 연 것으로 격식을 갖춘 전별연인 것 같다. 조선시대의 의주는 지금의 신의주에서 북쪽으로 10리 정도 떨어진 곳에 있던 지역으로 당시 명으로 들어가는 관문이다. 즉 의주는 압록강에서 도강(渡江)만 하면 바로 중국 땅으로 들어가는 관문이고, 조선에서 사행 노정의 마지막 지역이기도 하여 작별하는 장소가 된다. 이러한 장소의 특성을 가지는 의주에서는 상하 인원들이 압록강에서 최현 일행을 전송하고 지방관 부윤과 판관은 배위에서 전송한다. 상하 인원이 벼슬이 낮은 서리인지 혹은 한양에서부터 따라온 친척인지 아니면 의주기생인 알 수 없으나, 강가에서 전송한 것을 보면 공무를 맡고 따라 온 사람은 아닌 것으로

---

28) 김경태, 「임진왜란 시기 朝鮮・明 관계와 箕子 인식의 양상」, 『한국사학보』 제65호, 고려사학회, 2016, 166~188쪽.
29) 『新增東國輿地勝覽』 권51의 "平安道 平壤府 樓亭. 樓亭 乙密臺 錦繡山丁 平坦 敞豁 號乙密臺" 참조.

보인다. 공무를 맡고 온 사람은 지방관 부윤과 판관뿐이며, 이들은 사행 사뿐만 아니라 그 외에 수행하는 자들의 방물 등을 하나도 빠짐없이 점검해서 실어야 하는 맡은 바 임무가 있기 때문에 배편에 오른 것이다.

다음은 최현 일행이 명에서 동지사 임무를 마치고 조선으로 돌아오는 길에 의주에서 부윤이 전별연을 베풀어 준 기록이다.

> (3월) 8일 기축(己丑)일. 맑음.
> 의주 부윤이 와서 전별하였다. 늦게 의주를 출발하여 초경에 양책(良策)에 도착하였다.[30]

의주는 국경을 넘어가기 위한 작별하는 장소가 되기도 하고, 조선으로 돌아오는 첫 만남의 장소가 되기도 하는 특성을 가지고 있다. 물론 사행을 하는 모든 사람들이 의주를 거쳐 한양으로 들어오긴 한다. 그러나 최현이 사행 길에서 보고 느꼈던 일들 중, 특히 회원관에서의 중국 관리들의 탐풍을 생각하면 그에게서 의주가 가지는 의미는 남달랐을 것이다. 그래서 최현은 의주 부윤이 베풀어 준 전별연에 참석하여 그 감회가 남달라 기록해 둔 것으로 보인다. 의주는 국경을 넘어가는 관문이기도 하나, 조선으로 돌아오는 첫 길목이기도 하는 전별 장소로서, 사연(私宴)이 행해진 전별연이다. 『조천일록』에는 의주를 끝으로 더 이상의 전별연은 베풀어지지 않는다.

3. 『조천일록(朝天日錄)』에 나타나는 명(明)에서의 의례

조선과 명은 줄곧 아주 긴밀한 외교관계를 유지했는데, 양국 간의 관계는 전형적이고 실질적인 조공관계라 할 수 있다. 조선과 명은 우호관계를

---

30) 『조천일록』 권5, 1609년 3월 8일 기축일 기사의 "府尹來錢 晚發義州 初更到良策" 참조.

발전시킨 바 이 시기에 명과의 잦은 사신 왕래[31]을 꼽을 수 있다. 최현은 광해군의 명을 받고 정기 사행으로 중국 땅을 밟으면서 나타나는 공적인 의례 현관례·현당례·현조례와 하마연·기타 전별연과, 그리고 사적인 의례 전별연을 중심으로 『조천일록』의 내용들을 살펴보고자 한다.

1) 공적인 의례

최현 일행이 명에서 중국관원과 천자에게 인사드리는 의식 현관례·현당례·현조례와, 하마연과 전별연에 대한 기록이 『조천일록』에 있다. 이 의식들은 모두 공적인 의례에 속하는데, 먼저 현관례에 대해 살펴보고자 한다. 현관례에 대한 기록은 다음과 같다.

① 아침을 먹은 뒤, 신 등은 표류당인 대조용 등과 함께 도사아문(都司衙門)에 나아가 현관례를 하였는데, 일대인(一大人) 엄일괴(嚴一魁)와 이대인(二大人) 좌무훈(左懋勳)이 좌당하였습니다. 표류해온 명나라 사람 등도 또한 이날에 현관례를 하였는데, 문답한 말들은 모두 전날 장계 중에 실려 있습니다.[32]

② 회원관에 머물렀습니다. 부총병 오희한(吳希漢)이 개원위(開原衛)로부터 돌아왔습니다. 신 등은 역관 조안의(趙安義)를 보내 현관례를 하였습니다.【포정사(布政司)는 관직은 높았으나 도사가 외국인 접대와 수레의 호송을 전적으로 맡았으므로, 우리나라에서 포정사를 존중하는 것은 도사보다 한 단계 아래이다.】예물을 각 아문(衙門)에 나누어 보냈으나, 진무 등이 즉시 받지 않아 역관이 개인적으로 뇌물을 주었는데, 그 수를 헤아릴 수 없었습니다.[33]

---

31) 정홍영,「조선초기 명과의 사신 왕래 문제에 대한 연구와 분석」,『역사와 세계』 42집, 2012, 39쪽.
32)『조천일록』권1, 1608년 9월 17일 신축일 기사의 "早食後 臣等 與漂流唐人戴朝用等 詣都司衙門 行見官禮 一大人嚴一魁 二大人左懋勳 坐堂 漂流唐人等 亦於是日見官 聞答之辭 具在前日狀啓中" 참조.

현관례는 조선 사신과 요동도사, 성경장군(盛京將軍), 그리고 산해관의 병부주사, 회동관의 제독주사 사이에서 행해지는 영접의식을 말한다. 사행이 요동에 도착하면 도사(都司)에게 현관례를 행하는데, 최현 일행은 진무(鎭撫) 두량신(杜良臣) 등이 개자례에 뇌물을 요구[34]하여 도착한 당일 날에 현관례를 행하지 못하다가, ①에서 다음 날 표류당인 대조용 등과 함께 일대인(一大人) 엄일괴(嚴一魁)와 이대인(二大人) 좌무훈(左懋勳)이 좌당한 가운데 현관례를 행하였다. 이때 요동도사는 일대인 도지휘사 한 명과 이대인 장인대인(掌印大人) 지휘동지(指揮同知) 한 명, 삼대인 지휘첨사(指揮僉事) 한 명으로 편성[35]되는데, 『조천일록』에는 두 명의 대인이 참석한 가운데서 현관례를 행한 것이 이례적이다. 또 ② 에서 요동도사뿐만 아니라 부총병 오희안에게도 역관 조안의를 보내 현관례를 행한 사실을 알 수 있다. 부총병은 각 진무(鎭戌, 주둔 부대)의 협수(協守, 주장을 보좌하여 성을 수비하는 관직)를 말한다. 요동의 경우 진수 1원(員)을 총병관(總兵官)[36]이라고 하고, 그 아래의 협수 1원을 요양(遼陽)부총병[37]이라고 하는데, 여기서 부총병은 요양부총병을 말한다.

최현의 『조천일록』에는 현관례를 행하는 구체적인 기록은 없다. 그러나 『통문관지(通文館志)』에 보면, 사행이 요동에 도착하고 이틀째 되는

---

33) 『조천일록』권1, 1608년 9월 21일 을사일 기사의 "留懷遠館 副總兵吳希漢 還 自開原衛 臣等遣譯官趙安義 行見官禮【布政司 官尊 而都司 專管接待夷人 護 送車兩等事 故我國之尊布政 亞於都司】分送禮物于各衙門 鎭撫等不卽受去 譯 官私相贈賂者 不記其數" 참조.

34) 『조천일록』권1, 1608년 9월 16일 경자일 기사의 "留懷遠館 諸唐人 爭備饌榼 來饋譯官 爲要償十倍也 懷遠館修理委官 亦以羊酒諸果 送于臣等 卽以土産回 謝 到館之日 卽當見官 而鎭撫杜良臣等 責出開咨禮 使不得見官 譯官等 盛備酒 饌 厚饋良臣輩 乃許明日開咨云" 참조.

35) 서인범, 『연행사의 길을 가다』, 한길사, 2014, 153쪽.

36) 印綬는 征虜前將軍.

37) 『중국정사조선전』, 明史. 한국사데이터베이스.

날에 요동도사에게 현관례를 행한다. 그 예절은 조선 사신이 두 번 절하고 한번 읍하면, 요동도사가 답으로 읍한다. 만약 요동도사가 내려 준 연회에는 사행일행이 공복(公服)을 갖추어 입고 월대(月臺)에 올라 용정(龍亭) 앞에서 도사와 더불어 오배 삼고두(五拜三叩頭)를 한다.[38]

　그 당시 현관례를 행할 때에 이대인 장인도사 엄일괴[39]이 조선 사신들에게 상상할 수 없을 정도의 뇌물을 요구하여 조선 사신 일행이 회원관에서 오랫동안 머물러야만 했다. 그 이유는 회원관에서부터 앞으로 사행이 거쳐 가야 할 역참의 출입 및 우마의 지원 등을 제공받기 위해서는 표문(票文), 즉 증명서가 필요했기 때문이다. 이 표문에는 표문을 소지하는 인명에 대한 사항과 발급목적, 출발일자 등이 기록되어 있으므로 공무를 수행하는데 꼭 필요한 증명서다.[40] 이러한 상황에 처한 최현 일행은 회원관에서 표문을 받기 위해 엄일괴의 엄청난 뇌물 요구 사항을 들어줘야만 했는데, 회원관에 도착한 지 10일 만에 표문을 발급받고 출발할 수 있었다. 이때 회원관에서의 뇌물 징색은 엄일괴 뿐만 아니라 두량신 등과 같은 관리들도 크게 한 몫을 하였다.[41]

---

38) 『通文館志』 事大 上 中路의 宴享. 한국학데이터베이스.
39) 장인도사 엄일괴의 뇌물 물목에 대한 내용은 『조선일록』 권1에서 9월 16일 부기와 9월 21일 부기, 9월 24일 일기를 참조하면 됨.
40) 『조선왕조실록사전』.
41) 9월 16일, '회원관의 진무 두량신 등이 뇌물을 요구하여 開咨禮를 할 수 없게 되자 술과 반찬을 후하게 대접한 뒤 허락한 일'/9월 17일, '회원관을 빨리 출발하고자 했으나 뇌물을 탐하여 지연시킨 일'/9월 19일, '회원관에서 세 명의 대인들과 도사로부터 가렴주구를 당한 일'과 '일행의 출발을 지연시키며 뇌물을 강요하는 관리들의 비행'/9월 20일, '진무 5인과 두량신 등이 뇌물에 만족하지 않아 결국 수행원들의 노잣돈까지 거두어 추가로 건네는 등 뇌물 액수가 헤아릴 수 없었던 일'/9월 21일, '장인도사 엄일괴에게 보낸 뇌물 목록과, 이것들 외에 인삼은 반드시 18근을 보낸 후에야 받겠다고 한 일'과 '이도사, 삼도사, 오총병, 총병 아문 서판, 일도사 아문의 관가, 진무 5인 등에게 보낸 뇌물 목록과, 진무 등은 받지 않고 折銀 25냥을 요구한 일'/9월 22일, '각 아문이 장사꾼이

또 최현 일행은 회원관을 지나면서 현관례를 종종 면제받은 경우도
있었다. 광녕에서 상통사 권득중을 총병과 어사아문에 보내 현관례를 모
두 면제받았고[42], 산해관에서 병부주사 이여회(李如檜)의 송사(訟辭)가
태감 고회(高淮)와 연루되어 집에 있으면서 나오지 않자, 현관례를 면제
받고 관문을 지났으며,[43] 또 좌시랑 양도빈과 예부의 의제사[44]에서도 현
관례를 면제받았다.

다음은 최현 일행이 자금성에서 현조례(見朝禮)와 현당례(見堂禮)를
행한 경우가 있는데, 그 내용을 보면 아래와 같다.

> 사경(四更) 초에 신 등은 예궐하여 오문(午門) 밖으로 나아가 현조례
> (見朝禮)를 행하였습니다. 진주사도 이날 사조(辭朝)를 하였고 유구사
> 신도 일시에 현조례를 하였습니다. 예를 마친 뒤, 서반이 대궐 좌문
> 안으로 인도하여 이르니, 광록시(光祿寺)에서 황제가 하사한 술과 음식

값을 따지는 것처럼 양을 저울에 달고 품질을 살펴 뇌물을 징색한 일'/9월
23일, '진무 등이 예물 증여의 일이 끝나지 않았다며 보내주지 않은 일'/9월
24일, '뇌물의 품질이 좋지 않다고 불평한 엄도사에게 인삼 4냥, 백미 2 포대를
보냈고, 예물이 부족하다고 불평하는 회원관 위관에게 토산물을 더 보낸 뒤에
야 차량 표첩을 보내 준 일'/9월 25일, '값을 올려 받으려는 노새 주인과 다툰
일'과 '뇌물 건으로 요동에 붙들어 둔 두량신 무리의 행위에 대한 분노' 등이
있다.(조규익, 앞의 논문, 359쪽 각주 참조).

42) 『조천일록』 권2, 1608년 10월 4일 무오일 기사의 "留廣寧 奉奏使出去遼東 回
咨及狀啓 付送其行 遣上通事權得中于總兵及御史衙門 行見官禮 皆免見 請出
夜不收 催車輛" 참조.

43) 『조천일록』 권2, 1608년 10월 16일 경오일 기사의 "臣等隨早牌入山海關 兵部
主事李如檜 辭連高淮 在家不出 經歷王文敎 代司將 臣等免見過送 驛官以下
逐名點入 宿關內趙姓人家 回還聖節使尹暉 書狀官李稶 千秋使金尙寯 書狀官
蘇光震等 已來關上 留待車輛 金尙寯 得病甚重" 참조.

44) 『조천일록』 권4, 1608년 12월 28일 신사일 기사의 "陳奏使譯官申繼燾張世宏
等 曉頭 出去狀啓及謄書禮部題本 劉天使求請小錄付送 早朝 臣等往禮部辭堂
大堂及儀制司則免見 令上通事權得中 請沿路各衙門 查訪金光得給牌事呈狀
又令權得中 往欽天監 受皇曆一百本而來" 참조.

이 진설되어 있었습니다. 어사(御史) 두 명이 잡인이 음식을 옮겨가는 것을 금하고 친히 음식물과 찬탁(饌卓)을 검열하였습니다. 그러나 신 등이 의자에 앉기도 전에 무뢰배들이 다투어 음식을 옮겨갔으나, 어사가 이를 금하지 못하였습니다. 신 등은 다시 오문 밖으로 나아가 머리를 조아려 사은숙배하고 물러나왔습니다. 또 예부에 나아가 현당례(見堂禮)를 행하였습니다. 진주사도 사당례(辭堂禮)를 행하였습니다. 신 등은 상통사(上通事)를 시켜 면연문(免宴文)을 올리고 관소에 돌아와 제독주사 홍세준(洪世俊)을 만났습니다.[45]

최현 일행은 북경에 도착해 자금성으로 들어가서 명의 천자를 맞이하고 인사하는 현조례를 행하였다.

대개 현조례는 오문(午門) 밖에서 모두 행해진다. 이때 유구사신도 현조례를 함께 행했으며, 먼저 도착한 진주사 일행은 사조(辭朝)인 하직인사를 하였다. 예를 마치고 서반이 대궐 좌문 안으로 인도하고, 광록시에서 황제가 하사한 술과 음식을 진설한다. 또 다시 오문 밖으로 나아가 오배 삼고두례(五拜三叩頭禮)로 사은숙배하고, 예부로 나아가 예부상를 만나 현당례를 행하고, 진주사 일행은 다시 하직인사를 한다.

여기서 최현 일행은 명에서 조선사신으로 사신영접절차 중의 하나가 되는 현조례의 절차를 행한 것이다. 명의 사신영접절차는 영노의(迎勞儀)·현의(見儀)·사연의(賜宴儀)·사의(辭儀)의 순[46]으로 전개된다. 영노의식은 외국사신이 객관에 도착하면 황제가 외국사신을 위로하기 위해 사자를 보내 이들을 맞이하는 의식이다. 영노의식을 행할 때, 사신이

---

45) 『조천일록』 권3, 1608년 11월 4일 정해일 기사의 "四更 臣等詣闕 進午門外 行見朝禮 陳奏使 亦於是日辭朝 琉球使 亦一時見朝 行禮訖 序班引至闕左門內 光祿寺設欽賜酒飯 御史二員 申禁雜人拏攫 親閱酒飯饌卓 臣等未及坐卓 光棍雜徒 爭先攫去 御史莫能禁 臣等復進午門外 叩頭謝恩而退 又進禮部見堂 陳奏使亦辭堂 臣等 令上通事呈免宴文 還舘 見提督主事洪世俊" 참조.
46) 『大明集禮』 권30~32.

속백(束帛)을 황제에게 바치면 황제가 답례품을 하사하는 절차가 진행된다. 또 현의는 황제를 알현하는 의식으로, 먼저 황제를 알현하기 위해서 날짜를 통보받아야 한다. 황제알현식인 현의는 사신영접의 가장 핵심이 되는 의식이다. 이것이 끝나면 사신들을 위로하는 연회인 사연의가 행해지는데, 이때 각종 산악(散樂)이나 백희(百戲) 등이 공연된다.[47] 현조례가 마치면 일행은 회동관(會東館)으로 가서 제독주사(提督主司) 홍세준(洪世俊)에게 현관례를 행한다.[48] 홍세준은 예부의 분사낭중(分司郞中)으로 관소의 모든 일을 전담하여 주관하는 사람이다.

또 최현 일행은 동지하례(冬至賀禮)에 참석하기 위해 먼저 연의(演儀)를 한 사례가 있다.

> ① 사경 초에 신 등은 조천궁(朝天宮)에 나아가 첫 번째로 베푸는 연의(演儀)에 참가하였습니다. 이날 진주사 이덕형·부사 황신·서장관 강홍립 등이 떠나가고, 역관 신계수(申繼壽)와 장세굉(張世宏)을 머물게 하여 천사(天使)의 소식을 탐문한 연후에 돌아오게 하였습니다. 신 등은 경사(京師)에 도착하여 장계를 진주사의 행차에 부쳐 보냈습니다.[49]

---

47) 민태혜, 「동아시아 전근대의 사신영접의례와 공연문화」, 고려대 박사학위논문, 2017, 29~43쪽.

48) 『조천일록』 권3, 1608년 11월 4일 정해일 기사의 "端門之外庭 有東西墻 樹木陰映 西墻內 杜稷 東墻內 宗廟也 還舘 朝食後 往禮部 行見堂禮 禮部 在承天門之東 陳奏使一行 亦偕往 久候門內 陳奏使所知內官 送酒饌 盖陳奏使久候內旨 要結寵宦 至是 聞其將去 送使絡繹 或親自饋送 使臣等 先見主客司郞中馮鋌 列立階下 以次升階 行再拜作揖禮 郞中答揖 須臾 左侍郞楊道貧坐堂 免見 只捧方物咨文 令上通事 呈免宴文 乃下馬宴 又往儀制司 亦免見 遂還舘 進提督衛門 行見堂儀 提督主司在舘中 禮如上儀 諸司禮訖 畧備酒盒 饌別陳奏使之行 見陳奏先來狀啓 則備陳各人終始宣力之事" 참조.

49) 『조천일록』 권3, 1608년 11월 5일 무자일 기사의 "四更頭 臣等進朝天宮 參初度演儀 是日 陳奏使李德馨 副使黃愼 書狀官姜弘立等 出去 留譯官申繼壽 張世宏 使探聽天使消息 然後出來 臣等 到京師 狀啓付送陳奏使之行" 참조.

② 사경 초에 또 조천궁에 나아가 두 번째로 베푸는 연의(演儀)에
참가했으나, 부사 윤양은 병으로 인해 참가하지 못했습니다. 주객사
낭중이 표첩(票帖)을 내어주어 다음날 방물(方物)을 검사하여 납부[驗
納]할 수 있도록 하였습니다. 이날 <발환표해인주본(發還漂海人奏本),
표해인을 돌려 보내주는 주본>이 예부에 내려왔습니다.[50]

최현 일행은 1608년 11월 5일과 6일, 양 이틀간 조천궁(朝天宮)에 나아
가 연의에 참가한다. 연의는 황제를 알현할 때에 행해야 할 의식을 미리
연습하는 의식이다. 조천궁은 순천부 서쪽에 선덕(宣德) 연간[1426~1435]
에 건립된 도관(道觀)이며, 경하례(慶賀禮)와 백관습의(百官習議) 등을
여기서 행한다.[51] 연의는 조하하는 절차와 의식을 조천궁의 중문 안에서
연습한다. 대고(大鼓)가 울리면, 천관(千官)이 조복(朝服) 차림으로 동쪽
과 서쪽으로 나누어 줄지어 들어가는데, 정사 이하도 그들을 따라서 들어
간다. 의장용 채찍[鳴鞭]이 울리면 반열을 정리하고 음악이 연주되는데,
이 때 여러 음악이 교대로 연주된다. 또 사배례(四拜禮)를 행하고 무릎
꿇는다. 통정사와 홍려시 등의 관원이 앞에서 경하하는 절차가 끝났음을
아뢰면 또 사배례를 행하고 무릎 꿇으며, 홀(笏)을 꽂고 일어나서 무도
(舞蹈)하고, 또 무릎 꿇고 만세를 세 번 부르고, 또 일어나서 사배례를
행하고 파한다.[52]

최현 일행은 조천궁에서 두 번의 연습하는 의식을 마치고 아래와 같이
동지 하례에 참석한다.

사경 초에 신 등이 대궐로 나아가 하례(賀禮)에 참여했습니다. 황제

---

50) 『조천일록』 권3, 1608년 11월 6일 기축일 기사의 "四更頭 又進朝天宮 參再度
演儀 副使臣尹暘 以病未參 主客司郎中 出票帖 使於明日驗納方物 是日發還漂
海人奏本 下禮部" 참조.
51) 『大明一統志』 권1 「順天府條」.
52) 『通文館志』 事大 上, 한국학데이터베이스.

가 하례에 참석하지 않았으므로 많은 관리들이 오문(午門) 밖에 차례대
로 서 있다가 다섯 번 절하고 세 번 머리를 조아리는 예[五拜三叩頭禮]
만을 행하였습니다. 승려와 도가의 무리들 또한 동반대부의 열에 서
있었다. 주변국가[外夷])로서 참여한 자는 다만 유구 사신과 건주위
여진족·해서위(海西衛) 여진족 및 삼위달자(三衛㺚子) 뿐이었습니다.
【타안(朶顏)과 부곡(富谷)과 대녕(大寧)이 삼위(三衛)이다.】예를 마치
자 서반이 대궐 왼편 문으로 인도하여 들어갔습니다. 문 안 음식과 술이
차려져 있는 곳에서 잡인이 전처럼 음식물을 움켜갔습니다. 신 등은
다시 오문 밖으로 나와서 사은숙배하고 돌아왔습니다.53)

1608년 11월 16일 최현 일행은 기다리던 동지 하례에 참석한다. 동지는
기운이 음에서 양으로 바뀌기 시작하는 첫날로, 중국 주(周)나라에서는
11월을 정월로 삼고 동지를 설로 여기기도 하였다. 특히 동지에는 책력을
나누어 주면서 새해의 시작을 알리는 절기로 인식하였다. 황제가 동지
하례에 참석하지 않아 최현 일행은 오문 밖에서 오배 삼고두례만 행했다.
예를 마치자, 서반이 최현 일행을 인도하여 나와 대궐 왼쪽 문으로 다시
인도하여 들어가서, 술과 음식을 먹고, 다시 오문 밖으로 나와 사은숙배
하고 돌아온다. 황제가 동지 하례에 참석하지 않은 것은 전날 천신에게
제사지내는 교천대례(郊天大禮)를 행했기 때문인데, 황제가 교천대례에
참석하지 않은 지가 20년이나 되었다고 한다.54)

---

53) 『조천일록』 권3, 1608년 11월 16일 기해일 기사의 "十六日 己亥 晴 四更頭
    臣等詣闕 隨參賀禮 皇帝不親賀 故千官序立午門外 只行五拜三叩頭禮 僧徒道
    流亦立東班大夫之列 外夷隨參者 惟琉球使者 建州衛海西衛及三衛㺚子而已
    【朶顏富谷大寧三衛】行禮訖 序班引入闕左門 內設酒飯處 雜人攫去如前 臣等
    還進午門外 謝恩而出" 참조.
54) 『조천일록』 권3, 1608년 11월 15일 무술일 기사의 "留玉河舘 是日乃冬至 行郊
    天大禮 故賀禮退行於翌日【皇帝不親郊禮二十年云矣】盖祭天必於冬至者 天開
    於子之意耶 臣得見通報 刑科給事中杜士全奏本云 天心正當來復 天位不可久
    曠 懇復朝常以凞庶績 以抑羣陰 其曰恭己南面 接賢士大夫 爲陽之屬 深宮宴處

▲ 자금성 태화전

　한편, 최현 일행은 상통사를 시켜 하마연의 참석을 면제받게 해 달라
는 면연문을 예부에 올렸다. 하마연은 외국사신이 도착하면 거행하는 연
회로서, 북경 회동관에서 행해진다. 하마연은 먼저 양사와 서장관이 공복
을 갖추고 예부상서와 함께 용정 앞에서 일배 삼고두(一拜三叩頭)를 하
고, 양사와 서장관이 차례로 예부상서에게 읍례를 하면 예부상서가 모두
답하여 읍례한다. 모두 제자리에 앉고 음악이 시작되면 술을 올리고 잡희
가 노래 부르고 춤춘다. 7작(爵)이 다 돌아가면 거두고 예부상서가 양사
이하를 거느리고 용정 앞에서 일배 삼고두를 행하고 마치면 지송(祗送)
하는 예55)을 행한다. 결국 최현 일행은 현관례뿐만 아니라 하마연도 면제
받았는데, 이는 선조의 국상으로 인해 받은 것이다.

　親宦官宮妾 爲陰之屬 明主當扶陽抑陰 嚮晦而入 嚮明而出 庶政必親 講幄必親
　等語 非士全之語 乃古人之言也" 참조.
55) 『통문관지』 사대 상[허봉의 『조천기』], 한국학데이터베이스.

다음은 기타 전별연에 대한 기록이 『조천일록』에 있는데, 그 내용을 보면 아래와 같다.

① 상통사를 명하여 면연문(免宴文)을 올렸으니, 이는 하마연(下馬宴)이다. 또 의제사(儀制司)에 가서도 현관례를 면제받아 마침내 관소에 돌아왔다. 제독아문에 나아가 현당의식을 행했으니, 제독주사는 관소 안에 있었고 예는 앞의 의식과 같았다. 모든 관청에서의 예가 끝나고 간단히 술과 안주를 준비하여 진주사의 행차를 전별하였다.56)

② [부기] 동관으로 가서 진주사를 만나 대화하려 했으나, 제독 홍세준(洪世俊)과 서반(序班) 고후(高詡) 및 여러 관리들이 진주사 일행을 전별하는 일로 모여 거마가 북적대고 관내가 소란스럽다는 소문을 들었다. 감히 갈 수가 없어 상통사 권득중을 보내 <현조보단>과 <표해인해송주본>을 홍려시에 올렸다. 은자 팔 전과 화연(花硯) 하나를 주니 적다고 불만하며 여러 번 물리쳐 겨우 올릴 수 있었다고 하였다.57)

③ [부기] 조천궁은 궁궐의 서북쪽에 있어, 옥하관으로부터 15리 떨어져 있었다. 사경에 일행은 옥하관을 출발해 대명문을 지나 말에서 내려 다시 서장안문을 지났다. 바깥 도로변에는 연석(鍊石)이 깔려 있었으니, 이것은 황극전(皇極殿)의 초석이었다. 황극전은 천화로 소실되었고, 이제 막 신축되었다고 한다. 이날 진주사 일행이 떠나 상공 풍중영(豊仲榮)과 심 아무개 등이 모두 조양문 밖에서 전별하였다. 우리들은 서조(西照)로부터 동조(東照)로 옮겨와 묵었다.58)

---

56) 『조천일록』 권3, 1608년 11월 4일 정해일 기사의 "令上通事 呈免宴文 乃下馬宴 又往儀制司 亦免見 遂還舘 進提督衛門 行見堂儀 提督主司在舘中 禮如上儀 諸司禮訖 畧備酒盒 餞別陳奏使之行" 참조.

57) 『조천일록』 권3, 1608년 11월 3일 병술일 기사의 "[附] 將往東舘 與陳奏使會話 聞提督洪世俊 序班高詡諸官 以錢別陳奏一行事來會 車馬雜沓 舘中煩擾 不敢往 遣上通事權得中 呈見朝報單及解送漂海人奏本于鴻臚寺 給銀子八錢 花硯一面 歎其少 屢次阻却 僅而得呈云" 참조.

58) 『조천일록』 권3, 1608년 11월 5일 무자일 기사의 "[附] 朝天宮 在宮城西北

①②③은 진주사 일행을 전별하는 내용으로, 모두 명의 조정에서 전별연을 베풀어 준 것들이다. 이들은 진주사 이덕형[李德馨, 1561~1613]과 부사 황신[黃愼, 1560~1617], 서장관 강홍립[姜弘立, 1560~1627]으로 구성[59]된 임시사절단으로, 최현의 일행보다 먼저 북경에 도착해 있었다. 위의 전별연은 회동관에서 제독주사 홍세준과 서반 고후 및 여러 관리들이 진주사 일행과 전별하기 위한 연회로서, 거마가 북적댈 정도로 많은 인사들이 참석한 가운데 성대히 베풀어진 연회이다. 또 조양문 밖에서 베풀어진 전별연도 있었는데, 조양문은 황성(皇城)의 동문(東門)이며, 상공 풍중영과 심 아무개 등이 진주사 일행에게 베풀어 준 연회이다. ①②③의 전별연은 11월 3과 4일, 5일 즉 3일간 연달아 베풀어 진 공적인 연회로서, 최현이 직접 참석한 가운데 기록된 것이 아니라, 간접적으로 전해 듣고 기록된 내용이다.

2) 사적인 의례

최현 일행은 조선 의주에서 베풀어진 전별연을 끝으로, 명에서 처음 전별연이 베풀어진 곳은 회원관이다. 앞에서 언급하였듯이, 회원관은 최현 일행이 10일 동안 머물면서 명의 관리들에게 무수히 착취의 당한 장소로서, 『조천일록』에 세세하게 그려져 있다. 이러한 명의 관리들에게 징색 받은 뇌물 강요 사건은 최현 자신이나 일행들에게 이루 말할 수 없는 충격이었다.[60] 이로 인해 명의 관리들에게 건넨 물목(物目)들과 수량, 관등성명(官等姓名)을 빠짐없이 나열하기도 하였는데, 이것은 그런

去玉河舘十五里 四更 一行自玉河舘 過大明門 下馬 又過西長安門 外路邊鍊石 錯置 乃皇極殿礎石也 皇極殿 灾於天火 今方新建云 是日 陳奏使一行離發 相公 豊仲榮 沈某等 皆錢別于朝陽門外 我等 自西照移寓東照" 참조.
59) 『광해군일기[중초본]』 권5, 광해 즉위년 6월 5일(경신).
60) 조규익, 앞의 논문, 359쪽.

충격을 표현하는 한 방법이라 할 수 있겠다.[61] 이런 의미를 가지는 회원관에서 표류당인이 베풀어주는 전별연에 대한 기록이 아래와 같이 있다.

> 수레가 모두 도착하였습니다. 신 등은 노새를 세내어 타고 길을 갔는데, 노새주인이 값을 올려 종일 역관과 함께 다투었습니다. 표류한 당인은 수레가 준비되지 않아 함께 갈 수 없었으므로, 신 등은 역관 김광득(金光得)을 머물게 하여 그들을 뒤에 데려오게 하였습니다. 표류 당인 대조용(戴朝用)·옹락(翁樂)·진이겸(陳以謙)·임종실(林宗室) 등 네 사람은 신 등이 먼저 떠나기 때문에 술과 안주를 성대히 갖춰가지고 관소에 와서 전별을 하였는데, 하인들에 이르기까지 친히 술을 권하며 은근한 뜻을 극진히 드러내었습니다. 신 등이 성 서쪽으로 나서자마자 해가 떨어졌습니다. 요동에 오래 붙들려 있었기 때문에 두량신(杜良臣) 무리의 행위에 분노가 치밀어 올라 말을 빨리 달리니, 진흙탕에 말이 빠지고 밤이 되어 어두워도 오히려 그 고통을 알지 못하였습니다. 10시 무렵에 사하보(沙河堡)에 도착하여 왕(王)씨 성을 가진 사람 집에서 묵었습니다.[62]

최현 일행은 표류당인의 수레가 도착하지 않아 대조용·옹낙·진이겸·임종실 등과 함께 떠나지 못했다. 그래서 표류당인 네 사람이 술과 안주를 준비해서 가지고 와서 회원관에서 성대히 베풀어진 전별연이다. 이 전별연은 표류당인이 최현 일행에게 사사로이 베푼 연회로서, 상하고하를 막론하고 조선사신과 하인에 이르기까지 그동안의 노고를 치하하는

---

61) 조규익, 앞의 논문, 364쪽. 각주 44번 참조.
62) 『조천일록』권1, 1608년 9월 25일 계유일 기사의 "二十五日 己酉 晴. 車輛俱到 臣等雇騎騾以行 騾主刀蹬其價 終日與譯官相詰 漂流唐人 以車輛未備 不得偕行 臣等 留譯官金光得 使隨後押來 唐人戴朝用 翁樂 陳以謙 林宗室四人 以臣等先行 盛備酒饌來餞于館中 及於下人 親自勸飮 極致慇懃之意 臣等纔出城西 日已垂沉 久縶遼東 憤杜良臣等所爲 乘怒疾馳 泥水沒馬 夜且昏黑 猶不知其苦矣 二更 到沙河堡 宿王姓家" 참조.

뜻에서 베푼 사연(私宴)이다. 위의 전별연 기록에서는 명의 관리들의 탐풍이 드러나지 않는다. 그러나 이미 날이 저물었음에도 불구하고 최현 일행은 두량신 등의 무리에게 차오르는 분노를 주체할 수가 없어 출발을 강행하여 말을 달렸고, 한밤중인데도 그들은 두려움조차 알지 못하였다. 그래서 최현에게 회원관은 명 관리에게 만연한 탐풍을 갖게 된 충격적인 관소로서 각인되어 이곳에서 베풀어진 전별연이 마냥 좋을 수만은 없었을 것이다.

다음은 산해관에서 전별연을 베푼 사례가 아래와 같이 있다.

[부기] 윤정춘(尹靜春) 영공이 술을 사 전별하니 석 잔에 크게 취했다. 이날 아침 일찍 출발하여 심하역(沈河驛)에 묵을 수 있을 듯했으나, 노새주인 등이 노새를 빌린 값이 적정하지 않다는 것을 핑계로 누차 재촉하여도 일어서지 않아, 저녁에서야 출발하였다. 그러나 주방의 의롱(衣籠)과 방물 등은 미쳐 실어 보내지 못했다. 정춘공[尹暉]·소자실[蘇光震]·이중실[李稙]을 용왕묘(龍王廟)까지 따라가서 전별하였다. 홀로 상사와 함께 먼저 출발하여 서쪽으로 20리를 가니 폐허가 된 연대(烟臺)가 있었다. 남쪽으로 15리 되는 곳을 바라보니 한 줄기의 구릉이 있어 바다 속으로 달려 들어가 작은 섬이 되었다. 섬에 있는 숲에 작은 집들이 있었는데, 이른바 진황도(秦皇島)였다. 25리를 가니 범가점(范家店)이었다. 이곳에서 묵으려 하였으나, 듣자하니 앞쪽으로 약 15리쯤 가면 봉황점이 있다고 하여 말을 달려 도착했다[63].

윤정춘은 윤휘[尹暉, 1571~1644]이며 자가 정춘이고, 윤두수[尹斗壽,

---

63) 『조천일록』 권2, 1608년 10월 18일 임신일 기사의 "[附] 尹靜春令公 沽酒餞別 三盃大醉 擬於是日早發 宿于沈河驛 騾子主等 託以騾價未準 千催不起 夕間始 發 而廚房衣籠方物等 猶未得打發 靜春令公 蘇子實 李仲實 追別于龍王廟 獨與 上使先行 西行二十里 有廢烟臺 南望十五里 有一線丘陵 走入海中爲小島 島上 樹林有小屋 所謂秦皇島也 二十五里 爲范家店 欲宿于此店 聞前頭有鳳凰店 僅 十五里許 馳及之" 참조.

1533~1601]의 아들이다. 윤휘는 최현의 일행보다 몇 달 전 4월에 성절사로 임명받아 명에 갔다.[64] 윤휘는 명에서 임무수행을 마치고 조선으로 돌아가면서 최현 일행과 마주쳤다.

　최현은 산해관에서 윤휘와 전별하고, 또 윤휘와 소광진[蘇光震, 1566~1611], 이욱[李稶, 1562~?]과도 용왕묘까지 쫓아가서 윤휘 일행과 작별하는 아쉬운 마음을 나타냈다. 최현의 『조천일록』에는 개인 간에 베푼 전별연은 배표례를 마치고 모화관 앞에서 친구들과 사사로이 전별한 경우와, 위의 인용과 같이 윤휘 등과 함께 전별연을 한 경우가 거의 전부이다. 『조천일록』에서 전별연에 대한 내용은 공적이든 사적이든 간에 한 두 줄의 짧은 문장으로 기록되어 있어서 전별연을 파악하기는 쉽지 않다. 최현의 『조천일록』은 중국에서 만나는 각종 물상이나 제도·정책·사회·풍속·민생 등의 문제, 오랑캐와의 갈등을 중심으로 하는 국가안보의 문제, 관리들의 탐풍이나 예법의 문란을 중심으로 하는 기강 해이의 문제 등에 관심사를 가지고 기록되었기 때문에, 개인 간에 베푼 전별연은 다소 덜 관심을 두고 짧고 간단하게만 기록되어 있을 뿐이다.

　최현의 『조천일록』에는 명의 조정에서 나타난 의례뿐만 아니라 명의 민간에서 나타나는 의례도 상당부분을 할애하여 자신의 의견을 개진하고 있다. 이에 다음 장에서는 명의 민간에서 나타나는 의례에 대해서 살펴보고자 한다.

4. 『조천일록(朝天日錄)』에서 나타나는 명(明) 민간에서의 의례

　태조 이성계는 1392년에 조선을 건국하고 즉위교서를 발표하였다. 그 교서에서 그는 관혼상제(冠婚喪祭)의 예를 실천하도록 천명하였다. 그는 관혼상제는 국가의 큰 법이니 예조에서 경전을 자세히 연구하여 고금(古

---

64) 『광해군일기[중초본]』 권3, 광해 즉위년 4월 28일(갑신).

今)을 참작하여 법령으로 만들어 인륜(人倫)을 후하게 하고 풍속을 바르게 하기를 바란다고 하였다.[65] 이것은 사대부(士大夫)와 서인(庶人)의 예제(禮制)를 우선 국가적 차원에서 추진하겠다는 선언이었다. 그러나 조선조에 사대부와 서인들이 관혼상제를 『가례』대로 시행하는 데는 아주 오랜 시간이 걸렸다. 16세기 이황[李滉, 1501~1620]과 이이[李珥, 1537~1584]가 송대(宋代) 이학(理學)을 새롭게 해석하여 다시 태어난 조선 이학은 16세기 중반 이후부터 대표적인 몇몇 사대부 가문을 중심으로 점차 확산되어 갔고, 17세기 이후 이른바 예학의 시대가 열리면서 이제 지역과 당론을 달리하면서 예를 따지는 경향이 나타났다.[66] 최현은 예학의 시대에 살았던 관료로서, 예학에 통달했던 인물이다. 그는 무엇보다 이번 사행에서 중국을 폭넓게 견문하겠다는 기대를 갖고 갔다. 그래서 최현의 『조천일록』에서 중국 견문은 풍속에 대한 관심사가 나타나는데, 그 중에서도 상례와 제례 부분의 기록이 많이 나타난다. 이 기록들을 통해서 명의 민간에서 나타나는 의례를 살펴보고자 한다.

먼저 상례에 대한 몇 가지 사례를 살펴보면 다음과 같다.

> ① 새벽에 백안동(伯顏洞)을 출발하여 서쪽으로 대쌍령(大雙嶺)·소쌍령(小雙嶺)을 넘어 옹북촌(甕北村)에서 점심을 먹은 뒤, 반절대(半截臺)에 이르러 이(李)씨 집에서 묵었습니다.
>
> [부기] 백안동 서쪽에 대쌍령과 소쌍령이 있는데 높지도 험준하지도 않았으나 돌길이 험해 인마(人馬)가 지나기 어려웠다. 북쪽으로 진강보(鎭江堡)를 지나니 일명 송참(松站)이라고도 하고 설리참(薛里站)이라고도 하였다. 북쪽으로는 장령(長嶺)이 있었다. 옹북하(甕北河)를 건너니 팔도하(八渡河)의 하류였는데, 물길은 하나지만 여덟 번 건너므로 그렇게 이름 한 것이었다. 물의 근원은 분수령(分水嶺)에서 나와 강

---

65) 『태조실록』 권1, 태조 1년 7월 28일(정미).
66) 권오영, 「조선조 사대부 제례의 원류와 실상」, 『민족문화논총』 46집, 영남대학교 민족문화연구소, 2010, 450~471쪽.

한복판에 이른다. 반절대 아래는 적강(狄江)으로, 흰 두건을 쓰고 고기를 잡는 자가 있어 물어보니, 중국인은 부모의 상에도 8일이 지나면 고기를 먹고 술을 마신다고 하였다. 이로부터 두 번째로 팔도하를 건넜고 세 번째로 사초하(蛇稍河)를 건너 장항(獐項)을 지났고 네 번째로 장수(長藪)·용봉산(龍鳳山)·연대(烟臺) 앞의 하천을 건넜으며 다섯 번째로 반절대(半截臺) 앞의 하천을 건넜는데, 모두 한 물줄기이지만 지역으로 인해 이름을 달리했다. 이날 북쪽으로 70리를 갔다.【주인의 이름은 이경원(李景元)이다.】[67]

② 산해관에 머물렀습니다. 입관장계(入關狀啓)를 성절사의 행차에 부쳐 보냈습니다. 신 등이 묵었던 집주인은 조복천(趙福泉)이었는데, 일가붙이가 매우 많았습니다. 그들은 모두 수재(秀才)로서 그의 부친이 사망한지 1년이 지났으나 시신을 넣은 관이 아직까지 문 옆에 있었으며, 흰옷 차림에 잔치하고 술 마시기를 평상시와 같이 하였습니다. 일찍이 보았으되 요동의 풍속이 이와 같으니, 아마도 오랑캐 습속이 옮겨와 관내에도 이렇게 된 것 같았습니다. 중원의 상례 기강이 문란하고 어그러짐을 알 수 있었습니다.[68]

③ 요동지역의 풍속은 부모상을 당한 경우 일 년을 넘기기도 하고 혹은 수년이 지나 길일을 택해 장사를 지낸다. 부모의 관을 산기슭에 방치하고 가리지도 덮지도 않은 채 여러 해 동안 매장하지 않다가 들불

---

67) 『조천일록』 권1, 1608년 9월 12일 병신일 기사의 "晨發伯顔洞 西踰大小雙嶺 中火于甕北村 抵半截臺 宿李姓人家 ○ [附] 伯顔洞西 有大雙嶺小雙嶺 不甚高 峻 而石路崎嶇 人馬艱行 北過鎭江堡 一名松站 一名薛里站 北有長嶺 渡甕北河 乃八渡河之下流 一水而八渡 故名焉 河源 出分水嶺 達江淵 臺下爲狄江 有白巾 打魚者 問之則中原人 父母之喪 八日後 食肉飮酒云 自此 再涉八渡河 三涉蛇稍 河 過獐項 四涉長藪 龍鳳山烟臺前河 五涉半截臺前河 皆一水而因地異名 是日 北行七十里【主人名 李景元】" 참조.
68) 『조천일록』 권2, 1608년 10월 17일 신미일 기사의 "留山海關 入關狀啓 付送聖 節使之行 臣等所寓主人趙福泉 族屬甚多 皆是秀才 而其父死已經年 尸柩尙在 門側 白衣在身 而宴飮如常 曾見遼俗如是 意謂胡習所移 關內亦然 中原喪紀之 紊舛 可知也" 참조.

에 불길이 번져 태워지기도 하며, 문 밖에 놓아두고 그 위에서 자고 먹으며 다른 사람과 편안하게 앉아 술을 마시기도 한다. 부모상을 당한 경우 8일이 지나면 술을 마시고 고기를 먹기도 한다. 흰옷을 입은 사람들이 고기잡이와 사냥을 평소와 같이 하는데, 우리나라 사람이 이를 물으면 부끄러운 얼굴색을 하면서 말을 하려 하지 않았다. 어찌 이곳이 황량하고 외진 곳으로 오랑캐와 가까워 오랑캐의 습속이 옮겨 온 것이겠는가?[69]

①은 최현이 팔도하 하류 적강(狄江)에서 경험한 일 중 하나로서, 중국에는 부모상을 당한 사람이 8일이 지나면 고기를 먹고 술을 마신다고 한다. 조선시대의 상례는 '상이 나고 3일이 되면 빈소를 차리고 3개월이 되면 장례를 치르고 3년이 되면 상을 마친다'는 것이 일반적인 법도이다. 또 『주자가례』「대상(大祥)」에 의하면, 두 번째 기일(忌日)에 대상을 지낸 다음 "비로소 술을 마시고 고기를 먹으며 침실로 돌아간다.(始飮酒食肉而復寢)"고 하였다. 즉 대상은 죽은 뒤에 두 돌 만에 지내는 제사인데, 이때 비로소 고기를 먹고, 술을 마시고, 침실로 돌아갈 수 있다는 것이다. 부모의 상에는 애척(哀戚)의 지극함이 나타내는 것이 상장(喪葬)의 기본적인 예가 되는데, 하물며 부모상에서 8일 만에 고기를 먹고 술을 마시는 행위는 그 당시 조선 현실에서는 용납할 수 없는 일이다.

또 적강에서 고기잡이 하는 사람이 부모상을 대하는 모습은, 지금의 관점에서 8일장이라 할 수 있다. 현재 우리나라 장례는 발인을 포함하여 3일장으로 하는 것이 보편적이다. 특별한 경우에만 5일장을 하기도 한다. 그런데 지금으로부터 411년 전 중국에서는 이미 8일장을 치루고 있었으

---

69) 『조천일록』권1, 1608년 9월 14일 무술일 기사의 "○ 遼地風俗 若遇親喪 則或經年 或數年 擇吉乃葬 或以親柩置之山麓 不障不覆 累年不葬 爲野火延燒 或置門外 寢食其上 與人踞坐 飮酒晏如也 父母之喪 過八日 飮酒食肉 蒙白之人 漁獵如常 我國人問之 則有愧色不肯言 豈荒僻之地 近於胡羯 爲習俗之所移歟" 참조.

며, 그 당시 3년 상을 치루고 것이 일반적인 법도였던 조선에서는 상상할수 없는 일이다. 예컨대 1909년에 아르놀트 반 헤네프에 의해 출생·성장·생식·죽음 등의 단계를 통과의례라는 용어를 사용하여 모든 의례가분리·추이·통합 등 3단계의 보편적인 형태를 구성한다[70]고 했다. 그런데 우리나라에서는 예로부터 관혼상제라고 하여 즉 사례(四禮)인 관례·혼례·상례·제례를 중요한 의례로 삼아 왔다. 그 중 상례에서 죽음을하나의 자연현상인 통과의례 보다는 유교에서는 사자(死者)를 보내는 의식의 절차를 세밀히 정하고 정성을 다하여 진행함으로써 고도의 종교적·윤리적 의미를 부여한다. 즉 유교의 키워드는 장사 지내고 제사 지내는상례와 제례 속에 흐르고 있는 효(孝)의 정신에 있기 때문에 다른 종교와차이가 극명하게 드러나는 것이다.[71]

②에서 최현이 도착한 곳은 산해관이다. 산해관은 한중 외교 사행로에위치한 중국으로 진입하는 중요한 관문이고 요충지이다. 산해관에서 묵었던 집주인 조복천은 대가족을 구성하고 그 자제들이 수재(秀才)로서,부친이 사망한 지 1년이 넘도록 시신을 넣은 관을 문 옆에 두고, 상복차림으로 연회를 열고 술 마시기를 평소와 같이 하였다. 이런 행위는 예가아닌 행위로 판단되었기 때문에 최현이 기록해 둔 것이다. ①에서 고기잡이 하는 사람뿐만 아니라 수재라는 사람까지도 부모상에 예를 갖추지않고 장례도 제대로 지내지 않는 모습을 본 최현에게는 놀라움의 연속이다. 당시 수재라고 하면 현량방정(賢良方正)하고 효렴(孝廉)한 사람을지방관이 선거하여 등용하기 때문에 그만큼 사람의 인물 됨됨이를 갖추고 있다는 뜻이다. 최현은 부친이 사망한지 일 년이 되도록 장사지내지

---

70) 강재철, 「통과의례에 나타난 제습속의 상징성 고찰」, 『국문학논집』 15집, 단국대국어국문학과, 1997, 54쪽.
71) 노인숙, 「중국에서의 상례문화의 전개」, 『유교사상연구』 15집, 한국유교학회, 2001, 67쪽.

않은 이러한 풍속은 오랑캐의 습속이 옮겨와 그렇게 된 것으로 단정하여 중국의 상례 기강이 문란해지고 도리에서 벗어났다고 생각하였다.

또 최현은 ①②의 사실에 대해 한 번 더 강조하는 차원에서 ③과 같이 요동의 풍속을 정리한다. 첫째 부모상의 기간은 일 년이나 수년이 지나서 길일을 택해 장사지내고, 둘째 부모의 관을 산기슭에 방치하고 가리지도 덮지도 않은 채, 여러 해 동안 매장하지 않다가 들불에 불길이 번져 태워지기도 하고, 셋째 문 밖에 두고 그 위에서 자고 먹으며 다른 사람과 편안하게 앉아 술을 마시기도 하고, 넷째 부모상을 당한 경우 8일이 지나면 고기와 술을 먹고 마시고, 다섯째 상복을 입고서 평소와 같이 일을 하는 행위 등이다.

최현은 요동의 상례 풍속을 다섯 가지로 정리하였는데, 먼저 첫 번째 상례 풍속에서는 조선 상례의 일반적인 법도에 위배되는 행위이다. 즉 조선에는 3개월이 지나면 장례를 치른다. 두 번째 상례 풍속에서는 원시적 장례 풍속이 나타나는 것을 알 수 있다. 즉 조장(鳥葬)과 풍장(風葬), 화장(火葬)의 장법(葬法)이 나타난다. 조장은 시체를 들에 내놓아 새가 쪼아 먹게 하는 원시적인 방식으로, 티베트에서 천장(天葬)이라 하여 민중이 장사지내는 방법이다. 풍장은 시체를 지상에 노출시켜 자연히 소멸시키는 방식으로, 위의 조장과 다른 점은 짐승이 함부로 시신을 훼손하지 못하도록 높게 지은 오두막에 시신을 안장하고 거적 등으로 가리거나 또는 동굴, 높은 나뭇가지 위 등의 장소에 시신을 안장한다.[72] 화장(火葬)은 시체나 유골을 불에 태워 장사지내는 상례의식이다. 화장은 수당대에 불교가 널리 퍼지자 불교식의 장법이 빠른 속도로 유행하게 되어 중국 역사상 송대에는 화장이 가장 성했던 시대이다. 송대에 화장이 성행했던 원인을 살펴보면, 첫째 불교가 세속화됨에 따라 불교의 습속이 유행한 것이고, 둘째 장례비용이 적게 든다는 경제적 이점이 있고, 셋째는

---

72) 『한국민족문화대백과사전』, 한국학중앙연구원.

토지를 소유하지 못하거나 극히 조금 소유한 경우이기 때문이고, 넷째는 거란·서하·금 등의 소수민족의 습속에서 영향을 받은 데에서 들 수 있다. 명초(明初)에 와서도 송대의 유풍이 이어져 화장의 풍속이 성행하였다. 주원장(朱元璋)은 모든 군현에 의총(義冢)을 만들게 하고, 화장과 수장(水葬)하는 것을 금하는 율령을 내렸고[73], 그 이후로도 법령으로 금하는 조치가 이어졌으나 빈한한 계층에서는 이것을 지키지 않았다.[74] 세 번째와 네 번째 상례 풍속은 서로 비슷한 내용인데, 술과 고기를 마시고 먹는 것은 대상이 지난 후에 한다고 앞서 언급하였다. 부모가 처음 돌아가셨을 때에는 근심이 가득하여, 막다른 길에 봉착한 듯하고, 빈소를 차리고 나면, 눈을 두리번거리게 되니, 마치 무언가를 찾으나 찾지 못한 듯 하는 것[75]이 상을 치를 때의 기본적인 자세이다. 다섯 번째 상례 풍속에서는 상복을 입고서 평소와 같이 일을 하는 행위인데, 이것 또한 유교의 예에 위배되는 행위이다. 유가(儒家)에서 예는 자기 자신의 근본인 선조를 잊지 않는 마음에서 발단된다. 즉 자신의 조상을 기억하고 그들의 지난 삶이 현세에 여전히 남아 있다는 것을 인정하는 데서 인(仁)한 마음이 시작[76]되므로, 자신의 근본인 부모를 기억하지 않고 일상생활을 하는 것은 유가의 예에 어긋나는 행위가 된다.

최현은 팔리하 적강에서 경험을 오랑캐로부터 연원했다는 점을 명시함으로써 오랑캐에 의해 잠식하고 있던 중국 현실의 저변까지 분석하였다.[77] 그러나 최현은 부모상을 대하는 요동사람들의 모습을 여러 차례 목도하여 중국의 상례 기강이 무너진 원인이 오랑캐 때문만이 아니라는

---

73) 『明通紀』「雙槐歲抄」.
74) 노인숙, 앞의 논문, 89-90쪽.
75) 『禮記』「檀弓」 上의 "始死 充充如有窮 既殯 瞿瞿如有求而弗得" 참조.
76) 『禮記』「檀弓」 上의 "君子曰 樂其所自生 禮不忘其本 古人之有言曰 狐死正丘首 仁也" 참조.
77) 조규익, 앞의 논문, 50쪽.

점을 다음과 같이 제시하였다.

> 광녕에 머물렀습니다. (…) 황혼에 고취와 온갖 풍악소리가 들려 물
> 어보니 중군(中軍) 최길(崔吉)이 처의 상을 당해 장사를 지냈는데, 여러
> 불사(佛寺)와 도관(道觀)에서 분향하고 독경한 뒤 돌아오는 길이라 하
> 였습니다. 성 가까이 10리 안에는 시신을 넣은 관을 길옆에 쌓아놓고
> 묻지 않았거나 시냇가에 아무렇게나 장사지내고 모래로 덮어놓아, 모래
> 가 붕괴되어 관이 노출되기도 하고 물이 시내로 유입되기도 하였습니
> 다. 그 이유를 물으니, 가난해서 땅을 사 장사지낼 수 없기 때문이라고
> 하였습니다. 만약 우리나라라면 비록 고을 사람이라도 함께 도울 것이
> 니 어찌 길옆이나 모래언덕에 버려 둘 이치가 있겠습니까?[78]

최현은 광녕에서 부유층과 빈민층의 장사지내는 모습을 대비되게 기
록하였다. 먼저 부유층의 상은 처의 상으로, 고취뿐만 아니라 다른 악기
들도 함께 연주되고 불사와 도관에서 분향하고 독경하는 모습은 화려하
게 장사지내는 후장(厚葬)에 속한다. 중국에서 후장의 기원은 하(夏)·은
(殷)·주(周)로 거슬러 올라갈 수 있는데, 이 시기의 상례는 원시시대의
영혼 불멸의 관념이 성행하고 있었으며, 상장(喪葬) 중에 효도 관념도
보이기 시작하여 후장이 비로소 성행하고, 서주(西周) 말년에는 상복(喪
服)의 출현이 나타난다. 이러한 후장제도가 친한(秦漢) 시기에 와서는
크게 성행하는데, 이것은 음양오행설과 참위설, 신선방술 등에 의해서
성행하면서 영혼불멸 사상이 크게 유행하였기 때문이다. 이때 한대(漢
代)에는 돈을 수장(隨葬)하는 것이 유행하여 귀족과 관료 등 상류층에서
행할 수 있는 것이고, 민간에서는 당시 유통되던 동전대신 지전(紙錢)을

---

78)『조천일록』권2, 1608년 10월 4일 무오일 기사의 "留廣寧 (中略) 黃昏 有鼓吹百
　　樂之聲 問之則中軍崔吉妻喪 將葬 焚香誦經于諸佛寺道觀而還也 近城十里之
　　內 屍柩積置路傍 而不葬 或亂葬溪邊 而沙土覆之 或沙崩棺露 或水噬而流入溪
　　中 問其由 貧不能買地以葬故也云 若如我國 則雖鄕都共助之 豈有棄置路傍沙
　　岸之理哉" 참조.

사용하는 풍속이 시작되어 지금까지 이어져 오고 있다. 만가(挽歌)는 송사(送死)에 쓰는 가곡으로, 선진(先秦)의 상례에는 음악을 쓰지 않았으나, 한대의 민간상장 체제에는 이미 송사의 만가가 있게 되었다. 이것이 악부(樂府)에 채록되면서 크게 유행하여 동한시대에는 상제에 정식으로 넣어 제왕에서부터 평민에 이르기 까지 송사에 만가를 쓰게 되었다.[79]

또 고취는 중국 한나라에서 우리나라 삼국시대에 전래된 것으로 주로 관악기와 타악기로 편성되며, 궁중의 각종 의식, 국왕의 거둥이나 귀족의 행차 또는 큰 제향이 거행될 때 사용된다. 중국에서도 이와 같이 사용되는데, 다만 고취악을 흉례에서 사용된다는 점이 조선과 다르다. 중국에서 고취악의 역사는 약 2000여년에 달하며, 주대(周代)에 군악용으로 사용되면서 시작하여 위진남북조시대의 발전기를 거쳐 고취악의 규모는 당대(唐代)에 역사상 가장 흥성한 시기에 이르렀으며, 송대부터 고취악은 민간으로 확산되어 전환기(轉變期)를 맞이하였다.[80] 따라서 중국의 고취는 궁중뿐만 아니라 민간에서도 많이 성행하여 주로 명절 축전, 축가(婚嫁), 민간 제신(民間祭神) 등에서 사용되어 남송(南宋)때부터 유입되기 시작하였다. 그래서 명나라 시기 민간에서 장사지낼 때에 고취를 사용할 수 있었다. 그러나 조선에서는 이웃에 상이 발생하면, 절구질을 할 때 노래를 부르며 서로 박자를 맞추는 일을 하지 않는다. 또 마을에 빈소가 차려지게 되면, 거리에서 노래를 부르지 않는[81] 것이 상례의 일반적 법도이다.

또 부유층에서 지내는 장사(葬事)는 불교와 도교 의식이 함께 거행한다. 이는 요동뿐만 아니라 중원에서도 유교 의식이 아닌 불교와 도교 의

---

79) 노인숙, 앞의 논문 참조.

80) 조문문, 「중국 고대 고취악의 음악사학적 연구」, 영남대학교 박사학위논문, 2018, 105~111쪽.

81) 『禮記』 「檀弓」 上의 "鄰有喪 舂不相 裏有殯 不巷歌" 참조.

식으로 지내는 장사가 성행한 것으로 해석할 수 있는데, 중원은 이미 '옛 법도가 폐하거나 느슨해져서 이도교의 술법을 몹시 숭상하여 도관과 절이 일반 백성들 집 사이에 섞여 있다'[82]고 하는 것을 보면, 최현 자신이 중국의 상례 기강이 무너진 원인을 오랑캐 때문이 아니라고 판단하고 있었다는 뜻이다.

한편, 중국 빈민층에서는 시신을 넣은 관을 길옆에 쌓아놓고 묻지 않거나, 혹은 시냇가에 아무렇게나 장사지내고 모래로 덮어놓아서 모래가 붕괴되어 관이 노출되기도 하고, 혹은 물이 시내로 유입되기도 하는 경우가 있는데, 이것은 가난하여 제대로 장사지낼 수 없었기 때문이다. 최현은 중국 빈민층의 극단적인 모습을 기록하여, 당시 조선에서는 상상도 할 수 없는 경우임을 강조하였다.[83] 당시 최현이 살았던 시기는 조선의 개국 초부터 성리학자들에 의한『예기』,『주자가례』,『의례경전통해』등의 예경(禮經)과 예서(禮書)에 관한 연구가 있었음은 물론이고, 의례상정소에서 왕과 학자 신료들 간의 예제(禮制) 시행과 관련된 논의와 예제의 정립과정이 있었고, 재야 사림들의『주자가례』의 철저한 준행과 심화된 연구가 초석이 되어서 예학이 발달한[84]상태였다. 다시 말해 추숭(追崇) 논의와 복제(服制) 택정과 관련된 예송(禮訟)문제가 일어나기 바로 전 단계라고 생각하면, 최현이『조천일록』에서 상례부분을 얼마나 많이 할애하여 비판적으로 기록했는지 그 이유를 알 수 있다. 조선에서 가난하여 부모상을 제대로 장사 치르지 못할 경우에는 이웃 사람들이 가만히 있지 않을 것이며, 혹은 십시일반이든 아니면 고을 촌장이 솔선수범하든 어떠한 형태로던 장사지낼 수 있게 하여 문제를 해결할 수 있도록 하였을

---

82)『조천일록』권4, 1609년 1월 23일 병오일 기사의 "文敎廢弛 酷尙異術 道觀僧 堂 錯雜於閭閻 朝市之中" 참조.

83) 조규익, 앞의 논문, 50쪽.

84) 유권종,「한국에서의 상례문화의 전개」,『한국유교문화연구』15집, 한국유교 학회, 2001, 56-57쪽.

것이다. 그래서 길옆이나 모래언덕 같은 장소에 버려 둘 이치가 없다는
뜻이다.

또 위와 같이 중원의 상례 기강이 문란해진 면만 있는 것이 아니라
유교의 상례 전통을 지키는 모습도 다음과 같이 볼 수 있다.

> [부기] 중원은 상기(喪紀)가 문란하였다. 그러나 주인 최징준(崔徵
> 俊)은 모친상에 소상(小祥)이 이미 지났지만 고기와 술을 먹지 않았으
> 며 그 집 문에 쓴 글들은 모두 부모를 생각하며 비탄하고 사모하는
> 말들이었다. 심지어 '상을 치를 때에는 예를 다하고 제사를 지낼 때에는
> 정성을 다 한다'는 등의 말까지 있었는데, 나도 모르게 감탄하여 차고
> 있던 칼[佩刀]을 풀어서 그에게 주었다.[85]

최현은 심하역(深河驛)에서 주인 최징준의 집에서 묵었다. 집주인은
모친상에 소상(小祥)이 이미 지났는데도 고기와 술을 먹고 마시지 않고
모친을 그리는 글들을 적어 대문에 둔 것이 가득하였다. 소상은 돌아가신
지 1년 만에 지내는 제사이다. 이때는 채소와 과일을 먹을 수 있고[86] 고
기와 술은 대상이 돼서 먹을 수 있다. 집주인의 모친상이 소상을 지났다
고 하는 말은 『주자가례』의 상례 절차에 따라 준해서 지킨다는 말이다.
『주자가례』의 상례[87]는 친상(親喪)을 기준으로 할 때에 초상(初喪)으로

---

85) 『조천일록』 권5, 1609년 2월 2일 갑인일 기사의 "○ [附] 中原喪紀紊舛 而主人
崔徵俊 居內憂小祥已過 猶不食肉飮酒 其門戶所書 皆思親悲慕之語 至有喪盡
禮祭盡誠等語 不覺感嘆 以所佩刀解贈" 참조.
86) 朱熹, 임민혁 역주, 『주자가례』, 예문서원, 1999, 410쪽.
87) 『주자가례』의 상례 절차는 다음과 같다. 초종(初終), 목욕(沐浴)·습(襲)·전
(奠)·위위(爲位)·반함(飯含), 영좌(靈座)·혼백(魂帛)·명정(銘旌), 소렴(小
斂), 대렴(大斂), 성복(成服), 조석곡전(朝夕哭奠)·상식(上食), 조(弔)·전(奠)
·부(賻), 문상(問喪)·분상(奔喪)·치장(治葬), 천구(遷柩)·조조(朝祖)·전(奠)
·부(賻)·진기(陳器)·조전(祖奠), 견전(遣奠), 발인(發靷), 급묘(及墓)·하관(下
棺)·사후토(祀后土)·제목주(題木主)·성분(成墳), 반곡(反哭), 우제(虞祭), 졸

부터 대상을 거쳐 담제(禫祭)에 이르러 탈상(脫喪)을 할 때까지 약 27개월의 기간이 소요되며, 이 기간 동안에 행하는 의례의 절차와 양식은 매우 다양하고 복잡하다.[88] 최현은 이 같은 복잡한 유교식 상례절차를 지키는 모습과, 상중(喪中)에는 예절을 다하고 제사에는 정성을 다하고 죽은 이를 섬기기를 마치 살아 있는 사람처럼 하는 그 마음에 감동되어 자신도 모르게 차고 있던 칼을 선물로 주었다.

한편, 중국의 제례에 대한 내용을 보면 다음과 같다.

삼차하는 바다에서 150 리 떨어져 있는데, 조수(潮水)가 불어나고 파도가 넘치면 거주민과 길가는 자들이 많은 피해를 입는다. 옛 풍속에 수신묘(水神廟)를 세워 기도를 하였는데, 삼차하의 동쪽에 있는 것은 천비묘(天妃廟) 혹은 낭낭묘(娘娘廟)라고 한다. 전우(殿宇)를 새로 지었고 천비 두 여인의 소상을 세웠다. 또 좌우로 곁채가 있었으니 오른쪽에 있는 것은 수신(水神)이고 동쪽에 있는 것은 용왕인데, 모두 진흙으로 소상을 만들고 그곳에 제사를 지냈다. 기원을 할 때에는 마음을 가지런히 하고 경건하게 기도를 하는데, 분향하고 천비묘 앞에 목례를 한 후 탁상에 있는 죽첨(竹籤)을 뽑아 길흉을 점친다. 삼차하의 서쪽에 있는 것은 삼관묘(三官廟) 혹은 야야묘(爺爺廟)라고 하는데, 전우(殿宇)와 소상(塑像)은 동쪽 언덕에 있는 사당과 같아 소위 삼관이라 하였는데, 소상의 모양이 남자였다. 삼관이라 부른 이유를 묘지기 중에게 물어보니 삼관은 삼원(三元)으로 천신(天神)·지신(地神)·수신(水神)이라고 하였다. 아! 옛사람이 산악과 물가에 제사지내지 않음이 없었으니 강변에 수신묘를 세운 것 또한 옳다고 할 수 있다. 천신(天神)과 지기(地祇)는 크고 넓어 말로써 형언할 수 없으니 흙덩이나 목석으로 소상을 만들어 신으로 섬길 수 있는 것도 아니고, 행인과 마을 사람이

곡(卒哭), 부제(祔祭), 소상(小祥), 대상(大喪), 담제(禫祭) 순으로 되어 있다. 주희, 임민혁 역주, 『주자가례』, 예문서원, 1999.
88) 유권종, 「유교의 상례와 죽음의 의미」, 『철학탐구』 16집, 중앙대학교 중앙철학연구소, 2004, 9쪽.

고개 숙여 예를 행하고 신격화 할 수 있는 것도 아니다. 하물며 천비와 낭자의 명칭은 더욱 설만(褻慢)하니 저 벌레같이 우둔한 사람과 허탄(虛誕)하고 망령된 중은 말할 것도 못된다. 비문을 살펴보니 명공(名公)과 석사(碩士)도 모두 이름을 새기고 공덕을 칭송하였다. 이는 어찌 하늘을 속이는 것이 심한 자들이 아니겠는가? 중국 사람은 이러한 사묘(祀廟)나 관왕묘(關王廟)를 만나면 비록 지위가 높은 관리라고 하더라도 모두 분향하고 네 번 절을 한 후에 지나간다. 우리나라 사람은 다만 한번 둘러보기만 하고 예를 행하지 않는데 중국 사람은 도리어 무례하다고 비웃는다. 아! 공자께서 말씀하시기를 "귀신이 아닌데 제사지내는 것은 아첨이다"[89]라 하였는데, 지금 그것이 신이 아닌데도 예를 행하고 있으니 이것 또한 설만(褻慢)한 것이다. 관왕(關王)으로 말한다면 절의가 높아 사람들로 하여금 공경을 일으키게 하지만, 소상을 만들고 예에 맞지 않는 제사를 지내는 것은 불법의 유폐(流弊)일 뿐이다. 그러므로 천신(天神)에 절하지 않는 것은 상천을 공경하는 것이고 관왕묘에 예를 행하지 않는 것 또한 관왕에게 예를 행하는 것이다.[90]

위인용에서 최현은 수신묘(水神廟)와 천비묘(天妃廟), 삼관묘(三官

---

89) 『論語』 爲政편 24의 "非其鬼而祭之 諂也" 참조.

90) 『조천일록』 권1 1608년 9월 29일 계축일 기사의 "三叉去海百有五十里 潮水漲溢 波浪洶湧 居民行旅 多被其害 舊俗 作水神廟以禱之 河東曰天妃廟 或云娘娘廟 殿宇新構 塑天妃二娘娘 又有左右廂 右曰水神 東曰龍王 皆像泥塑以祀之 凡有祈請 齊心虔禱 焚香頂禮于天妃廟 抽卓上竹籤以卜吉凶焉 河西曰三官廟 或云爺爺廟 殿宇塑像 亦如東岸之廟 而所謂三官 塑形則男子也 問其命名之義 於守廟僧 則三官三元也 天神地神水神也云 唉古人於岳瀆 莫不有祀 水神之廟 於河干 亦或宜矣 天神也 地祇也 巍蕩磅礴 不可以形言 非土塊木石之所可肖像 而神之也 非行人邑民之所可頂祝而格之也 況天妃娘子之名 尤極褻慢 彼蠢愚之人 誕妄之僧 不足道也 觀其碑文 則名公碩士 亦皆記名而頌功 豈非誣天之甚者乎 中原人 凡遇如此祀廟 及關王廟等處 雖位高之官 亦皆焚香四拜而過之 我國之人 但一歷觀 而不禮焉 中朝人 反笑以無禮 噫 孔子曰 非其鬼而祭之諂也 今非其神而禮之 是亦褻也 若關王者 節義雖高 令人起敬 而至於塑像淫祀 不過佛法之流耳 故不拜天神 乃所以敬上天也 不禮關廟 亦所以禮關王也" 참조.

廟)가 세워져 있는 것까지는 이해하나, 천비묘와 삼관묘에서 소상을 만들어 기도하고 제사지내며 분향하는 것을 용납하지 않는다. 특히 천비묘 탁상에 있는 죽첨을 뽑아 길흉을 점치는 것을 몹시 싫어한다. 최현은 삼차하가 강변이라 거주민에게 비 피해가 많아서 수신묘 하나만 세우는 것이 적당한데, 거기에 소상을 만들어 신으로 섬기고, 행인과 마을 사람들이 고개 숙여 예를 행하며, 신격화하는 그 자체를 올바르지 않다고 여긴다. 곧 귀신이 아닌데 제사지내는 것은 아첨이며, 신이 아닌데도 예를 행하는 것은 무례이고 경박한 행위로 간주하여 이를 부정(不正)하고 나쁜 풍속에서 비롯된 것이라 여긴다. 또 최현은 삼차하뿐만 아니라 조정과 시정(市井)에서도 사대부들이 신과 부처를 몹시 숭상하여 분향하고, 머리를 땅에 대고 절하며 제사지내는 것을[91] 비판하는 부정적인 태도를 보인다. 이 풍속 또한 중국의 옛 법도가 폐지되고 해이해진 돼서 비롯된 것으로 판단한다. 군자는 종신토록 지내는 상이 있으니, 바로 부모의 기일을 말한다.[92] 유교에서 장사 지내고 제사지내는 것은 효를 실천하는 연장선상이다. 그래서 제례에서는 3일 간의 목욕재계에서부터 고인에 대한 상념을 통해 그를 기억하고 추모하는 것이 요구된다. 제례의 전반적인 과정을 통해 고인은 여전히 살아 있는 사람들의 삶 속에 생생하게 존재하는 것처럼 여겨지게 되는 것이다. 이처럼 유교에서는 기일을 불길하게 여기지 않고, 또 기일에는 평소에 하던 일도 하지 않도록 하는 것이다.[93]

최현이 살았던 시기는 16·17세기로서, 조선 초기 불교식과 유교식 상제가 공존했던 시기가 아니라 유교식 상례가 이미 성행되고 있던 시기이다. 즉 그는 주자가례식의 상제가 만연하게 퍼져있던 예학의 시대에 살았

---

91) 『조천일록』 권4, 1609년 1월 23일 병오일 기사의 "士大夫皆酷尙神佛 焚香頂禮 而祀事焉" 참조.
92) 『禮記』 「祭儀」의 "祭義曰 君子有終身之喪 忌日之謂也" 참조.
93) 이유정·강선보, 「『예기』의 상례·제례에 나타난 죽음론의 교육적 의의」, 『교육철학연구』 제 37권, 한국교육철학회, 2015, 75쪽.

다. 그래서 한 사람이 유교식 상례와 제례를 지킨다고 해서 중원 모두가 유교식 상례와 제례를 지키면서 예를 다 한다고 생각하지 않는다. 중원은 이미 옛 법도가 무너져 일반백성에서부터 벼슬아치까지 부모상을 지키지 않는다고 여긴다. 요컨대 상여가 출입할 때에 귀신의 즐거움을 위해 악기연주뿐만 아니라 잡희까지 동원하고, 부모상에는 애통해 하는 것이 당연한데, 부자가 관의 외관만 꾸미고, 가난한 자가 일 년이 넘도록 장사 지내지 않고 시신을 버려두는 점을 지적하고 비판한다. 따라서 『조천일록』에서 나타나는 명 민간의 상례와 제례는 최현이 생각하는 예의 기준에서 벗어나는 행위임을 알 수 있다. 최현이 생각하는 예의 기준이란 『예기』와 『주자가례』에 준하는 예로서, 이 기준에서 벗어나기 때문에 비례(非禮)로 본다.

5. 결론

최현은 고응척에게 학문적 기본을 배웠으며, 김성일에게 사상학을 터득하였고 그리고 정구에게 천문·지리·병법·산수 등과 예학을 배워 그의 학문을 더욱 정진시켰다. 이러한 학문적 바탕을 통해서 최현의 『조천일록』이라는 기록적 자료가 탄생되었는데, 『조천일록』은 최현이 광해군 즉위년에 명 신종(神宗) 만력제(萬曆帝)의 동지사행에 서장관으로 임명받아 가서 기록한 사행일기이다. 이 사행에서 최현은 46세라는 많은 나이에도 불구하고 서장관이란 큰 직책을 수행하였다.

이 연구는 최현의 『조천일록』에 나타난 의례 관련 자료들을 주목하여 조선과 명에서 나타나는 의례와, 명 민간에서 나타나는 의례를 파악하여 『조천일록』에 나타나는 의례 관련 사실들이 의미하는 바를 밝히고자 하였다.

최현의 『조천일록』에서 나타나는 조선에서의 의례는 친명사대의 외교정책 중 하나인 배표례를 선조의 국상으로 인해 권정례로 행하였고,

전별연은 국왕이 내려주는 사연(賜宴)과, 평양 기자묘에서 중사로서 제사지내고 을밀대에서 지방관이 내려주는 공식적 전별연이었다. 의주는 국경을 넘어가는 관문이기도 하지만, 조선으로 들어오는 첫 길목이 되기도 하는 전별 장소로서, 사연(私宴)이 베풀어진 곳이었다.

최현의『조천일록』에서 나타나는 명에서의 의례는 공적인 의례와 사적인 의례로 구분되었는데, 공적인 의례에는 현관례·현당례·현조례와, 하마연과 기타 전별연이 해당되었다. 현관례는 회원관에서 요동도사와 부총병에게 행하였고, 또 회동관에서 제독주사에게도 현관례를 행하였다. 현조례는 북경 자금성 오문 밖에서 오배삼고두례로 황제를 알현하였고, 현당례는 예부상서에게 행하였다. 최현 일행은 조천궁에서 두 번의 연의를 통해 자금성 동지 하례에 참석하였다. 최현 일행은 회원관을 지나면서 현관례뿐만 아니라 하마연도 선조의 국상으로 면제받았다. 기타 전별연은 최현이 명의 조정에서 공식적인 전별연을 전해 듣고 그 내용을 기록하였다. 최현의『조천일록』에서 나타나는 현관례는 조선의 입장에선 경사스러운 예식의 하나로서 가례(嘉禮)에 해당되고, 명의 입장에선 조선은 여러 나라 사신들 가운데 하나로서 조선사신을 영접하므로 빈례(賓禮)에 해당되는 예를 국가 간에 서로 행하였다.

사적인 의례에는 개인 간에 베푼 전별연으로, 탐풍이 만연한 회원관에서 표류당인이 베풀어 준 연회와 산해관에서 최현 일행이 임무를 마치고 조선으로 돌아가는 성절사에게 베푼 연회 모두 사연(私宴)이었다.『조천일록』에서 전별연에 대한 내용은 공적이든 사적이든 간에 한 두 줄의 짧고 간단하게만 기록되어 있어서 전별연을 파악하기에는 어려웠다. 그 이유는 전별연보다 중국에서 만나는 각종 물상이나 제도·정책·사회·풍속·민생 등의 문제, 오랑캐와의 갈등을 중심으로 하는 국가안보의 문제, 관리들의 탐풍이나 예법의 문란을 중심으로 하는 기강 해이의 문제 등에 관심사를 가지고 기록하였기 때문에, 개인 간에 베푼 전별연에 대해서는 다소 덜 관심을 나타냈다.

최현이 살았던 시기는 16·17세기로서, 조선 초기 불교와 유교식의 상제가 공존하던 시기가 아니라 유교식 상례가 이미 성행했던 시기였다. 즉 최현은 주자가례식의 상제가 만연하게 퍼져있던 예학의 시대에 살았다. 그래서 한 사람이 유교식 상례와 제례를 지킨다고 해서 중원 모두가 유교식 상례와 제례를 지키면서 예를 다 한다고 생각하지 않았다. 상례와 제례는 신분고하를 막론하고 잘 살고 못 살고와 상관없이 부모상을 제대로 지켜지지 않아 옛 법도가 무너졌음을 비판하였다. 따라서 『조천일록』에서 나타나는 명 민간의 상례와 제례는 최현이 생각하는 예의 기준에서 벗어나는 행위였다. 최현이 생각하는 예의 기준은 『예기』와 『주자가례』에 준하는 예로서, 이 기준에서 벗어났기 때문에 비례로 봤다.

　최현의 『조천일록』에 나타난 의례 사실들을 통해 본 중국은 오래전부터 유교뿐만 아니라 다양한 종교와 학문, 사상 등을 적극적으로 받아들여 공존하는 중국이었다. 어쩌면 동양인이라는 형태만 우리와 비슷하게 갖추고 있었을 뿐, 옛 법도는 이미 우리와 달랐는지 모른다. 조선은 유교를 국가이념으로 삼았기 때문에 하나를 신봉하고 지켰다. 그러나 하나를 신봉하고 지키는 데에는 항상 위험의 요소가 숨어있다는 것을 인식해서여만 했다. 최현의 『조천일록』은 명 이전부터 다양한 민족과 종교 등의 문물을 받아들인 중국을 이제야 똑바로 이해할 수 있게 하고, 또 우리에게 다양성의 중요성과 경각심을 가질 필요가 있다는 점을 일깨워주는 사행일기 이상의 의미를 갖는다.

『조천일록』과 누정문화

양훈식

1. 서론

이 논문은 인재(訒齋) 최현[崔晛, 1563~1640][1]이 1608년에 동지사 서장

---

1) 최현은 본관은 전주(全州). 자는 계승(季昇), 호는 인재(訒齋)이다. 그의 아버지
는 최심(崔深), 어머니는 동래정씨(東萊鄭氏) 정희좌(鄭熙佐)의 여식이다. 선
산부(善山府) 해평현(海平縣) 송산(松山) 사제(私第)에서 태어나 금산(金山)
봉계(鳳溪)의 별서(別墅)에서 78세의 생을 마감한 인물이다. 8세에 두곡(杜谷)
고응척(高應陟, 1531~1605)에게 수학한 후 19세에 임하(臨河)에서 학봉(鶴峯)
김성일(金誠一, 1538~1593)에게 배운다. 뒷날 정구(鄭逑, 1543~1620)에게 가서
문답하며 배운다. 그는 26세에 생원시(生員試)에 합격, 32세엔 「금생이문록(琴
生異聞錄)」, 33세에는 「우애잠(友愛箴)」, 41세에는 「난중잡록(亂中雜錄)」을
찬집(撰輯)한다. 44세엔 9월에 병과(丙科)로 합격하여 환로에 올랐으나 45세에
사직소를 올리고 고향으로 내려간다. 이듬해 8월 복귀하여 동지사(冬至使)
서장관(書狀官)으로 중국 사행 후 쓴 일기가 바로 『조천일록』이다. 조규익은
"시각적 이미지를 적절히 사용하여 견문에 대한 설명에서 구체성의 효과를
거둔 점, 상세한 탐문을 통해 스쳐 지나가는 '견문'으로는 쉽게 얻을 수 없는
정보를 상세하게 기록해 놓은 점"(조규익, 「사행문학(使行文學) 초기 자료의
쓰기 관습과 내용적 성격-인재(訒齋) 최현(崔晛)의 『조천일록(朝天日錄)』을
중심으로-」, 『국제어문』 42, 국제어문학회, 2008, 5~38쪽.)이라고 최현의 글쓰
기의 구체성과 정밀함을 밝혔다. 최현의 서장관으로서 대외 인식과 치밀한
탐구자의 태도가 드러난다. 그는 70세에 「동국통감(東國通鑑)」을 지어 역사인
식을 제고한다. 74세 12월에 청병(淸兵)이 쳐들어오자 고향에서 의병(義兵)을
일으킨다. 75세엔 1월에 곧장 군려(軍旅)를 정돈하여 문경(聞慶) 두곡(杜谷)에
진을 치며 청병에 대비하는 등 그가 가진 진법에 대한 지식을 선보인다. 그가

관으로 중국을 다녀온 후 저술한『조천일록(朝天日錄)』속에 나타난 누
정문화와 미학적 체현양상의 규명을 목적으로 한다. 여기서 누정은 누각
과 정자를 아울러 일컫고, 체현은 정신적인 사상과 관념을 직접 실현하는
것이다. 먼저 누각은 사방을 바라볼 수 있도록 문과 벽 없이 다락처럼
높게 지은 집이고 다음으로 정자는 사면을 벽 없이 터서 경관을 감상하
도록 만든 집이다. 따라서 누정은 그 모양에 따라 달리 부르지만 경관을
감상한다는 점에서는 같다고 볼 수 있다.『신증동국여지승람(新增東國
輿地勝覽)』에서는 '누', '정', '당', '대', '각', '헌'까지를 누정에 포함시켰
으나,2) 본고에서는 '누', '정'에 한정하여 살펴보고자 한다. 이는『조천일
록』내에서 다른 이름이 잘 드러나지 않을 뿐만 아니라 확대하여 볼 경우
그 의미가 불분명해지기 때문이다. 이러한 누정은 전국 방방곡곡에 세워
졌는데 대개 궁궐이나 관아, 서원과 사찰 등에 부속 건물로 사용되며 손
님 접대, 문루, 관아·서원·사찰의 경치 완상 등의 기능을 하였다. 다시
말해 자연 경관 감상과 휴식의 공간, 풍류와 친교의 공간, 학문과 교육의
공간, 종중이나 마을 사람들의 모임 장소 등으로 활용된 셈이다.3) 이처럼
누정에는 풍류와 문화가 복합적으로 어우러진 공간이라 누정체험에서
그 인물의 미학적 체현 양상이 나타난다고 볼 수 있다. 이러한 미학적
체현은 최현의 경우에 있어서도 서장관으로서 그가 가진 유교정신과 심
미대상에 대한 가치평가가 드러나기 마련이다. 이는 "높고 낮음의 등급
평가와 좋고 나쁨의 가치 평가"가 글 속에 포함된 것이다.4) 그간 최현에

「조천일록」에서 가끔씩 보여준 적의 이동경로 파악과 군사기밀에 대한 정탐과
상세한 대비책에 대한 서술은 그의 삶 속에서 이를 실현하는 바탕을 마련한
것임을 알 수 있다. 그의 문집으로는『인재집(訒齋集)』과『일선지(一善志)』등
이 전한다.

2) 김창현,『누정의 산책』, 민속원, 2019, 15쪽.
3) 김창현,『누정의 산책』, 민속원, 2019, 31~33쪽.
4) 종영[鍾嶸, 480?~552]은『시품』에서 제시한 평어는 다음과 같다. "깊다[深],

대한 연구는 문학연구 중에서 현실인식에 대한 부분5), 「금생이문록(琴生異聞錄)」 연구6), 『인재집』에 드러난 한시연구7), 최현의 정치사상의 연

넓고 깊다[淵], 멀다[遠], 높다[高], 자유롭다[逸], 한가롭다[閑], 담박하다 [淡], 우아하다[雅], 전아하다[典], 예스럽다[古], 깨끗하다[淨], 맑다[淸], 참 되다[眞], 화려하고 곱다[華艷], 화려하고 아름답다[華綺], 예쁘고 꾸미다[姸 冶], 맑고 밝다[流亮], 곱고 치밀하다[綺密], 아름답고 풍성하다[美贍], 풍부 하고 넉넉하다[豐饒], 복잡하고 부유하다[繁富], 뚜렷하고 빛나다[彪炳], 푸 르고 무성하다[葱靑], 뚜렷하고 밝다[鮮明] 등."(장파 저, 신정근·모영환·임 종수 역, 『중국미학사』, 성균관대학교출판부, 2019, 1004쪽. 재인용).

5) 박영호, 「認齋 崔晛의 現實認識과 文學觀」, 『동방한문학』 18, 동방한문학회, 2000, 53~70쪽.; 최재남, 「訒齋 崔晛의 삶과 시세계」, 『한국한시작가연구』 8, 한국한시학회, 2003, 243~272쪽.; 조규익, 「사행문학(使行文學) 초기 자료의 쓰기 관습과 내용적 성격-인재(訒齋) 최현(崔晛)의 『조천일록(朝天日錄)』을 중심으로-」, 『국제어문』 42, 국제어문학회, 2008, 5~38쪽.; 조규익, 「조선 지식 인의 중국체험과 중세보편주의의 위기 ― 崔晛『朝天日錄』과 李德泂『朝天錄』/ 『죽천행록』을 중심으로 ―」, 『온지논총』 40, 온지학회, 2014, 35~70쪽.; 윤세형, 「학봉 김성일의 대명사행문학 연구」, 『열상고전연구』 40, 열상고전연구회, 2014, 613~647쪽.; 윤세형, 「17세기초 사행록에 나타난 명나라 말기의 위기 상황 -최현의 <朝天日錄>을 중심으로-」, 『한국문학과 예술』 15, 한국문학과예 술연구소, 2015, 75~106쪽.; 윤세형, 「최현의 <朝京時別單書啓>에 나타난 현실 인식 연구」, 『온지논총』 42, 온지학회, 2015, 139~160쪽.; 정영문, 「최현의『조천 일록』에 나타난 현실인식」, 『한국문학과 예술』 27, 한국문학과예술연구소, 2018, 75~113쪽.; 조규익, 「『朝天日錄』의 한 讀法」, 『한국문학과예술』 31, 한국 문학과예술연구소, 2019, 319~384쪽.

6) 김동협, 「「琴生異聞錄」의 創作背景과 敍述意識」, 『동방한문학』 27, 동방한문 학회, 2004, 95~115쪽.; 문범두, 「「琴生異聞錄」의 作家意識과 主題」, 『한민족어 문학(구 영남어문학)』 45, 한민족어문학회, 2004, 383~420쪽.; 엄기영, 「鄕賢의 事跡을 둘러싼 시비와 의혹의 해소-<琴生異聞錄>의 창작 의도에 대하여」, 『한 국문학이론과 비평』 15(3), 한국문학이론과비평학회, 2011, 313~331쪽.; 이구 의, 「崔晛의 「琴生異聞錄」의 構成과 意味」, 『한국사상과 문화』 85, 한국사상문 화학회, 2016, 25~53쪽.

7) 정우락, 「認齋 崔晛의 漢詩文學과 그 意味志向」, 『동방한문학』 18, 동방한문학 회, 2000, 71~99쪽.

구8) 등에서 다양한 성과가 이뤄졌다. 한편 누정관련 연구는 누정시 연구가 주를 이룬다.9) 또한 누정문화 및 누정문학 그리고 선비정신연구도 이뤄지고 있다.10) 다만 사행시 누정 문화와 그 미학적 체현 양상에 대한 연구는 미비한 실정이다. 이에 이를 연구할 필요성이 있다고 본다.

최현이 체험한 누정을 노정의 일정별 순서로 살펴보면 위봉루(危鳳樓)(8/7)-남대문루(南大門樓)(8/8)-태허루(太虛樓)(8/12)-쾌재정(快哉

---

8) 김시황, 「認齋 崔晛 先生의 政治 思想과 學問」, 『東方漢文學』 18, 2000, 33-51쪽.
9) 누정시에 대한 연구로는 朴焌圭, 「조선조 전기 전남의 樓亭詩壇 연구」, 『호남문화연구』 24, 1996.; 이종묵, 「한시 분석의 틀로서 허(虛)와 실(實)의 문제 : 조선전기 '누정시'를 중심으로」, 『韓國漢文學硏究』 27, 2001.; 최경환, 「多人創作 樓亭集景詩와 시적 이미지의 창출(1)-竹西樓八詠詩를 중심으로-」, 『동양한문학연구』 18, 2003.; 이정화, 「학봉 김성일 선생의 누정시(樓亭詩) 연구」, 『東洋禮學』 13, 2004.; 이정화, 「鶴峯의 樓亭詩 硏究」, 『退溪學과 韓國文化』 34, 2004.; 이강렬, 「오음(梧陰) 윤두수(尹斗壽)의 누정시(樓亭詩)에 나타난 시공간(時空間) 인식(認識)」, 『漢文學論集』 24, 2006; 李貞和, 「西厓 柳成龍의 樓亭詩 硏究」, 『韓民族語文學』 48, 2006.; 이정화, 「陶隱 李崇仁의 樓亭詩 硏究」, 『韓國思想과 文化』 36, 2007.; 신상구, 이창업, 「누정 건축 공간과 누정시 연구 방법론 모색」, 『어문연구(語文硏究)』 58, 2008.; 이한길, 「김극기의 <경포대>한시 연구」, 『東方學』 14, 2008. 정무룡, 「宋純 樓亭詩 硏究」, 『인문학논총』 14-2, 2009.; 유육례, 「『용성지』의 여류 누정시 연구」, 『한국시가문화연구』 28, 2011.; 조용호, 「장흥의 樓亭과 樓亭詩의 사회·문화적 맥락」, 『지방사와 지방문화』 14-1, 2011.; 황민선, 「광주(光州) 풍영정(風詠亭) 차운시(次韻詩) 고찰」, 『한국시가문화연구』 28, 2011. ; 송기섭, 「천안의 누정시(樓亭詩) 고찰」, 『漢文古典硏究』 24, 2012.; 김원준, 「포은 누정시의 구성과 시적 意趣」, 『우리말 글』 64, 2015.; 송기섭, 「백곡 김득신의 누정시(樓亭詩) 연구」, 『漢文古典硏究』 32, 2016.; 河岡震, 「촉석루 제영시의 역사적 전개와 주제 양상」, 『남명학연구』 62, 2019. 가 있다.
10) 누정문화 및 누정문학 그리고 선비정신에 대한 연구로는 이정화, 「퇴계시에 나타난 누정문화 연구」, 『韓國思想과 文化』 49, 2009.; 곽지숙, 「<한벽당십이곡>과 조선후기 누정문화」, 『한국어와 문화』 10, 2011.; 이재숙, 「內浦 지역 누정문학 연구」, 『Journal of Korean Culture』 34, 2016. 이정화, 「학봉의 누정시를 통해 본 선비 정신 연구」, 『韓國思想과 文化』 97, 2019. 등이 있다.

亭)(8/14)-연광정(鍊光亭)(8/15), 부벽루(浮碧樓)-백상루(百祥樓(8/18)-공강정(控江亭), 제산정(齊山亭)(8/19)-납청정(納淸亭)(8/20)-팔의정(八宜亭)(8/23)-통군정(統軍亭)(8/27)-취승정(聚勝亭)(8/30)-통군정(統軍亭)(9/2)-후정(後亭)(9/3)-조림정(稠林亭)(9/13)-관풍루(觀風樓)(9/16)-진락원루(眞樂園樓)(9/22)-송화경(松花境)(9/22)-망경루(望京樓)(9/23)-산해정(山海亭)(10/16)-관해정(觀海亭)-관해루(觀海樓)(10/16)-오봉루(五鳳樓)(11/4)-공극루(拱極樓)(2/18)-영은루(迎恩樓)(2/23)-백불루(百佛樓)(2/24)-취승정(聚勝亭)(3/6)-납청정(納淸亭)(3/12)-공강정(控江亭), 백상루(百祥樓)(3/13)로 제시된다. 최현이 다녀온 누정 공간은 중복을 제외하면 누각은 12곳, 정자는 13곳인 셈이다. 위 노정을 살펴볼 때 그가 조선-중국을 왕복하면서 머문 누정이 완전히 일치한 것은 아님을 알 수 있다. 그러나 최현이 『조천일록』에서 누정의 주변 공간과 형세 및 역사 문화적 특징, 그리고 군사적 요충지에 대한 사실적인 서술과 공감각적 체현에 대한 그의 서술을 주목할 필요가 있다. 이는 당시 사행을 다녀온 최현의 학문지향과 구체적인 사물인식태도가 드러난 지점으로 바로 조선조 사대부이자 서장관으로서 미학적 체현의 양상이 나타난다고 보기 때문이다. 이를 살펴보기 위해 승경의 신유(神遊)와 역사의 현현(顯現), 관물의 정탐(偵探)과 현람(玄覽)이라는 두 측면으로 나누어 볼 것이다.

2. 승경의 신유(神遊)와 현현(顯現)

우리는 사물을 인식하는 태도를 소강절[邵康節, 1011~1077]이 쓴 『황극경세(皇極經世)』 <관물외>편에서 유추할 수 있다. 그가 제시한 "이물관물은 성이요 이아관물은 정이다. 성은 공평하고 밝으며 정은 편벽되고 어둡다."라고 한 데서 성과 정으로 사물을 인식하기 때문이다. 이러한 사물 인식의 태도를 통해 문인들은 "모든 경험을 끌어들여 물상을 선명하고 생생하게"[11] 보여주고자 그들의 시문에 이를 드러내기 마련이다.

이를 신유(神遊)라 할 수 있는데 호응린[胡應麟, 1551~1602]이 『시수』에서 "사유는 드넓은 공간을 돌아다니고, 정신은 영원한 시간 속을 노닌다."[12]라고 한 것과 마찬가지다. 이러한 신유에서 한 가지 문제될 만한 점이 바로 여타 조천록과 노정이 비슷하고 이때의 유람대상이나 시상이 겹칠 때이다. 그러나 이는 한 인물의 승경을 대하는 태도와 감성에서 차이가 있기 때문에 노정, 대상, 시상의 차이가 동일하지는 않다고 보여 굳이 염려할 필요는 없다. 또한 역사적 공간에서 과거를 회상하고 이를 통해 당대의 인물을 새롭게 인식할 때 현현(顯現)이 일어난다. 이때의 현현은 과거를 회상하는 점에 있어서는 회고(懷古)적 의미도 있지만 당대의 인물을 새롭게 인식하는 점에서 차이가 나는 셈이다. 특히 최현의 사행 기록에 대해 조규익은 "사행기간 내내 매일매일 문견사건들을 기록하고 사일기를 부대함으로써 자신의 견해와 철학을 담고자 했다."[13]라고 그 의의를 밝히고 있다. 따라서 누정문화의 체현은 작자의 경험을 통해 과거의 시간 속을 노닐며 생생하게 바라본 승경의 신유와 함께 역사적 인물과 공간의 체험을 통해 그 인물을 현현하는 일이 결합되어 나타남을 알 수 있다.

누정은 사람들의 만남과 이별의 현장으로서 한 기능을 담당했다. 이는 당대 문인들의 글 속에서도 드러난다. 따라서 이들 사이에서 승경의 신유와 현현의 공간으로서의 누정은 이미 만남의 환희와 이별의 탄식이 이뤄진 공유된 장임을 이해할 필요가 있다. 왜냐하면 그들의 학문지향과 사물인식이 이곳에서 어우러져 시·서·화에 펼쳐져 그곳에 응축되어 나타나기 때문이다. 그렇다면 먼저 승경의 신유와 현현으로서의 누정을 구

---

11) 장파 저, 신정근·모영환·임종수 역, 『중국미학사』, 성균관대학교출판부, 2019, 1011쪽.

12) 호응린, 『詩藪』 권5.

13) 조규익, 「『朝天日錄』의 한 讀法」, 『한국문학과예술』 31, 한국문학과예술연구소, 2019, 376쪽.

체적으로 살펴보자.

> (8월) 7일 신유(辛酉)일. 맑음. (…) 만월대는 전 고려의 궁궐터인데 거칠게 뻗은 잡초에 덮여 있었으나 섬돌은 아직 남아 있었다. 동쪽에는 위봉루(危鳳樓)의 옛 터가 있고 그 아래에는 동지(東池)가 있는데 매몰되어 논이 되었으며 벼이삭이 무성하였다.[14]

위 내용은 개성의 만월대를 설명한 지점이다. 이곳은 고려 태조 왕건이 창건한 궁궐이지만 동쪽에 옛 터로만 남은 위봉루의 상황과 그 주변 풍광에 대한 사실적인 기술이다. 만월대 주위로 누각이 위치했던 곳, 해자의 흔적이던 동지(東池)가 흙에 묻혀 논이 된 모습을 제시하였다. 해자가 있다는 점은 그곳이 웅장한 규모의 성곽이 함께 있었음을 알려주는 지표다. 더불어 봉황새를 상징하는 이름을 드러낸 것 또한 그곳이 왕성이었음을 말한다. 그러나 당시 화려했던 과거와 달리 이제는 그 때의 영광이 역사 속으로 사라지고 없다. 이 위봉루에 대한 기술을 통해 최현은 정신적으로는 당대의 공간에서 함께 하고 있지만 실상은 덧없는 현장에 있음을 실감한 것이라 할 수 있다. 한편 다음날(8월 8일)에는 남대문루(南大門樓) 위에서 예를 행한 경우가 등장한다. 이때 유수, 양사, 여러 관리가 함께하였다.[15] 이는 남대문루가 공무를 담당한 누대임을 보여준 것이다.

> (8월) 12일 병인(丙寅)일. 맑음. 군수 신일(申鎰)과 서로 만났다. 봉산읍에서 북쪽으로 10리를 가니 동성령(董城嶺)이라는 큰 고개가 있었다. 고개 서북쪽으로 30리를 가서 황주(黃州)에 들어갔다. 황주(黃州)의 남문 밖에는 큰 내에 널다리가 강을 가로질러 놓여있어, 건너면서 보니

---

14) 『朝天日錄 二』의 "初七日 辛酉 晴 (中略) 臺乃前朝宮殿之基 沒於荒蔓宿草中 臺砌猶存 東有危鳳樓遺基 基下有東池 埋爲水田 稻穎離離" 참조.

15) 『朝天日錄 二』의 "留守兩使諸官 祇迎赦文于門外 行禮于南大門樓上 禮畢 往見留守" 참조.

매우 장관이었다. 읍은 웅장하고 부유했으며 하얀 집들이 즐비하였다. 저녁에 양사와 함께 태허루(太虛樓)에 올라 옛일을 깊이 생각하며 멀리 바라보았다. 군관 등을 불러들여 활쏘기를 하고 날이 저물어 내려왔다.[16]

황해도 황주의 남문 밖에 널다리를 건너가 그곳의 아름다운 풍경을 서술하였다. 특히 최현은 저녁에 상사, 부사와 함께 태허루에 올라가 경치를 완상하며 옛일을 회상한다. 군관 등을 불러 활쏘기를 한 점으로 보아 이곳은 풍광이 수려할 뿐만 아니라 군사적 목적을 지닌 공간임을 짐작할 수 있다.

　　(8월) 14일 무진(戊辰)일. 맑음. 중화(中和)현 북쪽에서 들판을 지나 50리를 가니 바로 평양(平壤)의 대동강이었다. 화선(畫船)을 타고 건너는데, 배에는 주지번(朱之蕃)[17]과 양유년(梁有年)의 액자 시편들이 있었다. 대동관(大同館)에 들어가 감사 이시발(李時發)[18], 상사·부사와 함께 동상방(東上房)에서 대화하였다. 판관 황이중(黃以中)과 서윤 이홍주(李弘胄)가 와서 만났다. 또 양사와 함께 쾌재정(快哉亭)에 올랐다. 늙은 기생 신옥(申玉)은 학봉[김성일(金誠一)] 선생[19]이 서장관으로

---

16) 『朝天日錄 二』의 "十二日 丙寅 晴 郡守申鎰 相見 自鳳山北行十里 有大嶺 名曰董城嶺 自嶺西北行三十里 而入黃州 州南門外 有大川 板橋截流而渡 甚壯 邑居雄富 白屋櫛比 夕與兩使 同登太虛樓 究故望遠 招入軍官等射帿 黃昏下來" 참조.

17) 주지번[朱之蕃, 1546~1624] : 명나라 산동(山東) 치평(任平) 사람. 자는 원개(元介), 호는 난우(蘭嵎). 만력(萬曆) 23년(1595) 장원급제했다. 이부시랑(吏部侍郎)에 올랐다. 서화(書畵)에 뛰어났다. 조선(朝鮮)에 사신을 왔을 때 일체의 뇌물이나 증여를 거절했다. 조선 사람들이 와서 글을 구하면서 초피(貂皮)나 인삼을 들고 왔다. 법서(法書)나 명화, 고기(古器) 등을 매매하는 것을 배척했고, 소장품이 남도(南都)에서 최고 수준을 자랑했다.

18) 이시발[李時發, 1569~1626] : 본관은 경주. 호는 벽오(碧梧)이며, 1589년(선조 22) 증광문과에 급제하여 승문원에 들어갔다. 임진왜란 발발로 접반관(接伴官)이 되어 경주에서 명나라 장군 낙상지(駱尚志)를 접대하였고 도체찰사(都體察使) 류성룡(柳成龍)의 종사관으로도 활동하였다. 군사, 행정 실무에 밝았다.

북경에 갔을 때 눈길을 주던 여자였다. 그녀를 불러 이야기하고 쌀과
반찬을 주었다.[20]

▲『신증동국여지승람(新增東國輿地勝覽)』

평양 쾌재정에 오른 부분이다. 이곳은 대동관 북쪽에 자리하고 있는데
쾌재정이라 한 이유가『신증동국여지승람』에 전한다. 최현이 정사, 부사
와 함께 올랐는데 늙은 기생도 함께 하였다. 그녀는 신옥으로 최현의 스
승 학봉 김성일[金誠一, 1538~1593]이 서장관으로 북경 갔을 때 정을 나

---

19) 김성일[金誠一, 1538~1593] : 조선 중기의 정치가·학자. 지방관 시절 선정을
베풀었고, 학문으로는 이황을 따랐고 주리론을 계승하였다. 1590년 통신부사
로 일본에 파견되었다가 돌아와 민심을 고려하여 일본이 침입하지 않을 것이
라고 보고하였다. 임진왜란이 일어나자 파직되었으나 곧 초유사(招諭使)로
임명되었고, 임진왜란시 의병활동을 하였고, 경상도 관찰사로서 의병활동을
지원하였다.

20)『朝天日錄 二』의 “十四日 戊辰 晴 自中和北 度平原五十里 乃平壤之大同江
乘畫船以渡 船有朱之蓄梁有年額字詩篇 入大同館 與監司李時發 上副使 對話
于東上房 判官黃以中 庶尹李弘胄 來見 又與兩使 登快哉亭 老妓申玉 乃鶴峯先
生以書狀 赴京時 所眄 招語 給以米饌” 참조.

누던 여자이다. 당시 김성일은 1577년에 종계변무(宗系辨誣)를 청하는 사행(使行)길에 그녀를 만났던 것이다.

최현은 비록 스승과 신옥이 만난 지 30년 뒤에 그녀를 만난 것이지만 함께 이야기를 나누고 쌀과 반찬을 주어 환대한다.

이때 그의 스승에 대한 이야기도 오갔을 터이다. 따라서 위의 내용은 최현이 쾌재정의 정자에 주목하기보다는 스승과 관련된 인물에 주목하여 스승의 행적을 추체험한 후 이를 현실적으로 공감한 대목이라 할 수 있다.

> 8월 15일 기사(己巳)일. 맑음. 달밤에 감사·양사와 함께 연광정(鍊光亭)에 올랐다. 평사(評事) 조익(趙翼)과 정자에서 함께 이야기하였다. 정자는 성 동쪽 모퉁이의 절벽 위에 있었는데 앞쪽으로 대동강에 임해 있고 동쪽으로는 부벽루가 바라보였다. 평탄하고 탁 트였으며 맑고 아름다웠는데 정자의 승경은 마땅히 우리나라 누각 중 제일이었다.[21)

위는 8월 15일 연광정에서 일어난 일을 기술한 부분이다. 최현이 하는 일은 평사 조익을 만나고 양사와 방물을 검열하는 것이 주요 업무다. 이 연광정은 고구려 시기의 평양에 있는 누정이라 할 수 있는데 그 유래가 깊은 곳이다. 이곳은 성 동쪽 모퉁이의 절벽 위에 자리하여 대동강을 바라보고 있으며 그 동쪽으로 부벽루가 바라보인다. 이에 대해 최현은 "평탄하고 탁 트였으며 맑고 아름다웠다"고 시야의 경개(景槪)와 풍광의 승경을 경탄한다. 이어서 정자의 멋진 경치가 "마땅히 우리나라 누각 중 제일"이라 극찬한다. 이는 연광정의 경개와 승경을 밝혀 그 중요성을 한층 강조한 대목이라 할 수 있다. 이를 『조선의 명승』에서는 "평양의 부벽

---

21) 『朝天日錄 二』의 "十五日 己巳 晴 月夜與監司兩使 登鍊光亭 評事趙翼來 亭上同話 亭在城東角絶壁上 前臨大同江 東望浮碧樓 夷敞明麗 亭之勝槩 宜甲于吾東之樓觀也" 참조.

루와 연광정은 대동강변의 대표적인 누정이며 평양팔경 중 부벽완월(浮碧玩月)과 연광장락(鍊光張樂)의 제재이기도 하다."[22]라고 하여 그 아름다움을 상찬하기도 한 것이다.

> (8월) 19일 계유(癸酉)일. 맑음. (…) 계수공(季收公: 신설)과 함께 화선(畵船)을 타고 강을 건너 잠시 공강정(控江亭)에 올랐다. 공강정의 누각은 새로 지었는데 동쪽으로는 대정강에 임해있었다. 멀리로는 여러 봉우리가 보였는데 그중 향산(香山)의 눈 덮인 바위가 가장 뛰어났다. 공강으로부터 서북쪽으로 20리를 가서 가산(嘉山)의 가평관(嘉平館) 서헌(西軒)에 도착했다. 저녁에 계수공과 함께 제산정(齊山亭)에 올랐는데 공용경(龔用卿)과 주지번(朱之蕃)이 쓴 현판(懸板)이 있었다.[23]

위는 같은 날 공강정과 제산정에 오른 모습이다. 공강정은 신축되었고, 대정강을 마주한 채 향산을 바라보고 있다. 특히 그곳의 눈 덮인 바위 모습이 뛰어나 승경이라 할 수 있다. 이후에 도착한 제산정은 공강정에서 서북쪽으로 20리 지점에 있다. 내용 속에 "공용경과 주지번의 현판이 있었다."라고 기술한 부분에서 최현의 담담한 마음이 드러난다. 그러나 여기서 주목할 것은 그의 서장관으로서 기록정신이다. 이는 짧은 글 속에 중국의 두 사신을 거론함으로써 공강정이 그 중요성 면에서 볼 때 소홀히할만한 곳이 아님을 넌지시 보여준 셈이다. 사실 명나라 사신 공용경[龔用卿, 1500~1563]은 중종 때 이미 조선에 다녀간 인물로 그의 『사조선록』은 사행의 행정과 의식 수행 등이 담긴 책이다. 그러니 명나라 사신으

---

22) 정치영·박정혜·김지현, 『조선의 명승』, 한국학중앙연구원출판부, 2016, 177쪽.

23) 『朝天日錄 二』의 "十九日 癸酉 晴 (中略) 與季收令公 乘畵船以渡 暫登控江亭 亭閣新構 東臨大定 遠望諸峯 而香山之雪嶽 最爲傑然 自控江 西北行二十里 到嘉山之嘉平館西軒 夕與季收令公 共登齊山亭 有龔用卿所書額字 又有朱之蕃所書額" 참조.

로서 그의 행적과 그의 책을 통해 볼 때 간과할 수 없는 인물임을 알 수 있다. 이후에 중국 사신 중 조선에 파견된 주지번[朱之蕃, 1546~1624]은 서화에 뛰어나 그가 조선사신으로 와서 남긴 편액이 도처에 존재한다. 그중에는 특히 '망모당(望慕堂)'이란 누정 편액도 있어 주목할 만하다. 또한 그가 행한 조선의 뇌물을 거부하는 등의 절제된 행동은 그를 더욱 신뢰할만한 인물로 만들기에 손색이 없었다. 따라서 최현이 굳이 이들의 제산정 편액에 대해 구체적으로 언급하지 않은 이유는 조선 사행사로서 일종의 자부하는 마음이 발동한데다 이미 그들이 유명하고 위와 같은 이유들 때문에 그 필요성을 느끼지 못했기 때문이라 할 수 있다.

> (8월) 20일 갑술(甲戌)일. 흐림. 군수(郡守) 구완(具浣)이 와서 만났다. 오후 늦게 출발해 서쪽으로 30리를 가니 석교(石橋)가 걸쳐있는데 바로 납청정(納淸亭)이었다. 왼쪽으로는 푸른 시내가 있는데 물이 깊고 맑았으며 뒤에는 푸른 솔 수십 가지가 얽혀 그늘을 이루었다. 청풍이 시원하게 부니 차갑고 고요한 운치가 공강정(控江亭)보다 뛰어났다. 어사(御史) 목장흠(睦長欽)이 정주로부터 왔는데 우리들이 왔다는 소식을 듣고 송별하기 위해서 머물렀다. 상사와 함께 셋이 마주앉아 얘기했는데 깨닫지 못하는 사이에 날이 저물었다.[24]

위 글은 납청정의 주위 풍광에 대한 묘사이다. 이러한 묘사는 푸른 시내, 맑고 깊은 물, 푸른 솔과 얽힌 가지, 시원한 바람, 차갑고 고요한 운치가 한 데 어우러져 시원함을 받아들이는 역할을 강조한다. 또한 공강정의 운치와 비교했을 때 납청정이 더 뛰어나다고 하여 원거리에서 시선으로 느끼는 감성과 근거리에서 체감하는 감성을 다르게 보았다. 여기서

---

24) 『朝天日錄 二』의 "二十日 甲戌 陰 郡守具浣 入見 晚發 西行三十里 有石橋跨川 乃納淸亭 左臨淸溪 泓渟瑩澈 後有蒼檜數十條 偃盖成陰 淸風颯然 寒靜之趣 勝於控江矣 御史睦長欽 自定州至 聞吾等來爲留送別 與上使 鼎坐相語 不覺日暮" 참조.

등장하는 목장흠[睦長欽, 1572~1641]은 본관은 사천(泗川)이며 자는 우경(禹卿), 호는 고석(孤石)이다. 어사로서 정주에서 이들을 송별하기 위해 온 벗이라 할 수 있다. 상사, 어사, 서장관 최현은 세 사람이 솥발 모양으로 마주 벌려 정좌(鼎坐)하여 서로의 회포를 푼 것이다. 따라서 이곳 납청정은 승경과 송별의 공간이 한데 어우어진 곳으로써 최현은 납청정의 승경을 통해 맑고 밝은 미감의 유량(流亮)함과 푸르고 무성한 느낌의 총청(葱青)의 복합적인 심미감(審美感)을 드러낸 것이라 할 수 있다.

> (8월) 23일 정축(丁丑)일. 맑음. 계수공이 주인 이자신(李子信)과 함께 와서 만났다. 함께 팔의정(八宜亭)에 올랐는데 정자에는 지붕이 없고 흙을 쌓아 대를 만들었다. 배나무 8~9그루와 회나무·잣나무 6~7그루가 있었다. 정자 앞에는 큰 둑이 있는데 길이가 5리쯤 되었다. 연꽃이 만개하면 경치가 갑절로 아름다웠다.25)

위는 팔의정의 주변과 승경을 묘사하였다. 특히 주위에 심은 나무에 주목하여 수종을 상세히 밝혔다. 배나무, 회나무, 잣나무가 있으며 그 주위로 큰 둑이 펼쳐진 모습을 그렸다. 그러나 여름철인데도 불구하고 정자의 지붕이 없고 흙을 쌓아 대를 만든 모양을 드러냈다. 아마도 한 때는 좋았던 정자가 지붕이 없어진 모습을 간략히 서술한 셈이다. 또한 연꽃이 만개하면 아름다웠다고 하는 것도 회상적 의미의 요소가 담긴 표현이다. 따라서 최현은 정자 주변의 승경과 간략한 언급을 통해 기후와 풍토에 적합한 수종과 화훼를 간파한 것이라 할 수 있다.

> 9월 3일 정해(丁亥)일. 맑음. 취승정(聚勝亭)에 올라 방물(方物)을 궤에 넣는 것을 보았다. 저녁에 상사·부사와 함께 대궐의 후정(後亭)

---

25) 『朝天日錄 二』의 "二十三日 丁丑 晴 季收令公 與主人李子信 共來見 因同上八宜亭 亭無屋宇 築土爲臺 有梨花八九條 檜栢六七條 亭前有大堤 長可五里 荷花盛開 則景致倍增" 참조.

【임진년 임금이 거처했던 곳을 지금도 대궐이라 부른다.】에 가서 부윤(府尹)과 점마관(點馬官)이 활쏘기 시합을 하는 것을 본 후에 크게 취해 돌아왔다.26)

　　9월 9일 계사(癸巳)일. 흐림. (…) [부기] 떠날 때 명나라 사람 대조용 등과 취승정(聚勝亭)에서 서로 만나 차와 술로 대접하였다. 상하 인원은 강가에서 서로 전송하고, 부윤과 판관은 또 배 위에서 전송하였다. 월강장계(越江狀啓)를 점마관의 행차에 부쳐 보냈다.27)

위 내용은 8월 30일부터 9월 9일까지의 기록 중에서 주로 의주 취승정(聚勝亭)에서 일어난 견문을 주로 언급한 것이다. 이 취승정은 『신증동국여지승람』에 따르면 목사 구겸(具謙)이 홍치(弘治) 갑인(1494)에 의주 객관 동쪽에 세운 것으로 홍귀달(洪貴達)의 기(記)가 있다고 한다. 28) 이곳에서 한 일을 구체적으로 살펴보면 8월 30일 방물열람29), 9월 1일 회곡 및 방물열람30), 9월 3일 방물열람 및 후정 활쏘기 관람, 9월 4일 방물열람31), 9월 5일 방물열람32), 그리고 9월 9일에는 중국사람 대조용을 만나는 것과 전송이다. 이처럼 주로 방물 열람이 주요한 일정이었다. 그

---

26) 『朝天日錄 二』의 "初三日 丁亥 晴 上聚勝亭 看方物入櫃 夕與上副使 往大闕後亭【壬辰 御幸之所 今稱大闕】觀府尹點馬爭射 大醉而還" 참조.

27) 『朝天日錄 二』의 "初九日 癸巳 陰 ○ [附] 臨發 與唐人戴朝用等 相見于聚勝亭 饋以茶酒 上下人員 相送于江上 府尹判官 則又送錢于舟中 越江狀啓 付送點馬之行" 참조.

28) 『新增東國輿地勝覽』, 「卷五十三 義州」.

29) 『朝天日錄 二』의 "三十日 甲申 晴 上聚勝亭 閱方物入櫃" 참조.

30) 『朝天日錄 二』의 "九月初一日 乙酉 晴 晨與兩使 會哭聚勝亭 平明行望闕禮于中大廳 與兩使共坐聚勝亭 閱方物入櫃" 참조.

31) 『朝天日錄 二』의 "初四日 戊子 晴 感冒頭眩不得出坐 午後上聚勝亭 看方物入櫃" 참조.

32) 『朝天日錄 二』의 "初五日 己丑 晴 感冒不得早出 上副使來問疾 午後强疾 上聚勝亭 兩使兩點馬共坐 查對咨奏文 還封入函 方物 封裹未畢 開城府 未受後參" 참조.

러나 위에서 제시한 9월 3일의 활쏘기 관람은 색다르다. 특히 부윤과 점마관의 활쏘기 시합을 본 후에 서장관 최현은 대취한 것이다. 이는 아마 9월 9일 이전에 행해진 향사례에서 일어난 일로 볼 수 있다.33)『한국민속대관』제2권에 따르면 향사례(鄕射禮)는 매년 두 번 실시한다. 3월 3일과 9월 9일로 개성부 및 각 주·부·군·현에서 행하였다. 술 탁자는 앞에 설치하고 90보 거리에 과녁을 맞추는 향사례를 한 것이다. 이때 주인과 빈객이 두 번 절하고 헌작(獻酌)하되 술을 세 번 돌린 후 활쏘기를 한다. 빈주가 짝이 되어 활을 차례로 쏘기 시작한다는 것이다. 또한 9월 9일에 중국인 대조용이 와서 차와 술을 대접한 후 강가에서 전송한 사실로 볼 때 이 취승정은 탐승의 공간뿐만 아니라 입경(入境) 전에 마지막 방물 점검 장소라 할 수 있고 또한 회합과 별리의 복합공간임을 알 수 있다.

중국에 입경한 이후의 누정 체험에 관한 기록을 살펴보자.『조천일록』 9월 13일에는 답동하(沓洞河)를 건넌 일과 조림정(稠林亭)에 대해 간략히 기술하였다. 숲만 있고 정자는 없다는 점을 밝히고 있어 그곳의 위치

---

33) "향사례(鄕射禮)는 매년 3월 3일과 9월 9일에 개성부 및 각 주·부·군·현에서 행하며, 하루 전에 그 고을의 관사(官司)인 주인이 향중(鄕中)의 '효도하며 동생에게 자애롭고, 충성스러우며 믿을 수 있고, 예를 좋아하며 어지럽지 않는 자'를 주빈으로 택한다. 당일에는 주인이 학당 근처에 단을 만들고 동편에 서향하여 자리를 잡으며 주빈 2품 이상은 단 서편에 동향하고 북상으로 앉으며 중빈(衆賓. 3품) 이하는 남쪽으로 가서 동쪽으로 올라가 앉는다. 서인은 단 아래에 동서로 서로마주보고 북쪽으로 올라가 자리잡는다. 술 탁자는 단 남쪽으로 동쪽에 가깝게 베풀되 자리에 오르지 않는 사람의 술 탁자는 그 앞에 베풀며 단에서 90보 거리에 과녁을 세우고 하향음주(鄕飮酒) 때와 같이 주인과 빈객이 두 번 절하고 주악하며 헌작(獻酌)하되 술을 세 번 돌린다. 그리고 사사(司射)가 주빈에게 활을 쏠 것을 청하여 허락하면 사사(司射)는 주인에게 고하고 서쪽 계단으로 내려와서 제자에게 활 도구를 들이라 명하고 사사(司射)는 궁시(弓矢)를 가지고 다시 단에 올라 쏘기를 마치면 빈주가 짝이 되어 활을 차례로 쏜다."(『한국민속대관』 제2권 일상생활·의식주, 고려대학교 민족문화 연구원, 1980.재인용).

와 주변 정세에 대해서도 언급하였다.

> 9월 22일 병오(丙午)일. 맑다가 밤에 큰 비가 옴. 화원(花園)은 넓게 백무(百畝)의 땅을 차지하였고 기이한 꽃과 과일나무를 심어져 있었다. 그 가운데는 2층으로 된 팔각루(八角樓)가 있어 제액하기를 '진락원루(眞樂園樓)'라 하였다. 앞에는 한 그루의 푸른 솔이 있어 크기가 몇 아름이 되었고, 규룡(虯龍)처럼 생긴 나뭇가지가 꼬불꼬불하였다. 촘촘한 잎이 넓게 퍼져 있었는데 철로 된 새끼줄로 나뭇가지를 얽어매었으니, 이는 풍설(風雪)에 꺾일까 저어해서였다. 이 소나무의 가치는 은 50냥이라 하였다. 소나무 아래에 석상(石床)이 있어 길이가 한 길 남짓이었고 넓이는 두서너 자였다. 우리들 두 사행단 여섯 명이 네 모퉁이에 벌여 앉아 술을 마셨는데 또 하나의 멋진 일이었다. 소나무 앞에 또 몇 개의 정자가 있었는데 제액하기를 '송화경(松花境)'이라 하였으며, 화훼가 매우 무성하였다. 정자의 동쪽 담장 안에 큰 집이 있었으니 이곳은 동씨 집안의 거주지였다[34]

위 팔각루에는 "진락원루"라는 제액이 있다. 이름에 걸맞는 풍경이 도처에 존재한다. 이는 푸른 솔의 모습을 묘사한데서 두드러진다. 규룡처럼 구부러진 나뭇가지, 풍설에 대비한 철사를 등장시켜 그 생동감을 사실적으로 보여주기 때문이다. 또한 소나무에 대한 가치도 평가하고 있어 드문 표현이라 할 수 있다. 그 멋진 소나무 아래에 펼쳐진 돌로 된 상은 여섯 명이 둘러 앉을 정도로 품이 넓다. 그곳에서 술까지 곁들이니 그야말로 참 낙원이다. 또한 이곳의 주변에도 여러 정자들이 있어 '송화경'의 진풍경을 연출할 만하다. 따라서 '진락원루' 주변은 이름과 부합하는 승경이

---

34) 『朝天日錄 二』의 "二十二日 丙午 晴 夜大雨 花園廣占百畝 樹以奇花異果 中有 二層八角樓 題曰 眞樂園樓 前有一株蒼松 大可數圍 虯枝盤屈 密葉廣張 以鐵索 交掣枝幹 恐爲風雪所折也 此松之價 銀五十兩云 松下有石床 長丈餘 廣數尺 吾等兩行六人 列坐四隅 因床對酌 亦一勝事也 松前又有數架亭 題曰松花境 花 卉尤盛 亭之東墻內有大屋 乃佟家所住室也" 참조.

드러난 곳이며 못 보던 세계에 대한 현현의 미감을 제시한 것이라 할 수 있다.

이상에서 살펴본 누정은 주로 승경을 다루어 그 현현의 세계를 보여준 것들로 이루어져 있었다. 주로 승경을 다루어 그 현현의 세계를 보여준 것들로 이루어져 있었다. 쾌재정, 공강정, 납청정, 위봉루, 팔의정, 취승정, 조림정, 진락원루, 태허루는 이름과 부합할 만한 승경이 드러났다. 특히 이들 누정의 이름 속에는 상쾌하다(快), 당기다(控), 받아들이다(納), 위태롭다(危), 마땅하다(宜), 모으다(聚), 빽빽하다(稠), 참으로 즐겁다(眞樂) 등의 정서적 어휘가 담겨있다. 따라서 최현이 위와 같은 누정체험에서 드러내고자 한 것은 바로 그가 서장관으로서 중압감보다는 승경을 탐미하면서 체현한 신유의 쾌미(快美)를 보여주고 있다는 점을 알 수 있다.

3. 관물의 정탐(偵探)과 현람(玄覽)

관물(觀物)은 사물을 관조하여 그 진면목을 간파하는 것이다. 그러나 관물은 관찰하는 식자의 안목을 바탕으로 사물의 핵심을 이해할 때 가능한 작업에 해당한다. 한편 정탐(偵探)은 드러나지 않은 사실을 살펴서 알아내는 것을 의미한다. 이를 '현람(玄覽)'이라고도 볼 수 있는데 이는 단순히 탐승(探勝)의 의미와는 다른 결을 지닌다. 한편 일반적으로 연행록 연구에서는 '현람'보다는 '점국(覘國)' 또는 '심세(審勢)'라고 하고 있으나 이는 적국의 형세 파악에 주안점을 두는 면이 강한 반면 보이지 않는 것을 알아낸다는 의미는 약하다고 볼 수 있다. 이에 본고에서는 주로 '현람'이라는 표현을 쓰고자 한다. 따라서 관물의 정탐(偵探)과 현람(玄覽)은 관찰하는 식자가 사물의 관조를 통해 진면목을 간파하고 그의 안목으로 사물의 핵심을 이해하는 일이라 할 수 있다. 특히 최현은 앞서 언급한 것처럼 관찰하는 식자의 안목을 갖춘 인물이다. 따라서 그는 관물의 정탐과 현람을 통해『조천일록』에서 주로 군사시설과 인문지리의

환경이 드러나는 누정과 그 주변의 산세에 대해 상세히 기술하는 태도를
보인다. 다음의 사례들 중에서 이러한 사실이 나타나는데 먼저 안주의
백상루에 대해 읊은 내용이다.

> (8월) 18일 임신(壬申)일. 맑음. 진시에 출발하여 40리를 가니 안주
> (安州)의 경계였다. 또 북쪽으로 40리를 가 안주의 안흥관(安興館)에
> 도착했는데 관사가 불결하여 백상루(百祥樓)로 옮겨 묵었다. 양사 및
> 목사 오윤겸과 누각에서 대화하였는데 북쪽으로는 청천강(菁川江)이
> 내려다보이고 강 밖으로는 넓은 들이 있었다. 동북으로 백 리쯤 되는
> 곳에 향산(香山)이 있고 정동쪽에는 청암산(青巖山)이 있는데 아치형
> 으로 높이 솟아 구불구불 얽혀있었다. 푸른빛이 공중을 가로지르는 듯
> 한데, 누각과 정면으로 서로 마주 하고 있었다. 서쪽 봉우리 중에 험준하
> 고 홀로 높이 솟은 것은 오소농산(五所弄山)이었고 서남쪽의 푸르고
> 아득한 것은 바닷물이었다. 청천강의 물은 두 줄기인데 그중 하나는
> 희천(熙川)의 향산에서 발원하여 영변(寧邊)의 철옹성(鐵甕城)을 감싸
> 고 돌아 나와 비스듬히 남쪽으로 달려 곧바로 백상루에 닿는다. 다른
> 하나는 개천(价川)의 청암산(青巖山)에서 나와 향산의 하류와 합하여
> 서 큰 내가 되었다가 다시 여러 섬들에서 나뉜 뒤 백상루 밑에서 또
> 합쳐져 서해로 흘러간다. 백상루 앞의 조수는 하루에 두 번 밀려오는데
> 달밤에 조수가 세차게 불어나면 더욱 하나의 장관을 이룬다. 이때는
> 황혼녘이라 조수가 바야흐로 밀려왔으나 세차게 불어나는 않았다. 양사
> 는 관사로 돌아가고 나는 최산휘와 함께 백상루 위 삼청각에서 묵었다.
> 삼청각 안에 중국그림이 있었는데 도연명(陶淵明)의 〈귀거래도(歸去
> 來圖)〉와 소동파(蘇東坡)의 〈적벽유도(赤壁遊圖)〉였으며, 누각에 걸려
> 있는 현판들은 모두 앞뒤로 왕래한 중국 사신들의 작품이었다.[35]

35) 『朝天日錄 二』의 "十八日 壬申 晴 辰時 發行 四十里乃安州地界 又北行四十里
到安州之安興館 館舍不潔 移寓百祥樓 與兩使及牧使吳允謙 共話樓上 北臨菁
川江 江外有曠野 東北百里許 有香山 正東有青巖山 穹窿盤屈 蒼翠橫空 正與樓
相望 西峯之崒然孤峙者 五所弄山也 西南之蒼然浩渺者 海水也 菁川之水 有二
派 一則發源於熙川之香山 繞出寧邊之鐵甕城 逶迤南走 直到亭下 一則發源於
价川之青巖山 與香山下流合爲大川 又分爲島嶼 再合于亭下 入于西海 亭前潮

위 글은 최현이 안주 백상루에 대해 승경 공간이자 역사적 공간의 현현으로 보고 자세히 서술한 대목이다. 이곳은 고려시대의 누정으로 청천강 기슭의 언덕 위에 자리하고 있다. 옛날에 안주성 장대(將臺) 터라 자연경관이 뛰어나 관서팔경(關西八景)에서도 으뜸이다. 그래서 '관서제일루(關西第一樓)'라고 부른다. 최현은 이곳에 이르렀을 때 공민왕의 시와 이안눌이 천사의 시에 화답한 시를 제시한다. 주변에 대한 언급에서도 북쪽으로 청천강과 넓은들, 동북으로 향산, 정동으로 청암산, 서쪽 봉우리 오소농산, 서남쪽의 바닷물을 제시하여 그 경관을 상세히 묘사한 셈이다.

이후 청천강의 두 줄기 중 향산에서 발원하여 영변의 철옹성을 감싸고 돌아 나온 희천과 청암산에서 나와 향산의 하류와 합하여진 개천을 백상루와 연계시킨다. 또한 백상루에 두 번 밀려오는 조수의 달밤 장관을 거론한다. 그러나 이러한 서술은 최현이 단순히 백상루에 앉아서 탐승만 한 것이 아니라는 점이다. 왜냐하면 백상루의 주변 경관을 상세하게 밝힌 점에서 그가 이 누정 공간의 효용을 이해하고 지세의 파악

▲ 안주 백상루(百祥樓)

水 日再至焉 月夜潮漲 則尤爲一壯觀 此時黃昏 潮水方至而未漲焉 兩使歸館 獨與山輝 宿于樓上 三淸閣 閣中有唐畫 陶彭澤歸去來圖 蘇仙赤壁遊圖 樓上懸板 皆前後華使所作 恭愍王嘗登此樓 有詩三四聯云 煙橫大野雲橫嶺 風滿長江 月滿舟 近日 李安訥 次天使詩云 崔顥題詩黃鶴樓 後人來作淸江遊 淸江之上城百雉 城頭畫閣臨淸流 羣山際海地形盡 芳草連天春氣浮 老儒新詩更奇絶 三韓 千載名應留" 참조.

을 통해 뒷날에 펼쳐질 지도 모르는 야간 전투까지도 대비하여 한 눈에 이해할 수 있도록 상세하게 기록한 것으로 이해할 수 있기 때문이다. 한편 그는 아들 최산휘[崔山輝, 1585~ 1637]와 삼청각에 묵는다. 그곳에서 도연명의 '귀거래도'와 소동파의 '적벽유도' 및 중국 사신들의 작품을 알아본다. 여기서 그의 중국 서화에 대한 관심과 안목을 알만하다. 『조천일록』 속에 최현이 제시한 "안개는 들판을 가로 지르고 구름은 고개에 걸렸는데(烟橫大野雲橫嶺) 바람은 긴 강에 불고 달빛은 배 안에 가득 찼네(風滿長江月滿舟)."는 승 정지(定志)의 시이다. 이 글에 앞서 "공민왕이 이 백상루에 올랐었다."라고 한 것은 전후 맥락이 다른 표현인 셈이다. 또한 최현은 동악 이안눌[李安訥, 1571~1637]이 천사(天使)에 화답한 시를 제시하여 안주의 백상루를 중국의 황학루에 빗대고자 하였다.[36]

다음은 통군정에 대해 기술한 부분이다.

> 8월) 27일 신사(辛巳)일. 맑음.
> 상・부사와 부윤공이 와서 만나, 함께 통군정(統軍亭)에 올랐다. 정자는 성의 서북쪽 모서리에 있었는데 지세가 높고 확 트여 바라다 보이는 경치가 매우 시원하였다. 압록강(鴨綠江)은 북쪽에서 남쪽으로 흐르는데 굽이굽이 돌아 성 북쪽으로 흘러들어가 구룡연(九龍淵)이 되고 빙 돌아 성 서쪽으로 나오는데 정자는 바로 그 위에 있었다. 또 북쪽에 강이 있는데 오랑캐 땅에서 흘러나와 압록강(鴨綠江) 서쪽에서 진강성(鎭江城) 동쪽으로 돌아 나가니 이름하기를 적강(狄江)이라고 하였고 압록강(鴨綠江)과 합해진다. 두 강 사이에 또 중강(中江)이 있는데 압록강(鴨綠江)에서 나뉘어 세 물줄기가 되었다가 다시 합하여 하나가 된

---

36) 崔顥題詩黃鶴樓 최호는 황학루에서 시를 읊고/ 後人來作淸江遊 뒷사람은 청천강에 와서 노니는데 / 淸江之上城百雉 청천강 위 성(城) 백 개의 치문이요/ 城頭畵閣臨淸流 성 앞 화각(畵閣)은 푸른 강을 임했네/ 羣山際海地形盡 여러 산들은 바다에 접해 아스라하고/ 芳草連天春氣浮 방초(芳草)는 하늘로 이어져 봄기운 띄우는데/ 老儒新詩更奇絶 늙은 유생의 새로운 시 기절(奇絶)하니/ 三韓千載名應留 삼한 땅 천년동안 이름 응당 남으리.

다. 세 강 사이에는 크고 작은 섬들이 부평초같이 점점이 흩어져 있는데 마이산(馬耳山)이 홀로 강 중간에 솟았다. 두 개의 돌봉우리가 솟은 것이 마치 말의 귀와 같았으므로 이름지어진 것이다. 그 가운데에는 옛 사찰이 있었는데 소나무와 단풍나무가 우거졌고 종소리가 바람에 실려 멀리서 들려왔다. 명나라 사람이 섬 안에 많이 살고 있는데 울타리를 이어 마을을 이루었고 꽃과 과수가 들을 덮었으며 닭 울음과 개 짖는 소리가 정자 위에서도 들렸다. 서쪽으로 6~7리쯤 되는 곳을 바라보니 두 강 사이에 여염집이 즐비하였는데 붉고 푸른 것이 보일듯 말듯 하였으니 이곳이 중강의 '추세관경력아문(抽稅官經歷衛門)'이었다. 서쪽 끝으로 15리쯤 되는 곳에는 분첩(粉堞)이 공중으로 치솟았고 세 강 줄기가 옷깃 모양을 하고 있었으니 이곳이 '진강유격아문(鎭江遊擊衛門)'이었다. 관서로 가는 길에 누대의 아름다움은 연광정(鍊光亭)만한 곳이 없고 쾌활함은 백상루(百祥樓)만한 곳이 없었는데, 통군정(統軍亭)에 오르고 보니 지난날 본 풍경은 이에 못 미쳤다. 이안눌(李安訥)이 정주사(丁主司)를 송별하는 시는 다음과 같다.[37]

六月龍灣積雨晴	6월 용만에 장맛비 그쳐
平明獨上統軍亭	아침에 홀로 통군정에 오르네
茫茫大野浮天氣	망망한 너른 들에는 하늘기운이 떠있고
曲曲長江裂地形	굽이굽이 긴 강은 지형을 가르네.
宇宙百年人似蟻	우주에 백년 인생이란 개미와 비슷하고
山河萬里國如萍	산하 만리에 나라는 부평초와 다름없네

---

37) 『朝天日錄 二』의 "二十七日 辛巳 晴 上副使 府尹令公來見 因共登統軍亭 亭在城之西北角 地勢高敞 眺望甚快 鴨江自北南注 縈紆屈曲 流入城北 爲九龍淵 繞出城西 亭正臨其上 又有北江 自胡地出 鴨江之西 繞出鎭江城東 號爲狄江 而合于鴨江 二水之間 又有中江 自鴨江分爲三派 又合爲一 三江之中島嶼 點點如浮萍 有馬耳山 獨峙江心 石峯雙聳 形如馬耳故名 中有古寺 松楓晻映 鍾響隨風遠聞 中原人盛居島中 籬落成村 華實蔽野 鷄鳴拘吠 聞于亭上 西望六七里 兩江之間 閭閻櫛比 丹碧隱見者 乃中江抽稅官 經歷衛門也 最西十五里許 粉堞凌空 襟以三江者 乃鎭江遊擊衛門也 關西一路 樓臺之勝 媚麗 無如鍊光亭 快活無如百祥樓 及登統軍亭 則向日所見風斯下矣 李安訥送丁主司詩曰" 참조.

忽看白鶴西飛去　홀연히 백학이 서쪽을 향해 날아가니
恐是遼陽舊姓丁　아마도 요동 살던 정령위가 아닐런지?

▲ 의주 통군정(統軍亭)

위는 동악 이안눌의 <등통군정(登統軍亭)>의 일부이다. 이는 정주사와 송별한 시로 원시에는 칠언율시 2수이다.[38] 이 통군정은 중종 당시에 중창하였으니 최현이 이곳을 지날 때에는 새로운 정자였음을 짐작할 만하다. 이안눌은 통군정에 홀로 오른 감회와 지형 속 정자의 위용을 밝히고 있다. 이어 보잘 것 없는 인생살이와 부평초를 대비시키며 안정되지 않은 나라를 걱정한다. 또한 유한한 삶 속에 걱정거리 많은 자신에 비해 유유히 서쪽으로 날아가는 백학을 부러워한다. 이는 정령위 고사를 통하여 자신도 학처럼 유유히 살고자 하는 의지의 반영인 셈이다. 이를 기록으로 둔 이유는 바로 최현이 이안눌의 시문을 인정하고 그의 마음을 추체험하고자 한 것이며 자신이 바라보지 못한 시상에 대해 새롭게 바라본 것이다. 따라서 최현은 이 통군정에 대한 기록과 시문을 통해 군사적 요충지에서 감회를 넌지시 드러낸 셈이라 할 수 있다.

연광정(錬光亭)은 평양 대동강 가에 위치한 조선시대의 정자이다. 이곳은 관서팔경의 하나로 알려졌으며 그 남루 기둥에 고려시대 김황원의

---

38) 『東岳集』, 「卷2」, <登統軍亭>의 "六月龍灣積雨晴 平明獨上統軍亭 茫茫大野浮天氣 曲曲長江裂地形 宇宙百年人似蟻 山河萬里國如萍 忽看白鶴西飛去 疑是遼東舊姓丁//城上高亭壓塞隅 地分華界壯名區 江流浩浩西通海 山勢迤迤北走胡 脚遍九州蓬轉遠 眼空千劫鳥飛孤 今來古往登臨盡 誰是人間大丈夫" 참조.

시구가 걸려 있다.

다음은 권필이 이정구의 시에 차운한 시로 최현이 통군정 기록에서
보여준 내용이다.[39]

城上軒楹敞	성 위에 누각이 후련히 열렸으니
憑高眼界空	덩그러니 높아 시야가 텅비었도다.
經心遼野月	마음을 지나는 것 요동의 달이요
吹面薊門風	얼굴에 부는 것은 계문의 바람이라.
宇宙華夷別	우주에는 화이가 나뉘지만
山河表裏同	산하는 표리가 하나이로세.
唯應千載勝	오직 천년의 이 명승지가
題品待吾公	시를 받고자 공을 기다렸다네.

위 시는 통군정의 승경을 석주 권필이 형상화한 것이다. 이 통군정(統
軍亭)은 평안북도 의주(義州)의 압록강 기슭 삼각산(三角山) 위에 있는
정자이다. 이곳은 고려 초기에 건립 후 조선 중종(中宗)대에 중창(重創),
순조(純祖) 대에 보수하는 등 군사적 요충지로서 기능을 담당한 정자라
할 수 있다. 비록 후대에 김정중(金正中)이 그의『연행록』에서 "'통군정
(統軍亭)'은 말 그대로 '군을 통솔하던 정자'였음에도 "도무지 수루(戍
樓) 모양이 아니었다."[40]라고 하여 의주를 사신 접대의 역할 도시로 본
경우도 있다. 그러나 최현은 연광정, 백상루, 통군정에 대해서 평가하기
를 아름다움은 연광정(鍊光亭), 쾌활함은 백상루(百祥樓)만한 곳이 없다

---

39) 시 번역은 한국고전종합DB 이상하 역(2007)을 따랐다. 그러나『석주별집』에
는 권필이 차천로(車天輅, 1556~1615)에게 차운한 시로 보았다. 이는『石洲別
集』「卷之一」에서 제시한 "차오산(車五山)의 〈사상(使相)이 달밤에 통군정(統
軍亭)에 올랐다는 말을 듣고〉라는 시에 차운하다"라는 제목의 시로써 알 수
있다.(<次車五山聞使相月夜登統軍亭韻> 城上軒楹敞 憑高眼界空 經心遼野月
吹面薊門風 宇宙華夷別 山河表裏同 唯應千載勝 題品待吾公).
40) 김민호,『조선 선비의 중국 견문록』, 문학동네, 2018, 39쪽.

하고 통군정(統軍亭)에 올라보니 전에 본 풍경들이 이만 못하다고 하여 통군정을 고평하였다. 이는 그가 탐승공간보다 군사시설의 의미에 가치를 더 높게 평가하는 사물 인식태도에서 기인한 것으로 이안눌(李安訥)의 정주사(丁主司) 송별시와 권필이 이정구의 시운에 차운한 두 수를 들어 통군정에 대해 의미를 부여한 점에서도 알 수 있다.

> 9월 16일 경자(庚子)일. 맑음. (…) 문묘 뒤에는 명륜당(明倫堂)이란 큰 세 글자의 편액이 있어, 주를 달기를 '신안(新安) 주희(朱熹)가 쓰다' 라 하였다. 이것은 장주(漳州)에서 모각품을 가져온 것이라 한다. 명륜당 뒤에는 관풍루(觀風樓)가 있어, 편액하기를 '진양풍교(振揚風敎)'라 하였다. 북쪽에는 석가산(石假山)이 있어, 높이와 넓이가 몇 길이나 되었다. 누각에 올라 성 안을 내려다보니 수많은 인가(人家)가 물고기 비늘처럼 즐비하였고, 우뚝하게 높이 솟은 것은 오직 종루(鐘樓)와 구루(毬樓), 상제묘와 백탑사였다. 또 화표주(華表柱)와 관녕(管寧)의 왕렬사(王烈祠)가 있어 가보고자 하였으나, 날이 저물어 가보지 못하였다.[41]

위는 문묘 명륜당 뒤에 관풍루에 대한 설명이다. 주자가 쓴 명륜당 현판을 본 뒤 뒤쪽에 있는 관풍루를 보았다. 이곳에서 풍속 교화에 힘쓴다는 진양풍교(振揚風敎)를 살핀다. 가볍게 볼 수 있는 편액을 언급한 것에서 이미 서장관으로서 기록정신과 관찰자의 시각이 반영된 것을 짐작할 수 있다. 관풍루 주위로 돌을 쌓아서 만든 감상용 석가산이 규모가 크다. 또한 누각의 규모가 성 안을 내려다 보는데 특히 종루, 구루, 상제묘, 백탑사가 시야에 들어온다. 이는 관풍루는 풍속을 교화하고자 위정자가 오른 공간임을 짐작케 한다. 또한 종루는 시각을 알려주는 중심기능을

---

41) 『朝天日錄 二』의 "十六日 庚子 晴 (中略) 文廟後 有明倫堂 扁三大字 註曰 新安朱熹書 乃摸於漳州而來云 明倫堂後 有觀風樓 扁曰 振揚風敎 北有石假山 高廣可數丈 登樓俯瞰城中 百萬人家 魚鱗櫛比 巍然高聳者 惟鐘樓毬樓上帝廟 百塔寺也 又有華表柱管寧王烈祠 欲往見而日暮未果" 참조.

하는 곳이다. 또한 근처에 있는 관녕의 왕렬사에 가보고자 한 것을 알
수 있는데 관녕[管寧, 162~245]은 삼국시대 위나라 사람으로 그의 자는
유안(幼安)이다. 어릴 적 고아로서 고학하면서 화흠(華歆), 병원(邴原)과
는 가까이 교유하였다. 화흠과 공부를 할 때 고관대작의 수레를 바라보고
부귀영화(富貴榮華)에 뜻을 둔 벗과 절교한다. 이때 함께 쓰던 방석을
갈라 절교 한데서 관녕할석(管寧割席)이 된 것이다. 이처럼 관녕은 자신
의 뜻을 잃지 않고 후한 말에 요동(遼東) 지역으로 전란을 피해 떠난다.
그곳에서 30여 년 동안 학문을 닦으며 독서에 힘쓴 나머지 그의 무릎에
닿은 평상 일부분이 뚫리게 된다. 이는 관녕상혈(管寧床穴)의 유래에 해
당한다. 이처럼 최현은 유교경전을 공부하며 익힌 인물과 그들이 살던
지역을 잊지 않고 떠올리며 보지 못한 아쉬움을 달래고 있다. 따라서 최
현은 관풍루에서 주변의 사물을 상세히 관찰하고 이를 통해 새롭게 인식
되는 지점을 세심하게 빼놓지 않고 기술했다. 뿐만아니라 이를 통해 그는
중심지에서 원경으로 시야를 확대하며 관녕이라는 인물까지 밝혀 보여
주는 정탐과 현람의 자세를 드러냈다고 볼 수 있다.

> 9월 23일 정미(丁未)일. 흐림. (…) 진선전 좌우에는 긴 복도가 있었
> 는데 동서로 각각 23칸이었고, 긴 복도 밖에는 또 선방(禪房)이 있었다.
> 관람을 마치고 말을 되돌려 성안으로 들어와 망경루(望京樓)에 올랐다.
> 망경루는 성 서남쪽 모퉁이에 있는 포루(炮樓)였다. 동서남북에 모두
> 여러 층의 포루가 있지만, 이것이 여러 누각 가운데 걸연(傑然)히 특출
> 하였다. 8각의 5층 누각으로, 안에 들어가 3층까지 오르니 구름 위에
> 있는 것 같아서 두려워 아래를 내려다볼 수 없었다. 남쪽으로 바라보니
> 60리쯤 되는 곳에 기이한 봉우리들이 늘어서 한쪽으로 뻗어 있었다.
> 그것을 바라보니 그림과 같은 것이 천산(千山)이었다.[42]

---

42) 『朝天日錄 二』의 "二十三日 丁未 陰 (中略) 眞善左右 又有長廊 東西各二十三
間 長廊之外 又有禪房 覽畢 還馳入城 登望京樓 樓在城西南隅 乃炮樓也 東西
南北 皆有數層炮樓 而此則傑然特出於諸樓之上 八角五層 由中穿入 登至三層

위에서 소개한 망경루는 성에 설치한 포루다. 특히 서남쪽에 배치한 이 포루가 사방에서 가장 특출하다고 평가하고 있다. 그 모양은 팔각으로 된 오층 누각이다. 3층에서도 이미 두려워 아래를 볼 수 없었다고 한 점과 남쪽으로 시계가 60리까지 보일 정도라고 한 점에서 그 높고 큼은 짐작하고도 남는다. 그곳에서 바로 천산이 보였던 것이다. 이 망경루는 글자 그대로 본다면 왕경을 바라보는 누각의 의미지만 적군의 움직임을 한 눈에 살펴볼 수 있고 이를 서울에 보고하기에 안성맞춤인 공간이라 할 수 있다.

다음은 『朝天日錄 二』에 나타난 산해정에 대해 언급한 부분이다.

> (10월) 16일 경오일. 맑음. 오후에는 상사·서장관 소광진·윤취지(尹就之)와 함께 산해정을 관람했다. 마침 날씨가 청명하고 저녁바람이 불지 않았으며 구름사이의 분첩(粉堞)이 하늘 끝 아득하고 시원하게 드러나 눈길 닿는 곳마다 기이한 형상 아닌 게 없었다. 높은 고개를 바라보매 둥그렇고 높이 솟은 것은 각산이었으며, 분첩이 산꼭대기를 넘어 골짜기를 지나 산과 함께 구불구불 달리는 것이 백룡과 같이 하늘로부터 내려왔으니, 이것이 만리장성이었다. 산이 끝나는 곳에는 관문이 그 목줄기 한 가닥을 조르고 있었으며, 높은 언덕이 해안에서 그쳤는데 그 언덕을 의지하여 성을 쌓았다. 관문에서 10리 떨어진 곳에 정자가 있으니, 바로 성이 끝나는 곳에 의지한 이것이 곧 산해정(山海亭)이었다. 북쪽벽에 '해천일벽(海天一碧)'이라 편액 하였는데, 필획이 기이하고 웅장하였다. 이는 오 아무개의 글씨였다. 남쪽 문미(門楣)에는 '천풍해도(天風海濤)'라 편액 하였으니, 이는 주지번(朱之蕃)의 글씨였다. 정자로부터 벽을 쌓아 성을 만들었으니, 바다를 갈라 수십 길이나 되었다. 또 누각 하나를 만들고 쌍석비를 나란히 세웠으니, 하나는 '천개해악(天開海岳)'이라 편액 하였고 다른 하나는 산해정에 대한 기문(記文)이었다. 이곳에 이르니 땅이 없어, 황홀하기가 마치 뗏목을 탄 것 같았다.

如在雲霄之上 凜不可俯視 南望六十里許 奇峯列峀 橫亘一面 望之如畫者 千山也" 참조.

벽 사이에 제영(題詠)이 매우 많았으나, 두루 둘러볼 겨를이 없었다.[43]

이 산해정에 대한 최현의 언급이 가장 상세하고 그 제영들에 대해서도 구체적으로 언급하고 있어 그가 이곳을 중요시했다는 점을 이해할 수 있다. 함께 오른 이들은 상사와 서장관 소광진, 그리고 부사 윤양(尹暘)의 아들 윤취지(尹就之)다. 당시 부사의 아들이 동행했음을 짐작케 하는 대목이다. 이들은 함께 산해정에 올라가 그곳을 상세히 둘러본다. 최현은 이 산해정에서 바라본 분첩, 각산, 만리장성의 모습을 상세히 묘사하고 있다. 자신이 서 있는 공간을 중심으로 그곳의 인문지리적 위치를 이해할 수 있도록 서술해 낸 것이다. 산해관에서 10리에 위치한다는 거리의 수치적인 표현 등과 원경에서 근경으로 시점의 이동에 따라 자신이 머문 공간의 사방 벽면에 있는 편액과 글씨, 제영을 하나씩 거론한다. 특히 편액 하나하나 읽어내며 글씨와 이를 쓴 인물을 호명한다. 북쪽 벽의 '해천일벽(海天一碧)'은 "필획이 기이하고 웅장"한 "오 아무개의 글씨"라는 것

---

43) 『朝天日錄 二』의 "十六日 庚午 晴 午後 與上使 蘇書狀 尹就之 共觀山海亭 適日氣淸明 夕風不起 雲中粉堞 天際蒼溟 軒豁呈露 觸目無非奇狀也 高嶺所見 穹窿高峙者 是角山也 有粉堞跨頂越壑 與山俱馳 蜿蜒如白龍 自天而下者 是萬里長城也 山頭盡處 關扼其喉一條 高陵止于海岸 因陵築城 去關十里 有亭 正據城盡頭 卽山海亭也 北壁 扁海天一碧字 筆畫奇異 吳缺書也 南楣 扁天風海濤字 朱之蕃書也 自亭築壁爲城 截海數十丈 又構一閣 雙石碑並立 一扁天開海岳 一山海亭記也 到此已無地矣 怳若乘桴然 壁間題詠甚多 不暇遍覽 黃洪憲詩云 長城古堞瞰滄瀛 百二河山擁上京 銀海仙槎來漢使 玉關衰草戍秦兵 星臨尾部雙龍合 月照關河萬馬明 聞道遼陽飛羽急 書生直欲請長纓【右山海關 是日傳聞 遼陽有警】關城風急颺征袍 潮落天門萬籟號 槎泛銀河浮蜃氣 山啣紫塞捲秋濤 月明午夜鮫珠泣 沙白晴空鷹影高 司馬風流偏愛客 梅花羌笛醉葡萄【右觀海亭】茫茫沙磧古幽州 日落鳥啼滿戍樓 萬雉倒垂靑海月 雙龍高映白楡秋 虎符千里無傳箭 魚鑰重關有扞搊 自古外寧多內治 衣褕應軫廟堂憂【右長城晩眺眺 萬曆壬子九月 差朝鮮正使翰林院編修 黃洪憲作】又華人時云 倚劍長歌海上秋 啣盃懷古一登樓 野雲出沒秦皇島 孤塚嶙峋姜女洲 塞馬似嘶當日恨 風濤猶捲舊時愁 更憐羌笛關山月 共入烟波萬頃流" 참조.

과 "남쪽 문미(門楣)"의 '천풍해도(天風海濤)'는 주지번(朱之蕃)의 글씨라고 알아본다. 또 이 산해정으로부터 산해관문이 이뤄짐을 밝히고 누각과 쌍석비를 소개한다. 하나는 '천개해악(天開海岳)'의 편액이고 다른 하나는 '산해정기(山海亭記)'인 것이다. 또한 말미에서는 "땅이 없어, 황홀하기가 마치 뗏목을 탄 것 같았다."라고 하여 그 흥취를 한껏 드러냈다. 이는 산해정이 바다 한 가운데 있는 뗏목으로 비유하였고 이를 타고 있는 자신은 '황홀'하다는 감성을 표현한 데서 알 수 있다. 따라서 최현이 산해정을 통해서 펼쳐낸 것은 그의 글씨에 대한 안목과 지세에 대한 이해가 관물의 심미적 태도에서 기인한 것임을 보여준 것이라 할 수 있다.

다음에서 산해정(山海亭)에서 회포를 읊은 원집(原集)에 실린 율시 2수를 살펴보자.

雄關嶒嵼鎭重圍	웅장한 산해관 등성이 겹겹이 둘러있고
粉堞黃雲耀夕暉	성첩은 누런 구름처럼 석양에 빛난다.
萬里蒼山窮地軸	만 리 푸른 산 지축까지 닿아있고
千尋碧海鎖天扉	천 길 푸른바단 대궐 문을 잠갔다.
至今未洩蒙恬恨	지금껏 몽염의 한 씻지 못한 채
後世唯稱徐達威	후세엔 서달의 위엄만 칭송될 뿐
莫道亡秦由此役	진나라 멸망을 대역사 탓 말라
金甌留作帝王畿	금사발 오래 둔다고 제왕의 땅이랴.

男兒何必守蓬蒿	남아가 어찌 꼭 봉호를 지키랴
跨馬揮鞭意氣豪	말 타고 채찍질하던 기개 호탕하다.
鶴柱千年增感慨	천 년 화표주는 감개 무궁하고
龍城萬里恣遊遨	만리장성은 자태가 여유롭다.
秦皇島上黃雲合	진황도 가에 황운이 모여들고
姜女洲邊白浪高	강녀주 가엔 흰 물결 높도다.
威武貞心兩安在	위무와 정심 둘 다 어디가고
空令騷客意忉忉	괜스레 소객의 마음만 시름겹다.44)

위 두 수는 최현이 무신년 8월에 동지사 서장관으로 연경에 갔을 때에 읊은 것으로 그는 누정의 관물 태도에서 대대(對待)의 방법을 적용한다. 이는 원래 한의학에서 제시된 것으로 "서로 반대되는 성질을 가진 맥상"을 가리킬 때 사용한 것이다. 부침(浮沈)·지삭(遲數)·활삽(滑澁)·허실(虛實)·대소(大小) 등이 이러한 대대의 방법인 셈이다. 그러나 최현은 이러한 대대의 관물태도를 통해 누정의 서술에만 적용하는 것뿐만 아니라 전고와 용사의 의미가 분명히 드러나도록 배치한 것을 알 수 있다.

우선 첫째 수는 영사시(詠史詩)라 할 수 있다. 산해관의 웅장한 자태와 그곳의 영웅들을 회고하였기 때문이다. 이러한 위상에 적합한 인물들이 바로 경련에 등장한다. 이들은 몽염[蒙恬, ?~B.C.209]과 徐達[1332~1385] 이다. 먼저 몽염은 무(武)의 아들로 진나라의 장군이다. 그는 기원전 221년에 齊나라를 멸망시킬 때 큰 공을 세웠으며 몇 년 뒤 기원전 215년에는 흉노(匈奴) 정벌 때 큰 활약을 했다. 특히 그는 북쪽 변경을 경비하는 총사령관으로서 상군(上郡) 즉 지금의 섬서성(陝西省) 부시현(膚施縣)에 주둔하며 진두지휘하여 만리장성을 완성하였다. 진나라 시황제(始皇帝)가 사후에 그는 환관 조고(趙高)와 당시 승상(丞相)이던 이사(李斯)의 흉계로 옥에 갇히게 된다. 그러자 그는 자살한다. 다음으로 서달은 농민 출신이다. 그의 자는 천덕(天德)이며 호(濠), 즉 지금의 안휘성(安徽省) 봉양현(鳳陽縣)에서 출생하였다. 그는 주원장의 부하로 통군원수, 강남 행추밀원사, 좌상국 등을 지냈으며 원군(元軍) 토벌에서는 25만의 군세(軍勢)를 총지휘하였다. 이후 주원장을 도와 명나라를 건국한 서달은 주원장 즉위 후 武官의 가장 높은 자리에 올라선다. 이 때문에 그의 위엄을 말한 것이다. 미련에서는 화자가 진나라 멸망의 당위성을 언급한다. 이는 '금구'의 고사를 들어 펼쳐낸 데서 알 수 있다. 여기서 '금구'는 금사발로 국가가 손상됨이 없이 안전함을 의미한 말로 다음의 고사에서 용사한

---

44) <山海亭詠懷 二首 ○戊申八月 以冬至使書狀官赴京>.

것이다. 동위(東魏)의 후경(侯景)이 그 나라를 배반하여 13개 州를 가지고 양(梁)나라에 귀순하겠다고 청한다. 이때 무제는 동위와의 관계가 악화될 것을 우려하여 다음과 같이 말한다. "우리 국가가 금구와 같아 한 곳도 손상되거나 이지러진 곳이 없는데, 지금 갑자기 후경의 땅을 받아들인다면 어찌 마땅한 일이겠는가, 혹시라도 분란을 불러온다면 후회막급이다.[我國家如金甌 無一傷缺 今忽受景地 詎是事宜 脱致紛紜 悔之何及]"((『梁書』「武帝紀」)라고 한 표현이 이 고사의 주요한 내용이다.[45]

다음으로 둘째 수에서는 만리장성의 웅장한 산해관의 역사가 드러난다. 화자는 말없이 유구한 세월을 버티고 있는 대상을 바라보며 회고한다. 이를 통해 세월의 무상함을 되새기고 시름겨운 마음을 개탄하여 시로써 형상화한 것이라 할 수 있다. 수련의 봉호(蓬蒿)는 『高士傳』,「張仲蔚」에 나타난 동한(東漢)의 높은 지사인 장중울(張仲蔚)의 삶을 나타낸다. 그는 벼슬하지 않고 은거하며 안빈낙도(安貧樂道)하였다. 그가 천문에 정통하고 시부에 능할 정도로 박학다식하였지만 늘 빈한하게 살아 당시 그의 거처가 쑥대로 가려질 정도로 우거져 있었다.[46] 이를 통해서 볼 때 기구는 굳이 초야에 묻혀 살 필요가 있겠느냐는 반문이다. 함련의 학주는 화표주(華表柱)를 말한다. 요동(遼東) 사람 정령위(丁令威)가 도(道)를 배우러 떠났다가 이후 천년 만에 학이 되어 돌아온다. 그가 요동 성문 화표주에 학의 모습으로 앉아 있는데 어떤 소년이 활을 쏘려 하자 날아가며 말한다. "새야 새야 정령위야, 집 떠난 지 천년 만에 이제 처음 돌아왔네. 성곽은 그대로이나 사람은 아니구나, 어이하여 선학 배우지 않고 무덤만 즐비한가.[有鳥有鳥丁令威 去家千年今始歸 城郭如故人民非 何不學仙冢纍纍]"[47]라고 탄식했다는 고사다.

---

45) 『梁書』,「武帝紀」.
46) 『高士傳』,「張仲蔚」.
47) 『搜神後記』,「卷1」.

위 두 수는 산해정에서 읊은 것으로 산해관과 성첩의 크기를 통해 웅장한 면과 작게 드러난 성가퀴를 비교할 수 있도록 하였다. 또한 만 리와 천 길의 길이 대조, 지금과 후세의 시간, 몽염과 서달의 장군의 위용 등을 통해 그 시적 의미를 분명히 전달하였다. 따라서 최현은 대대의 방법으로 시를 형상화하여 관물의 정탐과 현람을 보여준 것이라 할 수 있다.

> (2월) 18일 경오(庚午)일. 바람이 크게 붊. 광녕(廣寧)에 머물렀다.
> ○ [부기] 노새주인 왕(王)씨 성을 가진 자가 이달문(李達文)과 서로 다퉈 상사의 가마를 끌어당겨 부숴버렸다. 황혼 무렵에 상사가 노하여 그를 불러 꾸짖고, 군관과 주방 등을 시켜 머리채를 끌고 주먹으로 때리게 하였다. 이로 인해 노새주인이 명령을 따르지 않아 북진묘(北鎭廟)를 보고자 하였으나 갈 수가 없었다. 부사와 함께 주인집 뒷문을 통하여 성문을 걸어 올라가 공극루(拱極樓)에서 광녕성을 내려다보았다. 성의 둘레는 십 여리였고 매우 많은 집들이 즐비하였으며 홀로 높이 솟은 것은 동남쪽에 있는 전사와 동북쪽에 있는 후사로 두 개의 탑이 우뚝 솟아 나와서 일명 쌍탑사(雙塔寺)라 하였다. 전사의 동쪽에는 문묘가 있다고 하였다. 황혼에 양사가 와서 만났다.[48]

광녕에 머물 때의 일이다. 광녕성을 내려다보는 공극루(拱極樓)는 선화의 관문이다. 영이 광녕성의 둘레가 십 여리에 이른다. 영락년에 처음 지어졌음에도 불구하고 견고하다. 일대가 한 눈에 바라보이는 이곳 광녕성에서 주변 형세를 살폈다. 이 광녕성은 주로 북경 국경을 지키는 역할과 외부로부터의 침략을 막는 군사 요충지임을 알 수 있다. 이곳은 원래 창평문루, 저경루, 등의 이름을 거쳐 청나라 동치연간에 공극루라 불렀

---

48) 『朝天錄 五』의 "十八日 庚午 大風 留廣寧 ○ [附] 騾子主王姓者 與李達文相詰 曳破上使轎子 黃昏上使怒 招責之 使軍官廚房等 曳髮拳打 因此騾子主 不從命 令 欲觀北鎭廟而不得往 與副使由主家後門 步上城門 拱極樓 俯臨廣寧城 城圍 十餘里 萬家櫛比 巍然獨高者 東南之前寺 東北之後寺 一名雙塔寺有雙塔突起 前寺之東 有文廟云 昏兩使來見" 참조.

다. 따라서 이곳에 최현은 중요한 곳으로 이해하고 전후좌우의 형세를 조망하고자 부사와 함께 올라가 이를 현람하였다. 그곳에서 동남쪽의 전사와 후사에 대한 설명도 빠뜨리지 않은 데서도 알 수 있다.

> 2월 24일 병자(丙子)일. 맑음. 해주위에서 출발하여 감천보(甘泉堡)에서 점심을 먹고 안산역(鞍山驛)에 도착해서 구(繆)씨 집에서 묵었다.
> ○ [부기] (…) 천비성모사(天妃聖母祠)라 하였으며 동쪽으로 수 십 걸음을 내려가니 곧 안복사였다. 소나무 숲이 울창하고 시야가 매우 넓었는데 남쪽으로는 천산이 보이고 서쪽으로는 해주위가 보였다. 뜰에는 두 층의 반송(盤松)이 있었는데 푸른 가지가 하늘을 가리고 있어 매우 완상할 만 하였다. 불각(佛閣)은 소상(塑像)이 있었는데 상제묘각(上帝廟閣)이라 하였으며, 동쪽에 높은 누각은 백불루(百佛樓)라 하였다. 벽 사이에는 금릉 주지번이 쓴 절구(絶句)가 있었다. 상사는 대로에서 노새를 타고 곧바로 올라왔으며 함께 백불루에 올랐다. 스님 서혜(西慧)와 벽담(碧潭) 및 79세 된 노승이 안으로 인도하였다. 방장이 차와 엿을 대접하였는데 증여할 물건이 없어 송응선(宋應瑄)이 차고 있던 은 1전을 풀어서 그에게 주었다.[49]

위는 영은루와 백불루에 올라 바라본 풍경과 주변 이야기를 펼쳐낸 것이다. 먼저 영은루는 해주위 서루에 있는 편액 이름이다. 조선에게도 영은문이 있었던 것처럼 명나라에도 '영은루'라는 이름을 통해서 이곳이 사신들이 국내외로 통하는 지점이란 것을 짐작할 만하다. 서북쪽으로는 광활하고 동남쪽은 선명하고 아름다운 봉우리가 펼쳐져 있다. 또한 성을 두르고 흘러가는 물은 '사천'인데 그곳에 사는 사람들은 광녕 땅에 미치

---

49) 『朝天錄 五』의 "二十四日 丙子 晴 (中略) 名曰天妃聖母祠 東下數十步 卽安福寺也 松林晻映 眼界甚豁 南望千山 西望海州衛 庭中有二層盤松 靑盖蔽空 殊可翫也 佛閣塑像曰上帝廟閣 東有高樓曰百佛樓 壁間有金陵朱之蕃絶句 上使自大路騎騾直上 共登百佛樓 寺僧西慧碧潭 及七十九歲老僧引入 方丈饋茶餳 而無物可贈 宋應瑄解所佩銀一錢贈之" 참조.

지 못한데다 쇠잔하기까지 함을 밝혀 고을의 장단점을 비교해 낼 수 있도록 하였다. 다음으로 백불루는 해주위에 있는 것으로 불각안에 소상이 있는데 상제묘각이다. 이곳 동쪽에 백불루가 있는데 주지번이 쓴 글시가 이곳 벽 사이에 남아 있다. 백불루는 말 그대로하면 많은 불상이 모셔진 누각이란 의미다. 이곳에 절이 있고 노승 서혜, 벽담이 인도하여 그곳에 차와 엿을 먹게 된 경위를 상세히 서술하고 있다. 인도한 노승에게 은 1전으로 보답한다.

이상에서 살펴본 내용은 주로 관물의 정탐과 현람의 세계를 보여준 것들로 이루어져 있어 군사적 목적의 정탐과 톺아보기가 가능한 이름이 등장하였다. 백상루, 통군정, 관풍루, 망경루, 공극루, 영은루, 백불루 등은 이름 속에 자세하다(詳), 거느리다(統), 관찰하다(觀), 바라보다(望), 잡아당기다(控), 맞이하다(迎)의 실제적인 느낌이 짙게 드러났다. 반면 종(鐘), 공(毬), 산해정, 관해정, 산해루, 오봉루 등은 누정이 주로 사물의 의미를 지닌 것과 바다(海)와 산(山)에 인접해 있는 공간에 조성된 것으로 주변 산세와 바다로 흘러들어가는 물줄기를 고찰하는 현람의 용도로 구성된 경우가 많았다. 따라서 이러한 누정체험에서 드러내고자 한 것은 바로 최현이 단순히 서장관의 목적으로서 뿐만 아니라 조선과 중국의 산세와 지형지물에 대한 숙지를 통해 군사적 목적 및 풍속교화에 도움을 줄 수 있는 현람의 상찰(詳察)을 한 것임을 이해할 수 있다. 이렇듯이 누정은 "자연과 인문의 복합체로서, 생태적으로는 보존 가치가 뛰어난 자연경관이고, 심미적으로는 아름다운 미학경관이며, 당대의 문화와 역사성이 스며 있는 문화경관"50)이었다

---

50) 정치영·박정혜·김지현, 『조선의 명승』, 한국학중앙연구원출판부, 2016, 177쪽.

4. 결론

지금까지 대외적으로는 명·청 교체기와 대내적으로는 선조에서 광해군으로 바뀌는 시기에 최현이 『조천일록』에 기록한 누정문화와 미학적 체현 양상을 살펴보았다. 이러한 양상은 경물의 신유(神遊)와 현현(顯現), 관물의 정탐(偵探)과 현람(玄覽)이라는 두 측면으로 나뉜 셈이다.

조선 지식인으로서 최현이 가진 안목은 그의 스승 학봉 김성일과 여헌 장현광을 통해 지리적 인문과 군사적 지식이 축적되어 중국의 사행노정 속에서 누정을 탐승하거나 정탐하는 작업을 하였다고 볼 수 있다. 최현이 1608년 동지사 서장관으로 임무를 받고 다녀오는 노정에서 체험한 누정은 다음과 같다. 위봉루(危鳳樓)(8/7)-남대문누각(8/8)-태허루(太虛樓)(8/12)-쾌재정(快哉亭)(8/14)-연광정(鍊光亭)(8/15), 부벽루(浮碧樓)-백상루(百祥樓)(8/18)-공강정(控江亭), 제산정(齊山亭)(8/19)-납청정(納淸亭)(8/20)-팔의정(八宜亭)(8/23)-취승정(聚勝亭)(8/30)-통군정(統軍亭)(9/2)-조림정(稠林亭)(9/13)-관풍루(觀風樓)(9/16)-진락원루(眞樂園樓)(9/22)-송화경(松花境)(9/22)-망경루(望京樓)(9/23)-산해정(山海亭)(10/16)-관해정(觀海亭)-관해루(觀海樓)(10/16)-오봉루(五鳳樓)(11/4)-공극루(拱極樓)(2/18)-영은루(迎恩樓)(2/23)-백불루(百佛樓)(2/24)-취승정(聚勝亭)(3/6)-납청정(納淸亭)(3/12)-공강정(控江亭), 백상루(百祥樓)(3/13) 등으로 나타났다.

먼저 2장에서 살펴본 누정문화의 체현은 작자의 경험을 통해 과거의 시간 속을 노닐며 생생하게 바라본 승경의 신유와 함께 역사적 인물과 공간의 체험을 통해 그 인물을 현현하는 일이었다. 주로 승경을 다루어 그 현현의 세계를 보여준 것들로 이루어져 있었다. 쾌재정, 공강정, 납청정, 위봉루, 팔의정, 취승정, 조림정, 진락원루, 태허루는 이름과 부합할 만한 승경이 드러났다. 특히 상쾌하다(快), 당기다(控), 받아들이다(納), 위태롭다(危), 마땅하다(宜), 모으다(聚), 빽빽하다(稠), 참으로 즐겁다(眞樂) 등의 정서적 어휘가 담겨있다. 따라서 최현이 위와 같은 누정체험에서 드러내고자 한 것은 바로 그가 서장관으로서 중압감보다는 승경을 탐미하면서 체현한 신유의 쾌미(快美)를 보여주고 있다는 점을 알 수 있다.

3장에서는 관찰하는 식자가 사물의 관조를 통해 진면목을 간파하고 그의 안목으로 사물의 핵심을 이해하는 관물의 정탐(偵探)과 현람(玄覽) 부분에서는 군사적 목적에서 누정 주변의 풍광을 자세히 서술함으로써 인문지리적 지식과 안목이 드러나도록 하였다. 그 내용을 살펴보면 누정이 주로 관물의 정탐과 현람의 세계를 보여준 것들로 이루어져 있어 군사적 목적의 정탐과 톺아보기가 가능한 이름이 등장하였다. 연광정, 제산정, 백상루, 통군정, 관풍루, 망경루, 공극루, 영은루, 백불루 등에서는 단련하다(鍊), 가지런하다(齊), 자세하다(詳), 거느리다(統), 관찰하다(觀), 바라보다(望), 잡아당기다(控), 맞이하다(迎)의 실제적으로 승경의 즐거움보다는 살펴본다는 느낌이 강하였다. 반면 종루, 공루, 산해정, 관해정, 산해루, 오봉루 등은 누정이 주로 사물의 의미를 지닌 것과 바다(海)와 산(山)에 인접해 있는 공간에 조성된 것으로 주변 산세와 바다로 흘러들어가는 물줄기를 고찰하는 현람의 용도로 구성된 경우가 많았다. 따라서 이러한 누정체험에서 드러내고자 한 것은 바로 최현이 단순히 서장관의 목적으로서 뿐만 아니라 조선과 중국의 산세와 지형지물에 대한 숙지를 통해 군사적 목적 및 풍속교화에 도움을 줄 수 있는 현람의 상찰(詳察)을 한 것임을 이해할 수 있다.

이상에서 최현은 누정을 대하는 관점에서 사물인식 방법을 적용하여 인문지리와 군정을 다르게 이해하는 발판을 제공했다고 짐작할 만하다. 먼저 경물을 탐승 할 때는 신유(神遊)와 현현(顯現)을, 다음으로 관물에서는 정탐(偵探)과 현람(玄覽)이라는 사물의 핵심을 꿰뚫어 그 본질을 밝히는 양상을 보여준 것이라 할 수 있다. 이러한 점에서 최현의『조천일록』속에 나타난 누정문화체험은 조선 지식인의 유가적 정신과 그의 관찰력이 결합되어 난 심미적 감성의 체현임을 알 수 있다.

『조천일록』과 유산기(遊山記)

김 지 현

1. 서론

　인재(訒齋) 최현[崔晛 1563~1603]은 조선 중기를 살았던 인물로 임진왜란, 인조반정, 그리고 병자호란에 이르기까지 파란 많은 역사를 관통하며 살았던 인물이다. 인재 최현은 8살에 두곡(杜谷) 고응척[高應陟 1531~1605]에게 학문의 기본을 닦았고, 19세에는 학봉(鶴峯) 김성일[金誠一 1538~1593]의 고제가 되어 학문의 요체를 터득하였으며, 42살에 한강(寒岡) 정구[鄭逑 1543~1620]에게 나아가 천문 · 지리 · 병법 · 산수 등에 두루 통하게 되었다[1]. 고응척, 김성일, 정구는 모두 퇴계 이황[李滉 1501~1570]의 제자로 인재 또한 퇴계학파로 볼 수 있다[2].

　최현의 문집은 사후 바로 수습되지 못하였다가 6대손 최광벽[崔光璧 1728~1791]에 의해 1778년(정조 2)에 『인재집』이 발간된 이후 7년 뒤 1785년(정조 9)에 최광벽에 의해 다시 『인재선생속집(訒齋先生續集)』이 간행되었다[3]. 『속집』은 조천록(朝天錄)과 초간본에서 누락되었던 시문

---

1) 정우락, 「인재 최현의 한시문학과 그 의미지향」, 『동방한문학』 18집, 동방한문학회, 2000, 5~6쪽.
2) 1778년 간행된 『인재선생집(訒齋先生集)』의 서문을 남인 번암(樊巖) 채제공[蔡濟恭 1720~1799]과 해좌(海左) 정범조[丁範祖 1723~1801]이 작성해 주었던 사실에서도 잘 알 수 있다.
3) 본문에서 『인재선생집』은 『인재집』으로, 『인재선생속집』은 『속집』으로 부르

을 모아 7권 3책으로 만들어졌으며, 간옹(艮翁) 이헌경[李獻慶 1719~
1791]이 서문을 썼다. 『속집』 권1~5는 조천록이고, 권6은 조천 때 올린
정문(呈文), 장계(狀啓), 중원금물(中原禁物), 서책금물(書冊禁物), 중원
물가(中原物價), 노정(路程)이며, 권7은 습유로 시, 서(書), 서(序), 잡저
(雜著), 제문(祭文)과 부록(附錄), 그리고 〈용사음(龍蛇吟)〉, 〈명월음(明
月吟)〉 등이 있다4).

　　최현에 대한 연구는 그의 국한문 가사인 〈용사음〉과 〈명월음〉 그리고
몽유록계 소설 『금생이문록(琴生異聞錄)』 등이 이른 시기 연구되었다5).
그러나 최현에 대한 체계적 연구는 2000년에 들어와서 시작되었다. 그의
정치사상과 학문6), 현실인식과 문학관7), 한시문학과 그 의미지향8) 등의
연구가 진행되었으며, 이후에는 1608년(선조 41) 동지사 서장관으로 다녀
오면서 남긴 『조천일록』에 대한 연구로 확대되었다9). 특히 최현의 『조

겠다.

4) 이 속집은 현재 성암고서박물관(誠庵古書博物館 4-898)과 계명대학교 중앙도
　서관(O.811.081)에 소장되어 있고, [김기빈, 「인재집 해제」, 1998, 한국고전종합
　DB해제 참고], 서울대 규장각 소장본(想白古819.5 零本)과 성균관대학교 존경
　각에 목판본 7권 3책 중 권1~5이 소장되어 있다.[조규익, 「『조천일록』의 한
　독법」, 『한국문학과 예술』 제31집, 2019 참조] 본서에서는 편의상 성균관대학
　교 존경각에 소장되어 있는 『認齋先生續集』(卷之一~卷之五)을 텍스트로 사
　용한다.

5) 이동영, 「訒齋歌辭研究」, 『어문학』 5집, 한국어문학회, 1959 : 홍재휴, 「訒齋歌
　辭攷-부:龍蛇吟, 明月吟」, 『김사엽박사 회갑논문집』, 논문집간행위원회, 1973
　: 홍재휴, 「琴生異聞錄 : 夢遊錄系 小說의 新資料」, 『국어교육연구』 2집, 국어
　교육학회, 1971.

6) 김시황, 「인재 최현 선생의 정치 사상과 학문」, 『동방한문학』 18집, 동방한문학
　회, 2000.

7) 박영호, 「인재 최현의 현실인식과 문학관」, 『동방한문학』 18집, 동방한문학회,
　2000.

8) 정우락, 「인재 최현의 한시문학과 그 의미지향」, 『동방한문학』 18집, 동방한문
　학회, 2000.

천일록』에 대한 연구는 주로 사행록이 가지는 글쓰기의 특징과 최현의 현실인식이 어떻게 사행록 속에서 확인되는지를 중점으로 다루어졌다.

이헌경은 서문에 '조천록이 이 세상에 어찌 없을 수 있겠는가? 우리나라 사대부들이 연경에 갔다가 돌아오며 이런 기록을 남기지 않은 이가 없었으나 선생처럼 상세하지 않았다. 이를 갖고 연경에 가서 살펴 따라가면 비록 처음 가는 나그네라도 익숙한 길처럼 생각될 것이다. 군대를 이끄는 자가 이를 얻으면 견고함과 빈틈, 험지와 평지의 소재를 알 수 있고, 풍속을 살피는 자가 이를 보면 풍속의 교화와 다스림이 어디에서부터 시작되는지를 알 수 있다.'10)라 하였다. 이헌경의 주장처럼 최현의 『조천일록』은 17세기 전반 사행 조천록 중에서 가장 꼼꼼하고 세밀하게 기록되어 있다. 현재까지 이 작품에 대한 연구는 주로 최현의 글쓰기 방식과

---

9) 조규익, 「사행문학의 초기 자료의 쓰기 관습과 내용적 성격-인재 최현의 『조천일록』을 중심으로」, 『국제어문』 42집, 국제어문학회, 2007 : 조규익, 「조선 지식인의 중국체험과 중세보편주의의 위기 ― 崔晛[朝天日錄]과 李德泂『朝天錄』/『죽천행록』]」을 중심으로 ―」, 『온지논총』 40집, 온지학회, 2014 : 윤세형, 「17세기초 사행록에 나타난 명나라 말기의 위기상황」, 『한국문학과 예술』 15집, 한국문학과 예술연구, 2015 : 윤세형, 「최현의 <朝京時別單書啓>에 나타난 현실인식 연구」, 『온지논총』 42집, 온지학회, 2015 : 정영문, 「최현의 『조천일록』에 나타난 현실인식」, 『한국문학과 예술』 27집, 한국문학과예술연구소, 2018 : 조규익, 「『조천일록』의 한 독법」, 『한국문학과 예술』 31집, 한국문학과예술연구소, 2019.

10) 이헌경, 「조천록서」, 『인재속집』의 "訒齋崔先生遺集旣梓行矣 而先生六世孫光璧氏又取先生朝天錄及詩文遺佚者若而篇 裒輯續集 屬獻慶弁之以文 獻慶應之曰 朝天錄世烏可無也 我國士大夫使燕還 莫不有是錄 而莫先生詳 以之之燕 按而跡之 雖生客若熟路 行師者得之則知堅瑕險易之所在 觀風者見之則知謠俗化理之所自 又況時當皇朝季葉 左璫之弊已滋矣 賓旅之怨已興矣 蒙猺之釁漸搆矣 遼薊之路將梗矣 惝然憂歎 思周盛時 一如曹檜之詩 惜乎 當時之不知戒而尙貽後人之明鑑 朝天錄世烏可無也 鄭桐溪交遊顚末 又有可以警人者 易曰知幾其神乎 幾者心之謂也 當仁弘以盛名誑一世也 微先生孰察其心而早與之絶 微先生孰與桐溪險塗相將 卒成樹立之卓爾耶 詩云招招舟子 人涉卬否 人涉卬否 卬須我友 人有良友之謂乎 遂感歎而爲之序" 참조.

최현의 현실인식 등에 대한 연구가 주를 이루었다. 그러나 최현의 『조천
일록』을 문학적 측면에서 살펴본 논문은 드문 편이다.

　최현의 연보를 확인해 보면, 최현이 산수를 구경한 경우는 많지 않다.
35세 1597년(선조 30)에 주왕산, 47세 1609년(광해 1)에 금오산, 49세 1611
년(광해 3)에 월출산을 다녀온 것을 확인할 수 있다[11]. 현재 최현의 문집
속에서 유산기(遊山記)로 볼 수 있는 작품은 「낙산산수병기(洛山山水屛
記)」, 「적상산보경사향로봉기(赤裳山寶鏡寺香爐峯記)」 단 2편만이 전
한다[12]. 「낙산산수병기」는 1626년 64세에 강원도 관찰사에 부임한 후 이
듬해 가을에 강원도 낙산을 유람하고 그 감회를 기억하고 쓴 글로 와유
의 자료로 삼고자 한 작품이다. 이와 달리 「적상산보경사향로봉기」는 무
주 적상산을 올라 적상산의 형세를 군사적 시각으로 탐색 서술하였다.
그의 문집 속에 유산에 대한 기록과 유산기는 드문 편이다. 특히 「적상산
보경사향로봉기」를 보면 최현이 산을 바라보던 시각을 확인할 수 있다.

　최현이 중국을 다녀오면서 적은 『조천일록』을 보면 최현은 사행 중에
중국 명산인 천산, 수양산, 십삼산, 의무려산, 안산을 유람하고 이를 기록
으로 남겼다. 비록 사행 노정에서 행한 유산이지만 이러한 유산과 기록은
유산 자체가 목적이었던 유산기로 볼 수 있다[13]. 그의 문집에 실린 유산

---

11) 최현, 「認齋先生文集年譜」 [한국고전종합DB, 『訒齋集』].
　　정우락은 「인재 최현의 한시문학과 그 의미지향」(2000)에서 최현이 41세 되던
　　해에 여헌 장현광과 함께 가야산을 유람했다고 하였으나, 연보에 따르면 42세
　　1604년(선조35) 장현광과 가야산으로 유람할 것을 약속하였으나 동강(東岡)
　　김우옹[金宇顒, 1540~1603]의 죽음으로 인하여 유람하지 않았다고 기록하고
　　있다.
12) 최현, 『인재집』 권10에 모두 7편의 기(記)가 있지만, 「낙산산수병기(洛山山水
　　屛記)」, 「적상산보경사향로봉기(赤裳山寶鏡寺香爐峯記)」만이 강원도 낙산과
　　전라북도 무주 적상산을 배경으로 쓴 기문이다.
13) 물론 사행록 속에 기록한 일기 속에 있는 것이지만, 중국의 명산을 유람하고
　　이에 대해 적은 글이므로, 이 부분을 유산기라 볼 수 있다. 이는 이 부분의

기보다 『조천일록』에 실린 유산기가 더 많은 것이다. 본고는 최현의 『조천일록』 속 유산기를 중심으로 최현의 유산기가 가지는 특징을 살펴보고자 한다. 유산기는 기행문학과 산수문학의 두 가지 성격을 동시에 가진다[14]. 이를 위해 먼저 최현이 중국의 명산에 올라 승경을 감상하고 어떻게 기록하고 있는 지를 살펴보겠다.

2. 17세기 초반 조선 사행단의 중국 명산 유람처

중국 사행은 조선 사대부 문인이 합법적으로 중국의 명산을 유람할 수 있는 유일한 기회였다. 중국 사행은 외교적 임무를 띤 공적인 여행이었지만, 독서를 통해 추체험했던 중국 산천에 대해 직접 유람할 수 있던 유일한 기회였던 만큼 조선 사대부들이 중국의 명산대천에 대한 유람에 대한 열망은 무척 강했다[15].

> 좁은 이 땅에 답답하게 사는 사람들은 대부분 중국에 사신으로 가는 것을 장쾌한 유람으로 여긴다. 나는 무술년(1598, 선조31) 겨울에 주문(奏文)을 받들고 북경(北京)으로 갔는데, 당시 내 나이 아직 젊어서 지나가는 곳마다 반드시 마음껏 경치를 찾아다니며 구경하였다. … 그러나 경치가 빼어난 산수(山水)로 말하자면 기록한 자가 없었다. 듣건

글쓰기가 유산기가 가지는 기행문학과 산수문학의 성격을 동시에 가지고 있기 때문이다.

14) 이혜순 공저, 『조선중기의 유산기 문학』, 집문당, 1997, 11쪽.
15) 이-푸 투안[구동회·심승희 역,『공간과 장소』, 대윤, 개정판 2011, 293~294쪽]은 '어떤 남자가 어떤 여자에게 첫눈에 반해버릴 수 있는 것처럼 장소도 첫눈에 사랑할 수 있다고 주장하면서, 그곳에 직접 가보지 않더라도 책에 있는 이야기, 장소에 대한 묘사나 그림만으로도 충분히 주어질 수 있으며, 성인보다는 아이가 더 감각적으로 세계를 추체험 한다'고 주장하였다. 조선 사대부들이 어렸을 적부터 읽는 중국 서적 – 경전, 역사서, 지리서 등은 당대 조선 사대부 지식인들의 마음에 중국 산천을 유람하고 싶은 큰 갈망으로 자리 잡고 있었다.

대, 천산(千山)은 요양(遼陽) 서쪽에 있고 의무려산(醫巫閭山)은 광녕(廣寧) 북쪽에 있고 각산사(角山寺)는 산해관(山海關) 성 굽이의 가장 꼭대기에 있으며 모두 기절(奇絶)하기로 이름난 곳이다. 그러나 거리가 60리 혹은 30리, 20리나 되며 길이 우회하고 험준하여 공무의 일정상 마음대로 가 볼 수 없고 그저 멀리서 바라보며 상상의 나래나 펼칠 뿐 이었다16).

▲ 요동 광우사 백탑 현재모습

이정구의 글은 당대 사신들이 얼마나 중국 명산대천을 가보고 싶어 했는지를 보여준다. 물론 공적인 노정과 정해진 기간 안에 사신의 임무를 완수해야 했으므로 중국의 명산대천을 유람하기는 쉽지 않았다. 명나라의 기강이 엄했던 명 초기에는 사신이 압록강을 넘은 후 북경 옥하관에 도착하기까지 정해진 기간 안에 도착해야 했다. 만약 기간 안에 도착하지 못하면, 조선 사신 일행을 인솔하던 중국 관원들이 크게 문책을 받았다17). 따라서 조선 전기 사행에서 15세기, 16세기 전반기는 중국의 명산대천을 유람할 엄두를 내지 못하였다. 이 시기에 조선 지식인들이 유람할 수 있었던 중국 승경처는 노정 중에 2박3일

16) 이정구, 『월사집』 권38, 「유천산기」의 "人之局束生偏邦者 率以朝天爲壯遊 余於戊戌冬 奉奏朝京 時年尙少 凡所歷 必恣意探討 (中略) 乃若奇山秀水 則無可記者 聞千山在遼陽西 醫巫閭在廣寧北 角山寺在山海關城曲之最高頂 俱稱奇絶 而去路六十里 或三十里二十里 迂且險 官程不獲自由 唯望見寄想而已" 참조.

17) 최부의 『표해록』(3월10일조 참조)에 보면, 큰 비로 인해 길을 나서지 못하고 이틀을 머물렀으나 여전히 폭풍이 멈추지 않자, 비를 무릅쓰고 출발한다. 최부는 일기에 비에 온몸이 젖었다고 기록하였다. 그러나 인솔자인 도저소(桃渚所)의 천호(千戶) 적용(翟勇)은 '중국의 법률이 매우 엄하기 때문에 조금도 지체할 수 없다'고 말하였으며, 실제 성도(省都)로 데려오는 데 많은 날을 지체했다는 이유로 항주(杭州)에 도착한 뒤 적용은 장형을 받았다.

을 머물던 요동의 승경처인 요동 광우사와 백탑·화표주, 산해관의 산해정, 그리고 북경 옥하관에서 갔던 태학 등 이었다[18].

명나라 중기를 지나면서 명나라 기강이 해이해지고, 조선에서 보내던 사행도 정기 사행보다 임시 사행 즉 별행이 많아지면서 도착 기한의 제한이 어느 정도 느슨하게 규제되었다. 따라서 16세기 중반에 들어서면서, 조선 사신단은 광녕의 북진묘와 영평현 수양산 등을 다녀오게 된다. 다만 조선사신들이 정말 가고 싶어했던 의무려산은 사행 노정 상 갈 수 없었기 때문에 근처 북진묘까지만 들렸을 뿐이다. 1577년 서장관 허봉과 질정관 조헌의 경우도 북진묘만을 다녀왔으며, 1587년 진주사 배삼익의 경우 의무려산을 유람하려는 계획을 세웠지만 비가 멈추지 않아서 가지 못했다[19].

17세기 초반 사신단이 명산을 유람할 수 있었던 계기 중 하나가 명나라 기강의 해이였지만, 바로 이러한 명나라 기강이 해이해진 만큼 여러 문제가 생길 수 있었다. 이에 중국 산천을 유람하기 위해서 사신단은 청

---

18) 압록강을 건넌 후 요동에 이르기까지 역참과 역참 사이는 보통 하루가 걸린다. 1534년 소세양은 1월 21일 압록강을 건너고 22일 탕참(湯站) 23일 쌍령(雙嶺) 24일 용봉연대(龍鳳煙臺) 25일 연산관(連山館) 26일 낭자산(娘子山) 27일 요양원(遼陽院)에 도착[『보진당연행일기』], 1539년 권벌은 9월 3일 압록강을 건너고 4일 탕참, 5일 쌍령, 6일 통원보, 7일 벽동(壁洞), 8일 삼기(三岐), 9일 요동회원관(懷遠館) 도착[「조천록」]함을 볼 수 있다. 1574년 허봉도 6월 16일 압록강을 건너 요동 회원관에 6월 22일 도착[『하곡조천기』]하고, 1577년 김성일도 2월 20일 압록강을 건넌 후 2월 26일 회원관 도착[『조천일기』], 1587년 배삼익도 4월 17일 압록강을 건너 4월 23일 회원관에 도착한다. 이처럼 사신들이 압록강을 건너 요동 회원관에 도착하는데 걸리는 시간은 거의 같은 것을 볼 수 있다. 단, 1572년 허진동의 경우에는 9월 18일 압록강을 건너면서 말을 잃어버리는 바람에 9월 18일 저녁에 구련성에 도착한 이후 말을 찾을 때까지 구련성에 머물다가 9월 21일 구련성을 출발, 9월 26일에 요동 회원관에 도착한다.
19) 배삼익, 『임연재집』권3〈將遊無闔以雨未果次前韻〉"彩翠浮空石逕橫, 攜君安得出西城. 非關厭聞尋山寺, 正要登高望玉京. 雲外夕霏猶未霽, 胸中泰華孰能平. 由來好事多魔障, 虛負淸遊此一生" 참조.

심환, 부채, 유둔(油芚), 종이, 붓, 부싯돌 등을 인정으로 준비하였다. 조선 후기에는 유람을 도울 책 또한 준비하였는데, 김창업의 경우 사행 노정 속에 있는 명산대천과 고적을 기록한 책과 월사의 각산, 여산, 천산 유기 그리고 여지도 1장을 챙겨갔다[20].

중국 사행 노정 속에서 만나게 되는 중국 명산은 구련성의 송골산(松鶻山), 봉황성의 봉황산(鳳凰山), 해주위 부근의 안산(鞍山)과 천산(千山), 광녕의 의무려산(醫巫閭山), 여양역 부근의 십삼산(十三山), 산해관의 각산(角山), 영평현의 수양산(首陽山), 계주의 공동산(崆峒山)·반룡산(盤龍山) 등 이다[21]. 이중 조선 후기 청나라 사행 노정에서 크게 떨어진 곳에 위치해 조선 사대부가 다녀오기에 힘들었던 곳은 해주위 안산과 천산(千山)이며[22], 조선 전기에는 크게 관심 받지 못했던 산으로는 계주의 반룡산 즉 반산(盤山)이었다. 반산은 조선 전후기 사행 노정에 포함되어 있었는데도 불구하고 대명 사행문학 즉 17세기 전반 조선 지식인에게는 관심을 받지 못했다. 17세기 후반 원굉도(袁宏道)의 「유반산기(遊盤山記)」가 조선에 전해진 이후에야 18세기 사신들의 주요 명승처로서 인식되고 유람하게 된다[23].

17세기 전기 사행록에서 주된 관심을 받던 산은 봉황성의 봉황산(鳳凰山), 해주위 부근의 천산(千山), 광녕의 의무려산(醫巫閭山), 여양역 근처 십삼산(十三山), 산해관의 각산(角山), 영평현의 수양산(首陽山), 계주의

---

20) 신익철, 「조선후기 연행사의 중국 명산 유람 양상과 특징」, 『반교어문학회』, 40집, 반교어문회, 2015, 273쪽.
21) 김창업, 『노가재연행일기』 권1, 「산천풍속총론」[한국고전번역DB, 『연행록선집』].
22) 조선 후기 중국 사행 노정에서는 요동에서 곧장 심양으로 향했기 때문에 요동에서 해주위 안산으로 가는 노정을 이용하지 않았다. 요동에서 해주위 안산으로 가는 노정은 조선 전기 명나라와의 사행에서 이용하던 것이다.
23) 신익철, 「조선후기 연행사의 반산 유람과 원굉도의 「유반산기」」, 『한문교육연구』 42집, 한국한문교육학회, 2014, 130~131쪽.

공동산(崆峒山)이었다. 이 중에서도 천산, 의무려산, 각산, 수양산 등이 가장 유명한 곳이었다. 16세기부터 사신들이 반드시 들리던 곳은 바로 영평현의 수양산이었다. 수양산 유람 기록은 16세기 사행록에서부터 꾸준하게 보인다. 수양산이라고 하나, 실제 수양산을 등산 한 것은 아니다. 수양산을 끼고 흐르는 난하에 있는 백이숙제의 사당인 이제묘가 주 유람처였다[24].

해주위 근처 천산은 1537년 2월 중국에서 조선으로 사신 왔던 공용경(龔用卿), 오희경(吳希孟)이 중국 명승지로 소개했던 곳이다[25]. 광녕의 의무려산은 화이(華夷)의 변별지로[26], 16세기 하흠의 은거지로 인하여 도학의 성지로 누구나 유람을 원했던 곳 이었다[27]. 산해관의 각산에 있던 망해정과 정녀사 또한 사신들의 주된 유람처였다.

1608년 동지사 서장관으로 북경을 다녀온 최현이 다녀온 산도 당시 조선 사행단의 유람처와 다르지 않았다. 최현이 다녀 온 산을 정리하면, 천산, 안산, 북진묘 및 의무려산, 십삼산, 망해정 및 정녀사 (각산), 수양산 등이다[28]. 최현은 북경으로 갈 때 천산, 북진묘, 망해정 및 정녀사, 수양산의 이제묘를 들렸으며, 조선으로 돌아올 때 십삼산, 의무려산 그리고 안산을 들렸다. 최현은 천산, 의무려산, 십삼산, 안산을 다녀오고 이에 대한 유기를 사행기록인 『조천일록』에 상세하게 남겼다[29].

---

24) 조규익, 「연행 길, 고통의 길, 그러나 깨달음의 길」, 『국문 사행록의 미학』, 역락, 2004.

25) 정환, 『회산집』 권 2, 「조천록」 1537년 7월 14일의 "到鞍山驛, 驛傍兩巖角峭秀, 東曰遼高, 西曰遼下, 遼高之後, 有千山巖嶂, 若束戟然, 連接靑石嶺, 幽邃淸靈, 北方諸山之最勝, 龔吳兩學士留遼東, 遊觀處也" 참조.

26) 조규익, 「연행 길, 고통의 길, 그러나 깨달음의 길」, 『국문 사행록의 미학』, 역락, 2004.

27) 김지현, 「조선전기 의무려산에 대한 공간적 의미 변화」, 고전한국연구회 발표문, 2011.

28) 봉황산에 대한 기록은 대체로 구련성을 지나면서 견문한 사실을 적은 것으로 봉황산 자체를 유람하지는 않았다.

3. 최현『조천일록』유산기의 특징 - 객관적 지리 정보의 전달

유산기에는 여정 속에 비경을 발견하거나, 보통 사람들이 경험하지 못한 기사를 기대함으로써 특별한 산수기행은 신선과의 인연을 지닌 자들이 누릴 수 있다는 인식을 표출한다. 따라서 작품 속의 산수공간과 유람 행위는 특별한 것으로 형상화되었다. 조선의 산수공간은 선계나, 신화적 공간 또는 중국의 절경 등에 비유되어 환상적인 공간으로 재창조되고, 유람 행위 역시 진나라 왕휘지의 난정회 같은 풍류에 빗대어 이상적인 형태로 묘사되곤 하였다[30]. 특히 중국의 명산대천을 유람하는 행위는 힘든 사행 노정 속에서 사행단이 가질 수 있는 특별한 즐거움이기도 하였다.

봉우리가 13개라 산 이름이 십삼산이라 부르는 산은 의무려산이 끝나는 요녕성(遼寧省) 석산진(石山鎭)에 위치한 산이다. 조선 시대 사행록에서는 내내 산 이름에 대한 고증이 있던 곳이다[31]. 홍귀달은 1481년 천추사로 북경을 다녀오면서 '내가 해동에 있을 때에 십삼산이란 것이 있다는 말을 들은 지 오래 되었다. 마음속으로 기이하게 여기며 항상 눈으로 보고 하나하나 세어보지 못한 것을 한스러워했다. 지금 다행히 사신의 명을 받들어 역사를 지나게 되면서 십삼산이라 부르는 것을 보았다. 손가락으로 헤아릴 수 있는 것은 겨우 대여섯 개였으며, 나머지는 모두 가지치거나 새끼 친 것들이라 마치 손자아이가 할아버지 할머니의 품속에 있는 것 같아서 갈라져서 숫자로 명목을 세울 수 없었다.'[32]라며 실제

---

29) 최현의 유산은 동시대의 다른 사행사보다 많다. 4차례나 북경을 다녀왔던 이정구도 1604년 천산을, 1616년 의무려산을 다녀왔을 뿐이다.

30) 노경희, 「17세기 전반기 관료문인의 산수유기 연구」, 서울대 석사학위논문, 2001, 4쪽.

31) 1521년 사행을 다녀온 김극성(金克成)은 '큰 봉우리를 세면 13개에 못 미치고 작은 봉우리까지 세면 13개 보다 많다'고 적었으며, 1720년 사행했던 이의현(李宜顯)은 '북경으로 갈 때는 13개의 봉우리가 안 되었더니 돌아오면서 보니 13개의 봉우리가 모두 눈앞에 역력하다'고 하였다.

십삼산의 산봉우리가 13개 되지 않음을 적었다. 십삼산의 봉우리가 13개가 아님에 의아함을 느꼈던 권근은 '십(十)'과 '석(石)'의 음이 같기 때문에 산의 이름이 십삼산이 아니라 석삼산(石三山)이라 하였다[33]. 이처럼 십삼산에 대해서는 주로 이름을 고증하는 것이 관례였으며, 대체로 손으로 세어보고 실제로 13개의 봉우리인지 아닌지에 대해 글을 남겼다.

홍귀달의 경우는 여기서 더 나아가 '아아! 사람들의 말은 곧바로 믿기에 부족하니 이름과 실질이 곧바로 어울리기 힘든 것이 이와 같구나. 내가 보니, 사람들은 성대한 명성을 자부하는 사대부들을 모두 그 모습만으로 공격하는데, 자세하게 살피고 고찰하게 되면 그 실질을 잃지 않는 자가 드물었다. 어찌 홀로 이 산만이 그러하겠는가. 시를 지어 사물의 형태가 항상 그러함에 부치고 또한 스스로 경계하려 한다.'라며 사대부의 명성과 실질적인 삶이 일치하지 못하는 현실을 통해 자신의 깨달음을 서술하였다[34].

최현이 북경으로 갈 때, '십삼산은 공중에 높이 솟아 화극(畫戟)을 나열한 것 같은데, 봉우리가 13개라 그렇게 이름 한 것이다.[35]'라며 십삼

---

32) 김남이 외 공역, 『허백정집』, 점필재, 2014, 160~161쪽의 "〈十三山驛詩 幷序〉 余在海東 聞有十三山者久矣 心竊奇之 常恨不得面目而枚數之 今幸奉使過傳舍 見所謂十三者 可指數者僅五六七 餘皆枝流餘裔 如兒孫在翁婆懷抱中 不可歧而別數充其目(본고에 인용된 번역은 이 번역서를 따르되, 문맥에 따라 번역문을 윤문하였다.)

33) 권근, 『양촌집』 권 6, 「봉사록」 <板橋驛欲發程 擔夫有未至者 留待其來 及晚而行 路淖馬跌 衣裝盡濕 夜行二十里至蘆溝鋪 前途水深 不得復進 有屋低濕 欝蒸良苦 屋上覆以土 平坦如臺 登攀待朝 蚊蚋之苦 倍加於前 黎明 行至十三山驛 尹平理以下皆跌 路泥馬困也 > 시의 자주(自註) '十三山驛前有石山 三峯對峙 通事李玄云 十三山無乃石三山耶 華言石與十聲相近 其言甚當 故詩作石'

34) 김남이 외 공역, 『허백정집』, 점필재, 2014, 160~161쪽의 "噫 人言之不足信而名實之難副也 如是夫 余觀士大夫之負盛名者 人皆貌敬之 及至詳視而熟察 鮮有不失其實者 豈獨玆山也哉 詩以寓夫物態之常 且自警云" 참조.

35) 최현, 『조천일록』 1608년 10월 9일의 "十三山 歨然聳空 列如畫戟 峯有十三 故名

산 이름이 13개의 봉우리에서 유래되었단 사실만을 단순 서술한 후, 조선으로 돌아오는 길에 십삼산에 올랐다. 조선으로 돌아오던 2월 15일(1609년) 일기에 보면, '길에서 부총병 이방춘(李芳春)을 보았는데 금주에서 회군하는 중이었다. 그 후에 들으니 이방춘이 금주에 있을 때 오랑캐가 빈틈을 타 전둔위에 갑자기 나타났는데, 성을 지키던 군사들이 추격하여 13명을 생포하였으나 얼마 안 되어 적들이 다시 17명을 노략하여 돌아갔다고 한다. 적들이 전둔위에 출현한 것은 신 등이 그곳을 지난 겨우 며칠 후였다.[36]'라고 적고 있다. 이런 사실을 고려해 본다면, 최현이 십삼산을 유람한 것은 특이하다고 볼 수 있다.

> 상사와 더불어 십삼산에 올랐다. 산중에 망해사(望海寺)·중산사(中山寺)·자유사(茨楡寺)·조양사(朝陽寺)·삼관묘(三官廟)가 있었다. 망해사 등 여러 절들을 둘러보려 하였으나 노새주인이 기꺼이 나귀에게 멍에를 채우려고 하지 않고 뒷 절로 향하였다. 나는 홀로 이민성(李民省)·진대득(陳大得) 등과 함께 앞 절로 향했다.
> 바위 봉우리가 우뚝 솟아 하늘을 떠받치듯이 하였으니, 큰 것은 8~9봉, 작은 것은 5~6봉이었다. 상사는 뒷 절로부터 뒤쪽 봉우리 정상에 올랐고, 나는 종을 시켜 옷을 끌게 하고 중봉에 올랐다. 동북쪽은 요동과 광녕 땅으로 넓고 멀어 끝이 없었으나 안개와 티끌에 가려 100여리만 볼 수 있었다. 서남쪽은 바다에 접해있고, 안개와 구름 사이에 한 줄기의 흰모래사장 같은 것이 바다였다. 서로 100리 떨어져 있었는데 날씨가 청명하면 분명하게 보인다고 하였다.[37]

焉" 참조.

36) 최현, 『조천일록』 1609년 2월 15일의 "路上見副總兵李芳春 自錦州回軍 其後 聞芳春在錦州時 賊胡乘虛突出前屯衛 守城之卒 追擊生擒十三名 未幾 賊還掠 十七名以去云 賊之出前屯衛也 臣等過去纔數日矣" 참조.

37) 최현, 『조천일록』 1609년 2월 16일의 "與上使登十三山 山中有望海寺中山寺茨 楡寺朝陽寺三官廟 欲歷覽望海諸寺 而騾子主不肯奉駕騾向後寺 我則獨與李民 省陳大得等向前寺 石峯削立如拄天 大者八九峯 小者五六峯 上使則自後寺登

십삼산을 유람하고 남긴 매우 짧은 글이다. 조선 사신 중에 십삼산을 유람한 이들은 거의 없다[38]. 최현 일행만이 십삼산을 올랐다. 최현은 십삼산에 있는 절의 이름을 나열하고 가고 싶었으나 갈 수 없었던 사실을 기록하고 중봉에 올라서 내려다 본 경치만 서술하였다.『인재집』1권에 보면 십삼산에 있는 서실(書室)에서 책 읽던 서생을 만나 최현이 시를 지어준 것을 확인할 수 있다[39].

地盡東南處	땅은 동남쪽에서 다하였는데
仙峯勢柱天	신선 봉우리 하늘 기둥 같구려
巫陽添一嶂	의무려 남쪽으로 봉우리 더하여
薊北控三邊	계주 북쪽에선 세 방향을 당기네
爽氣千山雪	상쾌한 기운 천산의 눈 같고
祥風十島煙	상서로운 바람 십도의 이내 같아
忽忽歸去後	시간에 쫓겨 서둘러 되돌아가니
回首却茫然	돌아볼수록 도리어 아득하여라[40]

최현이 십삼산에 올라갔을 때 만났던 유생에게 써준 작품으로,『조천일록』이 아닌『인재집』에만 수록되어 있다. 함련에서 보이는 의무려와 계주를 통해 십삼산의 위치와 모습을 크게 그려냈다. 그리고는 실제 지명

後峯絶頂 我則使奴子牽衣以上登中峯 東北是遼東廣寧之地 曠遠無涯 爲烟塵所蔽 只見百餘里 西南則際海 雲霧中 如一帶白沙者 是海洋 相去百里 日候晴明則分明望見云" 참조.

38) 대부분의 사행록에서는 십삼산역에서 십삼산을 바라보면 봉우리의 개수와 이름과의 상관관계를 논하는 것이 대부분이다.

39) 최현,『인재집』권1의 "〈登十三山 贈儒生〉冬至使廻還時 登十三山 山中有一書室 室中有讀書儒生 爭持紙筆 要余作詩 遂書一短律以贈之 '地盡東南處 仙峯勢柱天 巫陽添一嶂 薊北控三邊 爽氣千山雪 祥風十島煙 忽忽歸去後 回首却茫然'" 참조.

40) 최현,『인재집』권 1〈登十三山 贈儒生〉

인 천산과 신화전설 속 십주삼도(十洲三島)로서의 십도를 함께 읊고 있다. 십주삼도에서 말하는 십주는 도교에서 말하는 바닷속의 선경(仙境)으로, 조주(祖洲)·영주(瀛州)·현주(玄洲)·염주(炎洲)·장주(長洲)·원주(元洲)·유주(流洲)·생주(生洲)·봉린주(鳳麟洲)·취굴주(聚窟洲)를 말하고, 삼도는 봉래(蓬萊)·영주(瀛洲)·방장(方丈)의 이른바 삼신산(三神山)을 일컫는다. 천산이라는 실존적 장소 속에 십도라는 선계의 장소를 녹여 내어 현실 속 선경을 함축적으로 표현하고 있다. 미련에서는 이러한 선경을 시간에 쫓겨 제대로 보지도 못하고 돌아가야 하는 아쉬움을 표현하고 있다. 앞서 본 십삼산에 올라서 쓴 유기와 비교해 보면 감정의 폭이 매우 큼을 알 수 있다. 잠시나마 십삼산에 올라 선경의 흥취를 얻은 아쉬움을 시에서 직접 토로하고 있다면, 유산기에서는 건조한 서술로 십삼산에서 내려다보이는 풍경만을 서술하고 있을 뿐이다.

유산기에서는 유산 중에 만난 사람과의 일화, 만난 이와 주고받은 시를 매우 중요하게 서술하였으며, 이는 18세기 연행록 속에서도 중요한 서술이었다[41]. 그러나 최현은 유산기에서 이러한 부분을 과감하게 생략하고 십삼산의 지리적 위치만을 서술한 것이다. 동북쪽으로 드넓은 요동벌과 서남쪽의 발해가 보이는 위치에 십삼산이 있다는 정보의 전달이 있을 뿐이다. 최현이 남긴 유산기의 가장 대표적인 특징이 바로 이러한 점이다. 자신이 오른 산의 위치, 그 중에서도 견문한 사찰의 모습을 핍진한 묘사를 통해 세밀하게 표현할 뿐 다른 서술을 덧붙이지 않았다.

이는 의무려산의 청안사를 다녀오면서 쓴 서술에서도 분명하게 나타나는 특징이다. 의무려산은 순임금이 봉한 중국 유주(幽州)의 진산으로 오악오진(五嶽五鎭) 중 가장 북쪽에 있다. 요녕성 북진현 서쪽에 있으며, 의무려(醫無閭) 혹은 어미려(於微閭)[42] 등으로 쓰기도 하고, 줄여서 의

---

41) 김창업, 이기지, 홍대용 등등의 연행록 속에 나오는 유산기의 특징이기도 하다.
42) 굴원의 『초사(楚辭)』「원유(遠遊)」에 '於微閭'가 나온다. 이 산이 바로 의무려

려(醫閭)라고 하기도 한다[43]. 산의 높이는 약 886m로 매우 높은 산은 아니지만, 산 정상에서 내려다보면 북으로는 몽골 평원이, 동으로는 요동벌이, 서로는 능하의 물줄기가, 남으로는 발해만이 보인다고 한다. 중국 조정에서는 역대로 이 산을 영산으로 추숭하였고, 많은 문인 묵객들이 찾아와 수많은 시문과 석각 비기 등을 남긴 곳이다. 지리학적으로 북방민족과의 경계를 구분하는 곳인 만큼, 산의 입구에는 산신을 제사하는 사당 북진묘(北鎮廟)를 두고, 국가가 직접 제사를 올릴 정도로 매우 중요하게 생각하였다[44].

'십삼산의 북쪽에서 뻗은 산줄기가 동쪽으로 나아가 이 역의 북쪽을 지나서 광녕위(廣寧衛)의 북쪽에 닿은 후 동쪽으로 뻗어갔다. 그 가운데 용왕봉(龍王峯)·보주봉(保住峯)·망해봉(望海峯)·분수봉(分水峯)·망성강(望城岡)·녹하봉(祿河峯) 등 여러 봉우리가 있는데, 통틀어 '의무려산(醫巫閭山)'이라 한다.'[45]는 최부의 기록처럼 의무려는 제법 큰 산

산이다.

43) '이안눌, 『東岳集』권2, 「朝天錄」<六月二十日留廣寧出步城外北望醫無閭山而作> 注: 此屈原遠遊賦所云於微閭 而周禮東北曰幽州 其山鎮曰醫無閭者 是也 / 『疎齋集』권1〈黃旗堡途中, 望醫巫閭山, 書懷〉注: 周禮幽州之鎮曰醫巫閭 屈原遠遊賦稱於微閭 賀旨中欽 以陳白沙高弟 隱居此山下 世稱醫巫閭先生' 등 조선의 대명 사행 관련 시문에서 의무려에 대한 기록은 꽤 많이 살펴볼 수 있다.

44) 당나라 때는 의무려산의 산신을 '광녕공(廣寧公)'이라 칭하였으며, 금나라 때는 '광녕왕(廣寧王)', 원나라 때는 '정덕광녕왕(禎德廣寧王)', 명나라 때와 청나라 때는 '의무려산지신(醫巫閭山之神)'이라 봉했다. 이처럼 의무려산은 역대 조정에서 숭배하는 신령스런 산성지였으며, 요의 여섯 황제가 선후로 40여 차례나 이곳에 와 산제와 조상제를 지냈던 곳으로 북방민족에게도 매우 상징성이 깊은 곳이었다.

45) 최부, 『표해록』권 3, 5월15일의 "十五日. 晴. 過山後鋪榆林鋪, 到閭陽驛. 有山自十三山之北, 橫亘東走, 過此驛之北, 以抵于廣寧衛之北而東. 其中有龍王·保住·望海·分水·望城岡·祿河等諸峯, 通謂之醫巫閭山. 此驛正當其陽, 故名閭陽. 嘗聞出榆關以東, 南濱海, 北限大山, 盡皆粗惡不毛, 主山峭拔, 摩空蒼翠, 乃醫巫閭, 正謂此也"참조.

이다. 이곳에 명나라 유학자 하흠이 은거한 후 이황이 하흠의 덕을 칭송한 이후, 의무려산은 조선 사신들에게 도학의 공간으로 인식되었다[46]. 이후 16세기 조선 사신들 또한 의무려산을 유람하고 싶어했으나, 제법 큰 산인 의무려산을 사행 노정 속에서 등산하기에는 시간이 부족한 편이었다. 이로 인하여 대부분의 사행은 의무려산의 초입에 있는 북진묘에서 의무려산을 서술했을 뿐이다. 17세기 초 의무려산의 일부를 오른 이로 최현과 이정구를 들 수 있다[47]. 최현과 이정구는 의무려산 청안사까지만 올랐다.

> 장진보(壯鎭堡)에서 점심을 먹고 상사와 함께 의무려산(醫巫閭山)의 청안사(淸安寺)에 들어갔다. 절은 광녕에서 서쪽으로 10리 되는 곳에 있었다. (…) 우리들이 골짜기 입구에 말을 매어놓고 걸어서 바위 밑으로 들어가니 바위 동굴이 입을 벌린 듯 계곡을 이루어 폭포수가 쏟아져 나왔다. 바위 동굴 안에는 바위를 파고 바위 복판에 '수석기관(水石奇觀)'이라 새겼으며 또 '의려가승(醫閭佳勝)'이라 새겼는데, 자획이 허벅지만큼 컸다. 동굴 속에는 돌비석이 있었다. 동굴 가장자리로부터 남쪽의 돌층계를 돌아 한 층 더 오르니 두어 칸의 당우(堂宇)가 있어 극히 정결하였으며, '선범분경(仙凡分境)'이란 글이 적혀있었다. 또 바위 면에 큰 글자로 '유목천표(遊目天表)'라 새겼으니 필력이 노련하고 힘이 있었다. 이는 포판(蒲坂)[48]에 사는 장방토(張邦土)의 글씨였다. 당 뒤로부터 북쪽으로 돌아 수 십 층을 더 오르니 바위 면에 글자를 새기고 부처를 새긴 것이 매우 많았고 두 개의 봉우리가 나란히 솟아

---

46) 김지현, 「조선전기 의무려산에 대한 공간적 의미 변화」, 고전한국연구회 발표문, 2011, 6~9쪽.
47) 의무려산은 중국 동북부에서 제법 큰 산으로 하룻동안에 의무려산을 다 본다는 것은 어려웠다. 당시 의무려산을 올랐던 이들이 택한 산행을 보면 북진묘에서 좀더 서북쪽으로 올라가 의무려산 초입의 청안사 일대를 구경하는 것이었다. 이 또한 당시 사행노정에서는 하루라는 시간을 들여야만 가능했다.
48) 포판(蒲坂) : 땅이름. 산서성 영제현(永濟縣)에 있음. 순임금의 도읍지

있었다. 또 사람의 힘으로 돌을 깎아 석문을 만들었는데 사람들은 모두 이를 통해 들어갈 뿐 달리 통하는 길은 없었고, 공용경의 제명과 서화가 있었다. 석문(石門)으로부터 돌아 북쪽으로 몇 층을 내려오니 바로 불전(佛殿) 앞이자 바위 동굴 뒤였다. 바위가 섬돌같이 깎은 듯하여 더위잡고 곧바로 오를 수 없기 때문에 돌아 구비지게 오솔길을 낸 것이었다. 뜰에 있는 네모난 돌우물은 이른바 신선 여동빈의 성수분(盛水盆)이었다. 북쪽의 양 협곡을 바라보니 깎은 듯 동굴을 이룬 것은 도화동(桃花洞)인 듯하였다. 뜰 서쪽에서 바위를 부여잡고 곧장 오르자 삼십여 보쯤에 삼관묘(三官廟)가 있었고, 뜰에서 북쪽으로 한 층을 오르니 청안사(淸安寺)였으며, 절에서 또 두 층을 오르니 불전(佛殿)이었다.[49]

최현이 의무려산의 청안사를 방문하고 적은 기록이다. 청안사의 가람 배치와 공간 구성 그리고 주변의 경물에 대한 자세하고 핍진한 묘사는

▼ 광녕 의무려산 청안사

여행안내서의 지도를 보는 듯하다. 청안사에 대한 공간 묘사는 이처럼 자세한 점에 비해 "승려 두 세 명이 앞서 인도하고 차를 대접하였다. 해가 이미 서쪽으로 떨어져 더 탐승할 시간이 없었으므로 총총히 되돌아 내려왔다."[50] 청안사에서 만난 승려에 대한 이야기는 아주 간략하게만 적혀 있다. 최현처럼 의무려산 청안사를 방문한 이정구, 조선 후기 김창업, 이기지 등의 기록에 보면 승려와 만나 나눈 대화를 자세하게 적은 것과 무척 큰 차이점이다. 또한 최현은 유학자 하흠, 신선 여동빈에 대한 서술도 전혀 보이지 않는다.

　최현의 유산기는 철저하게 공간을 핍진하게 묘사하는 것에 초점을 맞추고 있다. 이러한 서술 방식은 천산을 유람했던 기록에서도 보인다. 천산은 요녕성 안산시(鞍山市)에 있는 산으로 '동북명주(東北明珠)', '요동제일산(遼東第一山)'으로 불렸다. 천산은 자연경관이나 인문경관 모두 뛰어나지만 그중 핵심은 종교문화로 북위시대부터의 명청시대까지의 불교와 도교의 사원들이 오랜 세월동안 천산의 공간을 이루었다[51].

　　이보다 앞서 요동에 들어온 이후 보았던 명가(名家)와 큰 절들은

49) 최현, 『조천일록』, 1609년 2월 17일의 "中火于壯鎭堡 與上使入醫巫閭山淸安寺 寺在廣寧西十 (中略) 我等舍馬洞前 步入巖下 則石竇呀然成谷 瀑溜瀉出 竇中刻巖 書巖面曰水石奇觀 又曰醫閭佳勝 字畫大如股 竇中有石碑 自竇邊繞出南磴 更上一層 有數間堂宇極淨 題曰仙凡分境 又刻大字 巖面曰遊目天表 筆力老健 蒲坂張邦土書也 自堂後轉北 更上數十層 巖面刻字刻佛甚多 雙巖弁峙 又以人力 鑿爲石門 凡人皆由是以入 他無可通之路 有龔用卿題名書畵 自石門轉而北下數 層 乃佛殿之前 石竇之後也 截然如砌 不可攀緣直上 故轉曲開迤也 庭中有方石甃 所謂呂仙盛水盆也 北望兩峽 割然成洞者 疑是桃花洞也 庭之西 緣巖直上 三十餘 步 有三官廟 自庭北上一層 淸安寺也 自寺又上二層 乃佛殿也" 참조.

50) 최현, 『조천일록』, 1609년 2월 17일의 "有僧二三前導饋茶 日已西沉 不暇探勝 恖恖還下" 참조.

51) 조규익, 「연행 길, 고통의 길, 그러나 깨달음의 길」, 『국문 사행록의 미학』, 역락, 2004, 316~317쪽.

모두 벽돌을 쌓아 계단을 만들었으나, 이곳은 연석(鍊石)으로 계단을 만들었다. 혹은 수십 층, 혹은 수백 층으로 벼랑에 기대 돌계단을 만들었고, 바위에 의지해 건물을 세워, 층층이 겹쳐진 것이 마치 그림과 같았으며 기이한 재주를 다 부렸다. 세 개의 문을 뚫고 지나 높은 대에 오르고 나니 비로소 불전(佛殿)을 볼 수 있었다. 좌우에 있는 승료(僧寮)는 매우 정결하였다. 불전 뒤에는 3층의 푸른 난간이 반쯤 허공에 솟아 있어, 우러러보니 아득하였고, 제(題)하기를 '천봉공취(千峯拱翠)'라 하였다. 불전 뒤를 경유하여 몸을 솟구쳐 빠른 걸음으로 3층각(三層閣) 가장 높은 곳을 올라가니 백불각(百佛閣)이었으니, 그 안에 작은 금부처 백 구(軀)가 있으므로 그렇게 이름 한 것이다. 조월사의 뒷 봉우리는 해라봉(海螺峯)이니, 바위 모양이 소라와 비슷해 이름하였다고 한다. 조월사에서 남쪽을 바라보니, 마주보이는 곳에 여러 봉우리들이 첩첩이 기이한 형상을 하고 있어, 모두 다 궁구할 수 없으되 월악봉(月岳峯)·사자봉(獅子峯)·삼태봉(三台峯)·오향봉(五香峯)은 봉우리들 중 더욱 뛰어나고 수려하였다. 온 산이 돌 봉우리였고, 백불각의 뒷 봉우리는 더욱 기이하였다. 큰 바위가 땅으로부터 우뚝 솟아 봉우리 하나를 이루었으니, 높이가 백 길이나 되었고 바위머리에 패전(貝殿)이 반쯤 노출되어, 마치 사람 머리에 옥으로 된 삿갓을 쓴 모양이었다. 바위 복판에는 '독진군악(獨鎭羣嶽)'이라고 크게 네 글자를 새겼고, 옆에는 '융경(隆慶) 3년[52] 도찰원[53] 성시선(成時選)이 쓰다[隆慶三年都察院成時選書]'라고 새겨, 몇 리 밖에서도 글자를 볼 수 있었다. (…) 종각을 통해 북쪽으로 도는 산등성이의 걸음걸음 높아지는 곳에 바위를 깎아 계단을 만들고 소나무에 의지해 잔교(棧橋)가 만들어져 있었다. 계단이 다하고 바위가 끝나는 곳에 작은 전각 하나가 반공(半空)에 의지해 있었으니, 이름하기를 '옥황전(玉皇殿)'이라 하였고, 백불전(百佛殿)은 올려다봄에 뒷 바위가 이고 있던 누각이었다. 이곳에 이르니 천봉만학의 아름다운 자태가 모두 드러났다. 올려다보니 아득하고 굽어보니 흐릿하여 혼

---

52) 융경 3년 : 1569년. 융경제[隆慶帝, 재위 1567~1572]는 중국 명(明)의 제13대 황제로서 묘호(廟號)는 목종(穆宗)이다.

53) 도찰원(都察院) : 명나라 중앙정부의 감찰기관. 또한 관리의 임무수행능력을 평가하기도 했다.

이 흩어지고 정신이 두려워 더 머물 수가 없었다. 전각 안에는 옥황천비 (玉皇天妃)의 상을 세웠고, 좌우에도 6~7개의 부처상을 세웠고, 모두 정교하고 눈같이 희었으며 실내가 환하여 마치 백옥궁(白玉宮) 같았다. 옥황이란 이름이 비록 허탄함을 알지만 늠름하여 설만(褻慢)하지는 않았다. 옥황전 뒤로 다시 한 층을 오르니 소나무 숲이 그늘을 이룬 곳에 전각 하나 있었으니, '관음전(觀音殿)'이라 하였다[54].

조월사까지 가는 산길을 바위를 깎아 계단을 만들었으며, 바위계단의 층수, 누각의 높이, 종각의 위치, 바위에 새겨진 글씨, 둘레의 나무들, 절벽에 새겨진 글씨 등 조월사의 주변풍경을 실제 독자가 따라 오르는 것처럼 있는 모습 그대로 핍진하게 묘사하고 있다. 읽고 있는 독자로 하여금 천산 조월사를 실제 다녀온 느낌을 받게 한다. 최현보다 4년 앞서 천산을 유람했던 이정구의 기록도 세밀하지만[55], 최현의 기록과 비교해보

<hr>

54) 최현, 『조천일록』, 1608년 9월 26일의 "前此入遼之後 名家巨刹 皆以磚築階 此則練石爲階 或數十層 或數百層 緣崖成磴 倚巖架屋 層疊如畫 逞盡奇巧 穿過 三門 陟盡高臺 始見佛殿 左右僧寮 亦極淨潔 佛殿之後 三層碧檻 突出半空 仰 之縹緲然 題曰千峯拱翠 由佛殿之後 聳身飛步 登所謂三層閣上最高處 乃百佛 閣 內藏金小佛百軀 故名云 祖越後峯曰海螺峯 有石形似 故名云 自祖越南望 則對面羣峯 矗矗奇形異狀 不可殫究 而月岳峯 獅子峯 三台峯 五香峯 峯之尤傑 然秀麗者也 渾山都是石峯 而百佛閣後峯尤奇 有大巖 據地特起爲一峯 高可百 丈 巖頭 貝殿半露 如人頭戴玉笠然 巖腹 刻獨鎭羣嶽四大字 傍刻隆慶三年都察 院成時選書 數里可以望見字畫 (中略) 由鍾閣北轉山脊 步步益高 斲巖爲階 倚 松爲棧 階盡巖窮 有一小殿 寄在半空者 曰玉皇殿 乃百佛殿 仰見 後巖所戴之閣 也 到此 千峯萬壑 情態盡露 仰見蒼蒼 俯臨濛濛 魂飛神慄 不可留也 殿內 塑玉 皇天妃像 左右 亦塑六七佛軀 皆精巧 雪白室中朗然 如白玉宮 玉皇之名 雖知其 誕 而凜然不可褻也 玉皇殿後 更高一層 松林掩映 有殿曰觀音" 참조.

55) 이정구, 『월사집』 권38, 「유천산기」의 "殿後有層樓 高可數十丈 從樓後石磴上 二層 有玉皇殿 殿傍大石儼立 刻曰太極石 石左有鐘閣 風動自響 又上一層 有觀 音殿 向之樓若閣若殿 皆倚在峭壁 杉松之屬被之 而根柯屈盤 扶疏偃仰 若人栽 培者 又有大壁 高可萬仞 其面刻大字曰獨鎭群峯 又曰含澤宣氣 不知何物好事 者 緣何着手足 做此危絕工夫 豈劈山巨靈 偶然施巧耶 又上一層 大峯中拆 呀然

면 최현이 훨씬 더 자세함을 알 수 있다. 최현은 조월사의 전각배치는 실제로 가보지 않은 독자들조차도 가본 것처럼 그려낼 수 있을 정도로 세밀하고 자세하게 묘사하였다.

ⓐ 산의 안쪽과 바깥쪽은 푸르고 붉고 누렇고 흰 빛깔이 어지러이 깔려 무늬를 이루었는데, 저마다 자연의 본성에 따라 형성된 이치가 부여되어 있었다. 애당초 누가 이렇게 되도록 하였는지는 알 수 없으나 현기증이 날 정도로 찬란한 빛이 한데 어울려 서로 비추어 산을 유람하는 사람의 볼거리를 이바지하고 도를 닦는 인자(仁者)에게 자기 반성을 할 수 있게 하기에 충분하였다. 주자[周子, 주돈이(周敦頤)]가 뜨락에 자라나는 풀을 보고 만물이 생성하는 이치를 탐구하고 맹자(孟子)가 우산(牛山)의 나무가 자꾸 잘리는 것으로 사람의 선한 본성이 상처를 받는 것에 비유한 한탄이 비록 크고 작은 형세가 다르고 흥성하고 쇠퇴한 자취가 다르지만, 군자가 사물을 보고 감회를 부치는 것은 애초에 같은 것이다[56].

ⓑ 산봉우리는 빼어남을 다투고 암석은 교묘함을 드러내 마치 깎아 놓은 홀 같기도 하였고 나는 새 같기도 하였으며 사람이 서 있는 것 같기도 하고 달리는 말 같기도 하였다. 돌로 된 오솔길은 백 번이나 굽었는데 모두 연석으로 만들어져 있었다. 천 길이나 되는 기암을 올려 다보니 머리에 구슬로 된 궁전[珠宮]을 떠받치고 있는 듯하였고, 사람의 그림자가 어렴풋하여 마치 하늘에서 뭇 신선들이 오색구름 사이를 산보하는 것 같았다[57].

爲大穴 隱隱爲石門 穿過數十步 爲羅漢洞 列坐三十餘浮屠 左右石 多刻名人學士詩及記 折而北上窮其頂 又有壁書曰振衣岡二佛庵" 참조.

56) 정구, 『寒岡集』권 9,「遊伽倻山錄」의 "山之內外 靑紫黃白 散落成文 各隨造物之天 以寓生成之理 初不知孰使之然 而爛熳趣色 混茫相映 足以供遊人之賞 而資仁者之反求 周子庭草之玩 孟子牛山之歎 雖大小異勢 盛衰殊迹 君子之所以觀物寓懷 則蓋未始不同也" 참조.

57) 최현, 『조천일록』, 1609년 2월 17일의 "峯巒競秀 巖石呈巧 如削圭 如飛鳥 如人立 如馳馬 石逕縈紆百曲 皆鍊石爲之 仰見千丈奇巖 頭戴珠宮 人影依依 若天上羣仙 散步五雲中" 참조.

ⓒ 층층의 바위와 첩첩한 산봉우리 사이에 금색과 푸른색이 은근히
보이기도 하고 혹은 산꼭대기에 혹은 바위틈에 있기도 하고 혹은 숲
밖으로 나와 있기도 하며 혹은 반공에 걸려있기도 했다[58].

ⓐ는 16세기 한강(寒岡) 정구(鄭逑)가 가야산을 유람하고 쓴 유산기의
일부이다. 정구는 가야산을 구도의 장소이자 도체가 깃든 공간으로 묘사
하고 있다. 16세기 도학자들의 유산기의 특징이 산수에 내재한 이치를
추구하는 방향으로 산수의 공간을 묘사한 것이다. ⓑ와 ⓒ는 최현이 그려
낸 의무려산, 천산의 산수의 모습으로 형상만을 핍진하게 묘사하고 있을
뿐이다. 최현은 자신의 행로를 중심으로 '장소의 위치, 경개, 유적지' 등을
기록할 뿐 여타의 일정이나 여행 중 있었던 사건을 일체 언급하지 않았
다. 앞서 살펴본 바처럼 철저히 유람하는 장소의 경치를 묘사하는 데에만
초점을 맞추었다. 이는 최현이 십삼산과 의무려산, 천산이 가지는 산수의
아름다움을 드러낼 수 있는 대상에 집중하여 경관을 묘사한 것임을 알
수 있다.

아! 지난날 요양성에 있을 때에는 피곤하고 희롱을 당하여 마치 조롱
속의 새와 같았으나, 오늘 천산의 절 속에서 상쾌하고 자유롭게 노닐어
문득 물외인(物外人)이 된 듯하니, 이것은 무엇 때문인가? 수일 사이에
지위의 높고 낮음과 심신의 맑고 탁함이 이같이 현저히 다르단 말인가?
사람이 사는 곳을 선택하지 않을 수 없는 것이 이와 같도다![59]

최현이 중국의 산을 유람하고 남긴 길고 중에서 유일하게 의론이 서술
된 부분이다. 지위의 높고 낮음 심신의 맑고 탁함이 사는 곳에 좌우된다

---

58) 최현, 『조천일록』, 1608년 9월 26일의 "層巖疊嶂之中 金碧隱見 或在頂上 或在
巖罅 或出林間 或駕半空" 참조.
59) 최현, 『조천일록』, 1608년 9월 26일의 "噫 昨日遼陽城中 困被嬲挨 有若籠中鳥
今日千山寺裏 逍遙快豁 便作物外人 是何 數日之內 地位之高卑 心神之淸濁
若是其懸絕歟 人之所處 不可不擇 有若是哉" 참조.

는 의론이 그의 유산기에서 보이는 유일한 의론이라 할 수 있다. 이는 공간에 대한 깨달음이지만, 이러한 서술이 유독 천산을 유람한 후에 서술된 것은 최현 일행이 요동 회원관에서 9박 10일간의 고생 때문이다. 잠시나마 사신으로서의 업무에서 벗어난 흥취를 술회한 것이다[60]. 최현의 유산기 전체에서 중국 산수 유람에서 흥취를 표현한 곳은 바로 천산을 유람했던 곳 뿐이다.[61].

4. 결론

17세기 전반기 조선 사행단은 사실 명나라 조정의 기강의 해이함으로 인하여 지나는 곳마다 많은 뇌물을 바쳐야했으며, 사신으로서 제대로 대접받지 못할 때도 있었다. 그러한 그들에게 있어서 사행 노정의 괴로움은 중국 노정 속 산수 유람을 통해 잠시나마 현실을 벗어나 이상향으로 진입할 수 있게 하던 계기였다. 따라서 이 시기의 사행단은 중국의 명산을 유람하고 유산기를 남겼다. 전대 16세기 유산기가 산수유람의 경험을 통해 얻게 된 깨달음을 의도적으로 기록하고 하는 것이 특징이라면, 17세기 유산기는 승사(勝事)의 전말을 기록하고자 함으로서 사건 중심의 서사성이 부각되는 것이 특징이었다[62]. 그러나 1608년 최현의 유산기에서는 승

---

60) 조규익[「연행 길, 고통의 길, 그러나 깨달음의 길」, 2004, 317쪽]은 산에 들어오기 전과 후의 내면의 모습이 달라졌으므로 천산의 의미를 입사의 상징적 공간이었다고 분석한 바 있다.

61) 최현이 중국의 산을 유람하고 쓴 유산기에서는 대체로 산수유람의 흥취가 잘 드러나지 않는다. 이러한 지점이 기존 17세기 유산기의 특징인 17세기 문인들은 16세기 문인들과 달리 어지러운 현실을 잠시나마 잊게 해주는 동경의 대상으로, 관료생활의 과중한 업무로부터 잠시 벗어나 흥취를 얻으려는 행위로 산수유람을 즐겼던"[이명희, 「월사 이정구의 유기문학 연구」, 충남대학교 석사학위논문, 2010. 참조] 당대 문인과 최현의 유산기가 지향하는 바가 다르다는 것을 알 수 있다.

사의 전말이 아닌 자연경물을 핍진하게 묘사하여 마치 스냅사진처럼 그려내고 있다는 점이 큰 특징이다. 최현의 스승이었던 정구가 1579년(선조 12) 가을 가야산을 유람하고 적은 「유가야산록」과 비교해 보면 더욱 명확한 차이를 느낄 수 있다. 정구는 가야산에서 만나는 경치마다 심성 수양을 논하고 있다.

최현은 도리어 유산을 통해 유흥과 풍류에 젖고 이상세계나 탈속 세계로의 진입을 꿈꾸기보다 끝까지 객관적·사실적·실용적 시선을 유지하면서 산을 바라보고 있었다. 산수를 찾는 즐거움에 대해 이야기하기보다 사실적 풍경을 서술할 뿐인 것이다. 이는 그의 학문적 성향과도 유관한 것으로 보인다. 이 점이 최현 유산기의 가장 큰 특징이라 할 수 있다.

이 논문에서 『조천일록』 속 유산기를 통해 최현의 산수의식과 문학 세계를 이해하는 한 단면을 살필 수 있는 데까지 나아가지 못했다. 이를 위해서는 최현의 산수를 읊었던 시와 다른 작품들을 더 살펴보아야만 가능할 것이다. 또한 최현만이 아닌 당대의 사행한 사람들의 중국 명산 유람과 함께 살펴야 최현만의 특징이 부각될 것이다. 이러한 점은 다음 논문에서 살펴보고자 한다.

---

62) 노경희, 「17세기 전반기 관료문인의 산수유기 연구」, 서울대 석사학위논문, 2001, 4쪽.

『조천일록』과 요동 정세

윤세형

1. 서론

최현은 광해군 즉위년인 1608년 서장관의 신분으로 중국사행을 하였다. 최현이 사행한 16세기 말에서 17세기 중반은 역사적으로 동북아 정세에 있어 소용돌이에 있었다. 명은 내부적으로 부패가 심해져 말기의 증상이 나타났고 요동에서는 여진족이 점차 세력을 확대하였다. 그러나 조선은 급변하는 정세를 잘 깨닫지 못하고 당쟁의 와중에 있었고, 명을 천자국으로 섬기는 사대주의에 변함이 없었다. 임란으로 조선은 쑥대밭이 되었으며, 명은 군대를 참전시켰는데 이를 항왜원조전쟁(抗倭援朝戰爭)이라 부른다. 명이 임진왜란 당시 구원병을 파견한 것은 조선을 위해서라기보다는 요동의 안전을 위해서였다.

조선시대 명(明)·청(淸)과의 사행로는 일정하게 제한되어 있어 임의대로 바꾸지 못했다. 조선초에는 해로(海路)를 이용했고, 15세기에 들어서는 요양(遼陽)에서 해주위(海州衛와 광녕(廣寧을 거쳐 산해관(山海關)을 지나는 '중원진공로(中原進貢路)'가 확정되었다. 이 사행로는 200년 이상 이용되다가, 17세기초 명(明)·청(淸) 전쟁으로 사행로 일대의 정세가 불안해지면서 일시적으로 해로(海路)를 이용하였다. 이후 1644년 청의 입관(入關)을 기점으로 몇 차례 변경되었다가, 1655년 청이 심양(瀋陽)에 성경부(盛京府)를 설치하면서부터 요양에서 심양을 거쳐 산해관으로 들어가는 노정이 이용되었다. 이러한 사행로는 산해관 안의 하북성을 제외하면 대부분 지금의 요녕성에 속한다. 그중에서도 압록강을 건너 요양시에 이르는, 대략 6박 7일의 여정을 요하는 '동팔참(東八站) 구간' 은 연행사들의 많은 주목을 받은 곳이다.[1] 동팔참은 연행로의 초절 구간 에 해당한다.[2] 최현의 사행노정은 『인재속집(訒齋續集)』 권6 <所經路 呈>에 기록되어있다.[3] 이는 대개 1598년 사행한 이항복의 사행노정과 일치한다.

동팔참은 압록강으로부터 '구련성(九連城) →탕참(湯站) →봉황성(鳳 凰城) →송참(松站) →통원보(通遠堡) →연산관(連山關) → 첨수참(甛 水站) →두관참(頭關站)'의 8곳의 역참(驛站)을 말하는데, 임란수습기 (壬亂收拾期)에는 구련성과 연산관이 그 역할을 하지 못해서 실제로는 6곳의 역참만 제 역할을 수행하였다. 이 구간은 실질적인 연행(燕行)의 출발점이자 종착점으로써, 자연환경은 조선 산하와 유사하여 친근감을 자아내는 구간이었다. 다만 역참의 명칭은 성(城),진(鎭),보(堡)의 설치나 역할에 따라 시대별로 변화를 보이고, 고유명사인 지명(地名)을 음차(音 借)와 훈차(訓借)로 표기하는 과정에서 여러 가지 유사한 음의 한자 표현 을 볼 수 있다.[4]

---

1) 이승수,「조선후기 연행체험과 고토 인식 - 동팔참을 중심으로」,『동방학지』 127집, 2004. 211~212쪽.
2) 물리적인 거리를 따져보면, 예컨대 15~16세기 조선인들이 측정하기로, 서울 에서 요양까지는 1,560리, 요양에서 북경까지는 1,559리다. 구체적으로 따져보 면 서울에서 의주까지가 1,180리, 의주에서 요양까지 380리이며, 요양에서 산 해관까지는 879리, 산해관에서 북경까지가 680리다. 서울에서 의주까지의 거 리는 『增補文獻備』 권24, 興地 12 <道里>를 참조했고, 명 국내에서의 거리는 『故事撮要』 中卷, <中原進貢路程>를 참조했다. 정동훈,「한중관계에서의 요동 (遼東)」,『역사와 현실』 107호, 한국역사연구회, 2018. 26쪽에서 재인용.
3) 중절구간은 요양에서 산해관, 종절구간은 산해관에서 북경에 이르는 구간이다.
4) 이성형,「燕行詩에 나타난 '東八站 區間' 認識樣相 考察 - 壬亂 收拾期를 中心 으로 - 」,『漢文學論集』 35집, 2012.

동팔참 구역은 옛 조선의 영토였다. 이 길을 통하는 사신단이 고대사의 인식을 하게 되는데, 명대(明代)의 조천록에도 약간의 언급이 있으나 청대(淸代)에 이르러서는 더욱 깊은 고대사 인식을 하게 된다.[5] 조선후기에 접어들면서 동팔참은 조선과 기맥이 서로 통하는 땅으로 고구려의 강역(舊疆)이자, 조선 관방(關防)의 방향성을 제시하는 등 더욱 심화된 장소감을 보여준다.[6]

명(明)의 요동 진출이 시작된 것은 홍무(洪武, 주원장의 연호) 8년, 즉 1375년이었다. 북원(北元) 세력이 힘을 잃고 요동지역에서 철수하면서 힘의 공백이 생겼고 명은 이 지역을 재빨리 차지하였다. 명 조정은 요동의 통치를 튼튼히 하기 위해서 여러가지 조치를 취했는 바 위소(衛所)를 많이 세우는 것이 바로 그 중의 하나였다. 요동에서는 위소만 세우고 군현(郡縣)을 설치하지 않았기 때문에 위소는 요동지구의 기본적 기능을 수행하는 군정기관(軍政機關)으로 되었다. 지역의 중심도시인 요양에 요동지배를 위한 요동도사(遼東都司)를 설치하고 25위(衛)를 세웠다. 해주위(海州衛)는 그 중요한 전략 위치로 점차 요양에 버금으로 가는 거진(巨鎭)으로 되었다.[7] 17세기 이후의 청나라와 달리 명나라는 요동 일대를 직접 통치하지 못했으며, 해당 지역의 부족장들에게 명의 관직을 제수하는 간접통치방식을 채택했다.[8]

---

5) 이승수, 앞의 논문, 207쪽. 압록강 서쪽 요동지역은 본디 기자의 봉지이고 辰韓의 영토였으며 고구려가 강성했을 때에는 모두 강역 안에 있었다. 하지만 흥망을 거듭하는 가운데 옛 땅을 되찾지 못했으니 뜻있는 자의 비분을 자아내기에 족하다.

6) 이성형, 앞의 논문, 136쪽.

7) 张晓明,「明代辽东海州卫」,『鞍山市反学院学报』, 中国鞍山师范学院, 2009. 최현,『조천일록』9월 28일, 해주위(海州衛)를 출발했습니다. 해주위는 큰 진(鎭)으로 성곽과 망루의 장관은 요동에 버금갔습니다. 發海州衛 衛巨鎭也 城郭樓櫓之壯 亞於遼東.

8) 조헌,『조천일기』, 최진욱 외 5인 옮김, 서해문집, 2014. 222쪽.

광해군대에 조선·명 관계 및 조선·여진 관계가 흔들린 근본적인 원인은 여진세력의 성장에 따라 명과 여진의 관계에 변동이 생겼다는 점에 있었다. 더욱이 여진세력의 성장은 바로 조선과 명을 이어주는 요동에서 이루어지고 있었다.[9]

요동은 어느 한 종족이 독점한 곳이 아니었다. 명·청시대 내내 한족과 여진족(만주족)이 이 지역의 패권을 다투었지만, 그보다 앞서서는 거란족과 몽골족이 소수의 힘으로 이들을 지배했다. 명 후기 요동정국의 변화를 이해하는 문제는 명 왕조의 성격, 요동 사회, 나아가 16~17세기 동아시아 질서 변화의 본질을 이해하는데 매우 필요한 부분이라 할 수 있다.[10]

요동의 아문(衙門)은 사행단에 있어 중요한 역할을 수행하였다. 사행단의 여정을 위한 이동 수단이나 각종 생활 물자를 제공하기도 하였으며, 양국이 정치적으로 갈등을 겪을 때에는 사신의 입경 여부를 요동에서 결정하기도 하였다. 나아가 고려·조선 조정은 중국 왕조의 중앙정부가 아니라 요동과도 사신을 주고받고 문서를 교환하였다. 양국 중앙정부는 서로 급한 소식을 전달해야 할 경우 관련 정보를 먼저 요동도사에 보냈다. 요동도사에 도착한 정보는 양국의 보고 체계를 통해 중앙정부에 전달되었다. 조선 전기에는 명의 요동도사에, 후기에는 청의 성경장군아문에 수시로 관원을 파견하여 표류민이나 범월인(犯越人)을 송환한다든지, 일본의 동향에 대한 정보를 교환하기도 하였다. 명·청의 황제가 발령한 문서를 조선에 보내는 업무를 요동의 아문에서 담당한 일도 있었다. 이

9) 황지영, 「이성량사건을 통해서 본 17세기 초 요동정세의 변화」, 『朝鮮時代史學報』 21, 2002. 7쪽.
   韓中關係에 있어 '요동'이라는 공간이 양자의 관계에 미친 영향에 대해서는 김한규, 『한중관계사Ⅰ』, 아르케, 1999. 참조.
10) 남의현, 「명말 요동정국과 조선 -명 후기 변경의 위기와 질서변화를 중심으로-」, 『인문과학연구』 26, 2010, 초록.

경우 요동의 역할은 실무적인 매개자 이상이 되기도 하였다. 따라서 중국 사행에 있어 요동도사의 역할을 주목할 필요가 있다. 명대에 있어 조선의 정보탐지의 최전선 기지 역할을 했던 곳은 다름아닌 요동도사였다. 조선 사행이 북경으로 들어가는 데 있어 요동도사로부터 수레 제공이 지연될 경우 조선의 사대(事大)가 물거품이 될 수도 있었다. 요동도사가 조선 외교의 첫 대상지이자 정보 탐지처였다면 외교의 최종 종착지는 명 황제 가 거주하고 있는 북경이었다.[11]

조선왕조실록에는 허다한 요동도사 자문이 실려있어, 당시의 요동도 사가 조명관계(朝明關係)를 조절하는 역할을 수행하였음을 잘 보여준다. 또한 요동도사는 독자적인 사절을 조선에 보내었고, 조선도 요동도사를 상대로 사신을 파견하여 외교적 교섭을 벌인 경우가 적지 않았다.[12]

명 후기 요동정국의 변화를 이해하는 문제는 16~17세기 동아시아 질 서 변화의 본질을 이해하는데 매우 필요한 부분이라 할 수 있다. 본고에 서는 최현의 『조천일록』을 중심으로 하되, 임란 전후로 사행한 이정귀[13], 최립[14], 조헌[15], 허봉[16], 이항복[17], 김중청[18] 등의 조천 기록을 살펴 임란

---

11) 서인범, 「명대(明代)의 요동광세태감(遼東鑛稅太監) 고회(高淮)와 조선(朝鮮) 의 고뇌」, 『중국사연구』 Vol. 56, 중국사학회, 2008. 40쪽.

12) 김한규, 『한중관계사Ⅱ』, 아르케, 1999. 598쪽.

13) 월사 이정귀는 4차례 중국 사행을 하였다. 각각의 사행기록은 『월사집』에 실려 있다. 이는 사행년도순으로 나열하면 1598년 「무술조천록(戊戌朝天錄)」, 1604 년 「갑진조천록(甲辰朝天錄)」, 1616년 「병진조천록(丙辰朝天錄)」, 1620년 「경 신조천록(庚申朝天錄)」이다. 이정귀는 문장가였을 뿐 아니라 한어(漢語)에도 능했던 전문 외교관으로 임진, 병자란을 거치는 동안 중국과의 외교 문제를 전담하다시피 하였다. 특히 「경신조천록」으로 묶여 있는 115수의 작품은 권 63의 경신조천기사(庚申朝天紀事)와 함께 당대 긴박했던 외교 현황과 월사의 노련한 외교 수완을 유감없이 보여 준다. 『월사집』 해제, 고전번역원 참조.

14) 최립은 1577년, 1581년, 1593년, 1594년 중국사행을 하고 사행기록을 남겼다. 1577년과 1581년에는 종계변무를 위해 주청사의 질정관이 되어 명나라에 다녀 왔다. 1593년 11월에 정세의 위급함을 알리고 원군과 군량을 요청하기 위해

전후의 요동정세를 밝혀보고자 한다. 요동 정세에 관한 필자가 읽은 선행
연구 및 도서는 각주와 같다.19)

파견하기 위해 주청사로 나갔다. 1594년 8월에 다시 중국 군대의 파병과 광해
군(光海君)의 세자 책봉을 주청(奏請)하러 갔다. 丁丑行錄(1577)과 辛巳行錄
(1581)은 중도의 풍물을 읊은 것이 많고, 癸巳行錄(1593)과 甲午行錄(1594)은
전란 중 중국과의 외교를 담당할 때에 지은 것으로 변경과 遼東 등처의 정경을
읊은 것이 많다. 『간이집』 해제, 고전번역원 참조.

15) 조헌[1544~1592]은 1574년에 質正官이 되어 上使 朴希立, 書狀官 許篈과 같이
명에 다녀왔다. <조천일기>는 1574년 5월 11일부터 같은 해 9월 14일까지의
일정을 기록한 글로 『중봉집』 권10~12에 실려있다. 몇 년 전 번역서가 출간되
었다. 조헌의 『조천일기』(최진욱 외 5인 옮김, 서해문집, 2014.) 번역을 참고하
되, 필자가 번역이 미진한 곳은 수정하였음을 밝혀둔다.

16) 허봉[許篈, 1551~1588]은 1574년 성절사(聖節使) 박희립(朴希立)의 사행(使
行)에 서장관(書狀官)으로 임명되어 질정관(質正官) 조헌(趙憲)과 함께 중국
사행을 하였다. 상·중·하 3권으로 된 그의 「조천기」는 『하곡집(荷谷集)』에
수록되었고, 고전번역원 『연행록선집(燕行錄選集)』에 번역되어 있다.

17) 이항복은 1598년 明의 兵部 贊畫主事 丁應泰가 본국을 무함하자 陳奏使에
제수되어 李廷龜, 黃汝一과 함께 燕京에 가서 이듬해인 1599년 돌아왔고 <조
천록>을 남겼다.

18) 김중청(1567~1629)은 1614년 성절사(聖節使)의 서장관(書狀官)으로 명나라
에 다녀와 <조천록>을 남겼다. 김중청의 『苟全集』은 김씨문중에서 번역되었
다. 曺命根 譯, 『苟全先生文集』(苟全先生文集國譯重刊推進委員會, 1999.)의 번
역을 참고하되 필자가 번역이 미진한 곳은 수정하였음을 밝혀둔다.

19) <논문> 김영숙, 「조천록을 통해본 명청교체기 요동정세와 조명관계」, 인하대
박사논문, 2011.;김일환, 「명장(明) 오종도의 조선 생활과 문학」, 『동학어문학』
77, 2019.; 남의현, 「명말 요동정국과 조선 -명 후기 변경의 위기와 질서변화를
중심으로-」, 『인문과학연구』 26, 2010.;서인범, 「명대(明代)의 요동광세태감(遼
東鑛稅太監) 고회(高淮)와 조선(朝鮮)의 고뇌」, 『중국사연구』 Vol. 56, 중국사
학회, 2008.;윤세형, 「17세기초 사행록에 나타난 명나라 말기의 위기 상황-최현
의 <朝天日錄>을 중심으로-」, 『한국문학과 예술』 15, 2015.;이성형, 「燕行詩에
나타난 '東八站 區間' 認識樣相 考察 - 壬亂 收拾期를 中心으로 - 」, 『漢文學論
集』 35집, 2012.;이승수, 「조선후기 연행체험과 고토 인식 - 동팔참을 중심으로」,
『동방학지』 127집, 2004.;정동훈, 「한중관계에서의 요동(遼東)」, 『역사와 현실』

2. 최현의 조천일록에 나타난 요동

1) 오종도[20] 계첩

　　유시에 진강(鎮江)의 유격장군 오종도가 관가(管家)[21] 오화를 파견
하여 계첩(揭帖)을 보냈는데 이르기를 요양에서 어떤 사람이 온다고
하였다. 책봉사신이 아직 지체되어 있는데 지금 또 예부 급사 심씨 성을
가진 자가 온다고 하니 사실인지 아닌지 알 수 없었다. 그러나 허무맹랑
한 말이 아닌지라 사람을 보내 성화같이 탐문하여 사실을 보고하게
하였으나 앎이 미진하였다. 부윤이 즉시 역학훈도 박의남을 진강에 보
내 탐문하게 한 즉 말한 바와 같았으므로 부윤이 조정에 즉시로 보고했
다.[22]

　　최현의『조천일록』에는 명의 정세파악에서 오종도의 계첩(揭帖)이 중
요한 역할을 하고 있다. 계첩은 '명대 하급기관에서 상급기관에 보내던

107호, 한국역사연구회, 2018.;조규익,「조선 지식인의 중국체험과 중세보편주
　의의 위기 - 崔晛[朝天日錄]과 李德泂[朝天錄 / 죽천행록]을 중심으로 -」,
　『온지논총』40집, 2014.;황지영,「이성량사건을 통해서 본 17세기 초 요동정세
　의 변화」,『朝鮮時代史學報』21, 2002.
　<단행본> 김한규,『한중관계사Ⅰ, Ⅱ』, 아르케, 1999.;한명기,『임진왜란과 한중
　관계』, 역사비평사, 1999.;토마스 바필드, 윤영인 역,『위태로운 변경』, 동북아
　역사재단, 2009.;한명기외 4인 저,『17세기, 대동의 길』, 민음사, 2014.
20) 최근 김일환이 쓴 오종도에 대한 논문이 주목할 만하다. 김일환,「명장(明)
　오종도의 조선 생활과 문학」,『동학어문학』77, 2019. 저자는 논문 서문에서
　'강남(江南) 출신의 한 무인이 파병군의 개인 수행원으로 조선에 들어와, 조선
　군신들과 관계를 맺어나가면서 정치적으로 성장하는 과정을 그가 남긴 시문과
　그에게 바쳐진 시문을 통해 살펴본다'고 밝히고 있다.
21) 관가(管家); 집 일을 관리하여 주관하는 사람
22) 최현,『조천일록』, 8월 27일의 "酉時 鎮江遊擊吳宗道 另差管家吳華封送揭帖
　云 有人自遼陽來云 冊封之使 尚爾濡滯 今又差禮部給事 沈姓者來 未知的否
　且莫浪傳 已差人 星夜飛探之矣 偵之卽報 知不盡 府尹卽遣譯學訓導朴義男 往
　探于鎮江 則其所云亦如右 府尹卽飛報朝廷"의 참조.

상행(上行) 문서'를 말한다. 오종도가 보내주는 게첩을 통하여 명의 정세를 파악할 수 있었다. 시급을 요하는 정보는 곧바로 조정에 보고하였다.

오종도는 임란후 본국으로 귀국했다가 1607년 압록강 대안(對岸)인 진강의 유격으로 부임한다. 진강(鎭江)23)은 사행의 필수 노정인 만큼 북경을 다녀오는 조선 사신들은 오동도를 만날 수 밖에 없었다. 오종도는 명나라로 사신을 보내고, 사신을 맞이하는 일로 문신들이 상주하다시피 하던 의주(義州)로 연락을 보내어 끊임없이 유대를 강화하였다.24)

당시 조선의 최대 현안사는 중국으로부터 광해군 왕위 책봉 조서를 받는 일이었다. 선조의 급작스런 붕어로 광해군이 왕위 계승을 하였지만 명은 차일피일 책봉을 미루고 있었다. 조선은 연달아 중국에 사신단을 파견했으며 명에서 들려오는 정보에 민감해 하였다. 당시 오종도로부터 받은 게첩은 중국의 정보를 얻는 신뢰할 만한 자료였을 것이다. 최현 일행은 이 첩보를 접수하고접수하였으니 이것이 사실인지 아닌지 아직 신뢰하지 못하였다. 사실관계를 더 파악하기 위해 사람을 보내 성화같이 탐문하였으나 아직 앎이 미진하였다. 다시 역학훈도 박의남을 진강에 보내 탐문하니 사실이었다. 이 탐문 내용을 사신단은 즉시로 조정에 보고하였다.

> 당인 등이 진강(鎭江)에 왔을 때에도 유격(遊擊) 오종도(吳宗道)를 보고 또한 우리나라 은덕의 성대함을 앞에서와 같이 말하였다. 오종도 가 말하기를 "너희들이 조선 땅에 정박한 것은 천운이다"라 하였다. 그러나 종도는 당인 등이 물품과 재화를 지닌 것을 알고 돈을 주고

---

23) 『명신종실록』 권379, 만력 30년 12월 무자의 "僚佐之鎭江城 爲華夷分界" 참조. 진강(鎭江)의 원래 이름은 구련성이었고, 성이 무너져 옛터만 남아있던 상태였다가 정유재란이 일어나기 직전인 1596년 일본의 침입을 염두에 두고 구련성의 옛터에 성을 신축한 뒤 진강이라고 명명했다. 또한 진강은 '화이를 가르는 경계[華夷分界]'로서 인식되고 있었다.
24) 김일환, 앞의 논문. 248쪽.

사겠다고 핑계를 댔으나 수입한 물건을 절반이 넘게 탈취하고 그 값을
주지 않으니 종도의 탐욕도 설성(薛楧)과 다름이 없었다.[25]

최현의 『조천일록』을 보면 오종도에 대한 시선이 우호적이지만은 않았
다. 최현의 중국 사행에 딸린 또 하나의 부수적인 일은 조선에 표류했던
당인 대조용(戴朝用) 등 47명을 명나라에 송환하는 업무였다. 이들 표류
당인은 압록강을 넘어 진강에 당도했을 때 오종도를 만나 자신들이 조선
에 머물고 있었을 때 조선에서 대우를 잘 해주었음을 이야기 하자 오종도
는 천운(天運)이었다며 표류당인을 치켜주었다. 오종도는 한편 그들이
조선에서 수입해 온 물건들에 탐이 나 돈을 주고 사겠다는 약속을 하고는
돈을 안주고 탈취하였다. 이를 통해 오종도의 탐욕을 알 수 있었다.

> 오종도(吳宗道)의 아우 오귀도(吳貴道)가 마침 웅천사의 집에 왔다
> 가 이민성 등을 보고는 스스로 내가 유(劉) 태감을 수행하여 간다고
> 말하였고, 또 유 태감이 요구하는 물품 목록을 이민성 등에게 보였다.
> 또 말하기를 "너희 나라가 엄일괴(嚴一魁)와 만애민(萬愛民)[26]을 대접
> 한 전례가 있으니 이번 행차는 예전에 비해서 더 대접하는 일로 조선에
> 통보하라"고 하였다.[27]

최현은 오종도의 동생 오귀도(吳貴道)의 탐욕도 서술되어서술하고 있

---

25) 최현, 『조천일록』, 9월 17일의 "唐人等來鎮江時 見吳遊擊 亦盛道我國恩德如
右 吳宗道曰 你等得泊朝鮮地 此天也 然宗道知唐人有物貨 託以給價買之 輸入
箱包 過半奪取 而不給其價 宗道之貪 亦與薛楧無異" 참조.
26) 엄일괴(嚴一魁)와 만애민(萬愛民) : 명나라 환관들로 선조의 장남인 임해군을
버려두고 차남인 광해군으로 왕위를 계승한 이유를 조사하기 위해서 명나라
조정에서 파견된 사림이다. 『광해군일기』 권5, 광해 즉위년 6월 15일(庚午).
27) 최현, 『조천일록』, 12월 27일의 "吳宗道之弟 貴道 適來熊天使家 見民省等 自云
我隨劉太監出去 且以劉太監所求之物錄示民省等 又曰 儞國有待嚴萬前例 此
行比前加待事 通于儞國云云" 참조.

다. 여기에서 웅천사는 웅화(熊化)를 말하고 유(劉) 태감은 유용(劉用)을 말한다. 최현 일행이 북경에 와 있을 때 이들은 조선국왕(광해군) 책봉의 사신으로 내정되어 있었다. 오귀도는 자기가 태감 유용을 수행하여 간다고 말하면서 지난번 조선에서 대접했던 것보다 더 많은 대접을 할 것을 요구하고 있는 것이다. 이를 통해 동생 오종도의 탐욕을 알 수 있었다.

2) 태감 고회와 명말기 증세

고회(高淮)는 명 황제가 직접 임명한 흠차(欽差) 태감으로 환관 출신이다. 그는 '광세(礦稅)의 화(禍)'[28]를 일으킨 원흉중 한 사람이다.[29]

고회가 10년 동안 요동에 있으면서 3차례에 걸쳐 만력제에게 은 51,800냥을 진헌하였는데, 이 액수는 고회가 요동에서 탈취한 재부의 1/10에 지나지 않았다. 그가 백성에게서 거두어들인 은은 수십 만 냥에

---

28) 한명기, [병자호란 다시 읽기] (13)누르하치, 명(明)에 도전하다. Ⅴ(서울신문 2007. 4. 24). 17세기 초, 만력제가 환관들을 시켜 자행했던 수탈을 보통 '광세(礦稅)의 화(禍)'라고 부른다. 원래 광세는 은광을 개발한 사람에게만 거두게 되어 있는 것이었지만, 그는 은광과 전혀 관련이 없는 사람에게도 마구잡이로 징세를 자행. 무자비한 수탈 때문에 전국 각지의 상공업은 위축되고, 국가의 공적 세입은 급격히 줄어들었다. 민심은 조정으로부터 떠나고, 민변(民變)이라 불리는 저항운동이 각지를 휩쓸게 되었다.

29) 명(明)은 임란(壬亂)을 전후해서 만력삼대정(萬曆三大征), 궁실 재건과 능묘 축조, 황세자 책봉에 따른 혼빙비 지출 등으로 정상적인 세수로는 감당할 수 없는 막한 예산이 필요하게 되었다. 때문에 신종(神宗)은 만력 24년(1596)부터 환관들을 '광감세사(礦監稅使)'로 임명하고 전권을 위임하여 호부(戶部)의 징세와는 별도로 임시세를 징수하게 하는데, 이들은 현지에 나가 무소불위의 전권을 휘두르며 수탈을 자행하였다. 고회는 1599년 신종에 의해 개광(開鑛), 정세(征稅) 업무를 위해 요동에 파견되었다. 그는 광세를 거둔다는 명목으로 민간에 무분별한 수탈을 자행하였다. 1603년에는 부하 수백명을 이끌고 요양(遼陽), 진강(鎭江), 금주(金州), 복주(復州) 등 요동 일대를 휩쓸어 민간에서 수십만 냥의 은화를 강탈했고, 그 때문에 여염이 텅 비어버렸다 한다.

달하였다. (…) 광세의 잔악함이 어느 정도였나 하면 호수(戶數)가 적은 촌에 있는 닭이나 개가 모두 비었고, 시장에서 사(絲)나 포(布)의 무역을 할 수 없을 정도였다.[30]

요동에 파견된 고회는 과중한 과세를 부과하여 요동 민변을 촉발시킨 대표적인 인물이라고 할 수 있다. 그는 요동에 파견된 10여 년 동안 과중한 징세를 통해 요민들의 원성을 샀다.[31] 고회는 악독하게 수탈을 하였고 이는 자기의 배를 채우기 위한 것이었다.

> 태감 고회(高淮)가 악행을 쌓고 원망이 들어차 요동 주민이 그의 살을 씹어 먹고자 하였다. 그의 집안을 관리하는 종 송삼(宋三)이란 자는 고회가 신임하는 부하로서 방자함이 더욱 심하였다. 6월 달에 전둔위 군사 중 마병 3천 5백 명, 보군 1천 5백 명이 민정(民丁) 1만 7천여 명을 합해서 삽혈동맹(歃血同盟)하고 송삼을 격살한 후 그의 살을 찢었으며, 또 고태감의 족속들과 가정(家丁) 3백여 명을 죽였다. 군민들은 태감이 황제에게 아뢰어서 자기들을 반민(叛民)으로 죄줄 것이 두려워 일시에 함께 도찰원에 상소하기를 "만약 도찰원이 직접 고회의 죄를 아뢰어 우리들의 무죄를 밝혀준다면 괜찮지만, 반대로 우리들을 반민으로 만든다면, 우리들은 죄가 없이 죽음에 나아갈 바에는 차라리 북쪽 오랑캐 땅으로 도망갈 것이며 이곳 백성이 되지 않을 것입니다."라 하였다. 도찰원이 사건의 내막을 갖추어 조정에 아뢰고 고회를 나포하여 수감하자 군민들은 비로소 안정을 찾았다.[32]

---

30) 서인범, 「명대(明代)의 요동광세태감(遼東鑛稅太監) 고회(高淮)와 조선(朝鮮)의 고뇌」, 『중국사연구』 Vol. 56, 중국사학회, 2008. 181~182쪽.

31) 남의현, 앞의 논문, 190쪽.

32) 최현, 『조천일록』, 10월 3일의 "大監高淮 惡積怨盈 遼民欲食其肉 其管家宋三者 爲高淮瓜牙 縱恣益甚 六月間 前屯衛軍士馬軍三千五百 步軍一千五百 合民丁萬有七千餘人 歃血同盟 擊殺宋三 磔其肉 又殺高大監族屬家丁三百餘人 軍民恐大監奏于皇上 以叛民罪之 一時齊訴都察院曰 若察院直奏高淮之罪 明我等之無罪則可 不然而若反以我等爲叛亂 則吾等與其無罪而就死 寧北走胡地 不願爲民也 察院具奏朝廷 拿囚高淮 軍民遂安" 참조.

최현은 태감 고회의 악행에 대해 구체적으로 기록하였다. 이 글을 통해 태감 고회와 맞서 싸운 민간인 및 군사들간의 팽팽한 대결 관계를 자세히 알 수 있다. 특이한 점은 군사들까지 민간인의 편에 선 점이다. 고회의 종 송삼은 악행이 더 심하였으며 군사들과 민간인이 삽혈동맹을 하여 송삼을 죽였고 고희의 가속들을 3백여 명을 죽였다. 국가에서 내려보낸 태감에 대한 공격은 반역죄에 해당하겠지만 만약 고회에 대한 공격을 반역죄로 단죄한다면 오랑캐편이 될 것이라 하였다. 결국 고회는 나포되었다. 고회의 악행과 이에 대해 군민(軍民)이 맞선 일에 대해서는 명 역사서에도 기록되어 있다.

> 만력 36년(1608년) 5월 금주(錦州)의 격변은 고회가 사적(私的)으로 세금을 거두고, 시(市)를 열 때에 좋은 말을 탈취하고 둔한 말을 강제로 보군(堡軍)에게 높은 가격으로 구입토록 한데서 연유하였다. (…) 격분한 군인 1,000여명이 고회를 포위하자 그는 창황히 산해관으로 도망해 들어갔다. 그러나 산해관 내외의 군민들도 그에게 원한을 품고있어 수천명이 모여 고회를 에워싸다. 일이 급박하게 돌아가자 고회는 가정(家丁)을 통솔하고 산해관을 관할하는 주사(主事)와 통판(通判)을 위협하여 자신들을 호송케하고는 도망해 버렸다.[33]

태감 고회의 사건은 명 말기의 부패를 대변하고 명의 멸망을 예고하는 것이었다.[34] 고회는 조선에게도 탐욕을 손길을 뻗쳐 수차례나 뇌물을 요

---

33) <명기사본말> 권65 <광세지폐>. 서인범, 상동. 191쪽에서 재인용.
34) 김영숙, 「조천록을 통해본 명청교체기 요동정세와 조명관계」, 인하대 박사논문, 2011. 72쪽. 만력제의 怠政과 太監을 통한 경제적인 수탈은 明의 멸망을 가속화하였다. 당쟁이 심화되고 환관의 폐단이 가중되었으며 조정의 중추기구는 거의 마비되고 재정이 고갈되었다.
『明史』 권237, 贊의 "광세태감이 사방으로 나아가 海內에 독을 퍼트렸다. 民은 삶을 영위할 수 없었다. 府庫는 아직 충만하지 않고 재정은 이미 고갈되었으니 明朝의 멸망은 이미 결정된 것이었다" 참조.

구하였다. 얼마나 심했는지 『선조실록』에서 사신은 고희의 요구에 '민력이 고갈되었다'라고 표현하였다.[35]

3) 건주여진[달자]의 성장과 군사 동향

누르하치의 건주여진은 1599년에 만주문자를 만들어 만주 민족문화의 기틀을 만들었고, 1601년에는 청(淸)의 독특한 군사관료조직인 팔기제도(八旗制度)의 근간인 사기제도(四旗制度)를 완성하면서 세력 기반을 더욱 확대하였다. 1605년에는 '건주국(建州國)'으로 명명하며 개국하고, 1616년에는 국호를 '후금(後金)'이라고 개칭하고, 연호를 '천명(天命)'으로 정하고, 수도를 '흥경(興京)'으로 결정하면서 명(明)에 대한 완전한 독립을 선언함과 아울러 이른바 '칠대한(七大恨)'을 내걸고 무순(撫順)을 공격하여 명을 위협하기에 이르렀다. 건주여진(建州女眞)의 강성화에 위기감을 느꼈던 명은 결국 1619년에 대규모의 후금 원정(遠征)을 준비하고, 조선에도 재조지은(再造之恩)에 대한 보답을 명분으로 참전을 요구하였다.[36]

> 새벽에 연산(連山)을 출발하여 고령(高嶺)을 넘었는데, 고개가 매우 험준하였습니다. 옆에는 형제암(兄弟巖)이 있었는데 돌봉우리가 열을 지어 솟아올라 세 봉우리를 이룬 것이 마치 형제와 같았습니다. 비암(鼻巖)에서 점심을 먹고 서쪽으로 청석령을 넘었는데, 바위가 삐죽삐죽 나오고 산세가 험준하여 인마가 전복하였으니 요동길에서 가장 험한 곳이었습니다.[37]

---

35) 『선조실록』 147권, 선조 35년 윤2월 1일 甲午 2번째 기사의 "史臣曰 自上年秋 高太監託稱尙方御供之物 遣差官張謙 李自泰等出來 求索本國土産物件 幾累 千餘名 本國不能搪塞 分定八方 以應其請 其門一開 末流難防 而瘡痍之餘 民力 竭矣" 참조.

36) 한명기, 『임진왜란과 한중관계』, 역사비평사, 1999, 224~264쪽.

요양은 거대한 들판이 끝없이 이어진다. 연산(連山), 고령(高嶺) 등의 지명에서 알 수 있듯이 이곳에 이르면 높은 산과 고개가 나타나고 이를 넘어서 사행길을 지나야 한다. 최현은 산세가 험준하여 인마가 전복하였으니 요동길에서 가장 험한 곳이라 이곳을 평하고 있다. 이곳에서는 특히 군사적인 방면에서 최현의 상세하고 예리한 기록을 확인할 수 있다.

새벽에 낭자산(狼子山)을 출발하여 냉정(冷井)에서 점심을 먹고 고려촌(高麗村)을 지나 요동(遼東) 회원관(懷遠館)에 도착했습니다. 각 아문(衙門)의 동정을 물으니 순무안찰사 웅정필이 새로 제수(除授) 되었으나 아직 오지 않았다고 합니다. 포정사(布政司)【요동은 산동도(山東道)에 속한다. 여기에도 포정(布政)을 배분한다.】사존인(謝存仁)은 조집(趙檝)을 전송하러 광녕(廣寧)으로 갔고, 부총병(副總兵)【총병은 '병마절도(兵馬節度)'이다. 요(遼)에는 세 총병이 있는데 광녕에 있는 자는 '진수총병(鎭守總兵)'으로 모든 진을 통솔하고, 요동성에 있는 자는 '원요부총병(援遼副總兵)'이고 전둔위에 있는 자는 '서로부총병(西路副總兵)'으로 각각 병마 5천을 거느린다.】오희한(吳希漢)·방추개원위(防秋開原衛) 삼도사(三都司) 고관(高寬)은 성절(聖節)에 진표(進表)하는 일로 북경에 가서 모두 돌아오지 않았고, 다만 장인도사(丈印都司) 엄일괴(嚴一魁)와 이도사(二都司) 좌무훈(左懋勳)만이 아문에 있다고 하였습니다.[38]

---

37) 최현, 『조천일록』, 9월 14일의 "晨發連山 踰高嶺 嶺頗險峻 傍有兄弟巖 石峯列峙成三 若兄弟然 中火于鼻巖 西踰靑石嶺 石齒嵯峨 人馬顚仆 遼路之最險處也" 참조.

38) 최현, 『조천일록』, 9월 15일의 "晨發狼子山 中火于冷井 過高麗村 抵遼東懷遠館 問各衙門動靜 則巡按態廷弼 新除授 未來 布政司【遼東 屬山東道 此乃分布政也】謝存仁 往錢趙檝于廣寧 副總兵【總兵 乃兵馬節度也 遼有三總兵 在廣寧者 爲鎭守總兵 統領諸鎭 在遼城者 爲援遼副總兵 在前屯衛者 爲西路副總兵 各領五千兵馬】吳希漢 防秋開原衛三都司高寬 以聖節進表 往北京 俱未回 只有丈印都司嚴一魁 二都司左懋勳 在衛云" 참조.

최현은 1608년 9월 9일 압록강을 건너 15일 요양 회원관에 도착했다. 회원관은 조선시대 사신 일행이 북경으로 가면서 거쳐 가던 요동에 위치한 숙소중 하나로 '회덕원래(懷德遠來, 덕을 그리워하여 멀리서 온다)'에서 유래한 말이다. 요동성(遼東城) 남쪽 안정문(安定門) 밖에 위치해 있다.39) 이 글에서 최현은 각 아문의 동정을 자세하게 기록하였다. 명나라 군사 편제, 장군의 이름과 거느린 병력 수, 현재 이들의 행방 소재를 밝히고 있다. 최현은 문신이지만 생애를 살펴보면 무에도 상당히 관심이 있었다. 최현은 30세 때인 1592년 임진왜란이 발생하자 고향에 돌아가 의병을 일으켜 활약하였다. 또한 <鄕兵約束文>과 <通開寧義兵文> 등 방비대책을 논한 글을 지었으며 학봉선생에게 글을 올려 적을 막는 것에 대해 논했다.40) 최현『조천일록』의 특징중 하나는 군사적인 동향을 잘 살피고 서술한 점이다. 선행 연구에서 최현 사행 기록의 상세함에 대해서는 이미 논하였다.41)

> 해주위(海州衛)를 출발했습니다. 해주위는 큰 진(鎭)으로 성곽과 망
> 루의 장관은 요동에 버금갔습니다. 이곳의 풍속은 몹시 드세고 도둑질

---

39) 2012년에 동팔참 답사차 요양에서 懷遠堡터를 찾아 보았는데 공장지대로 변하여 그 흔적을 찾을 수 없었다.

40) 최현『訒齋集』연보 참조.

41) 조규익, 「사행문학(使行文學) 초기 자료의 쓰기 관습과 내용적 성격 -인재(訒齋) 최현(崔晛)의『조천일록(朝天日錄)』을 중심으로-」,『국제어문』42, 국제어문학회, 2008.
최현은 사행 길에서 만나는 물상 들의 이치를 살펴 글로 기록하고자 했다. 따라서 그의 시선에 잡히는 물상들은 단순히 자연의 경물이나 사람들의 사는 모습에 국한되지 않았다. 국가의 제도나 정책의 세밀한 측면, 그것들의 잘되고 못 됨, 사람들의 의식주, 물가(物價) 등등. 그의 시선에 걸리는 것들은 모두 분석과 기록의 대상으로 자리 잡을 수 있었다. 말하자면 그는 사행록을 통해 자신이 보고 들은 것들을 기록하되, 하나도 미진함이 남지 않도록 하는데 신경을 쓴 것이다.

을 잘 하였습니다. 오랑캐 땅과 가까워지면서 5리마다 두 개의 연대(煙臺)가 설치되어 있었습니다. 비록 길옆이 아니더라도 촌락이 있으면 모두 연대가 세워져 있었습니다. 혹시라도 오랑캐가 온다는 경보가 있으면 촌민이 모두 이곳에 들어와 지켰으며, 길 가는 사람도 도망해 피할 수 있었으니, 매우 좋은 계책이었습니다. 연로 곳곳에 날마다 쌀을 찧고 곡식을 땅에 묻는 것을 일삼았으며, 민가의 잡동사니 물건들은 연대에 들여놓아 오랑캐의 환난에 대비하고 있었습니다. 또 북방을 바라보니 연기와 화염이 공중에 가득하여 그 이유를 물어보니 초목이 빽빽해지면 적이 출몰하므로 가을과 겨울 사이에 들풀을 태워 적으로 하여금 말을 먹이기 불편하게하고 아군이 관찰하기 쉽게 한다고 하였습니다.[42)

해주위(海州衛)는 요양 다음의 큰 진(鎭)으로 성곽과 망루가 세워져 오랑캐의 침입에 대비하고 있었다. 최현은 이곳에 설치된 연대(煙臺)[43)에 대해 관심있게 서술하였다. 5리마다 두 개씩 설치되었고 주로 길 옆에 있으나 촌락에도 설치되었다. 연대의 효용은 오랑캐 침입시 이곳에 숨어 지킬 수 있는 것이며, 길가는 사람도 이를 이용해 도움을 받았다.[44) 또 촌민들이 곡식을 찧고 땅에 묻어 전쟁에 쓸 양식을 대비하는 모습도 서

---

42) 최현, 『조천일록』, 9월 28일의 "發海州衛 衛巨鎭也 城郭樓櫓之壯 亞於遼東 風俗强悍 善偸竊 漸近胡地 五里置兩烟臺 雖非路傍 有村則皆爲烟臺 脫有虜警 則村民盡入以守 行路之人 亦及走避 甚善策也 沿路處處 日以舂米埋穀爲事 民家雜物 收入烟臺 以備胡患 又見北方 烟熖漫空 問其故 以草樹茂密 賊因出沒 故秋冬之交 焚其野草 使賊不便蒭牧 而我軍易以瞭望云" 참조.

43) 연행로 답사시 명대에 세워졌던 연대를 여러 번 보았는데 이는 봉수대와는 약간 다른 것으로 언덕 등 높은 곳에 설치하여 병사들이 그 안에 들어가 지키는 구축물이었다. 규모는 상당히 컸다.

44) 연대는 조선에서도 예전부터 설치하였던 것으로 보인다. 『세종실록』 세종 4년 8월 19일 3번째 기사의 "청컨대, 높게 연대(烟臺)를 쌓고, 활쏘는 집과 화포(火砲)와 병기(兵器)를 설치하여, 밤낮으로 그 위에서 적의 변동하는 것을 관망하게 하소서." 하니, 그대로 따르고, 여러 도에 명하여 모두 연대(烟臺)를 쌓으라고 명하였다. (請高築烟臺 上設弓家 置火砲兵器 晝夜常在 其上 看望賊變 從之 命諸道皆築烟臺)" 참조.

술했다. 또 들판에 불을 놓아 태우고 있었는데, 이는 풀이 우거지면 적이 그곳에 숨어 관측이 힘들기 때문이었다.

최현은 9월 27일 기록에서 '긴 담장[長墻]'과 '노하(路河)'를 축조한 공사에 대해 서술하였다. 삼차하(三叉河)는 요동 벌판에 있는 하천 구간으로 최현 일행은 이곳을 지나다 마침 비비람을 만나 행로의 고통을 실감하였다. 인마와 수레가 각각 부교와 배를 이용해 건넜으나 하루 사이에 다 끝마치지 못하였다. 최현은 구축물의 구체적인 수치, 공사의 착공년도, 중수년도, 공사 주관자, 동원된 병력, 비용에 걸쳐 자세히 기록하였다. 이를 설치한 것은 원래 군사적인 목적이었으나 일반인들도 편히 이용하는 상황도 말하였다.

> 저녁에 광녕(廣寧)에 도착하니 조선관은 달자들이 가득하여 들어갈 수 없었으므로 조선관 서쪽에 있는 왕(王)씨 성을 가진 집에서 묵었습니다.[45]

> 성곽의 웅장함과 민물(民物)의 번성함은 요동보다 더 나았다. (…) 진수총병【두송이 병마 3천을 거느리고 부임한지 겨우 10일이 되었고, 이성량은 체직되어 물러났으나 그 집안에 그대로 머물고 있다.】 (…) 성 안에는 항상 병마 5천이 있고, 원요부총병은 병마 5천을 거느리고 요동에 주둔해 있으며, 서로부총병은 병마 5천을 거느리고 전둔위에 주둔해 있다. 영원위참장은 병마 3천을 거느렸고, 해주위참장은 병마 3천을 거느렸고, 의주위참장은 병마 3천을 거느렸고【광녕 서북쪽에 있다.】, (…) 이것들은 다만 도로에서 본 것을 기록한 것이다. 요동 각 진(鎭)은 25위(衛)가 있는데 병마는 통틀어 10만 명이라 하였으나 사실은 4~5만 명이었고, 통보에서 아뢴 바에 의하면 8만 명이라 하였으나 사실은 8천 명이라고 하였다.[46]

---

45) 최현, 『조천일록』, 10월 3일의 "夕抵廣寧 朝鮮館則㺚子已滿 不得入 宿館西王姓人家" 참조.
46) 최현, 『조천일록』, 10월 3일의 "城郭之壯 民物之盛 右於遼東 (中略) 鎭守總兵

광녕(廣寧)의 군사방비 상황을 앞에서와 마찬가지로 구체적으로 기록하였다. 그런데 한가지 주목할 만한 곳은 병력수에 있어 '몇 명 이라고 하는데 실제로는 몇 명 이었다.'라고 기록한 부분이다. 장부상의 숫자보다 실제상의 숫자가 훨씬 적다. 이는 '명실상부(名實相符)'에 반대되는 현상으로, 명 말기의 군력이 쇠약해져 장차 청에 멸망할 것임을 예측할 수 있는 단서징조로 보인다. 또 눈에 띄는 부분은 조집과 이성량이 참소를 당하고 체직되어 물러나 있는 상황이다. 이성량 대신 새로 부임한 두송은 부임한 지 겨우 10일에 된 상태였다. 이성량은 체직되어 물러났으나 그 집안에 그대로 머물고 있다고 하였다. 최현의『조천일록』11월 22일자에는 이성량과 조집이 작당하여 이성량 아들 이여장에게 대장군 직위를 물려주려 했음을 기록하였다.[47]

새벽에 행산(杏山)을 출발했습니다. 진공하는 달자들이 길을 막고 물건을 빼앗았습니다. (…) <부기> 탑산소(塔山所)【유격 고정(高貞)이 병마 3천을 거느리고 있다.】를 지나 연산역 오리보(五里堡)에서 점심을 먹었습니다. 이곳에서 산해관까지는 도적과의 거리가 더욱 가까워 때때로 오랑캐가 갑자기 나온다면 사람들은 달아나 피하지 못하고 군사들이

【杜松 領兵馬三千 到任 纔十日 李成樑遞罷 仍在其家】(中略) 城中 常有兵馬五千 援遼副總兵 領兵馬五千 駐遼東 西路副總兵 領兵馬五千 駐前屯衛 寧遠衛參將 領兵馬三千 海州衛參將 領兵馬三千 義州衛參將 領兵馬三千【在廣寧西北】(中略) 此特記其道路所見 遼東各鎭 二十五衛兵馬 摠號十萬 而其實四五萬 據通報所奏 則號爲八萬 而其實八千云" 참조.

47) 최현,『조천일록』, 11월 22일자에는 병과도급사(兵科都給事) 송일한(宋一恨)이 올린 통보가 실려 있다. 최현『조천일록』에는 옥하관에 머물 때 여러 편의 통보를 싣고 있는데, 이를 통해 명 조정의 상황을 잘 파악할 수 있다. 이날 통보중 이성량과 연관된 기록이다.
"36년(1608년)에 이성량(李成樑)은 스스로 생각하되 83세 노부로서 아들 이여장(李如樟)에게 대장군의 인신(印信) 주기를 원하니, 조집도 이성량과 뜻을 같이하였습니다. (三十六年 李成樑自念八十三老夫 欲得子如樟大將軍印 趙楫亦欲得氣味相同之)" 참조.

와서 구원할 수 없었으므로 길 북쪽에 거마책(拒馬柵)을 세웠습니다. 나무로 위 아래를 가로대어 마치 우마의 우리와 같았으며 거마책의 바깥에는 도랑을 파서 적이 갑자기 닥치는 것을 막았습니다. 그러나 말을 막는 제도가 매우 허술하여 도적이 만약 충돌해 온다면 날뛰는 고래가 그물에 걸리는 것과 다를 바가 없었습니다. 거주민은 극히 적었고 전야도 매우 거칠어, 행인은 두려워서 뒤돌아보며 채찍을 재촉해 지났습니다. 저녁에 영원위에 이르자 어둠과 안개로 사방이 막혀 지척을 분간할 수 없었습니다. 뒤에 들으니 도적 오랑캐 수십 만 명이 산해관 외곽에 주둔해 있다고 하였습니다. 얼마 지나지 않아 계진(薊鎭)이 전쟁에서 졌으니, 아마 이것이 그 징험일 것입니다.[48]

최현 일행은 10월 12일 행산(杏山)을 출발해 탑산소(塔山所)를 지나 산해관에 가는 길이었다. 상단은 진공하는 달자들이 조선 사행단의 물건을 빼앗는 상황을 기록했다. 하단은 거마책(拒馬柵)에 대한 서술이다. 이곳에서 산해관까지는 도적과의 거리가 더욱 가까워 길 북쪽에 거마책을 세웠다. 거마책 앞에는 또 해자같이 도랑을 파서 적의 침입을 지연시키고자 하였다. 최현은 거마책의 설치가 허술함을 예리하게 지적하고 있다. 만약 적의 부대가 충돌해 온다면 '날뛰는 고래가 그물에 걸리는 격'으로 무용지물이 될 것이라 하였다. 또 달자로 인해 이 지역이 통행하기에 위험한 상황도 기술하였다. 거주민이 적고 전야도 거칠었으며 행인이 두려워하며 길을 지났다. 산해관 외곽으로는 달자들이 수십만 명이나 모여 있다고 하였다. 어마어마한 병력으로 명을 압박하는 형국을 볼 수 있다.

---

48) 최현, 『조천일록』, 10월 12일의 "晨發杏山 進貢獞子 攔路攘奪 (中略) <附>過塔山所【遊擊高貞 領兵馬三千】中火于連山驛五里堡 自此至關 距賊尤近 有時突出 則人不及走避 兵不及爲援 故路北設拒馬柵 以木橫貫上下 如牛馬之欄 柵外濬溝 以防賊之猝至也 然拒馬之制 亦甚齟齬 賊若衝突 則無異於奔鯨之觸羅 居民絶少 田野多荒 行人狼顧 促鞭而過 夕抵寧遠衛 昏霧四塞 不辨咫尺 其後聞賊胡數十萬 屯于關外 未幾薊鎭失事 恐此其驗也" 참조.

우리 일행이 회동관(會同館)에 50여 일을 머무르는 동안에 조공(朝貢)하러 온 달자(㺚子) 6백여 명도 북관(北館)에 머무르면서 우리 일행의 하인들과 서로 안면과 정분이 친숙해졌다. 하루는 일로 인하여 관문(館門)을 크게 열었더니, 달자 수십여 인이 분잡하게 와서 구경을 하였는데, 이러기를 여러 차례 거듭하였다. 내가 역관(譯官)을 시켜 물어보게 하니, 요인(遼人)이 10분의 8, 9를 차지하고 그 가운데 진짜 달자는 겨우 1, 2분 뿐이라는 것이었다. 인하여 본토(本土)가 퍽 그립지 않느냐고 물으니, 대답하기를, "부모(父母)와 처자(妻子)가 모두 중원(中原)에 있는데, 어찌 그리워하는 마음이야 없겠습니까마는, 호지(胡地)의 풍속이 중국보다 십분 순호(醇好)하여 부역(賦役)도 없고 도적(盜賊)도 없어 바깥 문을 닫지도 않고 아침에 나갔다가 저녁에 돌아오곤 하여 자기 일만 할 뿐입니다. 그러므로 요양에 살면서 쉴새없이 일에 골몰하는 것과는 고락(苦樂)의 차이가 현저하게 다르기 때문에 구차하게 눈앞의 안일만을 탐하여 도망쳐 돌아가기를 생각하지 않는 것입니다."라고 하였다.49)

이항복이 1598년 사행을 하고 쓴 기록이다. 요동 지역에 달자인들이 광범위하게 퍼졌음을 알 수 있다. 달자인이 강대한 세력으로 명을 위협했지만 한편으로는 예로부터 내려오는 중화질서의 근간인 '사대 조공'을 형식상이나마 해 온 것으로 보인다. 그런데 그 규모가 엄청나다. 600여 명이 떼거리로 몰려다닌 듯 하다. 이항복은 그들에게 물어 요양의 정세를 파악하는데, 답하기를 요인(遼人)이 10분의 8, 9를 차지하고 그 가운데 진짜 달자는 겨우 10분의 1, 2 뿐이라 하였다. 이항복은 재차 '본토(本土)가 퍽 그립지 않느냐?'고 물었다. 대답한 내용을 자세히 보면 이들이 한

49) 이항복, <記聞>의 "吾等一行 留會同館五十餘日 朝貢㺚子六百餘名 亦留北館 與吾等一行下人 顔情稔熟 一日 回事館門大開 㺚子數十餘人 紛然來觀 如是者 數次 余令譯官問之 遼人居十分之八九 其中眞㺚 僅一二而已 回問頗戀本土否 答云父母妻子 皆在中原 豈無思戀之心 但胡地風俗 比中國十分醇好 無賦役無 盜賊外戶不閉 朝出暮還 自事而已 其與居遼役 役不暇者 苦樂懸殊 苟活目前 不思逃歸耳" 참조.

인(漢人)인 것을 알 수 있다. '부모와 처자가 모두 중원(中原)에 있다'와 '호지(胡地)의 풍속이 중국보다 십분 순호하여 부역도 없고 도적도 없어 바깥 문을 닫지도 않고 아침에 나갔다가 저녁에 돌아오곤 하여 자기 일만 할 뿐입니다.'란 대답으로 보아 판단한 것이다. 한족 요동민은 자기를 다스리는 자가 누구든 상관없이 일상생활이 편하기를 바라는 마음 뿐이었을 것이다. 명 말기 부패로 인한 관료들의 횡포와 수탈로 말미암아 민심이 명에서 떠난 것이다. 여진족이 중원을 잠식하여 명을 무너트린 것은 강한 군대의 힘만이 아니라 민심을 얻어 호응한 것이 큰 힘을 발휘한 것으로 보인다.

荒絶知三站	황량한 변방에 三站[50]이 있는 줄 알고말고
年來又較衰	몇 년 새에 몰라 보게 더욱 피폐해졌구나
群胡頻劫掠	오랑캐가 뻔질나게 약탈을 자행하는 통에
十室且城池	온 마을이 온통 城池로 변했어라
廚子炊黃飯	부엌에는 누런 기장 밥이 익어 가고
轅駒齕白籬	멍에 매인 망아지 흰 울 곁에서 풀을 뜯네
居人不覺苦	여기 사는 주민들도 고달픔을 모르는데
過客敢言悲	지나가는 나그네가 감히 슬픔을 얘기하랴[51]

최립이 1577년 중국사행중에 읊은 시로 이때에도 이미 달자들의 세력이 대단했음을 알 수 있다. 오랑캐의 약탈에 온 마을이 성지(城池)로 변하였다. 최립은 이러한 상황에서도 전쟁의 고통을 모르고 일상생활을 하고 있는 요동민들에 대한 감상(感傷)을 노래했다. 거주민은 이러한 상황인데도 괴로움을 느끼지 못하며 하루하루를 살아간다. 최립은 이들에게 차마 슬픔을 이야기 할 수 없다며 안타까움을 표시하고 있다.

---

50) '사령(沙嶺)에 고평(高平), 반산(盤山)을 합쳐서 행인들이 삼참(三站)이라고 부른다.'고 주석되어 있다.

51) 최립, 『간이집』 권6, 「신사행록(辛巳行錄)」. <사령(沙嶺)에서 차운하다>.

將軍新逐單于地	장군이 이제 막 흉노의 선우를 쫓아낸 곳을
客子胡爲忽忽過	나그네가 어떻게 훌쩍 지날 수 있겠는가
城下伏屍塡雪塹	성 아래 엎어진 시체들은 눈 덮인 해자를 꽉 채우고
草間流血入氷河	풀 사이에 흐르는 피는 언 강에 스며드네
罷民正怕兵連始	피곤한 백성은 또 전란이 시작됨을 겁내고
壯士徒誇戰獲多	장사는 전과(戰果)를 많이 세웠다고 으스대네
回首還堪說鄕國	머리 돌려 조국의 일을 어찌 차마 말하랴
洛江三載未淸波	낙강 물을 삼 년 동안 맑게 하지 못했으니[52]

최립이 다시 1594년 중국사행중에 읊은 시이다. 이때 조선은 임란중이 었으며 사행의 주목적은 명나라 군대의 파병 요청이었다. 수련에서 고평 땅은 이전에 명 장군이 달자를 옛날 몰아냈던 전쟁터였는데, 한나라때 흉노를 몰아낸 일에 빗대어 말하였다. 함련에서는 시체들이 눈 덮인 해자 를 메우고 흐르는 피가 언 강에 스며드는 전쟁의 참상을 여실히 묘사하 였다. 경련에서는 백성은 전쟁이 다시 일어날까 겁내고 있는데 군인들은 전과를 자랑하는 상반된 입장을 나타내 전쟁의 비극을 말하였다. 미련에 서는 두고 온 조국의 상황을 떠올리며 안타까운 심정을 나타냈다. '낙강 물을 3년간 맑게 하지 못했다'는 것은 임진왜란(1592년) 발발한 지 3년째 되어가는 현실에 대한 푸념스런 한탄이다.

> 대개 요동에서부터 산해관까지는 17참으로 모두 834리인데, 모두가 한결같은 모양의 큰 들판이며 사령을 지나야 비로소 의무려산이 보인 다. 그리고 광녕에서 뒤로는 잠깐 실 같은 산이 있다. 그 토질은 모두 찰흙과 모래로 참새를 쏘아맞칠 돌도 없었다.[53]

---

52) 최립, 『간이집』 권7, 「갑오행록(甲午行錄)」. <고평(高平)>
53) 김중청, 『조천록』, 7월 6일의 "大槩自遼東至山海關十七站 通共八百三十四里 惣是一樣大野 過沙嶺始見醫無閭 廣寧以後暫有綫山 其土皆塡沙 無抵雀之石" 참조.

김중청은 1614년 중국사행을 하였는데 요양길의 광할한 벌판을 언급하고 있다. 산이 없는 벌판이 이어지다가 사령을 지나서야 비로소 의무려산의 산줄기가 보인다. 또 찰흙과 모래로 된 토질도 언급하였다. 그는 사행 후 조정에 〈聞見事件末端獻說〉을 올렸다. 이는 자신이 사행 중에 느낀 바를 아뢴 것으로, 중국에 파견되는 사행(使行)에 있어서 사신(使臣)과 서장관(書狀官)·군관(軍官)과 역관(譯官) 등의 선발, 사행기간 동안 지켜야 할 수칙(守則) 등에 관한 10가지 조목이 담겨있다. 그중에는 사행을 갈 때 무기를 소지해야 한다는 주장이 흥미롭다.

> 관 밖의 일로에는 달노의 변고가 아침저녁으로 언제 일어날지 예측하기 어렵습니다. 그런데 함께 가는 군관 이하가 활과 화살, 그리고 창과 칼을 가지고 가지 않으니, 이것은 갑작스런 변고에 대응하는 방법이 아닙니다. 그러니 떠나는 사람들에게 거듭 신칙하여 각각 무기를 소지하도록 하여 관에 이르러서는 보관해 두었다가 관을 나갈 때는 도로 찾아 소지하는 것이 뜻하지 않은 사고에 대비하는 만전의 방법으로 적당할 듯 합니다.[54]

사행길에는 달노, 즉 오랑캐의 변고가 예측할 수 없기 때문에 무기를 지참해야 한다고 주장하였다. 현재에는 군관 이하가 무기를 소지하지 않으므로 변고에 대비할 수 없다는 것이다. 그 방법에 대해서도 구체적으로 제시하였다. 사행을 가는 사람에게 신칙하여 무기를 가져가게 하고, 가져간 무기를 관에 이르러서는 보관해 두었다가 관을 나설 때 다시 찾아오면 된다는 것이다. 여기서의 관은 중화(中華)의 땅이 실질적으로 시작되는 산해관을 말하는 것으로 보인다.

---

54) 김중청, <聞見事件末端獻說>의 "關外一路猰虜之變 暮夜難測 而一行軍官以下不齎弓矢槍釰 此非應猝之道 似當申勅行人 各持兵械 至關留置 出關還索 以備不虞萬全之道也" 참조.

만약 훌륭한 장군에게 변방을 맡겨 군사들을 어루만지고 훈련시켜서 황제의 위엄을 견고히 한다면 오랑캐가 어찌 세력을 믿고 침범하겠는가? 그러나 으레 소수의 적이라도 만나면 번번이 성위에서 엎드려 감히 화살 한 발도 쏘지 못해서 제멋대로 노략하게 만들어 놓고는, 백성들이 어육처럼 묶이는 것을 앉아서 보고만 있을 뿐이다. (…)

그러나 다행히 변경에 대한 근심이 적은 것은 다만 오랑캐 가운데 웅대한 계략을 가진 자가 나오지 않았기 때문이지만, 임금이 된 자가 어찌 저들에게 호걸이 없다고 하여 자신의 방어를 소홀히 하겠는가? 중토의 많은 물력과 엄밀한 방어로도 오히려 삼가며 조심함이 마땅하다. 하물며 우리 동방 영토의 양계(평안도와 함경도) 등의 지역은 방비가 이에 미치지 못하고, 군민을 약탈하는 놈들은 도적과 같은 오랑캐뿐만이 아니다. 나라의 신하가 된 우리의 수령과 장수들이 적들에게 공격의 빌미를 제공하기도 전에 먼저 와해되는 형세를 만들 것이니, 묘당에서 정사하는 자가 깊이 생각해 미리 방어하지 않을 수 있겠는가?[55]

조헌이 1574년 요동위 일대를 지날 때의 기록으로 그의 군사적인 안목이 돋보인다.[56] 그는 소수의 적이라도 만나면 번번이 성 위에서 엎드려 감히 화살 한 발도 쏘지 못하고 앉아서 보고만 있는 명군의 허약함을 보고 훌륭한 장군이 나와야 할 필요성을 언급하였다. 훌륭한 장군이 나와 이들을 훈련시켜 강한 군대를 만든다면 오랑캐가 어찌 세력을 믿고 침범

55) 조헌, 『조천일기』, 6월 28일의 "若有任邊良將 撫循訓勵 以壯皇威 則虜馬豈敢憑陵哉 而例遇小賊 輒伏城頭 不敢發一矢 以致恣意虜掠 坐看繫縛魚肉而已 (中略) 然幸邊境之少虞者 特以虜中不産雄略人耳 爲人君者 豈可以彼無豪傑 而忽吾修攘之功乎 以中土物力之大 設防之密 而猶當謹畏 況我東方兩界等地 守禦之備 不及于此 而奪掠軍民之患 不啻賊胡 自我守令將帥之爲國臣子者 先作瓦解之形於召敵讐不怠之日 爲廟堂者 可不深思而預防之哉" 참조.

56) 조헌(1544~1592)은 30세의 젊은 나이에 사행을 하였다. 그는 원래 유생 출신으로 이이(李珥), 성혼(成渾)의 문인이었다. 임진왜란시에는 의병을 조직하여 700여 명의 병력으로 금산에서 왜군과 싸우다 전사하였다.

하겠냐는 것이다. 후반부에서는 그러나 다행히 적중에 웅대한 계략을 가진 지휘자가 나오지 않아 변경에 근심이 적다고 하였다. 누르하치가 여진의 세력을 통합하여 중원을 차지할 줄을 조헌은 그 당시에 미쳐 생각하지 못했던 것이다. 이어 시선을 조선으로 돌려 국경을 맞댄 평안도와 함경도의 방비를 걱정하였다. 명의 상황보다 더 안 좋으니 정치하는 자가 이를 헤아려 방어하는 계책을 세울 것을 주문하고 있다.

4) 임란 참전했던 명 장군

양가장의 장주는 양원(楊元)이다. 정유년(1597년)에 양원은 남원에서 성이 함락된 일로 옥에 갇혔었다. 형을 집행하려 할 때 그의 아버지 양사위(楊士偉)가 자식의 죄를 돈으로 해결하려고 이 양가장을 총병 동학년(佟鶴年)에게 팔아 지금은 동씨 집안의 장(庄)이 되었다. 화원(花園)은 넓게 백무(百畝)의 땅을 차지하였고 기이한 꽃과 과일나무를 심어져 있었다. 그 가운데는 2층으로 된 팔각루(八角樓)가 있어 제액하기를 '진락원루(眞樂園樓)'라 하였다. 앞에는 한 그루의 푸른 솔이 있어 크기가 몇 아름이 되었고, 규룡(虯龍)처럼 생긴 나뭇가지가 꼬불꼬불하였다. 촘촘한 잎이 넓게 퍼져 있었는데 철로 된 새끼줄로 나뭇가지를 얽어매었으니, 이는 풍설(風雪)에 꺾일까 저어해서였다. 이 소나무의 가치는 은 50냥이라 하였다. 소나무 아래에 석상(石床)이 있어 길이가 한 길 남짓이었고 넓이는 두서너 자였다. 우리들 두 사행단 여섯 명이 네 모퉁이에 벌여 앉아 술을 마셨는데 또 하나의 멋진 일이었다. 소나무 앞에 또 몇 개의 정자가 있었는데 제액하기를 '송화경(松花境)'이라 하였으며, 화훼가 매우 무성하였다. 정자의 동쪽 담장 안에 큰 집이 있었으니 이곳은 동씨 집안의 거주지였다.[57]

---

57) 최현, 『조천일록』, 9월 22일의 "莊主楊元也 丁酉 元以南原陷城 被囚將刑 其父 楊士偉 欲貰子罪 賣此庄于佟總兵鶴年 今爲佟家庄矣 花園廣占百畝 樹以奇花 異果 中有二層八角樓 題曰 眞樂園樓 前有一株蒼松 大可數圍 虯枝盤屈 密葉廣 張 以鐵索交挈枝幹 恐爲風雪所折也 此松之價 銀五十兩云 松下有石床 長丈餘 廣數尺 吾等兩行六人 列坐四隅 因床對酌 亦一勝事也 松前又有數架亭 題曰松

최현 일행은 9월 22일 요양에 도착하여 회원관에 머물렀다. 오후에는 고부사(告訃使)를 만났고 모두 함께 양가장(楊家莊)에 가서 술을 사서 마시며 이야기를 나누다가 황혼이 되어 각기 흩어졌다. 장(庄)은 봉건시대에 황실·귀족·지주·사원 등에서 점유하고 경영하고 경영하던 큰 규모의 땅을 말한다. 이날 [부기]에는 양가장(楊家莊)과 양원(楊元)에 대한 이야기가 길게 서술되어 있다. 여기서 고부사는 선조의 승하를 알렸던 사신단을 말한다. 선조의 승하를 알리기 위해 조선은 연릉부원군(延陵府院君) 이호민(李好閔)을 고부청시승습사(告訃請諡承襲使)로, 오억령(吳億齡)을 부사로, 이호의(李好義)를 서장관으로 삼아 중국에 파견하였다.[58]

최현 일행[59]은 북경에서 사행의 일을 마치고 돌아오는 고부사 일행을 만나 양가장에서 저물녘 만나 함께 술을 마신 것이다. 이들의 만남을 최현은 '우리들 두 사행단 여섯 명이 네 모퉁이에 벌여 앉아 술을 마셨는데 또 하나의 멋진 일이었다.'라고 표현하였다.

최현은 양가장의 경치를 시적인 운율로 묘사하였다. 4.4조 때로는 4.6조의 리듬감이 읽혀진다. 최현의 문장력이 돋보이는 대목이다. 최현은 임란 후에 가사작품 <龍蛇吟>과 <明月吟>을 지었다.[60] 최현 한문 문장

花境 花卉尤盛 亭之東墻內有大屋 乃佟家所住室也" 참조.

58) 『조선왕조실록』, 광해 즉위년 2월 6일, 연릉 부원군 이호민을 고부청시승습사로, 오억령을 부사로, 이호의를 서장관으로 삼았다. 以延陵府院君李好閔爲告訃請諡承襲使, 以吳億齡爲副使, 以李好義爲書狀官. / 『조선왕조실록』, 광해 즉위년 2/21, 고부청시청승습사 연릉부원군 이호민, 행용양위상호군 오억령이 경사(京師)로 떠났다. 遣告訃請諡請承襲使延陵府院君 李好閔, 行龍驤衛上護軍吳億齡如京師.

59) 최현은 서장관의 신분으로 상사 신설(申渫)·부사 윤양(尹暘)과 함께 중국사행을 하였다.

60) <龍蛇吟>이 직접적인 전란의 상황 속에서의 비분강개를 토로한 내용이라면, <明月吟>은 구름에 가린 달을 보는 안타까움을 개인적인 서정에 중점을 두어

의 리듬감은 이때의 영향력이 미친 것으로 보인다.

　　花園廣占百畝 樹以奇花異果 (中有)二層八角(樓) (題曰)眞樂園樓
(前有)一株蒼松 大可數圍
　　(6 6) (4 4) (4 4)
　　虯枝盤屈 密葉廣張 (以)鐵索交擊枝幹 恐爲風雪所折(也) 此松之
價 銀五十兩(云)
　　虯枝盤屈 密葉廣張 (以)鐵索交擊枝幹 恐爲風雪所折(也) 此松之
價 銀五十兩(云)
　　(4 4) (6 6) (4 4)
　　松下(有)石床 長丈餘廣數尺 吾等兩行六人 列坐四隅 因床對酌 亦
一勝事(也)
　　(4 6) (6 4) (4 4)
　　松前(又)有數架亭 題(曰)松花境 花卉尤盛 亭之東墻 內有大屋 乃
佟家(所)住室也
　　(4 4) (4 4) (4 6)[61]

　최현은 이어서 양원이 남원성에서 용감하게 싸운 구체적 상황을 자세
히 진술하였다. 중과부적으로 어쩔 수 없이 도망하였으나 족히 용장으로
칭송할 수 있다는 것이다. 양원이 공이 있음에도 불구하고 패전의 책임으
로 사형에 처해진 것에 대해 애석해하였다.

楊君家在舘南隈	양장군의 집 객관 남쪽 모퉁이에 있는데
邀我靑丘使者來	우리 조선의 사신을 맞이하러 왔네
四海弟兄開一席	사해의 형제가 한 자리를 마련하였으니
百年交契托三盃	백년 간의 교류 석 잔 술에 의탁하네
風生高柳山還暝	높은 버드나무에 바람 이니 산 도로 침침한데

서술하였다.

61) 4.4조, 4.6조 운율감을 느낄 수 있는 곳을 굵게 표시하였다. 부사, 전치사, 종결
사 등을 제외하고 읽으면 운율감을 느낄 수 있다.

月入寒松客未回   달은 찬 소나무에 숨지만 나그네는 돌아가지
　　　　　　　　　않네
多少襟懷披露盡   다소간의 회포를 모두 털어내고
更將書畫眼前堆   다시 글과 그림을 눈앞에 쌓아놨네[62]

　　김중청도 사행길에 양원의 집을 찾았다. 양원의 두 아들 무상과 학상
이 사행단을 맞이하였다. 이번에도 앞서 최현 일행의 경우처럼 정원에서
술자리를 벌였다. '사해형제(四海兄弟)'라고 외치며 백년 간의 교류를 담
소했을 모습이 그려진다. 시 후반부에는 버드나무가 늘어선 달밤의 풍경
과 밤 늦도록 술자리를 파하지 않고 회포를 풀며 시화를 품평하는 모습
을 그렸다.

　　　한밤중 전둔위에 도착해 양(梁)씨 집에서 묵었습니다. (…) 성 안에는
　　양씨세수방(楊氏世帥坊)이 있으니, 충장공 양조(楊照)의 세가(世家)였
　　습니다. 양조는 진사출신으로 광녕총병이 되어 위세가 동쪽변방에 떨쳤
　　고, 오랑캐 땅에 들어가 많은 적을 죽였으나 몰래 쏜 화살에 맞아 죽었습
　　니다. 조정에서는 특별히 우대하여 포상하였고, 그 집안에 사당세우기
　　를 명하였습니다. 묘는 성 서문 밖에 있습니다.
　　　[부기] 구아보로부터 15리를 가서 전둔위에 이르렀다. 양씨세수방(楊
　　氏世帥坊)은 두 개의 사당이 나란히 서 있었는데, 서쪽은 양조의 사당
　　이고 동쪽은 양조의 숙부 유번(維藩)의 사당이었다.[63]

　　　[부기] 전둔위를 출발해 양조의 묘를 지났다. 묘는 서문 밖에 있었는
　　데 황조(皇朝)에서 포상으로 장례와 제례 때 내려준 비문이 있었다.
　　묘의 동쪽에는 또 유격 양유대(楊維大)의 묘가 있는데 그는 양조의

---

62) 김중청, 『구전집』 권1, <楊園晚酌>
63) 최현, 『조천일록』, 10월 14일의 "冒夜抵前屯衛 宿梁姓人家 (中略) 城內 有楊氏
　　世帥坊 忠壯公楊照之世家也 照以進士出身 爲廣寧總兵 威振東藩 入胡地多殺
　　賊 中暗箭而死 朝廷襃贈異數 命立廟于其家 墓在城西門外 (附) 自狗兒堡十五
　　里 抵前屯衛 有楊氏世帥坊 雙廟並峙 西照廟也 東照叔父維藩廟也" 참조.

부친이자 유번(維藩)의 형이었다. 유대는 문무의 재능을 겸하였고, 박학하고 글을 잘 지어 비록 노사(老師)와 숙유(宿儒)라도 그보다 뛰어나지 못하였다. 호는 인산(印山)이다. 유대의 조부는 진(鎭)으로 일찍이 요계대총병(遼薊大總兵)이 되어 공훈이 뛰어났다. 양조의 아들 협(協)은 보정총병(保定總兵)이 되었으며 협의 아들 소조(紹祖)는 일찍이 광녕총병이 되었고 소미(紹美)는 중전소비어가 되었으며 소선(紹先)·소방(紹芳)·소훈(紹勳)도 모두 장수가 되었다. 소훈의 아들 송음(松蔭)은 곧 전둔위중군이다. 그러니 '양씨세수(楊氏世帥)'라는 말이 정말 잘못된 것이 아니다. 또 서쪽으로 8리쯤 되는 길 옆에 쌍석비가 나란히 서 있었는데, 서쪽에 있는 것은 '황명칙사광록대부도독양공신도비(皇明勅賜光祿大夫都督楊公神道碑)'라 했고, 동쪽에 있는 것은 '황조영록대부도독동지삼산양공신도비(皇祖榮祿大夫都督同知三山楊公神道碑)'라 하였다. 비문에 이름과 사적을 기록하지 않아 자세한 것은 알 수가 없었다.[64]

최현은 10월 14일 전둔위에 도착해 양씨 집에서 묵었다. 그리고 14일~15일 이틀에 걸쳐 양조(楊照)[65]에 대해 기록하였다. 전둔위는 바로 산해

---

64) 최현,『조천일록』, 10월 15일의 "(附) 發前屯衛 過楊照墓 在西門外 有皇朝褒贈賜葬祭碑文 墓東 又有遊擊楊維大之墓 卽照之父也 而維藩之兄也 有文武全才博學能文 雖老師宿儒 無出其右 號印山 維大之大父曰鎭 曾爲遼薊大總兵 顯有勳績 楊照之子協爲保定總兵 協之子紹祖 曾爲廣寧總兵 紹美見爲中前所備禦紹先紹芳紹勳 皆爲將帥 紹勳之子松蔭 卽前屯衛中軍也 所謂楊氏世帥者 信不誣矣 又西去八里許 路傍有雙石碑並立 西曰皇明勅賜光祿大夫都督楊公神道東曰皇祖榮祿大夫都督同知三山楊公神道 碑文不書名與事蹟 不可詳也" 참조.
65)『明史』卷60, <楊照列傳>의 "양조(楊照)의 자는 명원(明遠)이다. 가정(嘉靖)연간에 여러 번 무공을 세워서 요동 총병관(遼東總兵官)이 되었는데, 충성스럽고 용감하였으며 호적(胡賊)과 싸우다가 죽었다" 참조.
양조(楊照)가 가장(家將) 14인을 이끌고 밤에 달자(韃子)를 토벌하러 앞장서서 나가다가 중도에 그만 죽고 말았는데, 매복한 달자의 광촉전(廣鏃箭)을 경골(頸骨)에 맞아서 그렇게 되었다고 하였으나, 사실은 도어사(都御史)인 제종도(諸宗道)라는 사람의 사주(使嗾)를 받고 가장이 암살했다는 설이 분분하였다한다. 양조가 죽은 뒤에 그의 몸을 살펴보니, 앞뒤에 '진충보국(盡忠報國)'이라

관 목전에 위치해 있는 곳이다. 14일에는 양씨세수방(楊氏世帥坊)에 찾아간 일을 기록하였다. 이는 충장공 양조의 세가(世家)였다. 세가란 여러 대를 이어가며 나라의 중요한 지위(地位)에 있어 특권을 누리거나 세록(世祿)을 받는 집안을 말한다. 두 개의 사당이 나란히 서 있었는데 서쪽은 양조의 사당이고 동쪽은 양조의 숙부 유번(維藩)의 사당이었다. 이날 양씨 집에서 묵었다. 다음날은 서문 밖에 있는 양조의 묘에 들러 둘러보았다. 최현은 양씨 집안에서 배출된 양조의 선조 및 후손 여러 장수들의 이름, 직위, 활동사항 등을 기록하였다. 양조를 기점으로 보면 3대 선조에서부터 3대 후손까지였다. 대대로 수많은 장수가 배출되었으니 '양씨세수(楊氏世帥)'라는 말이 정말 잘못된 것이 아니라 하였다. 양조(楊照)에 대해서는 하곡 허봉[66], 간이 최립[67], 구전 김중청[68] 등 다른 조천록에서도 다수 등장한다.

> 성 안에는 총병 조승훈가(祖承訓家)가 있었습니다. 승훈은 일찍이 우리나라에 와 평양전투에서 공을 세웠던 자로 오랑캐가 가장 꺼렸는데, 지금은 한가하게 그 집에 거주하고 있다고 하였습니다. 신 등은 조총병점(祖總兵店)에서 묵었습니다.[69]

최현은 이에 앞선 10월 12일 영원위에 도착해서는 조총병점(祖總兵店)에서 묵었다. 조총병은 임란 때 참전한 조승훈(祖承訓)[70]을 말한다.

는 네 글자가 새겨져 있었다고 한다. (고전번역원 주석)

66) 허봉, 『朝天記』, <荷谷集>, 9월 19일.
67) 최립, 『간이집』 권6, 「신사행록(辛巳行錄)」, <次韻楊忠壯照>.
68) 김중청, 『구전집』 권1, <楊將軍墓 次月沙韻>.
69) 최현, 『조천일록』, 10월 12일의 "城內 有祖總兵承訓家 承訓曾往我國 有功於平壤之戰 最爲獫賊所憚 而閑住其家云 臣等宿祖總兵店" 참조.
70) 조승훈(祖承訓)은 임진왜란 당시 명 우군 부총병으로 3,000명의 군사를 데리고 1차 원병 사령관으로 참전했다. 그러나 제2차 평양 전투에서 일본군의 매복술에 크게 패했고, 이후 겨우 수십 기의 병사만 데리고 요동으로 돌아갔다. 그러

조승훈도 4대에 걸쳐 명문가 장수 집안이었다.[71] 구글 등 인터넷으로 조승훈을 검색해보면 1598년 울산전투에 참가한 것까지 나와 있고 그 이후의 행적에 대해서는 자세하지 않다고 기록되어 있다. 그러나 최현의 조천록을 통해 조승훈이 최현이 사행했던 1608년 당시 영원위 고향에 한가하게 거처하였음을 알 수 있다.

> 부총병 조승훈은 개인적으로 국가에서 부과하는 부역을 면한 자들을 보호한다. 그 집도 승훈이 지은 것이며, 그들로 하여금 길가는 나그네들을 접대하게 하고, 으레 그 세금을 바치도록 하는데 한 달에 은 2냥 2전이라고 한다. 관(關)의 길을 따라가다 보면 이와 같은 데가 곳곳이 있는데, 이는 조가(趙家) 뿐만이 아니었다. 사대부로서 주민들과 이익을 다투며 염치라고는 조금도 없는 것이 이와 같았다.[72]

김중청의 『조천록』에도 조승훈가(祖承訓家)를 기록하였다. 이를 통해 조승훈가의 실체를 좀더 자세히 알 수 있다. 조승훈가는 국가에서 부과하는 부역을 면한 자들을 보호하고 있었으며 과객들을 접대하고 돈을 받는다 하였다. 이러한 집들이 조승훈가 한 집만이 아니고 연로를 따라 많이 있다고 하였다. 김중청은 이들 세가들이 주민들과 이익을 다투고 염치가 없다며 비판적인 시각에서 바라보았다.

다가 제4차 평양 전투에서 부총병으로 참전하여 승리했다.

71) 조씨 집안은 조진(祖鎭), 조인(祖仁), 조승훈(祖承訓), 조대락(祖大樂)및 종형제 조대수(祖大壽)의 4대에 걸쳐 명 말기 장수로서 큰 공을 세웠다. 조대수(祖大壽)도 임란에 참전하였다. 영원위(寧遠衛)에 조대락(祖大樂)과 조대수(祖大壽)의 패루(牌樓)가 세워져 있다. 청대의 연행록에는 이들 패루에 대한 기록이 많이 등장한다.

72) 김중청, 『苟全集別集』 권8, 「조천록」 7월 1일의 "祖副摠承訓 私護免役者 而家亦承訓所搆 使之接行旅 例捧其稅 一朔銀二兩二錢云 沿關路在在如是 非獨祖家 士大夫之與民爭利 少無廉恥如此" 참조.

5) 조선유민

압록강을 건너면 바로 요동이 시작된다. 요동은 지정학정 위치 때문에 조선과의 인연이 깊은 편이다. 조선 건국때 이성계가 위화도에서 회군하였고 일제 강점기에는 많은 조선인이 북간도로 이주를 하였고 독립운동을 하였던 곳이다. 중국은 빈번히 요동땅을 거쳐 조선을 침범하였다. 고려 때에는 몽골의 침략을 받았고 조선조에는 청국의 침략을 받았다. 이때 투항하거나 포로로 끌려가 요양, 심양 일대에 거주하면서도 집단적 정체성을 유지하던 조선유민이 매우 많았다. 조선 세조대 양성지(梁誠之)는 요동 인구의 3/10이 고려인이라고 구체적으로 추정하기도 하였다.[73]

고려촌은 요동에서 30리 떨어져 있다. 생각건대 반드시 고려인이 살았을 것으로 추정되는데, 이 성안에 또 고려촌이 있으니 곧 동령위(東寧衛)이다.[74]

성 동쪽은 동녕위(東寧衛)라 하는데 고려인이 살고 있다. 고려촌(高麗村)의 아이들은 두어 살 전부터 고려어를 사용하는데, 어른이 되어서는 의상과 관복에 고려의 옛 풍속을 많이 따른다. 발을 싸매는 풍속을 배우지 않으니, 이는 모두 근본을 잊지 않으려는 것이다. 요즘에는 점차 중원의 풍속을 따르는데, 여자는 발을 싸매고 관복 또한 중국의 제도를 사용한다. 우리나라사람이 그곳에 이르면 반가이 맞이하고 서로 선물을 주고받는다. 그러나 고려촌은 북성 밖에 있고 회원관(懷遠館)은 남성 밖에 있어 서로 떨어져 있기 때문에 그들을 만날 수 없었다.[75]

---

73) 『世祖實錄』 권34, 10년 8월 34쪽.
74) 최현, 『조천일록』, 9월 15일의 "高麗村 踞遼東三十里 意必高麗人居之 而此城 內 亦有高麗村 卽東寧衛也" 참조.
75) 최현, 『조천일록』, 9월 24일의 "城東曰東寧衛 高麗人居焉 高麗村兒童 數歲前 作高麗語 及壯 衣裳冠服 多用高麗舊俗 不學裹足之習 盖不忘本也 近歲 漸遵中 原之俗 女子裏足 冠服亦用華制 我國人至其處 則欣喜相迎 相贈以物 而高麗村 在北城外 懷遠館 在南城外 相距隔絶 故不得見矣" 참조.

최현이 북경으로 가는 중
에 요양을 지나면서 남긴 기
록이다. 고려촌이란 지명에
서 알 수 있듯이 고려인이 살
았던 곳으로, 연행하는 자는
누구나 고토의식을 느끼는
곳이었다. 고려촌이 위치한
곳은 동녕위(東寧衛)였다. 최
현은 조선유민들이 근본을
잊지 않기 위해 노력하는 실
상을 기록하였다. 고려어를

▲ 고려포보

어린아이 때부터 익혔으며, 의상과 관복에 있어 고려의 옛 풍속을 많이
따랐으며, 중국의 발을 싸매는 전족 풍속을 배우지 않았다. 그러나 요즈
음에 점차 중원의 풍속에 따른다며 아쉬워했다. 조선 사신단을 만나면
서로 기뻐하고 선물을 주고받으며 동포애를 확인하였지만, 고려촌이 사
행로에서 벗어난 거리에 있어 그들을 만나지 못하였다고 아쉬움을 표출
하였다.

> 요동을 출발하여 냉정(冷井)에서 점심을 먹고 삼류하(三流河)에 도
> 착해서 왕(王)씨 집에서 묵었습니다. 우리나라 사람 한은옥(韓銀玉)은
> 나이가 11세로 임진왜란을 만나 중국 군대를 따라 요동에 들어와 민가
> 에서 품팔이를 하던 자였습니다. 이날 신 등을 따라 함께 왔습니다.[76]

임란 이후 많은 수의 조선인이 명 장수를 따라 중국으로 흘러 들어갔

---

76) 최현, 『조천일록』, 2월 29일의 "二十九日 辛巳 晴 發遼東 中火于冷井 抵三流河
宿王姓人家 有我國人韓銀玉者 年十一歳 逢壬辰之亂 隨唐兵入遼東 傭食人家
是日 隨臣等偕來" 참조.

다. 전란과 기근 때문에 굶주리던 조선 사람들 가운데 상당수는 명군 진영으로 투탁하여 그들의 방자(房子)가 되는 경우가 많았다. 명군 진영 가운데 유달리 조선 투탁자가 많았던 곳은 유정 장군의 진영이었다.[77] 최현 일행이 귀국시에 조선유민 한 명이 찾아왔다. 그는 11세의 아이로 임란때 명 군대를 따라 중국땅에 들어와 품팔이를 하였다. 최현 일행은 이 아이를 데리고 귀국하였다.

1598년 중국사행을 한 이항복은 임란 이후 발호하는 여진의 정세를 자세하게 기록하였는데 특히 임란 이후 요동 지역으로 유입된 조선유민들의 이야기가 많다.

> 유 제독(劉提督)의 휘하 사람이 성(城) 안으로부터 와서 하인(下人)에게 말하여 나를 뵙고자 한다고 하기에 와서 만나도록 허락했다. 그 사람이 와서 즉시 예(禮)를 차리고 인하여 말하기를, "나는 본디 상주(尙州) 사람으로 성은 권(權)이고 소명(小名)은 학(鶴)이며, 바로 서애(西厓) 정승의 첩(妾)의 오라비의 자식으로 공검지(恭儉池) 옆에서 생장(生長)했는데, 난리를 만나서 유랑하다가 유가군(劉家軍)이 되었습니다. 그래서 지난해에 유야(劉爺)를 따라 서울(낙양)에 들어갔다가 은밀히 서애 정승을 뵙고 장차 인하여 본국으로 돌아가려고 했는데, 일이 누설되어 유야가 그 사실을 알아채고는 나의 행장(行裝)을 모조리 수색하여 은(銀) 2백 냥을 찾아 공탁(公橐)에 넣어서 나를 도망가지 못하게 하였습니다.
>
> (…) 군공(軍功)을 헤아릴 때에 수급(首級)을 가장 많이 얻은 사람은 모두 한군(漢軍)으로 귀화한 조선인(朝鮮人)이었는데, 사천병(泗川兵)의 용감하기가 비록 조선인보다 못하지는 않으나, 전쟁에 임해서 어리석고 변통성이 없어 형세(形勢)를 잘 간파하는 조선인만 못하기 때문에 수급이 반드시 조선인에게 뒤집니다. 이로부터 유야가 더욱 조선인을 중시하여 매우 치밀하게 방비를 해서 도망쳐 달아나지 못하게 하였습니다. 그러나 처음에 유야를 따라 강을 건넌 조선인이 3백 인은 실히 되었

77) 한명기, 앞의 책. 145~152쪽.

는데, 해를 넘겨 가며 본국에 머무르는 동안 온갖 방법으로 도망치고 달아나서 망실(亡失)된 군사가 매우 많았습니다." 하였다.[78]

어떤 사람이 찾아와 사신단을 뵙자고 청하였다. 그는 유 제독(劉提督)의 휘하 사람이었다. 그는 말하기를 상주(尙州) 사람으로 성은 권(權)이고, 서애(西厓) 유성룡의 첩(妾)의 오라비의 자식이라고 자기의 신분을 밝히고 있다. 임란후 유장군을 따라 중국에 왔는데, 서애를 뵙고 장차 인하여 본국으로 돌아가려고 했는데 발각되었다. 유정이 그 사실을 알아채고는 그의 행장(行裝)을 모조리 수색하여 은(銀) 2백 냥을 찾아 공탁(公橐)에 넣어서 그를 도망가지 못하게 하였다. 당시 중국에 사행을 온 서애를 만나 환국하려는 뜻을 가졌다가 이루지 못한 것을 알 수 있다.

그는 자기가 중국에서 하는 일을 장황히 진술하고 있다. 장군 밑에 소속되어 주로 군대의 일을 하고 있다. 그는 군공(軍功)을 세움에 있어 조선인과 한인을 비교하고 있는데, 조선인이 한인[사천병(泗川兵)]에 비해 훨씬 뛰어나다고 말한다. 한인도 마찬가지로 용감하지만, 어리석고 변통성이 없어 형세(形勢)를 잘 간파하는 조선인만 못하다. 그러기 때문에 유정이 조선인을 못 가게 붙잡아 두려는 것이다. 유야를 따라 중국에 온 조선인이 300인 이상인데. 그 중 많은 조선인이 도망갔고 하였다.

임진년 이후로 우리 나라 백성으로 난리를 피해 중국으로 흘러 들어 간 사람이 자못 많다. 계사년과 갑오년에 이르러서는 계속 흉년이 들었

---

78) 이항복, 『朝天錄』, 4월 19일의 "有劉提督標下人來自城內 就與下人做話 願謁於 吾 許令來見 其人來卽敍禮 仍言係是尙州人 姓權小名鶴 乃是厓相妾娚子 生長 於恭儉池傍 遭亂流離 爲劉家軍 先年 隨劉爺入洛 潛謁於厓相 將欲仍還本國 事洩爲劉所覺 劉盡搜其行李 得銀二百兩 置在公橐 使不得逃 (中略) 計功之時 得首級最多 皆是朝鮮人化爲漢軍者 泗川兵勇敢 雖不下於鮮人 臨戰癡直 不若鮮 人之知形勢 故首級必下於鮮人 自是劉爺尤重鮮人 堤防甚密 不令逃逸 然鮮人隨 劉爺渡江者 不下三百人 經年留本國 百計逃逸 失亡甚多云" 참조.

는데, 이때 총병(摠兵) 유정(劉綎)이 오래도록 양남(兩南) 지방에 주둔하였기 때문에 양남 지방의 유랑하는 백성들이 모두 방자(幇子)라는 명칭으로 총병의 군중(軍中)에 들어가 품팔이를 하여 목숨을 부지하게 된 사람이 거의 만여 명에 달하였다. 이들은 유 총병의 군대가 철수하여 돌아갈 적에 그대로 따라서 강을 건너갔기 때문에 이때부터 요양(遼陽)과 광녕(廣寧) 일대에 우리나라의 남녀(男女)와 우마(牛馬)가 거의 절반을 차지하였다. 식견 있는 이들이 매우 개탄스럽게 여긴다.[79)]

이항복이 중국 사행중에 보고 들은 세세한 일을 기록한 『記聞』에 나오는 내용이다. 임란 이후 요동에 살고있는 조선유민의 상황을 잘 보여주고 있다. 임란 이후 총병(摠兵) 유정(劉綎)을 따라 중국으로 온 조선인이 거의 만여 명이라 하였다. 이들은 방자라는 명칭으로 불리는데 품팔이를 하며 목숨을 부지한다. 요양과 광녕 일대에는 조선인 남녀가 거의 절반을 차지한다 하였다.

이어지는 글에서도 조선유민들을 만난 이야기가 많이 나온다. 한 젊은 이는 가정(家丁)이 되었고 다른 한 무인(武人)은 명족(名族) 출신으로 기사(騎射)를 잘했다며 조신인 중에 성취한 자가 많다고 하였다. 동관보(東關堡)에서는 한복을 입고 조선관(朝鮮冠)을 쓴 여인을 만났다. 그녀는 중국에 산 지가 벌써 6년이 되었다 말하였는데, 이항복의 사행 연도로 추산하면 아마도 임란 초기에 끌려온 것으로 보인다.

3. 결론

역사적으로도 한중관계에 있어서 요동은 중요한 위상을 차지한다. 요

---

79) 이항복, 『記聞』의 "壬辰以後 我民遭亂避地 流入中國者頗多 至癸巳甲午 連歲大飢 時劉摠兵綎 久住兩南 兩南流民 皆就傭於軍中 名曰幇子 得延餘命 殆將萬餘 及劉軍撤廻 仍隨渡江 自是遼廣一帶 我國男婦牛馬 殆將半焉 識者深爲慨然" 참조.

동지역은 원래 고조선, 고구려의 영토였다. 전쟁시기에 중국은 요동을 통하여 한반도를 침략하였다. 임진왜란이 발발하자 명은 군대를 파병했는데 장수와 병사의 대부분이 요동인이었다. 임란후 명 군대 귀환시 많은 조선인이 요동으로 유입되었다. 임란에 참전했던 다수의 명 장수는 요동에 거주하며 점차 세력을 확대하는 여진과 대치하였다.

요동지역은 대중국 사행관계에 있어서도 중요한 의미를 지닌다. 우선 지정학적으로 요동은 조선과 중국의 중간지대에 위치해 있다. 몇 차례 사행노정의 변화가 있었지만 대부분의 사행길은 요동을 통하였다. 요동의 정세를 이해하는 것은 당시의 한중관계를 이해하는데 중요한 열쇠가 된다고 하겠다.

최현은 임진왜란이 끝난 이후 조선·명·여진이 새로운 세력구도를 형성하는 시점에 중국사행을 하였다. 최현은 임란 이후 요동의 정세를 비교적 소상히 기록하였다. 최현의 <조천일록>을 중심으로 하되 임란 전후로 사행한 이정귀, 최립, 조헌, 이항복, 김중청 등의 기록을 살펴 당시 명말기의 징후와 새롭게 부상하는 여진의 실상을 알 수 있었다.

『조천일록』과 글쓰기 관습

조규익

1. 서론

문학이나 역사·외교·정치·사상 등 다양한 분야에서 텍스트로 삼고 있을 뿐만 아니라 글 쓰는 자의 다양한 시선들이 서로 중첩되어 있다는 점에서 사행록1) 은 복합적인 텍스트라 할 수 있다. 사행록의 다양한 성격들은 크게 '문학적인 것'과 '비문학적인 것'으로 나눌 수 있지만, 이 두 영역은 결코 상호 배타적인 관계가 아니다. 예컨대 공문사과(孔門四科) 중 '문장박학(文章博學)'의 개념2)을 전제할 경우 시문 등 무형의 지식을 포괄하는 개념이 문학이지만, 상식적인 차원으로 따질 경우 그것은 '사상이나 감정을 언어로 표현한 예술적 글쓰기'의 범주를 크게 벗어나지 않는다. 말하자면 사물의 이치를 주로 따지는 논설 등 '비문학적인 글'과 함께 주로 수필의 영역에 속한다고 생각되는 '문학적인 글'의 복합체가

---

1) 명나라에 다녀 온 기록을 '朝天錄', 청나라에 다녀 온 기록을 '燕行錄'이라 하여 화이 구분의 대외인식을 명확하게 드러내는 것이 당시 식자들의 관습이 었다. 일본에 다녀온 기록은 '海槎錄', '동사록(東槎錄)', '海遊錄' 등 다양하여 어느 것 하나로 통일시킬 수 없다. '조천'이냐 '연행'이냐에 따라 세계 인식의 태도나 글쓰는 자의 시선이 달라질 수도 있겠지만, 그에 관한 논의는 별도의 자리로 미룬다. 특정 작품명이 아닌 경우에는 '사행록'으로 汎稱하기로 한다.
2) 『論語集註』卷之十·先進 第十一, 『原本備旨 論語集註』(京城書籍組合, 1912), 360쪽 의 "德行顔淵閔子騫冉伯牛仲弓 言語宰我子貢 政事冉有季路 文學子游子夏" 참조.

사행록인 셈이다. 그러니 글 쓴 이의 인식이나 태도, 글 쓰는 상황에 따라 사행록은 문학과 비문학 사이를 왕래하기도 하고, 양자를 무리 없이 포괄 하기도 한다.

사행에 나선 지식인들은 기록을 남기는 것이 일반적이었다. 그런데 그 때까지 지속되던 문학적 관습이나 전통의 관점에서 본다면, 경험한 사실 들을 '사실적으로' 적기 위해서는 패러다임의 전환에 근접할 정도의 큰 변화가 요구되었다. 조동일이 지적한 바 있지만, 당시 문단에서 주류를 이루고 있던 한문 문장은 장구하게 존중되어 온 표현법 때문에 경험한 그대로의 사실을 기록하는데 장애가 컸던 것도 사실이다.[3] 예컨대, 정조 가 내세운 문체반정의 시책이 당시 박지원의 『열하일기』를 표적으로 삼 았던 일임을 감안하면,[4] 당대 지식사회의 글쓰기에 사행록이 몰고 온 충격은 실로 컸다고 할 수 있다.

정통 고문을 고수해왔고, 그러한 글쓰기를 통하여 지배이데올로기를 유지했을 뿐 아니라, 더욱 더 공고히 해나갈 수 있다고 믿은 것이 당시 지배세력의 인식이었다. 그런 입장에서 박지원 같은 지식인이 색다른 글 쓰기나 참신한 문체를 통해 대중들에게 접근하려는 기미를 보여준 것은 지배세력에 대한 일종의 이념적 도발일 수 있었다. 정조가 문체반정을 시도한 것도 글 쓰기의 패러다임을 바꾸려는 움직임에 대한 경고이자 응징이었는데, 이면적으로는 『열하일기』 등 사행록의 글쓰기에 대한 우 려의 표현이기도 했다. 문체반정과 같은 강력한 의지의 표명 덕분이었는 지 확인할 수는 없지만, 『열하일기』이후에 글쓰기의 파격적 양상은 더 이상 나타나지 않았다고 할 수 있다. 말하자면 그 사건 이후 사행록의

---

3) 『제3판 한국문학통사 3』, 지식산업사, 1994, 430쪽.
4) 『燕巖集』권 2 「答南直閣公轍書附原書」, 『韓國文集叢刊 252』, 민족문화추진회, 2000, 35쪽의 "近日文風之如此 原其本則莫非朴某之罪也 熱河日記 予旣熟覽 焉 敢欺隱此 是漏網之大者 熱河記行于世後 文體如此 自當使結者解之" 참조.

글쓰기는 이전의 규범으로 회귀했다고 볼 수 있는 것이다. 본서의 이 부분에서는 당대에 일반적이던 사행록 글쓰기의 관습을 먼저 살펴보고, 그와 관련하여 현재 전해지는 기록들 가운데 독특한 성격[5]을 지닌 최현의 『조천록』에 나타난 글쓰기 관습의 일면을 살펴보고자 한다.[6]

2. 사행록의 글쓰기 관습

사행록은 대부분 한문으로 쓰였고, 한글로 쓰인 것들도 간혹 눈에 뜨인다.[7] 즉 표기체계가 글을 쓰는 과정에서 제기되는 첫 문제일 수 있다는 것이다. 표현의 원활함이나 감동의 생생한 전달이라는 면에서 국문이 한문보다 나은 점도 있었겠지만, 무엇보다 그것은 실수요자인 부녀자와 서민 등 한글 사용 독자들을 염두에 둔 결과였다고 할 수 있다.[8]

---

5) 하루도 빼놓지 않았으면서 사적 부분인 '私日記'와 공적 부분인 '書啓·狀啓·呈文' 등을 함께 묶어 놓았다는 점, 치밀한 탐사를 통해 당시로서는 비교적 고급이라 할 만한 정보들을 상세히 기록했다는 점 등을 들 수 있다. 특히 이 글에서 '사행록 초창기 자료'라 한 것은 이 자료가 '텍스트로서의 조천록이나 연행록 쓰기'가 가장 활발하게 이루어지던 18세기 이전의 것으로 양적·질적인 면에서 글쓰기 관습의 초창기 모습을 잘 보여준다고 생각했기 때문이다.

6) 선조조의 문신 조헌[1544~1592]이 기록한 『동환봉사(東還封事)』는 내용으로나 시기로 보아 『조천일록』의 모범적 선례로 작용했을 가능성이 없지 않다. 이 책은 조헌이 선조 7년[1574] 성절사행의 質正官으로 명나라를 다녀와서 작성한 것이다. 이미 올린 8조의 상소문[聖廟의 配享·庶官改革·衣冠·宴飮·揖讓·相接·習俗·군대의 紀律]과 올리려다가 보류된 16조의 상소문 등이 그 내용을 이루는데, 일반적인 조천록이나 연행록의 성격과는 얼마간 거리가 있다. 물론 『조천일록』의 편제와 상당한 면에서 유사성을 보이기도 하나, 그것을 당대 글쓰기의 일반적인 관습으로 볼 수는 없다. 이 점은 별도의 자리에서 논하고자 한다.

7) 물론 현재 국문본 사행록들 가운데 상당수는 원래 한문으로 쓰였던 것이 유통 과정에서 국문으로 번역된 것들일 수 있다. 그러나 『죽천조천록』, 『을병연행록』, 『무오연행록』 등은 한글본이 선행한 사례들이다.

8) 연행록의 국문 글쓰기는 한문 식자층에 국한된 연행록 독자층을 확대하여

국문 사행록들은 한문 사행록들과 상대적인 위치에서 병행되어 왔으며, 시간적 선후에 따라 서로 영향을 주고받으며 새로운 문체적 관습을 형성해 오기도 했다. 담헌 홍대용 같은 사람은 『을병연행록』을 먼저 쓴 다음 『담헌연기』를 발표한 것으로 추정되는데, 이 점은 한문의 순정성을 유지하려는 지배세력의 노력이었던 동시에 국문표기의 현실적 필요성을 감안한 선택이기도 했다. 대체로 그 시대에는 중국 기행문을 쓰면서 『열하일기』가 당한 것과 같은 문체시비를 피하기가 쉽지는 않았던 것 같다. 따라서 그런 시비에 저촉될 위험성을 감수해가면서까지 한문 사행록을 쓰기보다는 표현의 폭이 훨씬 넓으면서도 자유로운 국문 표기의 수단을 선호했을 가능성은 아주 높다. 이처럼 국문 사행록의 출현은 독자층에 대한 배려라는 이유 외에 변화되고 있던 당시 지배그룹이나 문단 주류의 분위기를 얼마간 반영한 결과라고 보는 것이 타당하다.[9)]

문체반정으로 구체화된 지배계층의 반응을 보면서 사행록 집필자들이 긴장한 것은 사실이지만, 그렇다고 단순히 그러한 두려움 때문에 국문으로 사행록을 쓴 것은 아니었다. 국문 사행록을 남긴 사람들은 표현의 효율성이라는 측면에서 한문보다 국문이 낫다는 깨달음을 갖게 되었으며, 한문 사용계층보다 국문 사용계층이 오히려 사행록의 독서행위에 적극적이라는 점을 깨닫게 된 것이다. 말하자면 집필자들은 표기체계에 따라 사행록의 수요가 달라질 수 있다고 보았고, 한문으로 쓰기보다는 국문으로 쓰는 편이 낫다는 판단을 내렸다고 볼 수 있다. 그런 점에서 사행록 글쓰기는 국문표기나 한문표기를 막론하고 기존의 문체로부터 상당히 일탈되는 모습을 보여주는 쪽으로 변화해간 것은 어쩔 수 없는 추세였다.

국문 독자들에게 실용적 의미를 가지도록 하며 아울러 흥미롭게 중국여행의 전모를 전달하려 했다[『홍대용 연행록의 글쓰기와 중국인식』, 세종출판사, 2007, 257쪽]는 정훈식의 주장도 이와 부합한다.

9) 조규익, 『국문 사행록의 미학』, 역락, 2004, 244쪽.

사행록의 글쓰기에 대한 문제 제기나 관찰이 '한문/국문' 등 표기체계의 논의로부터 시작될 수밖에 없는 것도, 어떤 수단을 쓰건 기록자가 자신이 얻은 견문을 단순히 전달하는 것만으로 만족할 수 없었음을 의미한다. 말하자면 그들이 특정한 표기체계로 기록했다는 것은 내용이 독자들에게 수용됨으로써 구체화되는 내적인 변화까지 염두에 둔 행위일 수 있음을 암시한다는 것이다. 주체의 자아실현 과정이자,[10] 주체가 대상의 새로운 의미를 구성하여 그것을 설득적으로 독자에게 전달하는 지적 사유작용[11]이 글쓰기임을 감안하면 더욱 그렇다.

그렇다면 과연 이 시기 사행록의 글쓰기는 어떻게 이루어지고 있었을까. 현재 사행록 연구자들의 주된 분석 대상은 18세기에 이루어진 것들이다.[12] 최현의 『조천일록』이 1609년경 완성된 것으로 추정할 수 있다면,[13] 시기적으로 그것은 전자들보다 1세기 쯤 앞서는 셈이다.

이보다 약간 늦은 1620년대 중반의 『죽천행록』이나 『화포선생조천항해록』 등[14]이 시기적으로는 최현의 『조천일록』과 근접한 경우들이다.

---

10) 이지호, 『三國遺事』에 나타난 一然의 글쓰기 방식, 『고전문학과 교육』1, 청관 고전문학회, 1999, 73쪽.
11) 같은 글, 94쪽.
12) 대표적인 것으로 『연행일기』[김창업], 『을병연행록』[홍대용-], 『무오연행록』 [서유문], 『열하일기』[박지원], 『연원직지』[김경선] 등을 들 수 있다.
13) 최현은 1608년[선조 41년] 예문관 대교에 제수되었고, 같은 해 성균관 전적으로 옮긴 다음 동지사 서장관 겸 사헌부 감찰에 제수되었다. 말하자면 그의 사행 기간은 1608년 8월부터 이듬해 4월 18일까지이니, 적어도 이 기록은 1609년 중에는 완성된 것으로 추정된다. 왜냐하면 기록 중에 '私日記'와 각종 狀啓나 呈文 등 공적인 기록들이 혼재되어 있는 점으로 미루어 사행 기간 동안 써서 올린 글들과 備忘記 등을 토대로 그 때 그 때 기록한 사일기를 합하여 『조천일록』을 완성한 것은 사행으로부터 돌아온 뒤의 일로 보인다. 그러나 이것이 책으로 간행된 것은 150여년 뒤인 6세 손 崔光璧에 의해서였다.
14) 조규익, 『17세기 국문사행록 죽천행록』, 박이정, 2002 참조.

▲ 죽천행록 건편(한국해양박물관 소장)

　18세기에 들어와서도 조선조 지식사회에 의식의 변화가 뚜렷해지기까지 사행록의 글쓰기 관습이 크게 변화를 보였다고 할 수는 없는데, 그런 이유로 최현의 『조천일록』 역시 크게 보아 당대 여타 사행록들의 일반적인 범주를 벗어나는 것은 아니다.[15] 그러나 그의 기록은 다른 것들과 분명한 차이를 보여주는데, 이 점이 기록자의 개인적 취향을 반영한 것인지 사행록의 성향들 가운데 하나를 반영한 것인지는 확실치 않다. 다만 이 기록의 독특함을 부각시키기 위해서라도 당대 사행록들의 일반적인 글

---

15) 최현의 기록이 동시대의 『죽천행록』에서 보는 바와 같은 뚜렷한 특징을 발견할 수는 없다는 말이다. 그러나 내용의 정확성 여부에 대하여 지나칠 정도로 집착했다는 점, 단 하루도 빼놓지 않고 기록했다는 점, 공적인 기록과 사적인 기록을 함께 들어 놓았다는 점 등은 사행록의 범주 안에서도 두드러진 특징일 수 있다.

쓰기 관습에 대한 최소한의 논의는 필요할 것이다.

김경선은 그의 『연원직지』서문에서 연경에 갔던 지식인들의 기행문 중 노가재 김창업·담헌 홍대용·연암 박지원의 기록들을 가장 저명하다고 했다.[16] 노가재의 『연행일기』는 김경선의 지적 가운데서도 맨 앞자리를 차지할 뿐 아니라 다른 사람들도 이 기록을 교과서로 삼았다는 사실이 그들의 기록들[예컨대 홍대용, 서유문 등의 연행록]에 밝혀져 있을 만큼 그것은 사행록의 역사상 모범적 사례로 남아 있다. 김아리는 노가재의 기록이 사행록 장르의 전개에서 상호 텍스트성의 글쓰기를 주요한 글쓰기 방식의 특징으로 정착시켰다고 했다.[17] 그는 조선 내부의 한계에 대한 대안을 찾고자 했는데, 외부의 변화된 상황과 새로운 지적·문화적 정보에 대한 탐색을 시도한 것이 바로 연행에 참여한 일이자 그것을 기록으로 남긴 글쓰기였다는 것이다.[18]

사실 노가재가 병자호란 주전파의 선봉이자 서인 청서파의 영수였던 김상헌의 증손이면서 노론의 영수 김수항의 아들이었음을 감안하면, 그 역시 철저한 화이관을 이념의 바탕으로 삼고 있었을 가능성이 크다. 그럼에도 불구하고 그는 평소부터 중국의 산천을 보고자 했으며,[19] 연행에 참여해서도 비교적 균형 잡힌 눈으로 중국의 모든 것을 두루 살펴 분석하고자 했다. 물론 그도 연행 초반에는 청국을 비하(卑下)하는 일방적 관점으로부터 크게 자유로울 수 없었다.[20] 그러나 뒤로 가면서 그의 인식은 일정한 변화를 보여주는데, 그런 변화의 추동력이야말로 자기 존재를

---

16) 『국역 연행록선집』X, 재단법인 민족문화추진회, 1977, 서문.
17) 김아리, 『老稼齋燕行日記』의 글쓰기 방식, 『韓國漢文學研究』25, 한국한문학회, 2000, 117쪽.
18) 같은 논문, 같은 곳.
19) 『연행일기』제1권, 임진년 11월 '왕래총록', 『연행록선집 Ⅳ』, 42쪽.
20) 예컨대 달자와의 문답[『연행일기』, 72~83쪽], 오삼계에 대한 평가[『연행일기』, 149~150쪽] 등을 그 사례로 들 수 있다.

객관화 시키는 과정에서 얻어진 결과라 할 수 있다. 말하자면 이념의 경
직된 틀에서 벗어나 대상을 객관적으로 보려고 했다거나, 모든 사상(事
象)들을 상대론적 관점으로 관찰·해석함으로써 기존의 관습과는 다른
양상의 글쓰기가 가능했던 것이다. 박수밀의 표현을 빌린다면, '세계의
틀에 갇힌 인간이 되지 않고 세계를 대상화시켜 세계와 마주한'[21] 글쓰
기를 실천한 것이다. 연행 노정에서 만나는 물상(物象)들을 역사적 사실
이나 전거(典據)와 직결시키고, 그로부터 추론을 이끌어 내며, 설득력 있
는 분석의 결과를 도출함으로써 읽는 사람들의 흥미를 불러일으키는 방
법이야말로 노가재만의 독특한 글쓰기였다. 사람들과의 대화는 그것대
로 노출시키고, 각종 전거들을 다양하게 끌어오는 등 생동감 넘치는 글쓰
기로 여타 지식인들의 고답적인 글쓰기 자세와는 차원을 달리 하는 모습
을 보여줄 수 있었던 것이다.

　　노가재의 중국관 역시 대부분 조선의 선배 지식인들이 문헌을 통해서
얻은 낡은 지식에 바탕을 두고 있었기 때문에 고정관념의 테두리를 벗어
나기 어려웠으나, 중국의 실상을 확인한 다음 경험하게 된 의식의 전환은
괄목할 만한 것이었다.[22] 특히 자연이나 문물 이외에 이원영(李元英) 등
청나라의 지식인을 만난 일, 천산 유람 시 영안사의 불승 숭혜(崇慧)를
만난 일 등은 그의 자의식을 깨고 새로운 인식을 얻도록 한 결정적 계기
가 되었다. 그러한 경험들을 객관적이며 사실적인 필치로 적어나감으로
써 읽는 사람들로 하여금 무리 없이 공감할 수 있도록 하는 데서 그의
글쓰기가 지닌 장점을 찾을 수 있다. 특히 이런 점에 대하여 김아리는
노가재가 일기체·유기체(遊記體)·필기체 등의 글쓰기 양식들을 유기적
으로 결합시켜 새로운 사행록의 특성을 확립했는데, 이것이 바로 앞 시대
의 여러 글쓰기 관습들과의 대화적 관계를 통해 이룩한 성과라고 했다.[23]

---

21) 박수밀, 『18세기 지식인의 생각과 글쓰기 전략』, 태학사, 2007, 5쪽.
22) 조규익, 『국문 사행록의 미학』, 259~260쪽.

새로운 만남을 통해 상대론적 관점을 갖게 되고 결국은 의식의 전환에 성공한 경우를 담헌에게서도 발견한다. 그의 사행록 가운데 가장 정채로운 부분들 중의 하나인 「의산문답」은 담헌이 겪은 이념적 전환과 함께 그것을 실감 있게 구체화시킨 글쓰기의 진수를 보여준다. 즉 그는 소설적 글쓰기[24]를 통해 평등에 관한 보편적 관념, 상대주의적 세계관 등을 보여주고자 했는데, 그것은 그가 사로잡혀 있던 이념으로부터 벗어나 자신을 객관화하는 데 성공함으로써 가능한 일이었다. 말하자면 담헌에게서도 의식의 전환과 글쓰기가 유기적으로 연결되는 모습을 발견하게 된다는 것이다.

『을병연행록』의 골자는 '화이론의 극복'이며, 그것은 「항전척독」이나 「의산문답」을 관통하는 주제의식이기도 하다. 이 점은 중국에서 접하는 문물이나 지식인들과의 교유를 통해 자신의 생각을 바꾸어 나가던 노가재의 그것과 일치한다. 자신의 모습을 객관화시킬 수 있다는 것은 그가 이미 이념의 구속에서 벗어났음을 암시한다. 만약 그가 조선에서처럼 화이관이나 소중화 의식에 갇혀 있었다면,

▲ 을병연행록(숭실대학교 기독교박물관 소장)

---

23) 김아리, 앞의 논문, 118쪽.
24) 김태준[『홍대용과 그의 시대』, 일지사, 1982, 232~233쪽]은 「의산문답」을 철학소설로, 조동일[『문학사와 철학사의 관련양상』, 한샘, 1992, 245쪽]은 서사적 교술로 보았다.

청나라의 화려한 문물을 보면서도 기록에서처럼 결코 자신의 모습이 초라하다고 적어놓지는 못했을 것이다. 오히려 기존의 지식인들처럼 갖가지 양상의 수사를 동원해서 그러한 현실을 애써 외면하려 했을 것이다. 그래서 글쓰기란 인식 주체가 새로운 자아를 실현해가는 수단이자 과정일 수 있는 것이다.

이처럼 담헌으로 하여금 상대주의적 세계관을 통해 자신의 생각을 바꾸도록 한 계기는 각종 만남이었다. 예컨대 담헌이 간정동의 선비들을 만나기 훨씬 전에 어떤 관원으로부터 "천하 한 가지니 어찌 만한이 다름이 있으리오"[25] 라는 말을 들은 뒤, 그 말이 그에게 큰 깨달음의 단서로 작용한 경우가 그것이다. 이런 과정을 거쳐 간정동의 선비들을 만날 무렵에는 그도 화이관을 거의 청산할 수 있었다. 간정동의 선비들에게 보낸 편지글에서 "천지로 부모를 삼으니 동포의 의는 어찌 화이의 간격이 있으리?"[26]라는 그의 말은 그 점을 단적으로 보여준다. 화이관의 청산은 그가 보편주의적 세계관을 갖게 되었음을 의미하고, 이 점은 「의산문답」의 상대주의적·객관적 글쓰기에도 마찬가지로 나타난다.[27]

이들과 상당한 차이를 보여주는 것이 서유문이다. 밋밋한 사실의 기록이나 평면적인 묘사로 일관한 서유문은 가급적 주관의 표출을 절제하려 한 듯하다. 기록의 상당부분이 제도나 법에 대한 언급으로 채워져 있는데, 그만큼 그는 세계관을 비롯하여 자신의 관점을 드러내는 것을 극도로 자제하는 대신 펼쳐지는 풍광이나 사물들의 객관적인 묘사에 힘을 기울였다. 자신의 관점이나 의식을 객관적 묘사나 설명의 행간에 숨겨 두고자 한 것도 그의 변함없는 의도였다. 복제(服制)·상제(喪制)·정치제도·관료제도·과거제도를 비롯하여 풍속 및 다양한 건축물의 제양(諸樣) 등을

---

25) 소재영·조규익·장경남·최인황,『주해 을병연행록』, 태학사, 1997, 197쪽.
26) 같은 책, 493쪽.
27) 조규익,『국문 사행록의 미학』, 265~267쪽.

상세히 설명·묘사·분석한 내용이 『무오연행록』의 주류를 이룬다. 제도는 1차적으로 '정해진 법규/마련된 법규/나라의 법칙/국가나 사회구조의 체계 및 형태' 등 인간사회를 움직이는 가시적인 체계를 의미하고, 2차적으로는 인식대상들에 표면화된 양태를 의미한다. 따라서 제도는 객관적 묘사나 설명만으로 그 본질이 충분히 드러나기 때문에 주관적 판단이나 감정이 개입할 수 있는 대상이 아니다. 노가재와 담헌이 물질을 통하여 정신적 차원으로 상승하는 과정을 입체적인 글쓰기로 보여주고자 한 인물들이라면, 서유문은 제도·문명·물질의 관찰, 묘사, 설명 등 평면적인 글쓰기로 시종한 인물이다. 서유문이 주로 물질에 국한시켜 중국의 실체를 추구하고 확인했다는 점에서 연행 기간 동안은 물리적인 것·경험적인 것을 중시하는 유물론적 성향을 짙게 보여준 셈이다. 중국의 현실을 정신적 차원으로만 분석할 경우 당시 지배집단의 이데올로기에 저촉될 우려가 많다는 현실적 이유도 무시할 수 없었을 것이다. 물론 요소요소에 29수의 시들이 인용되어 있긴 하다. 그러나 이것들도 대부분 연행 도중 만난 제시(題詩)들로서 그 지은이나 내용의 변증을 위주로 했기 때문에 기록자의 주관적 감흥이나 내면 표출과는 거리가 멀다.[28]

　이와 관련 '차이의 재구성'에 의한 문제의 발견을 통해 '탈 중심화'의 성취로 『열하일기』에 적용된 글쓰기의 원리와 의미를 찾아낸 최인자의 견해는 주목할 만하다.[29] 개별자의 상대적 관계에서 도출되는 '평등'이 중심화나 전통·명분·관념·이념 등에 대한 비판으로 이어졌다는 것이 그 견해의 핵심이다.[30] 글쓰기란 결국 기존의 의미에 새로운 관점을 도입하여 세계를 재구성하는 것이며 글 읽기란 텍스트에 나름의 가치를 부여

---

28) 같은 책, 270~271쪽.
29) 최인자, 연암 <열하일기>에 타나난 글쓰기 발상법의 한 원리, 『목원국어국문학』4, 목원대 국어국문학과, 1996, 259~270쪽 참조.
30) 같은 글, 269쪽.

하는 재구성적 작업이라는[31] 그의 견해는 연암의 글쓰기에 대한 정확한
이해이자 당대 선각 지식인들이 사행록 집필에 적용하던 원칙이기도 했
다. 『열하일기』가 사행록들 가운데 최고봉으로 일컬어지는 것도 그것이
그렇게 등장한 새로운 기풍의 바탕 위에서 이루어진 것이기 때문이다.
연암은 노가재『연행일기』의 편년체와『담헌연기』의 기사체를 수용하여
입전체(立傳體)라는 새로운 양식의 사행록을 만들어낼 수 있었는데, 여
정들의 주된 부분은 일기체로 서술하되, 여기에 포함시키기 어려운 중요
사항들은 기(記)·설(說)의 형식으로 독립시켜 해당 편(篇)에 첨부함으로
써 기사체적 방식을 곁들였고, 열하 및 북경 체류 중의 잡다한 견문들은
잡록(雜錄)·필담(筆談)·소초(小抄) 등의 형식으로 수습한 점을 발견하
게 된다.[32]

이와 같이 '편년체-기사체-입전체'로 이어진 사행록 글쓰기의 관습적
체재는 김경선의 『연원직지』에 와서 새롭게 종합되거나 모종의 변화를
겪는다. 그는 사행의 전체적인 노정을 쉽게 이해할 수 있는 편년체의 바
탕 위에서 평순하고 착실하면서 조리가 분명한 노가재의『연행일기』를
수용하였다. 다음으로 사항마다 본말을 갖추면서 함축적인 논의가 가능
한 기사체의 바탕 위에서 문장이 전아하고 치밀한 담헌의『연기』를 수용
하였다. 마지막으로 그는 살아있는 표현의 입체적 수용을 통한 아름답고
화려한 문장과 풍부하고 해박한 연암의『열하일기』를 수용한 것이다. 이
러한 종합적 수용을 통해 김경선은 직지방적 사행록『연원직지』를 완성
한 것이다.[33]

보는 각도에 따라 다르겠으나, 18세기 사행록들에서 발견되는 서술자

---

31) 같은 글, 271쪽.
32) 김명호, 燕行錄의 傳統과 <熱河日記>, 『朴趾源 文學硏究』, 성균관대 대동문화
　　연구원 대동문화연구총서 19, 2001, 124~125쪽 참조.
33) 전일우, 『燕轅直指』연구, 『溫知論叢』14, 사단법인 溫知學會, 2006, 332~333쪽.

의 시각은 대체로 '자아와의 거리두기'를 통한 객관화에 맞추어져 있다. 주관이나 관념을 버릴 때 비로소 새롭게 접하는 물상들을 객관적·상대론적 관점에서 바라볼 수 있기 때문이다. 모든 물상들은 다양한 의미를 갖추고 있으며, 상대론적 관점에서 바라보아야 그런 의미들은 추출될 수 있다고 본 것이다. 이 시기의 사행록들이 대상의 세밀한 묘사나 객관적 진술을 통해 '나와 그들' 사이의 차이를 찾아내고, 그것들에 의미와 가치를 부여하려는 태도는 글쓰기 방식이나 관습에 큰 변화를 가져올 수 있는 조건이었다. 그런 점에서 '18세기 후기의 글쓰기가 실험적 성격과 함께 복고적 성향을 띠게 되었고, 고증적 글쓰기를 통해 글쓰기 방식의 다양화를 이루었으며, 일록 양식으로 복귀했다'는 김현미의 견해는 타당하다.[34]

19세기에 등장한 사행록이긴 하나 김경선의 『연원직지』가 『열하일기』로부터 진전된 모습을 보여주지 못하고, 설명·인용·고증으로 시종함에 따라 앞 시대 사행록들의 글쓰기 관습을 보여주게 된 것도 '새로운 견문의 기록'이라는 사행록 본연의 성격을 벗어나지 못했기 때문이다. 이런 현상은 18세기 이전의 기록인 최현의 『조천일록』에도 마찬가지로 나타난다. 말하자면 사행록이란 각 시대 정신에 충실하던 지식인들이 실제로 견문한 것들을 글로 옮겨 적은 것들인 만큼 '사실성이나 진실성의 추구'라는 글쓰기의 시대적 관습을 뛰어넘을 수 없었던 것이다. 사행록의 글쓰기에서 기껏 노가재나 담헌, 연암 정도의 파격적 실험 정도로 그칠 수밖에 없었는데, 최현의 『조천일록』이 보여주는 17세기 사행록의 글쓰기 관습이 19세기의 김경선에 와서 반복된다고 보는 것도 그 때문이다.

---

34) 김현미, 『18세기 연행록의 전개와 특성』, 혜안, 2007, 248~271쪽 참조.

3. 최현 『조천일록』의 글쓰기 양상

두곡(杜谷) 고응척(高應陟)과 한강(寒岡) 정구(鄭逑)의 학통을 이어받은 최현은 다양한 장르의 글들을 남겼으나, 무엇보다도 사류가사(士類歌辭)인 <용사음>과 <명월음>을 남긴 점35)은 그의 글쓰기와 관련하여 주목할 만한 사실이다. '있었던 일을/확장적 문체로, 일회적으로, 평면적으로 서술해/알려 주어서 주장'하는 것이 가사 장르의 본질이라면,36) '사행길에서 목격한 일들을/확장적 문체로, 일회적으로, 평면적으로 서술해/알려 주는' 『조천일록』의 글쓰기야말로 그가 사행록과 함께 남긴 가사의 장르적 관습과 얼마간 들어맞는다. 말하자면 가사도 수필의 범주에 속하고 기행문도 수필의 범주에 속한다는 사실을 생각할 때, 그가 사행록[『조천일록』]과 가사[<용사음>·<명월음>]를 동시에 창작한 점은 당대의 글쓰기 관습을 다양하게 구현한 실험적 사례로 들 수 있는 동시에, 그의 장르의식을 추정하게 하는 단서가 된다고 본다.

임진왜란을 당하여 국정의 문란함과 불의를 신랄하게 비판·고발하는 가운데 우국충정과 민생의 어려움을 토로한 것이 <용사음>이며,37) 암울한 세태는 햇볕 없는 밤과 같고 몽진에 오른 처량한 행차의 왕화(王化)는 달빛과 같음을 들어 불의에 당한 임진왜란의 참담함을 탄식한 것이 <명월음>이다.38) 최현 개인의 주관적 감정이 과도할 정도로 개입된 그의 가사들에 비해 『조천일록』은 객관적인 사실의 담담한 기록으로 일관하기 때문에 양자를 함께 비교할 수는 없다. 다만 '확장적인 문체로 서술했다'는 점에서 수필적 성격을 띤 가사와 기행문의 공통점을 말할 수 있고, 특히 최현이 이 두 장르를 함께 영위했다는 사실로부터 그것들이 그 자

---

35) 홍재휴, 『解註 北厓歌辭』, 전주최씨해평파북애고택, 2006, 28~29쪽.
36) 조동일, 歌辭의 장르규정, 『語文學』21, 韓國語文學會, 1969, 72쪽.
37) 홍재휴, 앞의 책, 150쪽.
38) 홍재휴, 같은 책, 154쪽.

신과 당대 지식사회에 보편화 되어있던 글쓰기의 관습을 짐작할 만한 단서는 될 수 있으리라 본다.

『인재속집』은 최현의 6세손 광벽이 1785년[정조 9]에 엮은 것으로,『조천일록』과 함께『인재집』에 실리지 못한 시문들을 실어놓은 문헌이다. 최현은 1608년[광해군 1] 8월3일 동지사의 서장관으로 사행에 올라 이듬해 3월 22일 복명함으로써 사행의 공식 여정을 끝내고 있다. 따라서 총 7개월에 걸친 대장정을 하루도 거르지 않은 채 충실한 일기체로 기록한 것이『조천일록』이다. 이 기록이 갖는 글쓰기의 의미는 다음과 같은 이헌경의 서문에 잘 드러난다.

> "조천록이 이 세상에 어찌 없을 수 있겠는가? 우리나라 사대부들이 연경에 갔다가 돌아오며 이런 기록을 남기지 않은 이가 없었으나 선생처럼 상세하지 않았다. 이를 갖고 연경에 가서 살펴 따라가면 비록 처음 가는 나그네라도 익숙한 길처럼 생각될 것이다. 군대를 이끄는 자가 이를 얻으면 견고함과 빈틈, 험지와 평지의 소재를 알 수 있고, 풍속을 살피는 자가 이를 보면 풍속의 교화와 다스림이 어디에서부터 시작되는지를 알 수 있다. 하물며 때는 황조의 말엽을 당해 좌당(左璫: 환관)의 폐단이 이미 자심해졌고, 외국 손님들의 원망이 이미 일어났으며, 오랑캐들과의 다툼이 점점 커져 요동(遼東)과 계주(薊州)의 통로가 장차 막히게 되었음에랴? 아아, 근심하고 탄식하며 주나라 성시(盛時)를 생각하니 조나라와 회나라의 시와 똑같구나! 애석하도다! 당시에는 경계할 줄 몰랐고, 오히려 뒷사람에게 밝은 본보기를 남겨주었으니 조천록이 이 세상에 어찌 없을 수 있겠는가?[39]

39) 「訒齋先生續集 序」,『韓國文集叢刊 234: 艮翁集』卷之十九, 400쪽의 "訒齋崔先生遺集旣梓行矣 而先生六世孫光璧氏又取先生朝天錄及詩文遺佚者若而篇 袞成續集 屬獻慶 弁之以文 獻慶應之曰 朝天錄世烏可無也 我國 士大夫使燕還 莫不有是錄 而莫先生詳 以之之燕 按而跡之 雖生客若熟路 行師者得之則知堅瑕險易之所在 觀風者見之則知謠俗化理之所自 又況時當皇朝季葉 左璫之弊己 滋矣 賓旅之怨已興矣 蒙猺之釁漸搆矣 遼薊之路將梗矣 愾然憂歎 思周盛時 一

이헌경은 『조천일록』의 '상세함'을 첫 장점으로 꼽았다. 역대 사행에 참여한 거의 모든 지식인들이 기록을 남겼지만 최현의 『조천일록』만큼 상세한 기록은 없었다는 것이다. 북경에 처음 가는 사람도 이 기록만 갖고 있으면 능숙하게 길을 찾을 수 있고, 군대를 지휘하는 자나 풍속을 살피는 자 모두 이 기록만 갖고 있으면 자신이 원하는 바를 성취할 수 있을 정도로 기록이 상세하다는 점을 강조했다. 기록이 상세하다는 것은 1차적으로 기록자 혹은 관찰자가 대상을 치밀하게 관찰·분석하는 데 성공했음을 보여준다.

대상을 제대로 분석하지 못한다면 그리거나 기록할 수 없고, 궁극적으로 그 본질을 파악할 수 없다. 최현이 사행에 나선 것은 45세 때의 일이었다. 학문에 열중하다가 출사했고, 출사한지 그리 오래지 않아 사행에 나선 것이다. 따라서 사물의 원리를 상세히 관찰하고 분석하는 그의 글쓰기 습관은 고응척40)이나 정구 등 주자의 생각을 충실히 따른 자신의 선생들로부터 이어받았을 가능성이 크다.

주자는 만물이 모두 이(理)를 갖고 있으므로, 이러한 이를 하나하나 궁구(窮究)해갈 경우 종당엔 활연(豁然)히 만물의 겉과 속, 세밀함과 거칢을 명확히 알 수 있다고 했다.41) 최현은 사행 길에서 만나는 물상들의 이를 살펴 글로 기록하고자 했다. 따라서 그의 시선에 잡히는 물상들은 단순히 자연의 경물이나 사람들의 사는 모습에 국한되지 않았다. 국가의

---

40) 『중용』·『대학』에 바탕을 둔 고응척의 사물 관찰 방법이나 이념에 대해서는 조규익의 논문[杜谷 高應陟의 歌曲, 『語文研究』29, 語文研究學會, 1997, 466~475쪽] 참조.

41) 朱熹集註·林東錫 譯註, 『四書集註諺解 中庸·大學』, 학고방, 2004, 192쪽의 "天下之物 莫不有理 惟於理有未窮故 其知有不盡也 是以 大學始敎 必使學者 卽凡天下之物 莫不因其已知之理而益窮之 以求至乎其極 至於用力之久而一旦 豁然貫通焉 則衆物之表裏精粗 無不到而吾心之全體大用 無不明矣 此謂物格 此謂知之至也." 참조.

제도나 정책의 세밀한 측면, 그것들의 잘 되고 못 됨, 사람들의 의식주, 물가(物價) 등등. 그의 시선에 걸리는 것들 모두는 분석과 기록의 대상으로 자리 잡을 수 있었다. 말하자면 그는 사행록을 통해 자신이 보고 들은 것들을 기록하되, 하나도 미진함이 남지 않도록 하는데 신경을 쓴 것이다.

1) 시각적 이미지와 설명의 구체성

　최현은 자신이 기록하는 내용을 '문견사건'이라 했다.[42] 말하자면 그는 새로운 물상을 접할 때마다 그것들을 관찰·분석하고자 했고, 그런 경우에는 어김없이 시각과 청각을 동원했다. 이 경우 문견이란 감각의 능동적·수동적 양태 모두를 포괄하는 행위다. 보거나 들으려 하지 않아도 보이거나 들리는 것이 시각이나 청각의 수동성이며, 보이지 않는 것을 보려 하거나 들리지 않는 것을 들으려 할 수도 있는 감각의 능동성이다. 이처럼 사행에 참여한 지식인들 대부분은 사물의 내면에까지 감각의 촉수를 뻗은 셈이다. 상세함이나 구체성은 모두 시각적 이미지를 활용함으로써 얻어지는 효과다. 사행록 글쓰기의 성패가 적절한 시각적 이미지의 동원 여부에 달렸다고 보는 것도 그 때문이다.

　　초7일 신유. 맑음. 동년 김홍경의 아들인 생원 김종효가 와서 만났다. 저녁에 상사 김아무개·산휘와 함께 성 안으로 가서 동년 조신준을 방문하고 함께 만월대로 갔다. 만월대는 전 고려의 궁궐터인데 거칠게 뻗은 잡초에 덮여 있었으나 섬돌은 아직 남아 있었다. 동쪽에는 위봉루의 옛 터가 있고 그 아래에는 동지가 있는데 매몰되어 논이 되었으며 벼이삭이 무성하였다. 만월대 앞으로 수 백 보를 가니 궁문의 옛 터가 있고 문 동쪽 백 보 쯤에 병부교가 있었다. 북쪽에는 송악산이 가로로 높이 솟아 있고, 북쪽성문 밖으로 광명사의 옛 터가 있었다. 동쪽으로

---

42)『訒齋先生續集: 朝天日錄一』卷之一·書啓·10 쪽의 "聞見事件 逐日附私日記" 참조.

2리 쯤에 자하동이 있으며 자하동 뒤쪽 산 중턱에는 안화사의 옛 터가 있었다. 남쪽에는 용수산이 있는데 높이가 한양의 모학령 만하였고 서남쪽으로 진봉산이 있는데, 바라보니 경치가 빼어나서 세속을 벗어난 듯했다. 이른바 진봉산 철쭉이라는 것이 바로 이것이었다. 동남쪽으로 백리 쯤 되는 곳에는 삼각산이 있는데 돌 봉우리 세 개가 뿔처럼 빼어나게 솟아 마치 솥을 엎어놓은 것 같았다. 성의 동쪽 작은 언덕 주변은 송악의 동쪽 지맥인데 그 아래에 숭양서원이 있었으니, 곧 문충공 포은 정몽주 선생을 제사 드리는 집이다. 동쪽으로 수 백리를 바라보니 둥글고 푸른 봉우리가 빗겨 누르고 있었는데, 적성의 성막산이었다. 파평의 파산은 남쪽이니 강으로부터 40리 혹은 50리 쯤 떨어져 있었다. 산천이 두 손을 마주잡고 인사하는 모양이었다. 맑고 빼어남은 비록 한양의 산천에는 못 미치지만 지세가 웅장하고 토석(土石)에 광택이 있으며 초목이 무성한 것은 한양 산천에 비할 바가 아니었다. 관광은 이때에 할 일이 아니었으므로 잠시 배회하다가, 앉아서 이야기할 겨를도 없이 돌아왔다. 이날도 인삼이 공급되지 못했으므로 송도에 머물렀다.[43]

27일 신해. 맑음.

안산을 출발하였습니다. 길에서 포정사 사존인을 만났는데, 그는 광녕에서부터 요동으로 돌아오는 길이었습니다. 저녁에 해주위에 도착하여 성 서쪽에 있는 유씨 성을 가진 사람 집에서 잤습니다.【이날 천산에서 잤는데 부사는 안산에서 잤다. 기록에서 천산에서 잤다는 말을 하지

---

43) 『訒齋先生續集一: 朝天日錄一』, 3~4쪽의 "初七日 辛酉 晴 同年金興慶子生員 金宗孝來見 夕與金上舍及山輝往城內 訪同年曹臣俊俱往滿月臺 臺乃前朝宮殿 之基 沒於荒蔓宿草中 臺砌猶存 東有危鳳樓遺基 基下有東池 埋爲水田 稻穎離 離 臺前數百步 有宮門古址 門東百步許 有兵部橋 北有松岳橫鎭降然 北城外有 廣明寺遺基 南有龍首山 高如漢陽之慕鶴嶺 西南有進鳳山 對面秀出俗 所謂進 鳳山躑躅是也 東南百里許 有三角山 石峯秀出三角 如覆鼎然 城東小阜周遭 乃 松嶽之東支下 有崧陽書院乃鄭文忠圃隱先生享祀之宇 東望數百里 穹然翠出之 橫鎭者爲積城之聖幕山坡平之坡山 南距江水或五十里或四十里 山川之拱揖 明 秀不及於漢都 而雄盤厚重 土石光潤 草木茂盛則 非漢陽山川之比 遊觀非此時 所爲 故徘徊暫刻不暇坐語而還 是日又以人參不給之故 留松都" 참조.

않은 것은 국가에서 유람을 금했기 때문이다.】

○ [부기] 이른 아침 노승 회문이 또 배·밤 등의 과일과 차 주발을 갖추어 가지고 왔다. 차를 마신 후 한 식탁에서 마주하고 밥을 먹어도 싫지 않았음은 이 또한 산 속에서 느끼는 멋으로 물아를 서로 잊은 경지였다. 또 우리를 이끌고 서쪽 누대에 가니, 바위 위에 있는 관음각의 모습이 뛰어나게 아름다워 이곳에서 자지 못하는 것이 한스러웠다. 전각 앞에는 두어 그루 반송이 바위에 뿌리를 박고 늙은 나뭇가지는 굽어져 있어 푸른 그림자가 너울너울하였다. 달밤에 이를 보면 더욱 아름답다고 하였다. 전각 옆에는 바위가 공중에 우뚝 솟아 높이가 수 십 길인데, 정병석이라고 하였다. 왜송[矮松: 가지가 많이 퍼져 탐스럽고 소복한 어린 소나무]은 늙어 기울어져 바위를 의지하고 무더기로 자라나 있으니 더욱 기이한 볼거리였다. 관음각을 경유하여 한 층을 더 올라가니 전각이 바위에 솟아있고 석대는 깎은 듯이 정연하여, 조월사의 옥황전과 더불어 난형난제였으며, '서법화실'이라 이름 하였다. 전에 보았던 정병석이 바로 앞에 있어, 손으로 만질 수 있을 것만 같았다. 이곳에 이르니 산봉우리와 골짜기를 다 셀 수 있을 것 같았다. 남쪽 봉우리 중에 빼어난 것은 필가봉과 오향봉이었고, 동쪽으로는 양대가 있으니 용천사의 왼쪽 허벅다리이고, 서쪽으로는 금강봉이 있으니 용천사의 오른쪽 날개였다. 우리들은 이것을 완상하느라 차마 떠나지 못하다가 석벽 위에 이름을 새긴 후에 내려왔다. 관음각 앞에는 바위를 의지하여 축대를 만들었으니, 중이 말하기를 "설을 쇤 후에 고루[鼓樓: 북을 단 누각]를 이곳에 세우고 양대 위에는 또 석대를 쌓고 장차 종각을 세울 것"이라고 하였다. 이 누각이 만일 세워져 동쪽의 종과 서쪽의 북이 한꺼번에 울린다면 조월사의 종각은 이것보다 못할 것이라고 말하였다. 머뭇거리는 사이에 붉은 해가 공중에 솟아올랐다. 중이 말하기를 "산 중의 일출이 가장 늦으니 만약 햇빛을 보게 되면 산 바깥은 이미 사시[巳時: 오전 9~11시]가 지났을 것"이라 하였다. 드디어 노승 회문과 이별을 하였다. 상사와 함께 노새를 타고 고개를 넘어 서북쪽으로 25리를 가서 안산 구양선의 집에 당도하였다. 점심을 먹고 다시 서남쪽으로 60리를 가서 해주위에 닿으니, 밤 10시를 향하고 있었다. 서문 밖에는 유계괴의 점포【우리나라의 주막과 같은데 나그네를 맞이하고 세를 받는 곳】에서 잤다. 이날 서남쪽으로 80리를 갔다.44)

두 글 모두 사행록에서 흔히 볼 수 있는 문체와 표현들이다. 그러나 그 세밀함에 있어서 이 글은 다른 사행록들보다 뛰어나다고 할 수 있다. 전자는 북경 가는 길에 들른 송도[개성] 노정의 기록이다. 만월대·위봉루·궁궐 문의 옛터·병부교·송악·광명사·자하동·안화사·용수산·모학령·진봉산·삼각산·숭양서원·성막산·파산 등 대상에 대한 묘사가 그림보다 더 정확하고 구체적이다.

만월대가 '전조 궁전의 터'라는 말은 사실에 대한 설명이니 단순하고 건조할 것은 당연하다. 그런데 '거친 덩굴 풀과 묵은 풀 더미 속에 매몰되었으나, 누대의 섬돌은 아직 남아 있었다'는 부분은 현상의 묘사이면서 감정이나 감상이 짙게 반영되어 있다는 점에서, 기록 주체의 글쓰기 양상을 잘 보여준 예라고 할 수 있다. 고려조는 이미 망해버렸으나 그 자취 즉 역사는 아직 남아 있다는 깨달음을 기록하고 싶었던 것이다. 특히 위봉루 아래 쪽 동지가 논으로 변했고, 그 논에 익은 벼이삭이 늘어진 모습을 그렸는데, 이 부분에서도 과거와 현재라는 대비법을 통해 역사의 엄연

---

44) 『訒齋先生續集一: 朝天日錄一』, 20~21쪽의 "二十七日辛亥 晴 發鞍山路遇布政司謝存仁 自廣寧回遼東 夕抵海州衛 宿城西劉姓人家 - 是日 宿于千山而副使宿于鞍山 此記不言宿千山者 國禁遊觀故也 - ○ 附 早朝 老師會文又其梨栗茶椀 茶罷 具食共卓對喫 畧不爲嫌 此亦山中氣味 物我相忘處也 又引至西臺 巖上觀音閣 所見絶勝 恨不宿于此也 殿前數株盤松托根巖上 鐵幹回屈 翠影婆娑 月夜則尤絶云 殿傍有石 特起空中 高可數十丈 號爲淨瓶石 矮松老倒 緣石叢生 尤一奇玩也 由觀音閣 更上一層有殿 逈出巖頭 石臺整然如削 與祖越之玉皇殿相兄 號爲西法華室 前所見淨瓶石正在前面 似可手撫然 峰巒巖壑 到此可數 南峰之秀出者曰畢駕峯五香峯 東有凉臺乃龍泉之左股也 西有金剛峯龍泉之右翼也 我等愛玩不忍去 乃題名壁上而下 觀音閣前因石築臺 僧云歲後將構鼓樓于此 凉臺之上亦築石臺 將構鍾閣 此樓若成東鍾西鼓一時並奏則 祖越鍾閣反在下矣云 躊躇之間 紅日轉空 僧曰 山中日出最遲 若見日光則 山外已過巳時矣 遂別會 師與上使跨騾踰嶺 西北行二十五里抵鞍山 緱良善家中火後 西南行六十里抵海州衛 夜向二更 宿西門外劉繼魁店 - 如我國之酒幕接客受價 - 是日西南行八十里" 참조.

함을 말하고자 한 기록자의 의도를 분명히 읽어낼 수 있다. 견문 대상을 보다 구체적이고 객관적으로 드러내기 위해 기록자가 비교법이나 비유법을 쓴 점이 전체적으로 두드러진다. 예컨대 독자들이 용수산의 규모를 이해할 수 있도록 그 높이를 한양의 모학령과 비교했다거나 삼각산의 모양을 묘사하기 위해 '솥을 엎어놓은 것 같았다', 성막산과 파산을 '활 모양'으로 묘사한 경우 등에서 알 수 있듯이 그가 사용한 비교 혹은 비유법은 대상의 객관화라는 점에서 매우 중요하다. 기록자가 시각적 이미지를 활용하여 대상을 성공적으로 설명한 것이 이 글임을 알 수 있다.

　사르트르가 설명한 바 있지만, 이미지는 사물에 관한 의식의 한 형태이다. 그러나 그 사물 인식은 추상적인 것이 아니라 구체적인 것이며 그 방법은 비유적인 점에 특징이 있다. 따라서 이미지는 넓은 의미에서 비유 언어이고, 표현상 추상적인 것을 구체화 시키는 하나의 방법이다.45) 외견상 건조한 것처럼 보이는 이 기록의 미학적 결손을 보충할 수 있었던 것도 바로 이러한 이미지를 활용한 비유적 표현 덕분이라 할 수 있다.

▲ 천산 입구

45) 한국문학평론가협회, 『문학비평용어사전(하)』, 새미, 2006, 646쪽.

회화적인 수법을 통해 구체성을 확보하고 있다는 점에서 후자 역시 전자와 마찬가지다. 서대·관음각·정병석·왜송·서법화실·조월사의 옥황전·필가봉·오향봉·양대·용천사·금강봉 등을 묘사하고 있는 글만 읽어도 그 경치들이 한 눈에 들어오는 듯하다. 예컨대 관음각 주변의 절경을 묘사하면서 '건물 앞 두어 그루의 반송이 바위 위에 뿌리를 의탁했고, 쇠같은 가지가 굽고 구부러져 있었으며 비취색 그림자가 너울거린다'는 표현을 썼는데, 직설적인 묘사이면서 시적 표현의 경지에까지 이른 사례라고 할 수 있다. 말하자면 기록자가 물상들에 대한 묘사와 설명을 위해 표면적으로는 가장 건조한 표현을 사용하고 있으나, 이면적으로는 읽는 이의 정서에 호소하는 방식을 사용함으로써 자신의 의도를 충실하게 드러내고 있는 셈이다. 특히 후자에서 전형적인 사행록들의 노정기 형태인 앞부분[27일 신해~집에서 잤다]과 뒷부분[밤 이경 무렵~80리를 갔다]을 제외할 경우, 나머지 중간 부분은 기록자 최현이 갖고 있던 정서적 글쓰기의 능력이 유감없이 발휘된 결과로 볼 수 있을 것이다.

2) 탐문의 상세함과 이념적 색채의 노출

대부분의 사행록들이 그렇듯 최현의 『조천일록』도 수필체·일기체·보고체의 성격을 두루 갖춘 기행문이다. 그런데 최현의 기록 가운데 상당 부분은 상세한 답사보고의 성격을 띤다. 말하자면 어떤 문제점의 파악을 위해 파견 나온 사람의 보고서로 간주할 만한 부분들이 많다는 것이다. 물론 보고서의 성격을 띠는 부분은 개인적인 견문이나 느낌을 주로 하는 '사일기'와 구분되는 것들로 대개 '서계' 혹은 '장계(狀啓)'46)나 '정문(呈

---

46) 장계는 監司 또는 임금의 명령을 받들고 지방에 나간 벼슬아치가 글로 써서 임금에게 올리던 啓本을 말한다. 최현의 『조천일록』에는 「在平山狀啓」, 「在義州狀啓」, 「又在義州狀啓」, 「同日狀啓」, 「在遼東狀啓」, 「在廣寧狀啓」, 「在山海關狀啓」, 「在玉河館狀啓」, 「先來狀啓」, 「同日別狀啓」 등이 들어있다.

文)'[47]이라는 용어로 묶여 있다. 서계는 임금의 명령을 받은 관원의 복명서를 말하며 정문은 하급관청에서 상급 관청으로 보내던 공문서 즉 동일한 계통의 관청 사이에 오가던 보고서를 말한다. 전자 즉 서계나 장계는 임금에게 올리는 글이므로 서술자의 호칭이 '신(臣)'이지만, 후자의 경우는 대상 관공서의 성격에 따라 호칭은 약간씩 달라진다. 이처럼 최현의 『조천일록』은 개인적인 견문이나 느낌을 기록한 '사일기'와 공적 보고서인 서계·장계·정문의 합본으로 이루어져 있는데, 그런 편찬양상은 사행록 역사상 두드러진 경우다. 현재 알려져 있는 사행록들은 대부분 사행에 참여한 지식인들 개개인의 기록이며, 조정에 대한 공식적인 보고문들이 합본된 경우는 많지 않다. 그런 점에서 최현의 『조천일록』은 자료적 차원에서도 의미가 크다. 개인적인 기록이든 공적인 기록이든 대개 물상에 대한 견문이나 조사를 바탕으로 이루어지는 만큼 문체나 글쓰기의 방식 등에서 현격한 차이를 발견할 수는 없다. 다음의 글들을 보자.

> **15일 기해일. 맑음.**
> 새벽에 낭자산을 출발하여 냉정에서 점심을 먹고 고려촌을 지나 요동 회원관에 닿았습니다. 각 아문의 동정을 물으니 순안 웅정필이 새로 제수 받았으나 아직 오지 않았고, 포정사【요동은 산동도에 속한다. 이에 포정을 배분하였다.】사존인은 조집을 전송하러 광녕으로 갔고, 부총병【총병은 병마절도이다. 요에는 세 총병이 있는데 광녕에 있는 자는 진수총병으로 모든 진을 통솔하고, 요동성에 있는 자는 원요부총병이고 전둔위에 있는 자는 서로부총병으로 각각 병마 5천을 거느린다.】오희한과 방추개원위 삼도사 고관은 성절에 표문을 올리는 일로 북경에 가서 모두 돌아오지 않았고, 다만 장인도사 엄일괴와 이도사 좌무훈만이 아문에 있다고 하였습니다. ○요동성곽은 장대·견고하고 지세는 평이하며 민물은 번성하고 축산은 양·나귀·닭·돼지 등을 많이 길러 생산의

---

47) 최현의 『조천일록』에는 「擬呈遼東都司文」, 「免宴呈文」, 「擬呈禮部文」, 「呈提督主司文」, 「禮部告狀」등이 실려 있다.

밑천으로 삼는다. 땅은 서직과 사탕수수와 조를 재배하기에 알맞고, 논농사를 짓지 않아 비록 부유한 자라도 모두 수수쌀밥을 먹는다. 조세는 밭의 상·중·하로 차등을 두는데 상등전일 경우 하루갈이에 조 두 말을, 중등전일 경우 한 말 두 되를, 하등전일 경우 한 말을 낸다. 민간에서는 검소함과 절약함을 숭상하며 백성에게서 조세를 취함에 제한이 있어 거소를 잃는 자가 드물다. 군병은 한 집에서 1정(丁)을 뽑는데 한 집에 남자가 4~5인이 있을 경우 1인이 정이 되고 3~4인은 솔이 된다. 급여는 후하게 매 달 은 두 냥을 주는데 군졸들은 처자를 먹여 살릴 수 있어 병역을 심히 싫증내거나 피하지 않아, 모든 공가의 노역에는 다만 소속된 병사들만 노역시키고 촌민에게는 미치지 않으므로 농민들은 농사일에 전념할 수 있다. 공적으로 왕래할 때의 지공은 각 참에서 은전으로 계산을 하되, 모두 정해진 법칙이 있다. (사행이) 머무는 곳에서 차와 술과 닭과 돼지 등의 물건은 은전으로 지불하였는데, 이는 우리나라가 등에 지고 수레에 실은 자가 길에 가득하여 공사간에 폐를 끼치는 것과는 같지 않으니, 대개 은전이 통행되고 물건에 정가가 있기 때문이었다. 풍속은 변변치 않고 문을 소홀히 여겼으며 남녀 간에는 분별이 없었다. 사족이라 불리는 자들이 성 안에 많이 살고 있었으나 문교를 숭상하지 않아 학교가 황폐하였고, 성 안에 있는 사람들은 이익을 좋아해 부끄러움이 없고 도둑질을 잘하였다. 하급관리들은 광포함이 더욱 심하여 우리나라 사신이 입관한다는 소식을 들으면 진기한 보물이라도 얻은 듯이 여겨 열 명, 백 명이 무리를 지어 역관에게로 몰려와서 반드시 은과 인삼 등의 물건을 징색하였다. 비록 공헌할 중요한 물건일지라도 전혀 개의치 않았으며 오직 저지하고 이득을 추구하는 것을 좋은 계책으로 여겼다.[48]

---

48) 『訒齋先生續集一: 朝天日錄一』, 12~13쪽의 "十五日 巳亥 晴 晨發狼子山 中火于冷井 過高麗村抵遼東懷遠館 問各衛門動靜則 巡按熊廷弼新除授未來 布政司 -遼東屬山東道 此乃分布政也- 謝存仁往錢趙檄于廣寧 副總兵 -總兵乃兵馬節度也 … 俗尚儉嗇而取民有制 故 失所者鮮 軍兵則家抽一丁 一家有男四五人則 一人爲丁而三四人爲率優 給月餉銀兩 軍卒得以周其妻子而不甚厭避 凡有公家興作之事 只役所屬之軍不及村民 故 農民得以專治穡事 往來公行支供則各站計以銀錢 皆有定式 所駐之處 茶酒鷄豚等品 以銀錢立辦 非如我國負載滿

21일 을해일. 맑음.

영평을 출발해 난하를 건너고, 사하역에 도착해 류씨 집에서 묵었습니다. 무녕 서쪽으로는 들에 대추나무와 밤나무를 많이 심었고, 나무 밑에는 조를 심어 두 가지 이익을 거두었으니, 소진이 연왕에게 유세할 때에 "북에는 대추나무와 밤나무의 이익이 있다"고 했는데, 이것을 말한 것이었습니다.

○ [부기] 아침 일찍 영평을 출발해 서쪽으로 소난하와 대난하의 두 흙다리를 건넜다. 강물은 나뉘어 두 물줄기가 되었다. 성 서쪽으로 20리 떨어진 곳에 작은 봉우리 하나가 홀로 들판에 빼어났다. 봉우리 아래에 묘당을 세웠으니 이른바 수양산이었다. 『사기(史記)』에 "수양은 곧 뇌수산이니 하중부에 있다."고 하였다. 백이와 숙제가 나라를 사양하고 도망가 황하와 제수 사이에 살았다. 서백이 발흥한다는 소식을 듣고 장차 기주로 돌아가려 하다가 상교에서 무왕을 만났다. 말고삐를 두들긴 뒤에 '어찌 반드시 고국으로 돌아갔겠는가?' 수양산은 바로 상나라 도읍의 서쪽에 있으니 이른바 "저 서산에 올라 고사리를 캐노라[登彼西山兮 采其薇矣: 『사기』「백이열전」〈채미가〉]의 한 구절"라는 것이니 어찌 하중부의 수양산이 아니겠는가? 이제묘는 작은 산 북쪽으로 2리쯤 되는 곳에 있는데, 평원이 솟아오르고 석벽이 물에 잠겨 저절로 성의 모양을 이루고 있었다. 이를 의지하여 성을 쌓으니 이것이 고죽고성이라 한다. 성문 위에는 누각이 있고 성문 안에는 사당의 문이 있는데, 문 서쪽에 돌비석을 세우고 '지금까지 성인이라 칭하네[到今稱聖]'란 글자를 새겼다. 묘문 위에는 누각이 있고 누각 안에는 비석이 있는데, 탕임금 18년에 우임금의 후손과 공덕이 있는 자를 제사하여 봉한 내용, 고죽 등의 나라에 관한 말이 있었다. 이곳에서부터 모두 돌벽돌로 포장을 하였는데 반듯반듯하여 기울어지지 않았다. 사당의 문 안쪽 뜰은 더욱 정결했다. 패루를 세우고 금방에 편액하기를 '칙사청절사'라 하였으며, 누각 북쪽에 또 문루를 세워 편액하기를 '청성사'라 하였다. 문

路眙弊 公私盖銀錢通行而物有定價故也 風俗則菲薄小文 男女無別 號爲士族者多在城中而不尙文敎 學校荒廢 城中之人嗜利無恥 善爲偸竊 吏胥之輩獷猂尤甚 聞我國使臣入館則 若得奇貨 什百爲羣來侵譯官 必索銀參等物 雖貢獻之重 畧不以爲意 唯以阻當要利爲得計" 참조.

북쪽에는 뜰이 있고, 뜰 좌우에 삼나무와 잣나무가 그늘을 이뤘으며 동쪽과 서쪽에는 모두 비석을 세워 사적을 기록하였다. 뜰 북쪽에는 큰 누각을 하나 세웠는데, 누각 안에는 푸른 비석이 열 지어 있었다. 북쪽 비석에는 공자가 백이·숙제를 칭송한 말을 새겼고, 동쪽과 서쪽 비석에는 맹자와 증자의 말을 새겼다. 누각 안에 정문이 있어 안으로 들어가니 이는 백이·숙제의 정전이었다. 우리들은 신문 밖 계단 위에서 재배의 예를 행하였다. 처음에는 백의로 예를 표하는 것이 꺼려졌으나, 내가 말하기를 "나그네는 길 가는 복장으로 절해도 무방하오. 하물며 두 분은 은나라 사람이 아니오? 은나라 사람은 흰색을 숭상했으니 백의를 입고 절하는 것이 또한 옳지 않겠소?"라고 하였다. 전각 안에는 두 분의 소상을 세웠는데, 면류의 복을 갖추었으니 공후의 복장이었다. 동쪽에 있는 것은 '소의청혜공'이고 서쪽에 있는 것은 '숭양인혜공'이었는데 이는 동쪽을 윗자리로 한 것이다. 두 소상의 용모는 비슷했는데 이는 반드시 후세 사람이 상상해서 만들었을 것이다. 비록 이것이 진짜는 아니었지만 엄연히 공경심이 일어나 나도 모르게 모골이 송연해졌다. 동쪽과 서쪽에는 전랑이 있으니 각각 7칸이었으며, 동서쪽 전랑 사이에는 각기 벽돌문이 있었다. 벽돌문 안에는 또 문이 있고, 문 북쪽에는 또 재각이 있었으며, 동방과 서실은 밝고 깨끗하였다.[49]

49) 『訒齋先生續集二: 朝天日錄二』, 31~32쪽의 "二十一日 乙亥 晴 發永平渡灤河 抵沙河驛 宿劉姓人家 自撫寧以西 多樹棗栗于田野 樹下種粟兩收其利 蘇秦說 燕王所謂北有棗栗之利者謂此也 ○ 附 早發永平 西渡小灤河大灤河二土橋 河 水岐流二派 去城西二十里 有一小峯 獨秀原野中 峯下建廟堂 所謂首陽山也 史 記首陽卽雷首山 在河中府 夷齊讓國而逃居於河濟之間 聞西伯之作興 將歸岐 周 遇武王於南郊 扣馬之後 豈必還歸故國 首陽正在紂都之西則 所謂登彼西山 採其薇矣者 豈非河中之首陽乎 夷齊廟在小山北二里許 平原阧起 石壁枕河 自 作城形 因而築之 是謂孤竹古城也 城門上有樓 城門內有廟門 門西建石碑 刻到 今稱聖字 廟門上有閣 閣內有碑 記有成湯十有八祀 封禹後及有功德者孤竹等 國之語 自此皆鋪以石磚 整不頗 廟門內庭尤極淨楚 … 兩塑像容貌相似 此必後 人想像而爲之也 雖非其眞儼然起敬自不覺毛骨竦然東西有廊各七間東西殿廊 之間各有甓門內又有門門北又有齋閣東房西室朗然明潔" 참조.

노정이란 사신 일행이 단순히 거쳐 가는 물리적 공간만은 아니다. 그것은 새로운 만남의 계기를 만들어 주며, 의식 있는 인사들에게는 그 자체가 의미 있는 공간으로 재현되기도 한다.50)

전자는 '낭자산-냉정-고려촌-요동 회원관'까지의 노정과, 요동의 군제·부세·풍속·백성

▲ 노룡현의 이제고리(夷齊故里)

들의 삶 등을 두루 탐문하여 기록한 내용이다. 위문(衛門)이라면 지역 사령부 쯤 된다고 할 수 있는데, 최현은 병제나 군세(軍勢) 등 일종의 국방 관계 기밀까지 탐문하여 기록한 셈이다. 요동 백성들의 삶에 대한 관심이 지대했던 것은 그곳이 역사적으로 우리 조상들이 지배했던 요지였을 뿐 아니라, 북경 가는 길에 만나는 첫 요충이자 도회라는 이유도 있었을 것이다. 특히 지세가 평탄하고 물자가 많으면서도 부세(賦稅)가 상대적으로 가볍고 합리적이라는 점과 백성들이 요부(饒富)하다는 점을 강조하는 내용이 주목할 만하다.

이것을 군제에 대한 그 다음의 언급과 결부시키면 기록자의 의도는 더욱 분명해진다. 군졸에게 녹봉을 지급하여 가족을 진휼할 수 있게 함은 물론 관청의 부역에 해당 지역의 군졸만 동원할 뿐 일반 촌민들은 동원하지 않기 때문에 농사일에 전념할 수 있도록 한다는 사실이 최현에게는 일종의 놀라움으로 받아들여졌을 것이다. 조선에서 이 시기가 아직 군제의 폐단이 노출되기 이전이었다 해도 군제를 빙자하여 백성들을 수탈하

---

50) 조규익, 깨달음의 아이콘, 그 제의적 공간, 『연행노정, 그 고난과 깨달음의 길』, 박이정, 2004, 122쪽.

던 지방의 수령들이 적지 않았음을 감안하면, 최현이 이러한 중국의 합리적인 정책과 제도를 아주 상세히 적어놓은 것은 분명한 의도를 보여준 일이었다고 할 수 있다. 말하자면 임금이나 중앙의 벼슬아치들이 이 글을 읽고 국정에 반영해주었으면 하는 바람을 저변에 깔고 있었다는 점을 이해할 수 있다는 것이다.

그렇다고 하여 시종일관 중국에 대한 선망의 찬사만 늘어놓은 것은 아니다. 뒤쪽에서 그들의 비박무문한 풍속을 비판하고 부끄러움을 모르며 도둑질을 잘 하는 그들의 성정과 포악한 아전의 무리들을 거론한 것은 실제 상황이 그랬을 수도 있고, 이들의 속성을 들어 비판함으로써 이들과 크게 차이 없었을 조선의 현실을 은근히 꼬집은 표현일 수도 있는 것이다. 최현이 중국에서 만나는 정치적·제도적·정책적인 장점들을 꼬치꼬치 탐문하여 그 실상을 상세히 적어 올린 경우는 그의 사기보다는 임금이나 조정에 올리는 공적인 기록에서 두드러진다. 그만큼 그는 사행록을 통하여 임금에게 바른 정치의 길을 암시하려고 한 의도를 가지고 있었던 것이다.

두 번째 글은 수양산에 당도하여 백이와 숙제의 사당을 참배한 기록이다. 앞부분에서는 수양산의 지리적 위치와 백이숙제의 고사, 고죽고성의 유래와 이제묘의 규모 및 제도 등을 상세히 설명했다. 언뜻 분량은 적고 표현의 강도 또한 미미하여 겉으로 드러나지는 않지만, 이 글의 핵심은 이제의 소상을 보고 '비록 그것이 진짜는 아니었으나 엄연하여 일어나 경배하자 저도 모르게 모골이 송연하였다'는 부분에 있다. 수양산이 지닌 의미에 매료된 그는 산의 모습과 그에 대한 느낌을 시로 표현하기도 했다. 다음의 시가 그것이다.

西指灤河岸	서쪽으로 난하의 언덕을 가리키니
孤峰號首陽	외로운 봉우리 수양이라 부르네
山因高義重	산은 높은 의리로 무겁고

水共大名長	물은 큰 이름과 함께 길도다
萬古扶天地	만고에 천지를 부축하고
千秋振紀綱	천추에 기강을 떨쳤도다
行人皆仰之	길 가는 이 모두 우러르고
拳石亦流芳[51]	작은 돌도 명예를 후세까지 전하네

이 시는 『인재집』에 실려 있다. 사실 최현은 『조천일록』에 황여헌(黃汝獻)·공민왕(恭愍王)·이안눌(李安訥)·권필(權韠)·황홍헌(黃洪憲)[52]·이주(李胄)[53]·노수신(盧守愼)·고경명(高敬命)·문천상(文天祥)·신원미상의 중국인 등 여러 명의 시 작품들을 실었으나, 정작 자신의 시는 한수도 싣지 않았다. 시만큼 주관적 정서를 드러내는 장르가 없다고 한다면, 그의 이런 태도는 기록의 객관성을 높이고자 하는 강한 의욕 때문이었을 것이다. 사실 중국에 파견되던 조선의 사신들에게 수양산이나 이제묘는 다른 어떤 곳보다도 소중한 노정이었다. 임금의 명을 받고 외교 활동 차 중국에 나온 사신들로서 임금에 대한 충성은 그들이 매 순간 확인해야 하고, 지켜야 했던 활동 지침이자 무기였다.

만나는 물상마다 세밀히 탐문하여 건조하면서도 설득력 있게 설명해온 최현으로서도 조선조 지배세력에게 '충절의 아이콘'으로 이념화된 공간인 수양산의 존재를 그냥 외면할 수만은 없었을 것이다. 조선의 지식층이나 지배세력에게 '행위나 의식의 정당성'을 담보하는 기호나 이미지로 내면화된 공간이 은나라에 대한 백이와 숙제의 충절을 바탕으로 형성된 수양산이었음[54]을 드러내고자 한 것도 바로 그 때문이다.

---

51) <過首陽山有感>, 『韓國文集叢刊 67: 訒齋集』卷一·詩, 민족문화추진회, 1991, 168~169쪽.

52) 황홍헌의 시는 3수가 실려 있다.

53) 이주의 시는 2수가 실려 있다.

54) 조규익, 『국문 사행록의 미학』, 298쪽.

4. 결론

　최현의『조천일록』과 비슷한 시기의『죽천행록』을 제외한 사행록들은 대부분 견문한 사실들에 대하여 담담하면서도 건조한 기술로 일관한다. 대부분의 기록자들은 그들이 만나는 물상들이나 사실들의 존재가치 혹은 의미를 새로이 발견하거나 나와 그들의 다름을 통해 깨달음을 얻는 경우가 많았다. 그러나 최현은 기록의 순간에 임할 때마다 사실 묘사나 기술에 충실하고 철저히 상세해야 한다는 강박관념을 갖고 있었던 것처럼 보인다. 그러한 결과는 일종의 맡겨진 임무에 충실해야 한다는, 공인으로서의 자세로부터 나온 것일 수 있으나, 사실은 당대의 관료 지식인으로서 최현이 갖고 있던 현실인식이나 견문을 국가 정책에 반영하여 합리성을 기해야 한다는 생각의 소산이었을 가능성이 더 크다.

　물론 당대의 기록자들 대부분이 내면적으로는 자아와 다른 타자(他者)의 존재, 내 공간과 다른 남의 공간에 대한 호기심을 충족시키고 그에 대한 의문을 풀기 위해 길을 떠났을 뿐이지, 사실상 국가의 사명(使命) 수행은 부차적인 일이었을 지도 모른다. 말하자면 '내 위치'나 존재에 대한 확인이 필요했던 것이고, 그러기 위해서 지녀야 했던 자세가 인식론상의 상대론적 관점이었다. 김창업·홍대용·박지원 등 뛰어난 사행록의 기록자들 모두 이처럼 상대론적 관점을 갖고 있었다. 사물에 대한 객관적 인식이란 상대론적 관점을 전제로 하는 일이다. 그러나 굳건한 이념의 틀을 크게 벗어나지 않은 가운데서도 비교적 열린 시각을 견지하고자 노력한 사례를 최현에게서 찾을 수 있다.

　최현이『조천일록』에서 보여준 글쓰기의 두드러진 장점은 시각적 이미지를 적절히 사용하여 견문에 대한 설명에서 구체성의 효과를 거둔 점이다. 이국땅에서 만난 산의 규모를 독자들이 알 수 있도록 우리나라의 산을 끌어와 비교했다거나, 그 모양을 구체적인 물상으로 비유하는 등 그가 사용한 비교 혹은 비유법은 대상의 객관화라는 점에서 매우 중요하며, 그 수단으로 활용한 것이 바로 시각적 이미지였다.

두 번 째 장점은 상세한 탐문을 통해 스쳐 지나가는 '견문'만으로는 쉽게 얻을 수 없는 정보를 상세하게 기록해 놓은 것인데, 그것은 사명을 수행하는 공인의 자세로부터 나온 결과였다. 단순히 정보의 기록으로 끝나는 것이 아니라 자신과 나라가 바탕으로 삼고 있던 이념적 색채를 노출하기까지 함으로써 범상치 않은 글쓰기의 일면을 보여준 것이다.

『조천일록』은 사적인 기록과 공적인 기록을 포함, 크게 6권으로 나누어져 있는데, 권 1에 서계(書啓)[附 聞見事件 逐日附日錄]가 덧붙어 있고, 권 6에 각종 정문들과 장계가 실려 있다. 이처럼 그가 사행록을 크게 사일기와 공적인 기록으로 나누어 목소리를 약간씩 다르게 처리한 것도 열린 관점에서 가능한 일이었다. 사실 '사'와 '공'을 나누었다 하여 글쓰기의 면에서 양자가 크게 변별되는 것은 아니다. 사가 주로 노정을 위주로 약간의 정서적 측면을 고려한 글쓰기였다면, 물상들의 제도적인 측면을 상세히 탐사하여 기록함으로써 나라의 이익에 기여하고자 한 것이 바로 '공적인' 글쓰기였다는 점이 차이라면 차이일 수 있다.

이런 점에서도 학계의 주된 연구대상인 김창업·홍대용·서유문·박지원·김경선 등 17~19세기 사행록의 흐름에서 그의 기록은 가장 앞자리를 차지한다. 시기상으로나 독특한 글쓰기의 양태로나 『조천일록』이 주목할 만한 기록이라고 하는 것도 바로 그 때문이다.

최현 문학 연구의 현황과 전망

김성훈

1. 머리말

최현[崔晛, 1563~1640]이 활동했던 조선 중기는 조선왕조가 안팎으로
위난에 시달리던 시기였다. 훈구와 사림간의 갈등으로 빚어진 4대 사화
라는 비참한 사건을 차례로 겪었고, 이후 사림이 정권을 잡은 이후에도
오히려 동서간의 당쟁은 더욱 심화되어 갔다. 여기에 임진왜란이라는 비
극적인 전쟁을 겪었고, 임란의 종식과 함께 북인을 중심으로 하는 광해군
정권이 섰다. 그러나 북인정권의 도덕성을 비롯한 여러 명분 등으로 광해
군이 축출되는 인조반정이 일어나게 된다. 게다가 최현의 생애 말년에는
병자호란이라는 치욕적인 전란까지 목도하게 되면서, 그야말로 굴곡진
삶을 살았던 인물이라 하겠다.

이러한 최현의 삶 중에서 본고에서 다루게 될 작품들이 지어진 시기를
먼저 조망하고자 한다. 그는 어릴 때부터 재질이 뛰어나고 문장과 덕망이
높아 이름을 떨쳤다고 한다. 일찍이 한강(寒岡) 정구(鄭逑)·학봉(鶴峯)
김성일(金誠一) 등의 문하에서 수학하였으며, 1588년(선조 21) 식년시(式
年試) 생원으로 입격하였다. 1591년에 몽유록계 소설인 「금생이문록(琴
生異聞錄)」을 지었으며, 30세 되는 1592년에 임진왜란이 일어나자 의병
을 일으켜 도처에서 공을 세웠다. 그리고 이 왜란을 겪으며 절실히 느낀
감회 등을 담아 「용사음(龍蛇吟)」·「명월음(明月吟)」 2편의 한글 가사
를 지었다. 나라에 구국책(救國策)을 올려, 1598년(선조 31) 그간의 공로

로 원릉참봉(元陵參奉)이 되었다.

1608년(선조 41) 예문관 대교에 제수되고, 동지사(冬至使)의 서장관(書狀官)으로 명나라에 가서 황제가 주는 『은자대학연의소대전(銀字大學衍義昭代典)』을 받았다. 1609년 3월, 복명(復命)했으나 칙서 가운데 권서국사(權署國事)를 개정하지 못한 일로 의금부에 연행되어 조사를 받았다가 곧 풀려났다. 이 기간(1608년 8월~1609년 4월) 사행의 기록이 바로 본고에서 중점적으로 다루게 될 『조천일록(朝天日錄)』이다.[1]

인재 최현 문학에 대한 연구는 1959년 이동영이 「인재가사연구」라는 글을 발표한 이후 지금에 이르기까지 약 25편[2]의 논문이 발표됐다. 주지하듯 역대 문인학자들을 대상으로 연구한 논문들은 질적으로나 양적으로 상당한 양이 쏟아져 나오고 있다. 이러한 추세로 보면 최현은 비교적 크게 조명 받지 못한 인물에 속한다고 할 수 있다. 그러나 연구 가치의 정당성 · 문집의 완역 여부 등의 이유로 몇몇 특정 인물에 편향된 연구에는 문제가 있다고 생각한다. 본고에서 다룰 최현의 경우는 다행스럽게도 근래 들어서 관심도가 높아지고 있는 상황이다.[3]

이에 본고에서는, 최현의 문학 연구 현황을 장르 순으로 제시하되 한

---

1) 『한국민족문학대백과』 & 『영남유학인물사』 참조.
2) 25편에는 학술논문 24편과 학위논문 1편이 있고, 모두 최현의 문학작품을 중심으로 하여 연구한 글들이며 본고 역시 이를 대상으로 했음을 밝힌다.
3) 2019년 10월 5일, 구미시 주최로 해평농업협동조합에서 '인재 최현선생 탄신 456주년 기념 학술대회'를 개최한 바 있다. 이 자리에서 김기탁 전 상주대 총장, 김영숙 영남퇴계학연구원장, 한충희 계명대 국사학과 명예교수, 윤재환 단국대 국문학과 교수의 기조발표에 이어 질의 · 토론을 통해 인재 선생의 생애와 업적을 재조명했다. 장세용 시장은 "인재 최현선생의 뛰어난 업적에 비해 지금까지 널리 알려지지 못한 것이 안타깝게 생각한다"며 "이번 학술대회를 계기로 인재 최현 선생에 대한 연구가 더욱 폭넓게 이뤄져 지역 사회의 정체성과 자긍심을 고취시키고, 인재 최현 선생에 대한 이해와 인식의 지평을 넓히는 전환점이 되길 바란다"고 밝혔다. / 경북매일(http://www.kbmaeil.com)

시 문학, 가사 문학, 소설 문학, 사행 문학 등으로 개괄하고자 한다. 다만 그간의 연구 결과가 연구사를 논하기에는 다소 부족한 것이 사실이지만, 앞서 언급한 이유 등으로 보아서 한 번 쯤은 최현 문학 연구 현황에 대해 개괄해보고 올바른 연구 방향을 점검해보는 것은 큰 의미가 있다고 여겨진다.

2. 최현 문학의 연구 현황

1) 한시(漢詩) 및 소차(疏箚) 등에 드러난 최현의 삶과 정치·사상·학문의 세계

최현의 삶, 즉 정치·사상·문학 등에 대해 종합적으로 관심을 가지고 연구한 성과는 비교적 최근에야 이루어졌다. 2000년 간행된 『동방한문학』 18집에 수록된 논문들4)이 바로 그것이다. 먼저 이 연구들부터 차례대로 들어보고자 한다.

김시황5)은 최현의 산문들 중에서 상소문(上疏文)·차자(箚子), 그리고 경연강의(經筵講義)를 중심으로 정치사상과 학문을 고찰하고자 하였다. 다만 논문에서 아쉬운 점은6) 『인재집』에 수록되어 있는 15편의 소(疏)와 9편의 차자(箚子) 중에서 「진시무구조소(陳時務九條疏)」7)·「홍문관조진팔무차(弘文館條陳八務箚)」8) 두 개의 글만을 대상으로 정치사

---

4) 동방한문학회에서 1999년 12월 '인재최현의 사상과 문학'이란 주제로 학술발표회를 개최한 바 있다.
5) 김시황, 「訒齋 崔晛 善生의 政治思想과 學問」, 『동방한문학』 제18집, 동방한문학회, 2000.
6) 물론, 논문에서 김시황은 최현의 정치사상과 학문에 대해 일부분을 살펴보겠다는 언급을 하였다. (김시황, 앞의 논문, 2쪽.)
7) 『訒齋集』 권2, 疏.
8) 『訒齋集』 권5, 箚.

상을, 광해군·인조시기에 몇 차례 행해졌던 경연강의를 토대로 학문사상을 읽어내려고 했다는 것이다. 최현의 정치사상과 학문을 온전히 담아내는 자료로써는 다소 부족하다는 한계가 보인다. 그럼에도 이후에 다른 연구자들에게 연구방향의 지침을 제시한 점9)이나, 최현의 초기 연구의 단초를 제공했다는 점에서는 그 가치를 평가할 수 있겠다.

박영호10)는 최현의 학문 세계를 밝혀보고자 하는 목적으로, 사우관계(師友關係) 및 저술활동(著述活動)을 그가 살아온 삶을 따라 서술하여 학문형성과정을 검토하였다. 또 문집에 실린 상소문과 서발문을 토대로 현실인식과 문학관을 고찰하고자 했다. 여기서 특히 주목되는 부분은 그간 연구사 흐름 속에서 볼 때, 가장 이른 시점에 최현의 '실용주의적 관점'을 읽어냈다는 점이다.

그 내용을 뒷받침하는 한 부분으로 최현의 나이 19세에 학봉 김성일에게서 수업한 내용이 문집에 수록되어 있음을 밝혔는데,11) 그 내용은 다음과 같다.

> 학문은 장구(章句)나 문사(文詞)의 사이에 있는 것이 아니라 단지 일용(日用) 사물(事物)의 위에서 구하는 것이니, 이것이 이른바 사물에서 배운다고 하는 것이다. 그 근본은 충신(忠信)을 위주로 하고 효제(孝悌)를 우선으로 하는 데 있으며, 그 요체는 단지 방심(放心)을 수습하는 데 있다. 쇄소응대(灑掃應對)로부터 제가(齊家), 치국(治國), 평천하(平天下)에 이르기까지 그 절목의 차례와 공부의 선후가 손바닥을 보듯이 아주 쉬우니, 순서를 따라서 점차적으로 나아가고 깊이 완미하여 실제

---

9) 조규익은 「『조천일록』의 한 讀法」이라는 글에서, 김시황의 견해에 동의하며 「陳時務九條疏」와 「弘文館條陳八務箚」를 분석의 틀로써 합리적으로 원용한 바 있다. 이에 대해서는 후술하도록 한다.
10) 박영호, 「訒齋 崔晛의 現實認識과 文學觀」, 『동방한문학』 제18집, 동방한문학회, 2000.
11) 박영호, 위의 논문, 55쪽.

로 체득하는 데 달려 있을 뿐이다. 12)

   학봉은 최현에게 장구(章句)나 문사(文詞)를 일삼는 문장학에 치우치지 말고 일용(日用)에 긴요한 실질적인 학문, 즉 '실용'을 강조했다. 19세의 혈기왕성한 젊은 시절에 스승의 긴절한 가르침이겠으니 평생의 지침이 될 만하였을 것은 확실하다. 최현의 이러한 '실용주의적 관점'은 이후에 여러 방면의 연구에서 참고가 되고 있으며, 그 양상은 본고에서도 언급될 것이다.

   정우락13)은 본격적으로 최현의 한시문학을 연구대상으로 삼았다는 자체만으로도 우선 큰 의미를 부여할 수 있겠다. 최현의 한시 작품에 담긴 의미가 어떤 지향점을 가지고 있는지에 대한 문제제기로 시작하였으며, 그 의미지향을 1) 존재에 대한 서정적 탐구, 2) 자연에 대한 사실적 묘사, 3) 인간에 대한 유한성 인식, 4) 현실에 대한 비판적 접근 등 4가지로 나누어 고찰하였다. 현재 남아 전하는 최현의 한시는 여타 다른 문인들에 비해서 적은 양인 141수에 불과하다.14) 그렇더라도, 2개 정도의 예시 작

---

12) "學不在章句文詞之間 只向日用事物上求之 所謂事上學也 其本在於主忠信先孝悌 而其要只在收放心 自灑掃應對 至修齊治平 其節目次第工夫先後 如示諸掌 在乎循序漸進 深玩實體而已" (『訒齋集』, 「訒齋先生年譜」, 한국고전종합 DB, 한국고전번역원(http://www.itkc.or.kr/).)

13) 정우락, 「訒齋 崔晛의 漢詩文學과 그 意味志向」, 『동방한문학』 제18집, 동방한문학회, 2000.

14) 최현의 한시작품은 본집에 128제 138수가 수록되어 있고, 「拾遺」에 3제 3수가 수록되어 있으니 도합 131제 141수가 된다. (정우락, 위의 논문, 80쪽.)

구분	절구	율시	고시	계
4언	-	-	1	1
5언	4	15	23	42
7언	23	72	2	97
장단구	-	-	1	1
계	27	87	27	**141**

품만으로 위 4가지 관점을 읽어내려고 한 점, 즉 한시에 담긴 의미지향을 충실히 드러내기에는 다소 부족하다고 여겨진다. 이 부분은 차제에 한시 연구자들의 관심으로 좀 더 보완될 필요가 있겠다.

이어서, 2003년에는 최재남[15]이 최현의 삶과 시세계에 대해서 앞선 연구보다 좀 더 깊이 있게 고찰하였다. 먼저 학문의 연원을 정리하였고, 내외의 혼란 상황에 대처하려는 최현의 삶을 몇몇 한시를 예로 들어 풀어냈다. 그리고 장을 달리하여, 최현 한시에 드러난 특성을 1) 유장(儒將)으로서의 기개와 나라 걱정하는 마음, 2) 성리학적 사유의 시적 형상, 3) 스승과 동료에 대한 예의와 격려 등으로 나누어 살펴보았다.

뒤이어서, 문범두[16] 역시 최현의 사상과 문학을 한시와 연결 지은 논문을 발표하였다. 최현의 학문적 연원을 밝힌 후에, 그의 사상과 한시의 세계를 이어 논의 했다. 최현의 사상과 문학을 한시를 중심으로 풀어낸 의의가 있으나, 양적 · 질적으로 앞선 연구와 비교하여 별다른 진전을 보이지 못한 아쉬움이 있다.

그간 최현의 전체 연구사를 통틀어서 유일한 학위논문이자 최현의 삶과 한시를 종합적으로 연구한 결과로 이순선[17]의 글이 있다. '우국'과 '애민'을 핵심어로 삼아 최현의 사상을 천착하고, 전란의 극복을 문학적으로 형상화한 한시 작품들을 중심으로 최현의 의식을 따라가고자 했다. 학위논문이니만큼 선행 연구들에 비해 최현의 생애와 교유양상 등을 면밀하게 제시한 장점이 보인다. 3장에서는 소(疏) · 차(箚) · 기문(記文)에 드러나는 우국애민 의식을 들었고, 4장에서는 최현의 문학관과 여러 대가(大

---

15) 최재남, 「訒齋 崔晛의 삶과 시세계」, 『韓國漢詩作家硏究』 8, 韓國漢詩學會, 2003.

16) 문범두, 「인재 최현의 사상과 문학」, 『진주산업대학교논문집』 제44집, 진주산업대학교, 2005.

17) 이순선, 「訒齋 崔晛의 憂國愛民 意識과 詩世界」, 안동대학교 교육대학원 석사학위논문, 안동대학교, 2009.

家)들의 평을 서발문 등을 통해 제시하였다. 이어서 5장에서 최현의 전란 체험과 한시세계를 1) 전란 참상과 전장(戰場)의 신고(辛苦), 2) 전시(戰時) 관인(官人)의 객수(客愁)와 번민(煩悶), 3) 난세(亂世) 동지(同志)와 나눈 우정(友情), 4) 의병 영웅에 대한 만가(輓歌) 등으로 나누어 고찰하였다. 전란과 관련한 한시작품들을 충실히 모아서 집중 분석 하였기에, 앞선 한시 연구에서 다소 부족했던 최현 한시의 성격이 잘 부각되었다고 평할 수 있겠다.

2) 전란(戰亂) 체험의 투영 : 가사(歌辭) - 「용사음(龍蛇吟)」·「명월음(明月吟)」

▲ 최현의 한글가사 <용사음>, <명월음> (한국역대가사문학집성 / 임기중 저)

　이른바 '인재가사(訒齋歌辭)'라고 하면 「용사음(龍蛇吟)」과 「명월음

(明月吟)」 두 작품을 지칭한다. 「용사음(龍蛇吟)」의 제목 '용사(龍蛇)'는 각각 임진년[壬辰年, 1592년]의 용[辰]과 계사년[癸巳年, 1593년]의 뱀 [巳]을 가리키며, 두 해에 걸쳐 일어난 왜란의 참상을 모티프로 하고 있 다. 「용사음」은 임진왜란이라는 민족사 최대의 환란이자 치욕을 생생한 현장감을 담아 자세하게 서술한 작품이다.[18] 그리고 「명월음」은 임금[선 조]의 덕을 상징하는 달을 매개체로 하여 전란의 위기에 처한 나라를 근심하고 평화로운 세상을 다시 맞이하고자 하는 기대를 담은 작품이다. 그 기대는 다짐으로 이어져, 그러한 날이 오기까지 임금에 대한 충정을 변함없이 다짐하고 있다.[19]

최현 문학 전체 연구에서 가장 이른 시기에 발표된 논문이자 인재가사 를 대상으로 한 논문은 이동영[20]의 글이지만, 최현의 가사 자료 실체를 알리는 정도에 머무른 아쉬움이 있다. 따라서 뒤이어 발표된 홍재휴[21]의 글이 실질적으로 학계에서 인재가사 자료를 제대로 살펴볼 수 있게 한 결과물이라 하겠다. 소략하나마 「용사음」과 「명월음」 작품의 형성시기 및 내용을 고찰했으며, 자료로써의 정착경위와 위상을 밝혀냈기 때문이 다. 그리고 무엇보다 자료 전문을 부록으로 실어주어, 후대 연구자들에게 소중한 연구의 기회를 열어준 의의가 있다.

고순희[22]는 먼저 「용사음」이 형식적 · 내용적으로 어떠한 특징을 가 지는가, 그리고 가사문학사적으로 보았을 때 어떤 의미가 있는가를 토대 로 천착하였다. 이러한 작업을 통해 작가의식까지 살펴보고자 하였다.

---

18) 박영주, 「현장의 사실성을 중시한 인재 최현」, 『오늘의 가사문학』 11, 고요아 침, 2016, 61쪽.

19) 박영주, 위의 논문, 64쪽.

20) 이동영, 「訒齋歌辭研究」, 『어문학』 5집, 한국어문학회, 1659.

21) 홍재휴, 「訒齋歌辭攷 - 附: 龍蛇吟, 明月吟 -」, 『동방한문학』 제18집, 동방한문 학회, 1973.

22) 고순희, 「<龍蛇吟>의 作家意識」, 『이화어문논집』 9, 이화어문학회, 1987.

그 결과 '기록적 진술양식의 특성'을 제시하여 「용사음」이 가사 장르가 지니는 기록적 특성을 극대화시켜 보여주고 있다는 점을 의의로 들었다. 이를 간략히 설명하자면, 「용사음」이 기록성이 극대화되어 나타나는 성향과, 임란 이후 기록문학의 발전이라는 시대적 배경과의 연관성이 있을 것이고 「용사음」은 이러한 시대적 요청이 가사에 수렴된 모습일 것이라는 견해이다. 또 「용사음」의 작가의식을 논하면서, 1) 역사적 책임 소재의 인식과 비판, 2) 실천적 忠 의 지향, 3) 애민의식과 경험적 삶의 가시화 등으로 구분하였다. 이어서 전란이 끝난 이후에 지어진 박인로의 「태평사(太平詞)」와의 비교를 통해서 대조되는 지점을 부각시켰는데, 이는 「용사음」의 작가 의식을 좀 더 명확히 보여주는 효과로 나타났다.

이금희[23]는 앞선 고순희의 글 한 부분에서 다루어진 「용사음」과 「태평사」 비교의 관점을 보다 심화 연구한 글이다. 비교에 앞서 '임진전쟁기의 참상'을 1) 국민들의 참상, 2) 왕의 참상으로 나누어 서로 다른 관점에서의 참상을 비교해 볼 수 있게 하였다. 그러한 관점을 이어서 「용사음」과 「태평사」 비교를 본격 시도함에 있어서도, '왕에 대한 태도', '두 작품에 나타난 작가의 소망', '신하들 및 명나라 군사들에 대한 태도' 등으로 관점에 따라 논리적으로 엮어낸 점은 충분한 가독성이 있다.

박영주[24]는 현장의 사실성을 중시했던 인재 최현의 모습을 「용사음」과 「명월음」 작품 내용을 들어 상세히 풀어냈다. 작품을 면밀히 접해보지 못 했던 독자들에게는 친절한 설명을 제공했다는 데에 큰 의미가 있다. 그러나 설명식으로 풀어낸 문체가 오히려 수필체의 느낌으로 읽혀지기 때문에 학술논문의 성격으로는 부합하지 못 한 단점이 보인다. 이는 가사전문 저널지라는 성향에 맞추어 일반 독자들도 염두에 두고자 한

---

23) 이금희, 「임진전쟁기의 참상과 문학적 형상화 - <용사음>과 <태평사> 비교 -」, 『국학연구논총』 12집, 택민국학연구원, 2013.
24) 박영주, 앞의 논문.

이유일 수도 있겠다. 특히 흥미를 끄는 부분은 논문 말미에서 최현이 배향된 송산서원을 언급하면서, 1868년 서원 철폐령에 따라 훼철된 후 송산서당으로 겨우 명맥만이 유지되어 관리가 잘 되지 않고 있는 안타까움을 말한 부분이다. 최현의 관심이 점점 높아지고 있는 현재는 송산서당 및 유허비 등의 관리가 어떠한지 궁금해지는 시점이다.

정영문25)의 글은 「용사음」과 「정주가」를 중심으로 전란과 민란의 문학적 형상화와 의미를 읽어내고자 한 연구이다. 논문에서, '전란으로 피폐해진 현실에 대한 기록'을 논함에 있어서 두드러진 차이점을 말했다. 임란을 배경으로 하는 「용사음」의 전반에는 권력층의 책임소홀을 비판하고, 후반에는 백성들의 참상을 고발하고 있다고 보았다. 특이한 점은 '백성들의 참상'이 「용사음」에서는 실제 백성들의 삶에서 일어나는 참상보다 유교적인 가정질서와 사회질서가 붕괴된 측면을 더 많이 부각했다는 것이다. 반면 「정주가」에서는 백성들의 참상이 있는 그대로 적나라하게 표출되고 있다고 보았다. '전란에 대응하는 인물의 양상'에서도 「용사음」에 등장하는 인물은 실제 존재한 인물이면서, 최현이 긍정 평가하는 인물은 대부분 의병으로 나타난다고 했다. 그에 반해, 「정주가」에서는 다양한 인물 유형을 등장시키고 있으면서, 민란 발생이 사회모순에 기인하고 있지만 그 문제해결에는 관심을 두지 않았다는 것이다. 이보다는 민란에 대처하는 관리들의 모습을 기록·평가하였다고 했다. 다만 글 전반적으로 「정주가」의 문학적 형상화 부각에 치우쳐 있어서, 본 최현 문학 연구 현황의 취지로 보면 아쉬운 부분이 있다. 그러나 '亂'이라는 공통의 혼란상을 뼈대로 한다는 점에서 본다면 최현의 문학 작품 연구의 일단(一段)으로 읽기에도 충분한 가치가 있다.

가장 최근에 발표된 최상은의 논문26)은 우국가사계열의 작품들을 통

---

25) 정영문, 「전란과 민란의 문학적 형상화와 의미연구 - <용사음>과 <정주가>를 중심으로 -」, 『한국문학과예술』 24, 한국문학과예술연구소, 2017.

시적으로 정리하고, 그 중「용사음」을 우국가사계열에서 가장 앞자리에 놓아야 한다고 의미부여를 하였다. 물론 시기적으로는「용사음」보다 양사준(楊士俊)의「남정가(南征歌)」가 앞서지만, 전쟁 경험의 현실인식보다 을묘왜변(1555)의 승전과 이념적 다짐에 무게중심이 놓여있어 우국가사에 포함시키기 어렵다는 것이다. 이러한 우국가사계열 작품의 흐름이 '의병가사'로까지 이어지는 통시적 얼개를 일괄하여 전체를 조망할 수 있게 한 의미가 있다.

3) 몽유록계 소설의 편린(片鱗) :「금생이문록(琴生異聞錄)」

▲ 금생이문록 필사본 (국립중앙도서관 소장)

「금생이문록」은 1591년(선조 24)[27] 최현이 지은 한문소설이다. 주인공

---

26) 최상은,「최초의 우국가사, <용사음>」,『오늘의 가사문학』20, 고요아침, 2019.

인 금생이 거문고[琴] 연주자라는 점에서 문인 위주 몽유자들을 내세운 다른 몽유록들과는 구별된다. 주인공 금생은 천하를 유람하는 계획 하에 우리나라부터 유람하다가 선산 지방에 이르러 입몽하게 된다. 그리고 그가 만나게 되는 꿈속 인물들은 정몽주 · 길재 · 김종직 · 하위지 등 선산 지방과 관련이 깊은 인물들이다. 이는 몽중의 담론 역시 영남의 사림파 입장을 반영하고 있다는 근거로 볼 수 있다.[28] 창작 목적은 자신의 고향인 선산(善山)과 관련 있는 인물들의 덕을 드러내고 그들을 추모하고자 해서였다.

「금생이문록」은 홍재휴[29]에 의해 처음 세상에 빛을 보게 되었다. 그 경위를 보면, 최현이 지은 선산읍지인 「일선지(一善志)」의 부록으로 수록되었으나 「일선지(一善志)」가 수택본(手澤本)으로만 전해져왔기 때문에 「금생이문록」의 존재가 한동안 드러나지 않았던 것이다. 홍재휴는 최현의 수택본인 「일선지」를 수집하여 번역 · 교열하는 과정에서 우연히 「금생이문록」을 발견하였다고 한다. 이 자료를 학계에 '몽유록계 소설의 신자료'라고 소개하였고, 그 내용적 특징을 다음과 같이 언급하였다.

첫째, 몽유(夢遊)의 세계(世界)가 분명(分明)하다.

둘째, 내용(內容)이 오로지 향원(鄕賢)의 사적(事蹟)을 발양(發揚)하려는 데 있을 뿐이므로 등장인물은 시공간을 초월한 고금의 제현(諸賢)이 모두 동국(東國)의 유자(儒者)요 또한 향내(鄕內)의 유현(儒賢)들이다.

---

27) 이 작품은 최현이 29세 되던 선조 24년(1591년)에 지어졌으나, 임진왜란 시에 그 초고(草稿)를 잃었다가 32세 되던 선조 27년(1594년)에 잃었던 자료를 되찾게 된다. 이후 56세 되던 광해군 10년(1618년)이 되어서야 그가 작성한 선산읍지인 「一善志」 편성 때에 부록의 형태로 남게 되었다. (홍재휴, 「琴生異聞錄 - 夢遊錄系 小說의 新資料」, 『국어교육연구』 2, 국어교육학회, 1971, 148쪽 참조.)

28) 육홍타, 「16세기 몽유록 시론」, 『동양고전연구』 19, 동양고전학회, 2003, 44쪽.

29) 홍재휴, 「琴生異聞錄 - 夢遊錄系 小說의 新資料」, 『국어교육연구』 2, 국어교육학회, 1971.

셋째, 이 작품이 지닌 사상적 주류는 추호도 불선(佛仙)의 세계를 범하지 아니하고 철저한 유교의 도학적 질서를 견지하는 데 있다.

홍재휴의 「금생이문록」 신자료 발굴에도 불구하고, 뒤늦게 2004년이 되어서야 김동협[30]에 의해 작품의 창작배경 및 서술의식을 고찰한 글이 발표된다. 아마도 방대한 분량의 몽유록계 소설들이 존재하는 데다, 상대적으로 문학적 가치가 저평가된 이유를 들 수도 있겠다.[31] 그러나 김동협 이후로 얼마간의 연구 결과들이 꾸준히 이어지면서 몽유록계 소설의 한 자리를 차지하는데 무리가 없을 듯하다.

문범두[32]는 「금생이문록」 창작 배경과 작가의식을 좀 더 다양한 시각에서 바라보고, 작품에 담긴 궁극적인 주제를 찾아보고자 하였다. 「금생이문록」의 내용을 내적 갈등의 수양론적 극복, 향현(鄕賢) 사적(事跡)의 현창(顯彰), 유맥(儒脈) 계승 등의 측면에서 고찰한 후, 이 작품이 유현(儒賢)들의 공적이 온당하게 평가받고 현재 제대로 실현되고 있는지 작가적 회의(懷疑)를 표현하고자 한 것에서 그 주제를 찾고 있다.

조현우[33]는 「금생이문록」에 나타나는 '조고(弔古)'의 양상이 16세기 조선 성리학의 이론적 한계를 드러내고 있으며, 이런 한계를 극복하기

---

30) 김동협, 「「琴生異聞錄」의 창작배경과 서술의식」, 『동방한문학』 27, 동방한문학회, 2004.

31) 조동일은 「금생이문록」에 대하여, 「원생몽유록」에 바로 이어서 나온 작품으로서, 역사상의 인물을 등장시켰다는 점에서는 沈義나 林悌의 전례를 따랐지만, 선산지방을 중심으로 해서 이어진 영남사림의 전통을 옹호하고자 하는 것을 주장으로 삼았기에 선대의 몽유록과는 다르게 방향전환을 했다고 한다. 이러한 방향전환이 주제의 약화를 가져왔다고 보고 있다. (조동일, 『한국문학통사』 권2, 1983, 452쪽.)

32) 문범두, 「「琴生異聞錄」의 作家意識과 主題」, 『한민족어문학』 제45집, 한민족어문학회, 2004.

33) 조현우, 「몽유록의 출현과 '고통'의 문학적 형상화 - <원생몽유록>과 <금생이문록>을 중심으로 -」, 『한국고전연구』 14, 한국고전연구학회, 2006.

위한 상상적 해결의 한 방편이 역사적 인물들로 하여금 직접 말하게 하
는 것이라고 하였다. 몽유록에서 역사적 인물들을 불러 모아서 그들로
하여금 '직접' 말하게 하는 일은 그런 점에서 '설명할 수 없는 고통'에
대한 '상상적 해결'이었던 셈이라고 하였다.

엄기영[34]은 선행연구 성과에서 아쉬운 점을 들어 문제제기하였다. 즉,
「금생이문록」이 향현(鄕賢)의 사적(事跡)을 발양(發揚)하는 데에 목적
이 있다는 것을 주로 관련 자료에 의존하여 밝혔을 뿐, 작품 내에서는
이러한 창작 의도가 구체적으로 어떻게 구현되고 있는지에 대해서는 설
명이 부족했다는 것이다. 자료 연구의 1차 목적은 우선 텍스트의 면밀한
검토에 있다는 것을 감안할 때 타당한 문제제기라고 여겨진다. 그는 또
「금생이문록」의 결말이 기존 몽유록들과는 변별되며, 금생의 문도(聞道)
과정에 설득력이 부족하다는 점에 주목하여 작품 창작 의도가 다른 곳에
있지 않을까 하는 의문점을 제시하였다. 이에 대한 방안으로 작품 속 선
현들의 시·노래에 주목하였으며, 작품 창작의 의도가 선현들을 둘러싼
시비와 의혹을 해소하는 데에 있음을 밝혔다.

이구의[35] 역시 앞선 엄기영과 마찬가지로 작품의 삽입시(揷入詩)에
큰 의미를 부여하고 있다. 작가 최현이 삽입시를 통해서 자신의 생각을
묘사하고 있을 뿐만 아니라 그 시의 주인들에 대한 사람을 요약하고 있
다고 했다. 따라서 전개부에서 시만을 뽑아보아도 글 전체의 줄거리가
된다고 언급하였는데, 그만큼 작품 속에서 시가 담당하는 역할에 중요성
을 부각시키고 있다. 다만 연구의 기본이라고 할 수 있는 선행연구의 검
토가 제대로 이루어지지 않은 것은 의문시된다. 논문에서, '지금까지 이

---

34) 엄기영, 「鄕賢의 事跡을 둘러싼 시비와 의혹의 해소 -<琴生異聞錄>의 창작
　　의도에 대하여-」, 『한국문학이론과 비평』 15, 한국문학이론과비평학회, 2011.
35) 이구의, 「崔晛의 「琴生異聞錄」의 構成과 意味」, 『한국사상과 문화』 85, 한국사
　　상문화학회, 2016.

작품에 대하여 고찰한 논문이 거의 없고, 이 작품이 있다는 사실을 알고 있는 사람도 그다지 많지 않다'고 하고, 앞선 조현우의 논문 1편만을 주석처리 하였다. 앞선 엄기영의 글과 비교할 때 물론 전체적인 글의 흐름에는 차이가 있겠지만, 삽입시(挿入詩)에 큰 의미를 부여한 초점은 매우 유사하다고 볼 수 있다. 따라서 선행 연구를 면밀히 검토하지 않은 점은 반드시 시정해야 할 부분이다.

4) 명나라 사행의 기록 : 조천일록(朝天日錄)

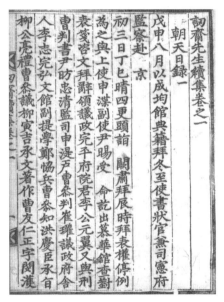

▲ 인재선생속집 조천일록 (한국국학진흥원 소장)

『조천일록(朝天日錄)』은 최현이 1608년[광해군 원년] 8월 3일부터 이듬해 4월 19일까지 동지사(冬至使)의 서장관(書狀官) 자격으로 명나라에 갔을 때의 노정과 탐문한 내용 등을 기록한 것이다. 서지사항으로는 최현의 문집인 『인재집(訒齋集)』 속집(續集)에 수록되어 전하며 문집은

20권 10책으로 1778년 15권 8책으로 간행되었고, 1960년대에 보충하여 중간되었으며, 일기는 목판본이며 총 285면으로 구성되어 있다. 6권으로 나누어져 있으며, 권1에 서계(書契)가 덧 붙어 있고, 권6에 각종 정문(呈文)들과 장계(狀啓)가 실려 있다.[36] 특히 『조천일록』은 최현이 일찍이 체득했던바 '실용주의적 성격'이 오롯이 드러난 기록이며, 『조천일록』연구의 현황을 면밀히 살펴보는 작업은 최현이라는 인물 연구와도 직결되어 있는 부분이기도 하다. 따라서 본 절에서는 이러한 점을 감안하여 연구현황을 비교적 세밀하게 다루어보고자 한다.

『조천일록』1차 자료의 가치 및 연구의 필요성 등을 학계에 처음 소개한 조규익[37]은 2008년에 「사행문학(使行文學) 초기 자료의 쓰기관습과 내용적 성격」이라는 글을 발표한 바 있다.[38] 이 글에서 최현의 『조천일록』에 나타난 글쓰기 양상을 1) 시각적 이미지와 설명의 구체성, 2) 탐문의 상세함과 이념적 색채의 노출 등, 두 부분으로 나누어 고찰하였다. 이러한 특징들이 17~19세기 사행록 흐름으로 볼 때, 시기적으로 앞자리를 차지하는 최현의 독특한 글쓰기 양태를 보여준다는 의의를 읽어냈다. 내용을 간략히 제시하자면, 먼저 최현이 「용사음」과 「명월음」이라는 가사를 지었다는 점에 착안하여, '확장적 문체로 서술한다'는 가사 장르의 글쓰기 관습이 기행문 격의 『조천일록』 글쓰기 관습에 일정정도 영향을

---

36) 유교넷(http://www.ugyo.net) 일기류, 『조천일록』 해제 참조.

37) 조규익은 1999~2000년 사이에 고문서 전문가 이현조 박사로부터 『朝天日錄』이 들어있는 『訒齋續集 天』(목판본, 29cm×18cm)을 입수하였다고 한다. 그 책의 표지에는 '朝天錄'으로, 이면에는 '朝天日錄'으로 약간씩 달리 쓰여 있었으나 출발부터 돌아와 복명하기까지 하루도 빼놓지 않고 기록한 점을 감안하여 '조천일록'이란 제목으로 학계에 공개했다. (조규익, 「『조천일록(朝天日錄)』의 한 독법(讀法)」, 『한국문학과 예술』 31집, 한국문학과예술연구소, 2019, 321쪽.)

38) 조규익, 「사행문학(使行文學) 초기 자료의 쓰기 관습과 내용적 성격 - 인재(訒齋) 최현(崔晛)의 『조천일록(朝天日錄)』을 중심으로 -」, 『국제어문』 42, 국제어문학회, 2008.

미쳤을 것이라는 단서를 추출했다. 이 견해는 타당하다고 여겨지는데, 임란의 체험을 담은 「용사음」·「명월음」을 지었던 시기와 임란이 마무리되고 광해군이 책봉된 『조천일록』 사행기간이 차이가 나지 않는다는 점도 이를 뒷받침해준다. 그리고 최현의 『조천일록』의 글쓰기 특징을 논할 때, 빠뜨릴 수 없는 중요한 근거 중 하나가 이헌경의 서문에 담겨있다. 참고를 위해 핵심부분만 들어보겠다.

> '조천록이 세상에 어찌 없을 수 있겠는가. 우리나라 사대부로서 연경에 사신 갔다가 돌아올 제 이 기록을 남기지 않은 이가 없다. 그런데 선생의 기록만큼 상세한 것은 없다. 이것을 가지고 연경에 갈 때 이것을 살펴 뒤밟으면 비록 처음 길을 나선 나그네라도 익숙한 길에 들어선 듯하니 군대를 지휘하는 자가 이를 얻으면 견고함과 틈, 지세의 험준함과 평탄함의 소재를 알 수 있고, 풍속을 살피는 자가 이를 얻으면 요속과 교화의 이치가 어디로부터 유래되었는지를 보게 될 것이다.[39]

최현의 이러한 관점이 사행록을 통해서 자신이 직접 보고들은 것들을 기록하되, 조금도 미진함이 남지 않게 하려고 각별히 신경 썼을 것이라는 견해이다. 이와 같은 근거를 토대로 사행 중에 목도하게 되는 새로운 물상들마다 시각적 이미지를 총동원했을 것이고, 경험하게 되는 다양한 정보들에는 상세한 탐문이 뒤따르게 된다는 말이다. 이는 단순히 정보를 기록하는 것만으로 그치는 것이 아니라 자신의 나라가 바탕삼고 있던 이념적인 색채의 노출로까지 이어져 최현의 글쓰기 일면을 보여주는 토대로 작용하였을 것이라 본 것이다.

조규익은 이후에 다시 「조선지식인의 중국체험과 중세 보편주의의 위

---

39) 「訒齋先生續集 序」, 『訒齋先生續集』(규장각 소장본), 1-3쪽의 "朝天錄世烏可無也 我國 士大夫使燕還 莫不有是錄 而莫先生詳 以之之燕 按而跡之 雖生客若熟路 行師者得之則知堅瑕險易之所在 觀風者見之則知謠俗化理之所自" 참조.

기」라는 글을 발표한 바 있다.[40] 이 글은 최현의『조천일록』과 이덕형의
『죽천행록』을 중심으로, 기록자들의 중국체험을 통해 그들이 공통으로
느꼈던 중세 보편주의 위기의 면모를 살펴본 것이다. 주지하듯 17세기
초반 사행록의 기록자들은 중국 사회의 혼란 상황을 공통적으로 느꼈으
며, 최현 역시 사행 중에 중국 곳곳에서 이러한 조짐들을 목도하면서 개
탄하게 된다. 그리고 그들의 이런 목소리가 중세 보편주의를 철저히 신봉
해왔던 조선 지식인들이 노선을 재정립해야 할 때임을 알려주는 신호탄
이었다고 하였다. 다만 여기서 최현의 관점에는 '긍정적인 것'과 '부적정
인 것'들이 공존한다고 했다. 아직 남아있는 중세적 질서와 보편주의를
바탕으로 하는 삶의 양식이나 원칙들을 통해서는 중세 보편주의의 '지속'
을 보았고, 환관의 폐단이나 오랑캐의 화란 등에서는 '위기'를 보아, 조선
중기 지식사회를 대표하는 최현이라는 인물이 자신의 입으로 직접 설명
한 셈이라고 하였다.

　가장 최근에 발표된 조규익의「『조천일록』의 한 독법」[41]은 양적으로
나 질적으로 앞선 연구들을 보다 심화한 글이라 할 수 있다. 우선, 작자
최현이 정통 성리학으로 입문했음에도 당대 성리학풍에 매몰되지 않고
민생·안보 등 국가의 현실문제들에 대하여 실용적인 가치를 추구한 실
천적 지식인이었다는데서 논지의 실마리를 끌어내었다. 즉, 이런 실용주
의적 안목으로 조선왕조의 현실에 대한 그의 평소 생각이『조천일록』에
어떠한 양상으로 반영되었는지, 또 기록들을 통해 어떠한 메시지를 전달
하려고 했는지 등을 고찰해봄으로써『조천일록』의 한 독법(讀法)을 제시
하고자 한 것이다. 본고에서도 앞서 최현이 '실용주의적 관점'을 가지게

---

40) 조규익,「조선 지식인의 중국체험과 중세보편주의의 위기 - 崔晛[朝天日錄]과
　　李德泂[朝天錄]/[竹泉行錄]]을 중심으로 -」,『온지논총』40, 온지학회, 2014.
41) 조규익,「『朝天日錄』의 한 讀法」,『한국문학과 예술』31, 한국문학과예술연구
　　소, 2019.

된 결정적 계기[42])에 대해서 언급한 바 있다. 조규익도 이러한 관점에 의거해, 최현이 다른 유자(儒者)들과는 다르게 의병으로서 왜란에 참전하여 애국심을 몸소 실천했고, 또 그가 올린 각종 소차(疏箚)들의 '진정성'이나 '실용성'이『조천일록』의 방향과 직결된다는 점에서 무엇보다 중요하다고 보았다. 앞서 주석 7번에서도 언급했듯이, 이러한 '실용성'을 합리적으로 뒷받침하기 위해 최현의 여러 소차(疏箚) 가운데「진시무구조소(陳時務九條疏)」,「홍문관조진팔무차(弘文館條陳八務箚)」등 두 편의 소차(疏箚)에 주목,『조천일록』분석의 틀로 원용하고자 한 것은 타당하다. 그리고 이어서,『조천일록』에 담긴 최현의 메시지를 1) 중국의 경세문(經世文)들과 정치의 요체, 2) 탐풍(貪風)의 만연 및 이도(吏道)의 타락과 말기적 증상, 3) 예법(禮法)의 붕괴 및 오랑캐의 침탈과 중세 질서의 와해 등, 3가지로 나누어 고찰하였다. 여기서 특히 주목되는 부분이 있는데, '중국의 경세문(經世文)들과 정치의 요체'를 논하면서, 양유년(梁有年)의「신수노하기(新修路河記)」와 고사기(顧士琦)의「제본(題本)」을 최현 자신의 생각을 덧붙이거나 해석하지 않고 '단순히 실어놓은' 데에는 저간의 의도가 있을 것이라는 점이다. 이 주장을 뒷받침하기 위해『장자(莊子)』「제물론(齊物論)」의 이른바 "아무 말도 하지 않은 듯하면서도 자신이 하고자 하는 말을 다 했다[無謂有謂 有謂無謂]"는 전거를 들었다. 즉 자신의 말을 직접 하지 않고도 인용한 글 속의 말이 상대방에게 명료하게 전달될 수 있음을 최현은 이미 인지하고 있었던 것으로 보았다. 견문의 과정에서 획득한 자료인 글들만을 실어 자신의 생각을 끼워 넣지 않고 임금이나 권력층의 독서에 개입하지 않으려는 것이 최현의 의도였을 것이라 본 것은 탁월한 견해라고 생각한다. 결론적으로『조천일록』을 단순한 '사행의 결과보고서'가 아닌 조선에서도 해결해야 할 현실적인 처방으로서, 혹은 최현이 임금에게 올렸던 다량의 소차(疏箚)들과 같이 올바른

---

42) 주석 10번 참조.

정치 방향으로 유도하려는, 일종의 경세적(經世的) 기록으로 한 번 읽어 보자는[讀法] 것이다.

윤세형43)은 『인재집』 권5에 수록된 「조경시별단서계(朝京時別單書 啓)」를 대상으로 최현의 현실인식을 읽어보고자 하였다. 최현은 서장관 의 신분으로 사행했으므로, 일행을 감독하고 화물을 점검하며 귀국한 뒤 에는 사행 결과를 문서로 국왕에게 보고할 책임이 있었다.44) 그리고 최현 이 『조천일록』에서 '보고 들은 바의 것을 날마다 자세히 기록'하였다 했 는데 이것이 『조천일록』이고, '목도한 폐단 두세 가지에 대하여 느끼는 바가 있어 별단으로 기록'하였다고 한 것이 바로 「조경시별단서계」이 다.45) 본문에서, 최현은 중국을 사행하는 동안 서장관 자격으로 국법에 따라 금령(禁銀)의 법령을 시행해야 했지만 실제 금은의 법령은 쓸모가 없었으며 오히려 일에 해가 됨을 목격했다고 하였다. 즉 '금은지령(禁銀 之令)'은 공허한 겉치레[虛文]에 불과했으므로 폐지하고 은전의 주조와 유통을 주장하였다는 것이다. 또 최현은 빈번한 사신행차로 인한 관서 (關西)지방의 지공(支供)의 폐해에 대해서도 큰 관심을 보였다고 했는데, 특히 차량을 수송할 군마(軍馬)의 징색 폐단에 주목하여 이 또한 은전의 주조와 유통을 해결방안으로 보았다고 했다. 이어서 사행단의 인원 감축, 특히 서장관직의 폐지가 주목된다고 하였다. 윤세형은 여기서 최현의 심 리를 읽어내기를, 서장관으로서 사행단을 단속할 책임이 막중하지만 현

---

43) 윤세형, 「최현의 「朝京時別單書啓」에 나타난 현실인식 연구」, 『온지논총』 42, 온지학회, 2015.

44) 보통 6품의 사헌부 감찰관 가운데서 선임된 서장관은 사신 일행을 감독하고 화물을 점검하였으며 귀국한 뒤에는 사행을 문서로 국왕에게 보고하였다. 김 한규(1999), 『한중관계사Ⅱ』, 아르케, 1999, 634쪽. (윤세형, 앞의 논문, 142쪽 재인용.)

45) 『朝天日錄』 권1의 "冬至使書狀官 宣敎郎 成均館典籍 兼司憲府監察 臣崔晛 謹啓爲聞見事 臣跟同上使臣申渫 副使臣尹暘 前赴京師 竣事廻還 凡所見聞 逐 日開坐 且因目覩弊端二三事 竊有所懷 並錄別段 謹具啓聞" 참조.

실적으로는 위법이 공공연히 행해지는 상황에 대처하지 못 한 자괴감의 표출로 보고자 하였다. 「조경시별단서계」에 담긴 내용을 충실히 분석한 것으로 평가할 수 있겠다. 다만 논문의 제목을 고려해볼 때, 전체 논지가 최현이라는 인물이 종합적으로 느낀 현실인식으로 읽기에는 부족한 아쉬움이 있다. 다시 말해, '서장관 신분으로서' 느낀 현실인식으로 읽혀지는 느낌이 짙기 때문이다. 그럼에도 사행록 연구에 있어 서계(書啓), 장계(狀啓), 정문(呈文), 통보(通報) 등의 연구에는 소홀했다는 견해에는 적극 공감한다. 이러한 기록들의 연구 병행이 조천록의 사료적 가치를 보다 높여줄 수 있다는 면에서 유의미한 연구 시도라 하겠다.

같은 해에 윤세형은 17세기 초 사행록에 나타난 명나라 말기의 위기 상황에 대한 글46)을 발표하였다. 명나라 말기의 위기상황을 최현의 『조천일록』을 중심으로 살펴보고자 했으며, 보충자료로 김중청의 『조천일록』(1614년), 조즙의 『계해수로조천록(癸亥水路朝天錄)』(1623년), 이덕형의 『조천록』과 홍익한의 『조천항해록』(1624년), 김육의 『조경일록(朝京日錄)』(1637년) 등을 활용하였다. 본문을 크게 둘로 나누어, 먼저 '중화질서의 당위성과 기대'에 대해 고찰했다. 중화질서가 화이관을 바탕으로 '책봉-조공' 관계가 이루어지는 상태이며, 중화질서는 무력이 아니라 예교를 매개로 유지되는 질서라고 하였다. 그리고 17세기 명이 현실적으로 기울어가고 있었지만 조선 성리학자들은 중화질서를 신봉하고 이에 대한 기대의 끈을 놓지 않았다고 하였다. 다음으로, 17세기 사행록에 나타난 '명나라 말기의 위기 상황'을 1) 예교의 쇠퇴와 이교(異敎)의 성행, 2) 대소관원(大小官員)의 탐풍(貪風)과 환관의 국정 전횡, 3) 군사방비의 허술과 오랑캐의 침입, 4) 당파싸움과 국고탕갈 등으로 나누어 여러 예시문을 통해 충실히 살펴본 것은 의미가 있다. 다만, 앞선 조규익의 글 「조

---

46) 윤세형, 「17세기초 사행록에 나타난 명나라 말기의 위기 상황 – 최현의 『조천일록』을 중심으로 -」, 『한국문학과 예술』 15, 한국문학과예술연구소, 2015.

선지식인의 중국체험과 중세 보편주의의 위기」에서 '중세 보편주의의 지속'과 '중세 보편주의의 위기'라는 두 측면을 본 글의 '중화질서의 당위성과 기대'와 '명나라 말기의 위기 상황'의 구도로 대비하면, 큰 틀에서 논지 전개의 유사성이 다소 아쉬운 부분이다.

정영문[47]은 최현의 『조천일록』을 대상으로 17세기 초 조선과 중국의 현실, 사행 과정에서 최현이 인식한 세계를 고찰해보고자 하였다. 본문에서, 우선 『조천일록』의 구성과 서술상의 특징을 논하였다. 여기서 1차 자료인 『조천일록』 텍스트의 '문집 수록 배경과 구성상 특징' 등을 비교적 상세하게 점검하였다. 첫째, 현재 전하는 『조천일록』의 내용은 최현의 원 『조천일록』에서 보완된 결과물이라 했다. 부분적으로 누락되어 있는 『조천일록』을 누군가[최광벽][48]가 후에 정리하여 누락된 사건의 전말 등을 주석하고 『조천일록』의 내용을 보완[49]하였다는 것이다. 이 기록을 통해서 사행참여자[1차 기록자]와 후대의 기록자[2차 기록자] 등의 합작으로 사행록이 구성되기도 했다는 견해는 흥미로운 부분이다. 더불어 둘째, 최현의 『조천일록』에 수록된 일기와 문견사건은 기록한 목적이 서로 달랐으며, 셋째, 문견사건은 공적 보고를 목적으로 기록하였기 때문에 실제상황을 반영하지 못한 측면이 있다고 하였다. '서술상 특징'에서는 1) 검증과 확인의 반복을 통한 고증, 2) 객관적 묘사와 구체적인 기록 등으로 나누어 살폈다. 그리고 『조천일록』에 나타난 최현의 현실인식을 1) 조선의 현실과 개혁의지, 2) 중국의 실상과 현실인식, 3) 풍속에 투영된

---

47) 정영문, 「최현의 『조천일록』에 나타난 현실인식」, 『한국문학과 예술』 27, 한국문학과예술연구소, 2018.

48) 최광벽[崔光璧; 1728~1791]은 최현의 6세손으로 『조천일록』의 원고와 시문들 약간 편을 모아 『訒齋崔先生續集』을 만들었다.(조규익, 「『朝天日錄』의 한 讀法」, 333쪽 재인용.)

49) 최현, 『조천일록』, 8월 9일의 "時趙楫李成樑密奏天朝 因朝鮮之亂 請夷滅郡縣 之 天朝不許 且秘其本" 참조.(정영문, 위의 논문, 86쪽 재인용.)

문화적 자긍심 등으로 설명하였다. '조선의 현실'과 '중국의 현실'을 두루 면밀히 고찰했기 때문에, 최현의 종합적 현실 인식이 잘 반영되었다고 평가할 수 있겠다. 다만 최현이 요동의 풍속 등을 관찰하면서 비판한 의식이 조선현실의 반면교사(反面敎師) 인식 정도로 판단이 되는데, 문화적 자긍심으로까지 확대하는 것이 타당한 지는 의문시 되는 부분이다.

3. 맺음말(전망)

이상으로 그간 발표되었던 최현 문학 연구의 현황을 장르별로 종합·개괄해보았다. 최현 문학 연구의 전망을 하는 것으로 결론을 대신하고자 한다. 지금까지 최현 문학 연구는 양적으로 보면 그다지 활발한 연구가 이루어지지 못했다고 볼 수 있다. 따라서 연구사 시도가 다소 성급한 면도 없지는 않겠으나 최근 들어 곳곳에서 최현에 대한 관심이 높아지고 있는 만큼 한 번쯤은 꼭 이루어져야 하는 작업이라 생각한다.

이를 위해 본고에서는 그동안의 최현 문학 연구를 장르 별로 구분하여 한시[용사음·명월음], 소설[금생이문록], 사행문학[조천일록] 등으로 분류하여 현황을 꼼꼼히 정리해보았다. 전반적으로 살펴본 결과, 현재까지는 장르별로 균등한 양으로 연구가 이어지는 추세를 보이고 있다.

먼저 한시의 경우를 보면, 여타 다른 문인들과의 차이점을 볼 수 있다. 본문에서도 언급했듯이, (학봉 김성일과 같은) 스승에게서 영향을 받은 "학문은 장구(章句)나 문사(文詞)의 사이에 있는 것이 아니라 단지 일용(日用) 사물(事物)의 위에서 구하는 것이니, 이것이 이른바 사물에서 배운다고 하는 것이다."는 류의 영향이었는지 한시 작품이 많이 남아있지 않은 것이 사실이다. 그러나 141수 정도라면 얼마든지 연구가치가 있으며, 앞선 이순선의 논문에서도 최현의 한시를 크게 도학시(道學詩), 산수시(山水詩), 우국시(憂國詩), 만시(輓詩)로 나누어 고찰한 바가 있다. 이는 작품 텍스트 자체의 연구도 물론이거니와 같은 시기 다른 문인들과의 영향 수수관계를 밝혀보는 과정을 통해서도 얼마든지 의미 있는 연구가 가능하다. 그리고 최현은 관료로도 오랜 시간을 보냈으며 그 기간은 이른바 목릉성세였다. 그는 사림파의 재도적(載道的) 문학관을 계승했기에 말단의 재주에 치우친 문예를 반대했을 것이다. 그러한 최현의 관점들은 141수 한시 창작의 전체 흐름에 어떤 방식으로든 오롯이 묻어있을 것이 분명하다. 이러한 점들은 여타 문인들과의 공통점과 차이점으로 나타날 것이기 때문에 한시 연구자들에게 결코 소외되어서는 안 될 인물이라고 생각한다.

다음으로 이른바 인재가사라고 불리는 「용사음」과 「명월음」에 대한 연구이다. 그간 「용사음」은 임진왜란 경험을 현장감 있게 다루었기 때문에 현실 고발 의식을 담은 작품과 함께 자주 인용되어 왔다. 그러나 인재가사를 중심으로 다뤄진 본격 연구는 본문에서 언급한 것처럼 소수에 지나지 않는다. 주지하듯이, 우리 가사문학사에서 전란을 제재로 한 작품은 다수가 존재하며 그 역사에서 「용사음」과 「명월음」은 앞선 시기에 놓여 있다는 점에서도 의미가 있다. 조선 전기에는 주로 서정적 지향을 보여준 가사가 많이 지어졌고, 조선 중기를 지나면서는 관념보다는 현실을 반영하는 경향이 두드러졌다. 특히 이런 성격의 중심에 있는 작품들 중에는 인재가사가 있으며 이후 박인로의 「태평사」와 「선상탄」으로 이어지게 된다. 이렇듯 조선 후기로 넘어가는 가사의 흐름에서, 과도기를 이끈 대표작품들 속에 당당히 놓여있는 인재가사 연구에 보다 많은 관심이 필요하겠다.

이어서 「금생이문록」 연구의 전망을 해보고자 한다. 이 작품은 1591년(선조 24) 최현이 지은 한문소설이다. 몽유록계 소설 중의 한 편린으로 볼 수 있으며, 시기를 조금 좁혀서 16세기 몽유록 속에서 그 존재가치를 가늠해볼 수 있겠다. 즉, 16세기의 대표적인 몽유록계 소설로 신광한(1484~1555)의 「안빙몽유록」, 임제(1549~1587)의 「원생몽유록」을 들 수 있고, 본고에서 논한 최현의 「금생이문록」도 그 한 자리에 위치한다. 후에 이 작품들은 본격적으로 창작되는 몽유록계 소설의 초석을 다져놓은 셈이 되었다. 그리고 무엇보다「금생이문록」은 허구가 아닌 실화를 바탕으로 하고 있다는 점에서도 몽유록계 소설 중에서는 독특한 양상을 보이는 작품이다. 또 삽입되어 있는 시도 중요하게 바라볼 필요가 있는데, 의미의 핵심부분을 시로 묘사하고 있다는 점이다. 이러한 점은「금오신화」의 삽입시와 비슷한 기능으로 읽어볼 수 있는 지점일 수도 있다. 앞서 이구의는 그가 발표한 논문에서「금생이문록」의 전개부에서 시만을 뽑아내어도 글 전체의 줄거리가 된다고 했으며, 그만큼 작품에서 시가 중요한 역할을 하고 있다고 했다. 따라서 몽유록계 소설로서도, 그리고 삽입시의 기능과 양상을 추출하는 방식으로 몇 가지 접근이 가능할 것으로 여겨진다.

　마지막으로 최현의『조천일록』연구의 전망을 해보면, 그간 조선 사행록에 대한 연구는 실학파의 작품을 중심으로 18·19세기 사행록에 편중되어온 것이 사실이다. 가장 큰 이유는 아마도 연구자들이 박지원의「열하일기」, 홍대용의「을병연행록」, 김창업의「노가재연행록」등에 주목한 결과라고 할 수 있다. 실학파에 대한 주목에서 촉발한 사행록 연구 추이는 인문·사회·예술 등의 영역으로 그 폭을 확대했다. 반면, 17세기 사행록에 대한 연구는 역사와 문학 분야에 집중되어 있는 실정이며, 그 중에서도 역사 분야에 좀 더 치우쳐 있는 실정이다. 이런 측면에서, 본고에서 다룬 최현의『조천일록』연구의 추이는 자못 고무적이다. 2008년에 조규익으로부터『조천일록』의 존재 가치가 본격적으로 학계에 알려지게 된 이후 꾸준히 연구가 진척되고 있기 때문이다. 더욱 의미가 있는 것은 17세기의 여러 사행록들 중에서 가장 활발히 연구가 진행 중이며, 연구 분야도 역사·문학·문화 등으로 폭을 넓혀가고 있는 추세라는 점이다. 그러나 '사행문학'이라는 큰 개념 속에서 다시 작은 범주의 '조천록'이 존재하며, 그 '조천록' 속에 최현의『조천일록』이 편린으로 자리 잡고 있을 뿐이다. 이는 최현의『조천일록』연구만의 가치 천착에 매몰되면 문제가 될 수 있는 지점이기도 하다. 따라서 최현의『조천일록』연구가 더욱 빛을 발하기 위해서는 여타 다양한『조천록』들도 활발히 연구가 진행되고 비교검토가 이루어져야 할 것이다. 이런 뒤에라야,『조천일록』이 최현 개인에 대한 연구 가치에 그치지 않고 사행록의 통시적 연구 흐름 속에서의 가치까지 추출해내는 일도 가능해질 수 있다. 예를 들어, 사행록의 전개 과정 속에서 최현의『조천일록』이 돌출하게 된 문학적 배경,『조천일록』이 조선 후기 사행록에서 활용된 양상을 고찰하는 작업 등의 의미 있는 연구로 까지 확대할 수 있을 것이다. 이에 대해서는 무엇보다 사행록을 연구하는 학자들의 큰 관심이 필요하겠다.

　지금까지 범박하게나마 최현 문학의 연구 현황에 대해 개괄 및 전망해 보았다. 이후로 '최현 관련 연구'가 보다 활발하게 진척되어, 수년 후에 추가로 연구사의 필요성이 대두된다면 그 수고로움 역시 긍정적으로 검토해볼 생각이다. 본고가 관련 연구자에게 모쪼록 유익한 참고가 되기를 바라면서 마무리하고자 한다.

Abstract

A Detailed Analysis of
Choi, Hyeon's *Jocheonilrok*

Content

Part 1. Some Views about *Choi, Hyeon* and *Jocheonilrok* / Cho, Kyu-Ick
(Professor, Soongsil University)

Part 2. The Consciousness of Reality, Expressed in *Jocheonilrok* / Joung,
Young-Moon(Research Professor, Soongsil University)

Part 3. Ceremonial Rites in *Jocheonilrok* / Sung Young-Ai(Research Professor,
Soongsil University)

Part 4. Pavilion Culture in *Jocheonilrok* / Yang, Hoon-shik(Research Professor,
Sunmoon University)

Part 5. *Yusanki* in *Jocheonilrok* / Kim, Chi-Hyoun(Instructor, Kwangwoon
University)

Part 6. The Liaotung Situation in *Jocheonilrok* / Yun, Se-Hyung(Researcher,
Institute of Korean Literature and Arts)

Part 7. The Writing Customs of *Jocheonilrok* / Cho, Kyu-Ick(Professor,
Soongsil University)

Part 8. The Current Situation and Prospects of *Jocheonilrok* / Kim,
Sung-Hoon(Instructor, Myongji College)

Summary of Contents

1. 『*Jocheonilrok*』 written by *Injae*(訒齋) *Choi, Hyeon*(崔晛)(1563~1640) is one of numerous records of diplomatic missions arrangedcarried out by envoys in the late 17th century. This treatise represents *Choi, Hyeon*'s attempt to enlighten readers about self-improvement methods learned from his eye-opening experiences in China, the civilization that was then deemed to be the center of the world in those days.

    Choi, Hyeon was a pragmatic intellectual who sought practical values pertaining to real-life issues such as public welfare and national security instead of indulging in the philosophy of Neo-Confucianism. Although he entered academia through the study of Neo-Confucianism, he did not leave behind any literature writings on Neo-Confucianism even though he advised the King on the essence of politics, the appointment of talented persons, public welfare, and national security. Most of all, he participated in wars such as the Japanese invasion of Joseon in 1592, the First Manchu invasion of Joseon in 1636, and the Second Manchu invasion of Joseon. He also contributed to the suppression of the Lee Gwal rebellion. This type of personal engagement proves that *Choi, Hyeon* was far removed from the other Confucian scholars of the period who focused solely on idle ideologies. Inspired by *Choi, Hyeon*'s grounded ideas of political and public administration issues, this paper examines *Choi, Hyeon's* perspectives on the current affairs of his time. To achieve this objective, the present study analyzes the 「Jin simu Gujoso」 and the 「Hongmunkwan Jo jinpalmucha」 to identify the notable content of 『Jocheonilrok』 through his perspective.

    Choi, Hyeon tried to record all the *mungyeonsageon*(聞見事件) daily during the diplomatic mission and also made supplementary notes about his personal observations and philosophies. His records comprised information about China that greatly benefited the establishment of the domestic and diplomatic policies of the *Joseon* dynasty. His writings encompassed institutional issues such as policy setting, social trends, public welfare, and national security. He focused especially on conflicts with foreign intruders as well as on issues pertaining to ideological and moral hazards such as the corruption of public officials, disorders of decorum, problems concerning the appointments of talented persons, and the assessment and interpretation of culture and history. *Choi, Hyeon's* records of all his experiences in China, including his personal comments, reflected his desire that the King and the ruling class should pay more careful attention to the aforementioned issues. His critical perspectives originated in his philosophy and worldview, which formed the key contents of his treatiseswriting for the King. 「*Jocheonilrok*」 contained his opinions and observations about the real issues relating to China. The treatisewriting is the output of his lifelong belief in the pragmatic standpoint.

In this sense, he quoted from 「*Shinsurohagi*」 and 「Jebon」, written by Chinese officials, directly and without criticism because he thought that their practical and reasonable perspectives on politics, society, security, culture, figure, and history were essential to Joseon's reality. *Choi, Hyeon* made detailed observations about the greed that disturbed the envoys from the moment they entered China to when they crossed the *Amnokgang* to return, as well as the lack of courtesy displayed by the people, because he considered them to be critical current issues, or at least issues that would require *Joseon's* attention in the near future. He listed the details and tried to arouse the attention of the people of *Joseon* by demonstrating that even the *Ming* dynasty, then the center of the world, could collapse miserably and that such a fate could also befall *Joseon* in the near future.

At that time, Confucianism had been distorted in China and was regarded a religious belief instead of the its originally realistic and practical conception. *Choi, Hyeon* was a reasonable prophet and a Confucian scholar with a practical mind-set and according to him, the Chinese people were far wrong in their interpretation of Confucianism.

The social, political, and cultural environment of the time meant that diplomatic missions undertaken by envoys to China were not simple trips for the recording of information through the eyes of talented officials. As such, 「*Jocheonilrok*」 was not mere documentation of a diplomatic mission, nor was it a travelogue about China. It was, instead, a way of identifying the measures and treatments required to resolve the realistic issues that confronted *Joseon*. The treatisewriting was also a means of imparting suggestions to the King for enlightened governance, as is evident in *Choi, Hyeon's* numerous appeals to rectify contemporary politics.

2. In 1608, when *Gwanghaegun* ascended the throne, *Joseon* dispatched the *Dongjisa*(winter envoy) to *Ming*. *Dongjisa* was a regular ritual and the envoy's mission was to escort Chinese travelers and to obtain information about the *Yodong* area because *Geonjuyeojin* and *Ming* were in conflict over the *Yodong* territory, and there were attempts by *Lee, Sungryang* and others to destroy Joseon and to assimilate it into the *Ming* dynasty. *Choi, Hyeon* was sent under dangerous circumstances as an envoy to *Ming* as a Seojangkwan and he chronicled in 「*Jocheonilrok*」the circumstances, opinions, and the understanding that prevailed at that time.

Choi, Hyeon experienced the *Imjinwaeran*(Japanese Invasion of Korea in 1592) when he was 30 years old, and he lyrically recorded the experience in <*Yongsaeum*> and <*Myeolwoleum*>. In 1608, he undertook a trip to Beijing via Yodong as an envoy, and appreciating the dire situation of Northeast Asia, he documented this trip as an envoy in 「*Jocheonilrok*」. Through such records, *Choi, Hyeon* tried to communicate to the readers the problems faced by *Joseon*, as well as the chaotic situations of *Yodong* and *Beijing*. Thanks to his interactions with *Kim Sungil, Kwon Munhae* and *Jung Goo*, and other disciples of *Lee Hwang Choi, Hyeon* was learned in diverse fields. However, while learning from them, *Choi, Hyeon* inherited *Toegye Lee Hwang*'s academic spirit and evinced interest in realistic problems and their solutions rather than in literary pursuits such as the creation of *Hansi* (Chinese poems).

The 「*Jocheonilrok*」record characteristically contained diurnal observations without skipping even a day. Further, official documents such as the *Seogye, Janggye* and *Jeongmun* were assembled in one place, and the information gleaned from these documents was recorded in detail. The data so collected were thus invaluable. *Choi, Hyeon* tried to present *Joseon's* dangerous realities, its internal and external problems along with potential solutions through the experiences and impressions he gathered during his trips as an envoy. As such, 「*Jocheonilrok*」 accurately reflects *Choi, Hyeon's* perception of the reality of his times.

3. *Choi, Hyeon*'s 「*Jocheonilrok*」 is an envoy journal that documents his participation as a government official in the winter envoy march for the Emperor *Shenzong*(神宗, 萬曆帝, Wanli) of the *Ming* Dynasty, in the enthronement year of *Gwanghaegun*(光海君). *Choi, Hyeon* held a powerful position in the

envoy march, as a government official at the age of 46, and his 『Jocheonilrok』 contains information about diverse problems related to the system, policy, society, customs, and livelihoods of people as viewed by those in power in the *Ming* dynasty.

Among other phenomena, 『Jocheonilrok』) elucidates that the *Joseon* Dynasty's *baepyo* ritual(拜表禮), one of the diplomatic policies close to *Ming*, was performed simply in the King's absence due to the period of national mourning being observed following King *Seonjo's*(宣祖) demise. The farewell party(餞別宴) included the King's national feast and the ancestral rites at the shrine of *Kija*(箕子墓) in *Pyeongyang*(平壤). It was the official farewell(餞別宴) party provided by a local governor in *Eulmildae*(乙密臺). *Uiju*(義州) was the place where the farewell party(餞別宴) was held, as it was not only the gateway to cross the border, but also the first road that led from the border to *Joseon*.

Similarly, 『Jocheonilrok』 *Jocheon-illok*(朝天日錄) also describes the diplomatic rituals performed by the *Ming* Dynasty: the greeting ritual was performed for *Liaodongdusi*(遼東都司) and *Buchongbyeong*(副總兵) at *Hoewong-wan*(government office for envoy, 懷遠館), and also for *Jedokjusa*(提督主司) at *Hoedonggwan*(government office for envoy, 懷東館). Through the account, *Choi, Hyeon* also tried to inform the public about the pervading corruption in China, and he did this by fully listing the goods offered for bribes, their quantities, and official rank/name of the *Ming* government officials who offered them at *Hoewongwan*(懷遠館). When crossing Hoewongwan(懷遠館), *Choi, Hyeon*'s party was sometimes freed from the greeting ritual as the private feast for the envoy was exempted because of the national mourning for King *Seonjo*(宣祖). *Choi, Hyeon*'s party greeted the emperor with five deep bows and three light bows(五拜三叩頭禮) outside of the *O-mun*(午門) of the Forbidden City(紫禁城) in Beijing, and also visited and greeted *Yebusangseo*(禮部上書). Additionally, *Choi, Hyeon*'s party attended the winter ceremonial ritual(冬至賀禮) at the Forbidden City(紫禁城), following the established two repetitions of the ritual practice in *Jocheongung*(朝天宮) The farewell party was a feast provided by *Pyoryudan-gin*(漂流唐人) in *Hoewongwan*(懷遠館). The feast for *Choi, Hyeon*'s party which was about to go back to *Joseon* after completing their duties in *Sanhaegwan*(山海關), was a private affair, but a mandate from the royal court of *Ming* required the proceedings of the farewell party to be recorded in detail. The salutation ritual depicted in *Choi, Hyeon*'s 『*Jocheonilrok*』 was a joyous ceremonies from *Joseon*'s point of view. For the *Ming* court, *Joseon* was one of many envoys from numerous countries, and thus the ritual was merely the protocol of courtesy extended to the guests of the court.

Choi, Hyeon lived in an age of ceremonial studies informed by the funeral rites system of Confucian ritualism. Therefore, no one thought that a single person obeying Confucian funeral and ancestral rites would signify the central position. A common criticism was that the old custom had collapsed because the funerals rites for parents were not fully followed regardless of position or wealth. In *Choi, Hyeon*'s opinion, the funeral and ancestral rites described in 『*Jocheonilrok*』 were acts that were beyond the standards of courtesy. *Choi, Hyeon*'s courtesy standard was itself shaped by the Classic of Rites(禮記) and Confucian Ritualism(朱子家禮), and these acts fell outside the ambit of this standard. Thus, they were regarded as non-courtesy.

4. This study examines the culture of the pavilion and the aspect of aesthetic embodiment in 『*Jocheonilrok*』 by *Choi, Hyeon* in the period spanning the political shift of the *Ming-Qing* dynasty in China to a more foreign orientation than the domestic political movement of King *Seon-jo* to *Gwanghae-gun* in the *Joseon* dynasty. In 1608, while he was on a diplomatic mission as *Seojanggwan*, the governor of *Dongji*, *Choi* left a record of his experience with the pavilion culture. As an intellectual of the *Joseon* Dynasty, *Choi* was able to develop an acumen for geographical and military knowledge thanks to his mentors *Dugok Ko, Eung-chuk, Hakbong Kim, Sung-il, Yeoheon Jang, and Hyun-kwang*. It can be argued on the basis of *Choi*'s academic foundations that he would have been engaged in spying on the various pavilions that he encountered over the course of his diplomatic visit to China.

The pavilion cultures experienced and presented in his literature are as follows: *Uebongru*(危鳳樓)(Aug. 7)-*Namdaemun* Pagoda(Aug. 8)-*Taeheru*(太虛樓) (Aug. 12)-*Keuaejaejeong*(快哉亭)(Aug. 14)-*Yeonggwangjeong*(錬光亭) (Aug. 15), *Bubbyekru*(浮碧樓)-*Baeksangru*(百祥樓)(Aug. 18)-*Konggangjeong* (控江亭), *Jaesanjeong* (齊山亭)(Aug. 19)-*Napcheongjeong*(納淸亭)(Aug. 20)-*Paluijeong*(八宜亭)(Aug. 23)-*Chyiseungjeong*(聚勝亭)(Aug. 30)-*Tonggunjeong* (統軍亭)(Sept. 2)-*Jorimjeong*(稠林亭)(Sept. 13)-*Gwanpungru*(觀風樓)(Sept. 16)-*Jinlakwonru*(眞樂園樓)(Sept. 22)-*Songhwakyung*(松花境)(Sept. 22)-*Ma*

nggyeongru(望京樓)(Sept. 23)-Sanhaejeong(山海亭)(Oct. 16)-Gwanhaejeong
(觀海亭)-*Gw anhaeru*(觀海樓)(Oct. 16)-*Obongru*(五鳳樓) (Nov. 4)-*Gongguk-ru*(拱極樓)(Feb. 18)-*Yeon geunru*(迎恩樓) (Feb. 23)-*Baekbulru*(百佛樓)(Feb.
24)-*Chuiseungjeong*(聚勝亭)(Mar. 6)-*Napcheongjeong*(納淸亭)(Mar. 12)-*Gong-gangjeong*(控江亭), *Baeksang-ru*(百祥樓)(Mar. 13) and the like.

His writings can be divided into two parts: *Seunggyeong*(勝景)'s *Sinyu*(神
遊) and *Hyunhyeo*n(顯現) and *Gwanmul*(觀物)'s *Jeongtam*(偵探) and *Hyeon-ram*(玄覽). First, he wrote about *Joseon*'s pavilion and its culture from the
perspective of *Shinyu* and *Hyunhyun* based on *Seunggyeong*. Next, by detailing
the landscape around the pavilion for military purposes, he tried to disclose
his knowledge and insights on humanity from the perspective of *Jeongtam
and Hyeonram*.

The above information makes it obvious that *Choi, Hyeon* applied the
method of object recognition through the viewpoint of dealing with the
pavilion culture, and thus provided a platform for the distinct understanding
of humanistic geography and military administration. First, he intended
to portray his exploration of the territory through *Shinyu* and *Hyunhyeon*
and second, he divulged essential aspects of phenomena through probing
via *Jeongtam* and *Hyunram*. In this regard, it may be asserted that the depiction
of the pavilion culture in 『*Jocheonilrok*』 is the combined consequence of
Choi's own aesthetics and of the Confucian spirit of the Joseon dynasty's
intellectuals.

5. *Choi, Hyeon* had visited Peking at the age of 45 in 1608 on becoming
Dongjisa Seojanggwan. His legacy includes both his official travelogue and
his personal diary, which very precisely and elaborately described his experi-
ence of exploring the kingdom of the *Ming Dynasty*. It is difficult to find
any detailed work equivalent to *Choi, Hyeon*'s 『*Jocheonilrok*』among early
17th century *sahaengrok* about land journeys. Particularly, unlike other *sa-
haengrok* previously written by other authors, his *sahaengrok* encompasses
records about exploring mountains such as Mt. *Cheon*, Mt. *Uimuryeo*, Mt.
Sipsam, or Mt. *An*. In 1608, after the death of *Seonjo*, *Joseon* envoys were
ordered not to climb any mountain during their travels. This order of
forbiddance is counterevidence that points to the fact that the envoys enjoyed
exploring the famous mountains in China at that time. Despite this fondness
towards exploring mountains, there are hardly any records from envoys

about exploring the celebrated mountains in China. *Wolsa Lee Jeong-gu's* 「*Yucheonsangi*」 written after exploring Mt. *Cheon* in 1604, is probably the only such work before *Choi, Hyeon's*. After *Choi's* treatise, there appears to be a gap of a century before the appearance of some 18th-century *sahaen-grok* that deal with the exploration of mountains in China. In this sense, the *yusanki* contained in *Choi, Hyeon's sahaengrok* is of crucial significance.

Choi, Hyeon's yusanki is different from those of the former period. In other words, the 16th-century yusanki related to the spiritual level realized through the exploration of mountains. However, *Choi, Hyeon's yusanki* reveals geographical features with an almost-exclusive focus on the experience of climbing, as well as the spectacular vistas of mountains such as Mt. *Cheon* or Mt. *Uimuryeo*. Therefore, it appears that Choi's *yusanki* is a manifestation of his own human geographic perception. *Sahaeng* are travelogues dealing with day-to-day records of landscapes and customs, as well as the folklore one gets to encounter during a journey; but *Choi, Hyeon's* 「*Jocheonilrok*」 incorporates more detailed geographic information than a mere travelogue as is plainly revealed in the *yusangi* contained in 「*Jocheonilrok*」. Although the previously written 16th-century *yusanki* clearly lists all the processes of mountain exploration and intensively describes the impressions obtained from encountering people or scenery *Choi, Hyeon* merely accomplishes an objective documentation of the natural features through a thorough depiction of the sights and sounds and other experiences. Instead of becoming absorbed in the pleasure or appreciation of the aesthetics in his mountain exploration or dreaming about his entrance into an ideal or special world, he described nature through an objective, realistic, and utilitarian perspective. Indeed, this characteristic is most noteworthy in *Choi, Hyeon's yusanki*.

6. In 1608, *Choi, Hyeon* went to China as a secretary of the *Gwanghae*. The period between the late 16th century and the mid-17th century in which *Choi, Hyeon* operated has historically been regarded a maelstrom with respect to Northeast Asian politics. After the *Imjin* War, Northeast Asia formed a new power structure. *Joseon* as *Gwanghae* was victorious. The phenomenon of late civilization intensified in the mainland of China and in the meantime, the surviving power gradually grew to encroach on the civilization.

The introduction examined the history, character, and significance of

Chinese history. The main analysis was divided into five items. ① *Ojongdo*, at that time, served as a *ganggang* to provide name-related information to the *Joseon*. He was envious of his brother. ② The *Taegam Goche* was dispatched to *Liaotung* as the emperor's favored officer and attempted to plunder the land, and act that accelerated the destruction of the people. ③ *Choi, Hyeon* witnessed the expansion of forces and military trends in the swinging of *olangkae*. ④ He also participated in the *Imran* and observed the inclinations of generals who returned home. ⑤ He went to *Joseon* and lived in the *Yodong* area due to the *Imran*.

An understanding of the changes that were applied in the late *Ming* Dynasty is crucial for the determination of the characteristics of *Ming* Dynasty, its rocky society, and the nature of the transformations seen in the East Asian political order in the 16th and 17th centuries.

7. Unlike the other travel logs by envoys to Beijing, *Choi, Hyeon*'s 『*Jocheonilro k*』 combines the information of private diaries and public records. It is divided into six parts. Volume 1 comprises *Seo gye*(書啓) as well as various kinds of Jeong moon(呈文) and *Jang gye*(狀啓). *Choi, Hyeon* was able to treat voices in the text a little differently, due to his treatment of the text as a private diary as well as a public report. However, although he succeeded in giving the text a private and public character, it is difficult to clearly distinguish between the two formats. The private sections, identifiable by the writing style, grappled with the emotional aspects of the journey and accorded first consideration to itinerary. However, the public writing was in the dynasty's interest, and it explored and recorded the institutional aspects he observed during his travels. Whenever *Choi* had the chance to record his observations, he displayed an obsession for minute descriptions of facts. This attention to detail possibly originated in his reputation as a public figure and a scholar, but it could also be argued that it resulted from his perception of reality or his desire to reflect upon his observations to aid in the dynasty's development. A noteworthy point of his treatise 『*Jocheonilrok*』 is that he succeeded in painting a concrete picture of the circumstances through his appropriate of visual imagery. Another note-worthy point of 『*Jocheonilrok*』 *Jocheonilrok* is that it managed to capture and to convey rare information that would be impossible to obtain through superficial sight and hearing. Its distinctiveness and value result from the

public figure's stance of accomplishing his mission, which cannot be completed through the mere recording of information. He demonstrated an uncommon style of writing that reflected his ideological colors and his yearning to establish a strong national foundation. His 「*Jocheonilrok*」 represents the first step in the history of the travelogue to Beijing by *Kim, Chang-Up, Hong, Dae-Yong, Seo, Yu-Moon, Park, Ji-Won, and Kim, Gyeong-Seon* can be made an object of criticism as an example to show a unique writing style.

8. The extant study of *Injae Choi, Hyeon*'s work includes about 25 published papers since 1959. As is known, papers on historical literary figures abound both in terms of quality and quantity. Despite this trend, *Choi, Hyeon* has not been accorded the spotlight as much as other literary figures. There are, however, problems with research that is inclined toward certain figures due to questions about the legitimacy of the value of such investigation, as well as because of problems pertaining to the complete translation of their collections of works. This study has focused on *Choi, Hyeon*, who appears to be fortunate; there is a growing interest in his works in recent years. Following this trend, the present study set out to categorize research on his literature based on genres - including Chinese poetry, *Gasa*, novel, and envoy travel literature - and to arrange them accordingly. Upon completion, the results will show consistent study of the various genres in equal volume.

In terms of the genre of Chinese poetry, *Choi* did not write many Chinese poems, probably because of his pragmatist tendencies under the influence of his master. He left behind 141 Chinese poems, that are deemed more than enough to hold research value. The study of on his Chinese poems will be significant both for the texts themselves, and for the process of examining his influential relations with other literary figures in his time.

In the genre of *Hangul Gasa*, he wrote *Yongsaeum* and *Myeongwoleum*. The former has been often quoted as a work that reflects his consciousness of reporting on reality as it depicts the experiences of *Imjinwaeran* with a sense of realism. There are many texts about war in the national history of *Gasa* literature. His *Yongsaeum* and *Myeongwoleum* hold significance as early texts. In addition, they hold a proud position with other great works that led the transition period in the *Gasa* to flow toward the latter part of *Joseon*, and thus requires additional research.

In the genre of novels, his *Geumsaengimunrok* is one of the greatest *Mong-yurok*-type novels of the 16th century, along with *Anbingmongyurok* and *Wonsaengmongyurok*, and thus has significant research value. In other words, these novels laid the foundation for the *Mongyurok*-type novels whose production later increased in leaps and bounds. Most of all, *Geumsaengimunrok* is based on a true story instead of being a work of fiction, which makes it a *Mongyurok*-type novel with a unique characteristic. Further, it is also necessary to examine the Chinese poems in the novel. As such, there can be various approaches to the study of the novel, both as a *Mongyurok*, and for the functions and patterns of the poems within it.

Finally, the study examined research work conducted on his 「*Jocheonilrok*」, which belongs to the genre of envoy travel literature. There has been consistent research work conducted on this treatise since 2008, when its existential value was made known in earnest to academic circles by *Cho, Kyu-Ick*. It is further meaningful that this text is investigated most actively as one of the many envoy travel works from the 17th century, and it is expected that such investigation will yield dividends to several fields of research including history, literature, and culture. *Choi's* 「*Jocheonilrok*」 is, however, only a part of 「*Jocheonilrok*」, which is a small classification of the larger category of envoy travel literature. Therefore, other texts in the category of 「*Jocheonilrok*」 should be actively investigated so that the comparative study of his 「*Jocheonilrok*」 can be furthered.

＊＊＊

Key Words : Ancestral Rites(祭禮). *Baepyo* Ritual(拜表禮), Chinese *poetry*, *Choi*, *Hyeon*, Current State of Research on *Choi*, *Hyeon*, *Dongjisa* (冬至使), Envoy's Trip to *Beijing*(北京使行), Farewell Party(餞別宴), Funeral Rites(喪禮), *Gasa*(歌辭), Geographic information, *Gohoe*(高淮), Greeting Ritual(見官禮), Human Geographic Perception, *Hyeonram*(玄覽), *Hyunhyeon*(顯現), *Jocheonilrok*, *Joseon* Nomad, *Kim*, *Chang- Up*, *Kim*, *Gyeong-Seon*, *Liaotung*, *Mongyurok*, *Mungyeonsageon*, *Oh*, *Jong-Do*, *Olangkae*, *Park*, *Ji-Won*, Practical Mind-Set, Records of Enlightenment, Ritual(儀禮), *Rujeong*, *Seo*, *Yu-Moon*, *Seunggyeong*, *Shinyu*, Travel log to Beijing, Visual Image, Writing Custom, *Yusangi*(遊山記)

참고문헌

1. 資料

郭象, 『莊子注』, 文淵閣四庫全書 子部 道家類.

『國朝五禮儀』권3, 嘉禮, 법제처, 1981.

權近, 『陽村集』, 한국문집총간 7집, 1990.

權斗寅, 『荷塘集 續集』, 한국문집총간 151집, 1995.

權鞸, 『石洲別集』, 한국문집총간 75집, 1991.

金景善, 『燕轅直指』, 국역연행록선집 Ⅹ, 민족문화추진회, 1976.

金中淸, 『苟全先生文集』(조명근 역, 苟全先生文集國譯重刊推進委員會, 1999).

金中淸, 『苟全集/別集』, 한국문집총간 속14집, 2006.

金昌業, 『老稼齋燕行日記』, 한국고전번역원, 1976.

陶潛, 『搜神後記』, 欽定四庫全書 子部 搜神後記 一至十.

閔仁伯, 『苔泉集』, 한국문집총간 59집, 1990.

민족문화연구소, 『영남문집해제 : 訒齋集(최현)』(민족문화연구소 자료총서 4), 영남대학교출판부, 1988.

徐一夔 등, 『明集禮』, 欽定四庫全書 史部.

申欽, 『象村稿』, 한국문집총간 71~72집, 1991.

姚思廉, 『梁書』, 欽定四庫全書 史部.

유교넷(http://www.ugyo.net).

『原本備旨 論語集註』, 京城書籍組合, 1912.

劉勰·최신호 역, 『文心雕龍』, 현암사, 1975.

李相寶, 『한국가사선집』, 민속원, 1997.

李象靖, 『大山集 Ⅱ』, 한국문집총간 227집, 1999.

李安訥, 『東岳集』, 한국문집총간 78집, 1991.

이정구, 『月沙集』, 한국문집총간 69~70집, 1991.

李恒福, 『白沙集』, 한국문집총간 62집, 1991.

李荇 등, 『新增東國輿地勝覽』, 한국고전번역원, 1969~1970.

李獻慶, 『艮翁集』, 한국문집총간 234, 1999.

『訒齋崔晛先生文學資料集(2)』, 訒齋崔晛先生崇慕事業會, 2018.

林東錫 譯註, 『四書集註諺解 中庸·大學』, 학고방, 2004.

丁煥, 『檜山集』, (영인표점)한국문집총간 속2집, 2005.

『조선시대 왕실문화 도해사전』, 서울대학교 규장각한국학연구원(http://kyu-janggak.snu.ac.kr).

조선왕조실록(http://sillok.history.go.kr).

趙憲, 『朝天日記』, 동아시아비교문화연구회 역, 서해문집, 2014.

趙憲, 『重峯集』, 한국문집총간 54집, 1990.

주희, 『주자가례』, 임민혁 역, 예문서원, 1999.

『중국정사조선전』, 한국사데이터베이스.

崔岦, 『簡易集』, 한국문집총간 49집, 1990.

崔溥, 『漂海錄』, 박원호 역주, 고려대 출판부, 2010.

崔晛, 『訒齋 崔晛先生 文學資料集』, 인재 최현선생 숭모사업회, 2017. 4.

崔晛, 『訒齋先生續集』, 한국국학진흥원 선성김씨 함집당종택.

崔晛, 『訒齋先生續集』, 한국국학진흥원 예안이씨 충효당파 양고고택.

崔晛, 『訒齋先生續集』, 한국국학진흥원 진성이씨 의인파 은졸재고택.

崔晛, 『訒齋先生續集』, 한국국학진흥원 진성이씨 하계파 수석정.

崔晛, 『訒齋先生續集: 朝天日錄 三~五』, 서울대 중앙도서관 규장각.

崔晛, 『訒齋先生續集: 朝天日錄 一~五』, 성균관대 존경각.

崔晛, 『訒齋集』, 한국문집총간 67집, 1991.

崔晛, 『一善志(국역본)』, 구미문화원, 1998.

한국문학평론가협회, 『문학비평용어사전』, 새미, 2006.

『한국민속대관』, 고려대학교 민족문화연구원, 1980.

한국민족문학대백과사전(https://encykorea.aks.ac.kr).

許筬, 『朝天記』, 한국고전번역원, 1976/ 한국문집총간 58집, 1990.

許筬, 『荷谷集』, 한국문집총간 58집, 1990.

皇甫謐, 『高士傳』, 欽定四庫全書 史部 高士傳 上下.

2. 논저

강재철, 「통과의례에 나타난 제습속의 상징성 고찰」, 『국문학논집』 15집, 단국대국어국문학과, 1997.

고순희, 「<용사음>의 작가의식」, 『이화어문논집』 9, 이화여자대학교 한국어문학연구소, 1987쪽.

고원석, 「廣寒樓 樓亭詩 研究 : 朝鮮 初·中期 文人들을 中心으로」, 전주대학교 석사학위논문, 2015.

곽지숙,「<한벽당십이곡>과 조선후기 누정문화」,『한국어와 문화』 10, 숙명
　　여자대학교 한국어문화연구소, 2011.
권석환,「중국 전통 유기의 핵심 시기 문제」,『한국한문학연구』 49집, 한국한
　　문학회, 2012.
권선홍,「전통시대 유교문명권의 책봉 조공제도 부정론에 대한 재검토」,『국
　　제정치논총』 57(1), 한국국제정치학회, 2017.
권오영,「조선조 사대부 제례의 원류와 실상」,『민족문화논총』 46집, 영남대
　　학교 민족문화연구소, 2010.
권정원,「이덕무의 청대고증학 수용」,『한국한문학연구』58권, 한국한문학회,
　　2015.
김경록,「조선시대 사대문서의 생산과 전달체계」,『한국사연구』 134집, 한국
　　사연구회, 2006.
김경록,「17세기 초 명·청 교체와 대중국 사행의 변화」,『한국문학과 예술』
　　15집, 한국문학과예술연구소, 2015.
김경태,「임진왜란 시기 朝鮮·明 관계와 箕子 인식의 양상」,『한국사학보』
　　65호, 고려사학회, 2016.
김기탁,「訥齋 崔晛 선생의 儒賢에 대한 천양 및 존현의식」,『제40차 儒敎文
　　化學術大會 발표문집』, 2017년 9월 23일, 사단법인 박약회.
김남이 외 공역,『허백정집』, 점필재, 2014.
김명호, 燕行錄의 傳統과 <熱河日記>,『朴趾源 文學硏究』, 성균관대 대동문
　　화연구원, 2001.
김민호,「조선 선비의 중국 견문록」,『문학동네』 39, 2018.
김시황,「인재 최현선생의 정치사상과 학문」,『동방한문학』 18집, 동방한문학
　　회, 2000.
김아리,『老稼齋燕行日記』의 글쓰기 방식,『韓國漢文學硏究』25, 한국한문
　　학회, 2000.
김영숙,「조천록을 통해본 명청교체기 요동정세와 조명관계」, 인하대 박사논
　　문, 2011.
김원준,「포은 누정시의 구성과 시적 意趣」,『우리말 글』 64집, 2015.
김일환,「명장 오종도의 조선 생활과 문학」,『동학어문학』 77집, 2019.
김지현,「조선전기 의무려산에 대한 공간적 의미 변화」, 고전한국연구회 발표
　　문, 2011.
김지현,『조선시대 대명 사행문학 연구』, 한국학중앙연구원 한국학대학원 박
　　사학위논문, 2014.

김지현, 「경정 이민성의 『계해조천록』소고」, 『온지논총』 42권, 온지학회, 2015.

김지현, 「조선 북경사행의 한양 전별 장소 고찰」, 『한문학보』 38집, 우리한문학회, 2018.

김철웅, 「高麗와 중국 元·明 교류의 통로」, 『東洋學』 53, 단국대 동양학연구원, 2013.

김태준, 『홍대용과 그의 시대』, 일지사, 1982.

김한규, 『한중관계사 Ⅱ』, 아르케, 1999.

김현미, 『18세기 연행록의 전개와 특성』, 혜안, 2007.

남동걸. 「조선시대 누정가사 연구」, 인하대학교 박사학위논문, 2011.

남의현, 「명말 요동정국과 조선 -명 후기 변경의 위기와 질서변화를 중심으로-」, 『인문과학연구』 26, 2010.

노경희, 「17세기 전반기 관료문인의 산수유기 연구」, 서울대 석사학위논문, 2001.

노인숙, 「중국에서의 상례문화의 전개」, 『유교사상연구』 15집, 한국유교학회, 2001.

류려택, 「한·중 악양루 소재 누정시 비교연구」, 中央大學校 석사학위논문, 2015.

류해춘, 「임진왜란의 체험과 가사문학의 변모」, 『우리어문연구』 17, 2004.

李學勤, 『中國文化史槪要』, 北京: 高等敎育出版社, 1988.

문범두, 「「琴生異聞錄」의 作家意識과 主題」, 『한민족어문학』 제45집, 한민족어문학회, 2004.

문범두, 「인재 최현의 사상과 문학」, 『진주산업대학교논문집』 제44집, 진주산업대학교, 2005.

민태혜, 「동아시아 전근대의 사신영접의례와 공연문화」, 고려대 박사학위논문, 2017.

박순선, 「16세기 樓亭詩의 心像硏究」, 호남대학교 석사학위논문, 1997.

박영주, 「가사작가 인물전: 현장의 사실성을 중시한 인재 최현」, 『오늘의 가사문학』 11, 고요아침, 2016.

박영호, 「訒齋 崔晛의 現實認識과 文學觀」, 동방한문학 제18집, 동방한문학회, 2000.

박인호, 「선산 읍지 『일선지』의 편찬과 편찬정신」, 『역사학연구』 64집, 호남사학회, 2016.

朴焌圭, 「조선조 전기 전남의 樓亭詩壇 연구」, 『호남문화연구』 24. 1996.

백숙아, 「면앙정 송순의 한시 연구」, 순천대학교 박사학위논문. 2015.

서인범, 「명대(明代)의 요동광세태감(遼東鑛稅太監) 고회(高淮)와 조선(朝鮮)의 고뇌」, 『중국사연구』 56집, 중국사학회, 2008.

서인범, 『연행사의 길을 가다』, 한길사, 2014.

소재영·조규익·장경남·최인황, 『주해 을병연행록』, 태학사, 1997.

송기섭, 「천안의 누정시(樓亭詩) 고찰」, 『漢文古典硏究』 24, 2012.

송기섭, 「백곡 김득신의 누정시(樓亭詩) 연구」, 『漢文古典硏究』 32, 2016.

신명주, 「<關東別曲>과 『新增東國輿地勝覽』集錄 한시문과의 관련 양상과 그 의미 연구」, 경성대학교 교육대학원 석사학위논문, 2007.

신상구·이창업, 「누정 건축 공간과 누정시 연구 방법론 모색」, 『어문연구(語文硏究)』 58집, 2008.

신익철, 「조선후기 연행사의 반산 유람과 원굉도의 <유반산기>」, 『한문교육연구』 42집, 한국한문교육학회, 2014.

신익철, 「조선후기 연행사의 중국 명산 유람 양상과 특징」, 『반교어문학회』, 40집, 반교어문회, 2015.

엄기영, 「鄕賢의 事跡을 둘러싼 시비와 의혹의 해소 -<琴生異聞錄>의 창작 의도에 대하여-」, 『한국문학이론과 비평』 15집, 한국문학이론과비평학회, 2011.

유권종, 「한국에서의 상례문화의 전개」, 『한국유교문화연구』 15집, 한국유교학회, 2001.

유권종, 「유교의 상례와 죽음의 의미」, 『철학탐구』 16집, 중앙대학교 중앙철학연구소, 2004.

유수양, 『송암 나위소의 문학연구』, 전남대학교 박사학위논문, 2010.

유육례, 「『용성지』의 여류 누정시 연구」, 『한국시가문화연구』 28집, 2011.

유종수, 「樓亭詩 <息影亭二十詠> 硏究」, 수원대학교 교육대학원 석사학위논문. 1995.

육홍타, 「16세기 몽유록 시론」, 『동양고전연구』 19집, 동양고전학회, 2003.

윤세형, 「학봉 김성일의 대명사행문학 연구」, 『열상고전연구』 40, 열상고전연구회, 2014.

윤세형, 「17세기초 사행록에 나타난 명나라 말기의 위기 상황 - 최현의 <朝天日錄>을 중심으로 -」, 『한국문학과 예술』 15집, 한국문학과예술연구소, 2015.

윤세형, 「최현의 <朝京時別單書啓>에 나타난 현실인식 연구」, 『온지논총』 42집, 온지학회, 2015.

이강렬, 「오음 윤두수의 누정시에 나타난 시공간 인식」, 『漢文學論集』 24, 2006.

이경미, 「태자하-요동반도 일대 고구려 성의 분포 양상과 지방 통치」, 『역사문화연구』 61, 한국외국어대학교 역사문화연구소, 2017.

이구의, 「崔晛의 「琴生異聞錄」의 구성과 의미」, 『한국사상과 문화』 85집, 한국사상문화학회, 2016.

이금희, 「임진전쟁기의 참상과 문학적 형상화 - <용사음>과 <태평사> 비교 -」, 『국학연구논총』 12집, 택민국학연구원, 2013.

이동영, 「訒齋歌辭研究」, 『語文學』 5집, 한국어문학회, 1959.

이명희, 「월사 이정구의 유기문학 연구」, 충남대학교 석사학위논문, 2010.

이성형, 「燕行詩에 나타난 '東八站 區間' 認識樣相 考察 - 壬亂 收拾期를 中心으로 -」, 『漢文學論集』 35집, 2012.

이세혁, 「保寧 永保亭 題詠詩 硏究」, 공주대학교 교육대학원 석사학위논문. 2015.

이순선, 「訒齋 崔晛의 憂國愛民 意識과 詩世界」, 안동대학교 교육대학원 석사학위논문, 안동대학교, 2009.

이승수, 「조선후기 연행체험과 고토 인식 - 동팔참을 중심으로」, 『동방학지』 127집, 2004.

이심권, 「三淵 金昌翕의 樓亭詩 硏究」, 嶺南大學校 석사학위논문. 2016.

이우경, 『한국의 일기문학』, 집문당, 1995.

이유정·강선보, 「『예기』의 상례·제례에 나타난 죽음론의 교육적 의의」, 『교육철학연구』 37권, 한국교육철학회, 2015.

이재숙, 「內浦 지역 누정문학 연구」, 『Journal of Korean Culture』 34, 2016.

이정화, 「鶴峯의 樓亭詩 硏究」, 『退溪學과 韓國文化』 34, 2004.

李貞和, 「西厓 柳成龍의 樓亭詩 硏究」, 『韓民族語文學』 48, 2006.

이정화, 「陶隱 李崇仁의 樓亭詩 硏究」, 『韓國思想과 文化』 36, 2007.

이정화, 「퇴계시에 나타난 누정문화 연구」, 『韓國思想과 文化』 49, 2009.

이정화. 「학봉 김성일 선생의 누정시(樓亭詩) 연구」, 『東洋 禮學』 13, 2014.

이정화, 「학봉의 누정시를 통해 본 선비 정신 연구」, 『韓國思想과 文化』 97, 2019.

이종묵, 「한시 분석의 틀로서 허(虛)와 실(實)의 문제 : 조선 전기 '누정시'를 중심으로」, 『韓國漢文學硏究』 27, 2001.

이지호, 『三國遺事』에 나타난 一然의 글쓰기 방식, 『고전문학과 교육』 1, 청관고전문학회, 1999.

이한길, 「김극기의 <경포대>한시 연구」, 『東方學』 14, 2008.

이혜순 공저, 『조선중기의 유산기 문학』, 집문당, 1997.

임기중, 『연행록 연구』, 일지사, 2002.

장안영, 「역주《서하당유고(棲霞堂遺稿)》」, 전남대학교 박사학위논문, 2016.

장파 저, 신정근·모영환·임종수 역, 『중국미학사』, 성균관대학교출판부, 2019.

전일우, 『燕轅直指』연구, 『溫知論叢』14, 사단법인 溫知學會, 2006.

정구복, 『韓國中世史學史(Ⅰ)』, 집문당, 1999.

정동훈, 「한중관계에서의 요동(遼東)」, 『역사와 현실』 107호, 한국역사연구회, 2018.

정무룡, 「宋純 樓亭詩 研究」, 『인문학논총』 14(2), 2009.

丁晨楠, 「16·17세기 朝鮮燕行使의 중국 通報 수집 활동」, 『한국문화』 79, 서울대학교 규장각 한국학연구원, 2017.

정영문, 「통신사가 기록한 국내사행노정에서의 전별연」, 『조선통신사연구』 제7호, 조선통신사학회, 2008.

정영문, 「오윤겸의 사행일기 연구: 『동사일록』과 『조천일록』을 중심으로」, 『온지논총』 47집, 온지학회, 2016.

정영문, 「전란과 민란의 문학적 형상화와 의미연구 - <용사음>과 <정주가>를 중심으로 -」, 『한국문학과예술』 24, 한국문학과예술연구소, 2017.

정영문. 「최현의 『조천일록』에 나타난 현실인식」, 『한국문학과 예술』 27집, 한국문학과예술연구소, 2018.

정영문, 「조선후기 통신사사행록에 나타난 영천에서의 전별연과 변화양상」, 『온지논총』 57집, 온지학회, 2018.

정우락, 「訒齋 崔晛의 漢詩文學과 그 意味志向」, 『동방한문학』 18, 동방한문학회, 2000.

정의돈, 「關東八景 樓亭詩 研究」, 강릉대학교 석사학위논문, 1999.

정이천 주해, 심의용 옮김, 『주역』, 글항아리, 2015.

정재민, 「용사음의 임란 서술 양상과 주제의식」, 『육사논문집』 61집 제1권, 육군사관학교, 2005.

정종복, 「中國의 道德主體인 「仁과 禮」의 思想研究」, 『교육과학연구』 7, 청주대 교육문제연구소, 1993.

정치영·박정혜·김지현, 『조선의 명승』, 한국학중앙연구원출판부, 2016.

정홍영, 「조선초기 명과의 사신 왕래 문제에 대한 연구와 분석」, 『역사와 세계』 42집, 2012.

정훈식, 『홍대용 연행록의 글쓰기와 중국인식』, 세종출판사, 2007.

조규익, 『17세기 국문 사행록 죽천행록』, 도서출판 박이정, 2002.

조규익, 「깨달음의 아이콘, 그 제의적 공간」, 『연행노정, 그 고난과 깨달음의 길』, 박이정, 2004.

조규익, 『국문사행록의 미학』, 역락, 2004.

조규익 외 엮음, 『연행록연구총서 1』, 학고방, 2007.

조규익, 「사행문학 초기 자료의 쓰기 관습과 내용적 성격: 인재 최현의 『조천일록』을 중심으로」, 『국제어문』 42, 국제어문학회, 2008.

조규익, 「조선 지식인의 중국체험과 중세보편주의의 위기 - 崔晛[朝天日錄]과 李德泂[『朝天錄』·『竹泉行錄』]을 중심으로 -」, 『온지논총』 40, 온지학회, 2014.

조규익, 「『朝天日錄』의 한 讀法」, 『한국문학과 예술』 31집, 한국문학과예술연구소, 2019.

조동일, 歌辭의 장르규정, 『語文學』21, 韓國語文學會, 1969.

조동일, 『한국문학통사 2』, 지식산업사, 1983.

조동일, 『문학사와 철학사의 관련양상』, 한샘, 1992.

조동일, 『제3판 한국문학통사 3』, 지식산업사, 1994.

조명환, 「나주지역의 누정문학 연구」, 목포대학교 교육대학원 석사학위논문, 2015.

조문문, 「중국 고대 고취악의 음악사학적 연구」, 영남대학교 박사학위논문, 2018.

조용호, 「장흥의 樓亭과 樓亭詩의 사회·문화적 맥락」, 『지방사와 지방문화』 14(1), 2011.

조헌, 최진욱 외 5인 옮김, 『조천일기』, 서해문집, 2014.

조현우, 「몽유록의 출현과 '고통'의 문학적 형상화 - <원생몽유록>과 <금생이문록>을 중심으로 -」, 『한국고전연구』 14, 한국고전연구학회, 2006.

진명호, 「戴震의 고증학사상과 문학해석의 관계연구」, 『중어중문학』 61, 한국중어중문학회, 2015.

최경환, 「多人創作 樓亭集景詩와 시적 이미지의 창출(1)-竹西樓八詠詩를 중심으로-」, 『동양한문학연구』 18, 2003.

최상은, 「최초의 우국가사, <용사음>」, 『오늘의 가사문학』20, 고요아침, 2019.

최인자, 연암 <열하일기>에 타나난 글쓰기 발상법의 한 원리, 『목원국어국문학』 4, 목원대 국어국문학과, 1996.

최재남, 「訒齋 崔晛의 삶과 시세계」, 『한국한시작가연구』 8, 한국한시학회,

2003.

최종석, 「고려후기 배표례의 창출·존속과 몽골 임팩트」, 『한국문화』 86집, 서울대 규장각 한국학연구원, 2019.

河岡震, 「촉석루 제영시의 역사적 전개와 주제 양상」, 『남명학연구』 62, 2019.

한명기, 『임진왜란과 한중관계』, 역사비평사, 1999.

한명기, [병자호란 다시 읽기] (13)누르하치, 명(明)에 도전하다 V, 서울신문 2007. 4. 24.

홍재휴, 「琴生異聞錄 - 夢遊錄系 小說의 新資料」, 『국어교육연구』 2, 국어교육학회, 1971.

홍재휴, 「訒齋歌辭攷 - 附: 龍蛇吟, 明月吟 -」, 『동방한문학』 제18집, 동방한문학회, 1973.

홍재휴, 「訒齋歌辭攷-부: 龍蛇吟, 明月吟」, 『김사엽박사 회갑논문집』, 논문집간행위원회, 1973.

홍재휴, 『解註 北厓歌辭』, 전주최씨해평파북애고택, 2006.

황민선, 「광주(光州) 풍영정(風詠亭) 차운시(次韻詩) 고찰」, 『한국시가문화연구』 28. 2011.

황지영, 「이성량 사건을 통해서 본 17세기 초 요동정세의 변화」, 『朝鮮時代史學報』 21, 2002.

찾아보기

[가]

가례(嘉禮) _ 112, 140

가평관 _ 165

각산여산천산유기록(角山閭山千山遊記錄) _ 31

갑진조천록(甲辰朝天錄) _ 68

개시(開市) _ 96

건주여진 _ 75, 96, 99, 105, 227

경세가 _ 45

경세문(經世文) _ 41, 69

경술지변(庚戌之變) _ 48

경신조천록(庚申朝天錄) _ 68

계변고경(薊邊告警) _ 48

계주(薊州) _ 50

고경명(高敬命) _ 281

고구(羔裘) _ 27

고려촌 _ 35, 247, 275, 279

고사기(顧士琦) _ 40, 41, 45, 46, 48, 50, 51, 303

고순희 _ 17

고응척[高應陟] _ 18, 191, 265, 278

고죽고성 _ 280

고증학 _ 86

고취 _ 144

고회 _ 225, 226

곡례(曲禮) _ 59

공강정 _ 159, 165, 166, 188

공극루 _ 159, 185

공문사과(孔門四科) _ 253

공민왕 _ 173, 281

공연(公宴) _ 118

공용경 _ 165, 199

공자 _ 66, 67, 278

관녕 _ 178

관녕상혈 _ 179

관녕할석 _ 179

관물 _ 159

관서록(關西錄) _ 19

관서제일루 _ 173

관서집 _ 78

관서팔경 _ 173

관음각 _ 271, 274

관풍루 _ 159, 178, 179, 188

관해루 _ 159

관해정 _ 159, 188

광녕(廣寧) _ 35, 42, 43, 144, 270, 275

광명사 _ 272

광해군 _ 28, 52, 77, 96, 267, 285, 288, 301

구겸 _ 168

구련성 _ 34

국조오례의 배표의 _ 113

국학 _ 65, 67, 68, 104

군역세 _ 101

권근 _ 201

권두인(權斗寅) _ 17, 20, 79

권문해[權文海] _ 18, 73, 76

권선홍 _ 59

권정례(權停例) _ 116

권필(權韠) _ 177, 281

귀거래도 _ 172, 174

근정전 배표지도 _ 116

금강봉 _ 274

금산 _ 79

금생이문록 _ 14, 19, 73, 308, 309

금은(禁銀) _ 96

기록(記錄) _ 28

기복신앙 _ 70

기사체 _ 264

기자묘(箕子墓) _ 119, 120

김경선[金景善] _ 29, 32, 68, 257, 259, 264, 265, 283

김기탁 _ 18, 19

김명호 _ 264

김복일(金復一) _ 76

김상헌 _ 259

김성일(金誠一) _ 18, 73, 76, 108, 155, 162, 191, 285, 288, 307

김수항 _ 259

김시황 _ 17, 21

김아리 _ 259, 260

김여공 _ 83

김용(金涌) _ 77

김정중 _ 177

김중청 _ 237, 242

김창업(金昌業) _ 29, 68, 257, 259, 282, 283

김철웅 _ 34

김취영 _ 83

김태준 _ 261

김현미 _ 265

김황원 _ 176

[나]

난하 _ 277

남대문루 _ 158, 161

납청정 _ 159, 166, 188

낭랑묘(娘娘廟) _ 66, 67

낭자산(狼子山) _ 34, 100, 275, 279

냉정 _ 275, 279

노가재연행일기(老稼齋燕行日記) _ 29, 31, 68

노수신(盧守愼) _ 281

노정 _ 158, 188, 279

노정기 _ 274

노하 _ 42, 43, 44

누르하치 _ 48

누정 _ 156

[다]

단전(彖傳) _ 38
담헌연기(湛軒燕記) _ 29, 68, 256, 264
당보(塘報) _ 48
대각우화(大覺寓話) _ 41
대금업법(貸金業法) _ 51
대난하 _ 277
대조용(戴朝用) _ 54, 56, 168, 223
대진(戴震) _ 86
도관(道觀) _ 67, 68
도교 _ 67
도연명 _ 172, 174
동사록(東槎錄) _ 253
동지겸사은사 _ 29
동지사 _ 18, 29, 30, 105, 286, 299
동지하례(冬至賀禮) _ 129
동팔참(東八站) _ 216
동화사(桐華寺) _ 76
동환봉사(東還封事) _ 255
두곡선생유집 _ 78
두송 _ 96
등주(登州) _ 34

[마]

만월대 _ 161, 269, 272
망경루 _ 159, 179, 188
망모당 _ 166

맹자 _ 278
면연문 _ 132
명 _ 15
명·청 교체기 _ 78
명월음 _ 14, 19, 73, 105, 266, 285, 291, 292, 293, 300, 301, 307, 308
모학령 _ 272, 273
모화관(慕華館) _ 116, 118
목엽산 _ 87, 90
목장흠 _ 166
몽염 _ 182, 183
무녕 _ 277
무술조천록(戊戌朝天錄) _ 68
무실존성(務實存誠) _ 25
무역 _ 99
무오연행록(戊午燕行錄) _ 29, 68, 255, 257, 262
무허멸실(務虛蔑實) _ 24
문견사건(聞見事件) _ 14, 16, 18, 32, 69, 78, 83, 84, 85, 86, 88, 102, 105, 269
문경 _ 79
문금(門禁) _ 98
문묘 _ 65, 67, 68, 104
문장박학(文章博學) _ 253
문창성 _ 68
문천상(文天祥) _ 67, 68, 103, 281
문체반정 _ 254, 266
민생 _ 44, 45, 50, 61, 69, 70

[바]

박수밀 _ 260

박영주 _ 17

박지원(朴趾源) _ 29, 32, 68, 257, 259, 282, 283

반절대(半截臺) _ 34

배표례 _ 111, 114, 116

백불루 _ 159, 186, 188

백상루 _ 159, 172, 173, 174, 175, 177, 188

백안동(伯顔洞) _ 34

백이 _ 277, 278, 280, 281

백이열전 _ 277

별단서계 _ 83, 84, 105

병부교 _ 272

병자호란 _ 61, 79, 102

병진조천록(丙辰朝天錄) _ 68

보천지석(補天之石) _ 25

보편주의 _ 57, 262

복본(覆本) _ 49

봉황성 _ 34

부벽루 _ 159, 164, 188

부벽완월 _ 165

부유(蜉蝣) _ 27

북경 _ 80, 94, 268, 275

북학 _ 29

불교 _ 67

불사(佛寺) _ 67, 68

비괘(賁卦) _ 38

비례(非禮) _ 60, 70, 151

비풍(匪風) _ 27

[사]

사기(史記) _ 277

사기록(私記錄) _ 18

사대(查對) _ 117

사류가사(士類歌辭) _ 266

사르트르 _ 273

사상학(事上學) _ 108

사연(賜宴) _ 117

사연(私宴) _ 118, 123, 136

사일기(私日記) _ 28, 32, 69, 84, 255, 275, 280, 283

사조(辭朝) _ 127

사조선록 _ 165

사하역 _ 277

사행록 _ 13, 14, 45, 68, 253, 254, 255, 257, 258, 259, 260, 264, 265, 269, 274, 280, 282, 283

사행문학 _ 300, 307, 309

산해관 _ 91, 136, 141, 181

산해정 _ 159, 180, 181, 182, 188

삼각산 _ 272

삼관묘 _ 66

삼차하 _ 66

상대론 _ 282

상대주의 _ 262

상례 _ 138

서계(書啓) _ 255

성백효(成百曉) _ 39

상호 텍스트성 _ 259
서경(書經) _ 28
서계(書啓) _ 275, 283
서달 _ 182
서유문(徐有聞) _ 29, 32, 68, 257, 259, 262, 263, 283
서장관 _ 29, 30, 77, 84, 85, 95, 286, 299, 304, 305
선산(善山) _ 75
선산읍지 _ 78
성리학 _ 16, 19, 20, 69
성막산 _ 272
세속이야기 _ 88
세천촌(細川村) _ 34
소강절 _ 159
소광진 _ 180
소난하 _ 277
소동파 _ 172, 174
소의청혜공 _ 288
소재영 _ 262
소중화 _ 58, 261
소차(疏箚) _ 287, 303
송산서당 _ 294
송산서원 _ 79
송악 _ 272
송응선 _ 186
송화경 _ 159
수신묘 _ 66, 148, 150
수양산 _ 31, 277, 280, 281
숙제 _ 277, 278, 280, 281

숭양서원 _ 270, 272
숭양인혜공 _ 278
숭혜(崇慧) _ 260
습유장초(隰有萇楚) _ 27
승정원 _ 83
시각적 이미지 _ 269, 273, 283
시경(詩經) _ 27
시구(鳲鳩) _ 27
시무책(時務策) _ 19, 20, 41
시수 _ 160
시품 _ 156
신설(申渫) _ 77, 111, 240
신수노하기(新修路河記) _ 40, 41, 42, 70, 303
신옥 _ 162
신유 _ 159, 160, 161, 188
신일 _ 161
신증동국여지승람 _ 122, 156, 163, 168
실용주의 _ 20, 25, 70
실용학문 _ 20
심세(審勢) _ 171
심집 _ 82
심학(心學) _ 22, 24, 25

[아]
안보 _ 21, 40, 44, 45, 51, 61, 69, 70
안화사 _ 272
안흥관 _ 172
압록강 _ 34, 70, 84

야야묘 _ 66
야은선생행록 _ 78
양가장(楊家莊) _ 240
양씨세수방(楊氏世帥坊) _ 244
양원(楊元) _ 240, 241, 242
양유년(梁有年) _ 40, 41, 42, 162, 303
양조(楊照) _ 243, 244
엄일괴 _ 126
에도막부[江戶幕府] _ 75
여지도(輿地圖) _ 31
여행문학 _ 68
연강열보 _ 78
연광장락 _ 165
연광정 _ 159, 164, 175, 176, 177, 188
연대(煙臺) _ 97, 230
연산보(連山堡) _ 34
연원직지(燕轅直指) _ 29, 68, 257, 259, 264, 265
연의(演儀) _ 129
연행록 _ 14, 15, 177
연행일기 _ 257, 264
열하일기(熱河日記) _ 29, 32, 68, 256, 257, 264, 265
영사시 _ 183
영안사 _ 260
영은루 _ 159
영평 _ 91, 92, 277
예기(禮記) _ 59, 60

예학 _ 108, 138, 151
오문(午門) _ 128
오배 삼고두 _ 126, 131
오봉루 _ 159
오삼계 _ 259
오종도 _ 221, 222, 223
오향봉 _ 274
오희경 _ 199
옥하관 _ 49, 61, 63, 67, 86, 96
옥황전 _ 274
왕건 _ 161
요동 _ 34, 80, 94, 95, 96, 99, 101, 106, 142, 246, 250, 251, 270
요동 백탑 _ 34
요동 회원관 _ 35, 275, 279
요동구성(遼東舊城) _ 34
요동도사 _ 219
요동성 _ 34, 37, 38, 39, 54, 56
요양 _ 228
요하(遼河) _ 34, 42, 43
용사음 _ 14, 19, 73, 77, 80, 92, 93, 94, 105, 266, 285, 291, 292, 293, 294, 295, 300, 301, 307, 308
용수산 _ 272, 273
용왕 _ 66
용천사 _ 271, 274
우서(虞書) _ 28
웅정필[熊廷弼] _ 37
원굉도 _ 198

원구(圓丘) _ 88
원명 교체기 _ 34
위봉루 _ 158, 161, 188, 272
유교 _ 58, 67, 68, 70
유기체(遊記體) _ 260
유수양산기[이제묘기] _ 31
유의무려산기(遊醫巫閭山記)
　　　_ 30, 31
유천산기(遊千山記) _ 30
유협(劉勰) _ 28
윤근수 _ 85
윤두수(尹斗壽) _ 136
윤양(尹暘) _ 77, 181
윤취지 _ 180, 181
윤휘(尹暉) _ 136
을밀대(乙密臺) _ 122
을병연행록(乙丙燕行錄) _ 29, 255,
　　　256, 257, 261
의례 _ 110
의무려산 _ 31
의무려산기 _ 31
의병 _ 77, 93
의산문답 _ 261, 262
의주 _ 120, 122, 123
이경미 _ 35
이괄의 난 _ 79
이달문 _ 185
이덕형(李德泂) _ 14, 29, 52, 68
이도(吏道) _ 37, 38, 52, 65, 70
이동영 _ 17

이사 _ 183
이상정(李象靖) _ 17
이성량(李成樑) _ 44, 82, 96, 105,
　　　232
이시발 _ 162
이안눌(李安訥) _ 174, 175, 178,
　　　281
이여송(李如松) _ 121
이우경 _ 28
이원영 _ 260
이원익 _ 77, 78
이이 _ 138
이인거의 모반사건 _ 79
이자신 _ 167
이정구 _ 68, 177, 178, 196
이정기 _ 49
이제묘 _ 31, 277, 281
이주(李胄) _ 281
이학근(李學勤) _ 59
이항복 _ 234, 248, 250
이헌 _ 267
이헌경[李獻慶] _ 25, 27, 267, 301
이현조 _ 13
이홍주 _ 162
이황 _ 20, 138, 191, 206
익직(益稷) _ 28
인문(人文) _ 38, 39
인삼 _ 94
인재가사 _ 291, 292, 308
인재관리 _ 23

인재선생문집 _ 18, 21
인재선생속집(訒齋先生續集)
　　　_ 13, 18, 28, 106, 108, 191
일기체 _ 260, 267, 274
일배 삼고두 _ 132
일선지(一善志) _ 19, 73, 296
임기중 _ 14
임병양란(壬丙兩亂) _ 19
임진왜란 _ 19, 20, 21, 40, 51, 61,
　　　74, 77, 80, 93, 95, 101, 266
입전체(立傳體) _ 264

[자]
자금성 _ 127
자하동 _ 272
장계(狀啓) _ 255, 275, 283
장서(掌書) _ 77
장자(莊子) _ 41
장중울 _ 184
장파 _ 160
장현광[張顯光] _ 18, 188
재포백정 _ 89
저보(邸報) _ 49
적강(狄江) _ 140
적벽유도 _ 172, 174
전별연 _ 111, 117, 120, 122, 134
접국(詘國) _ 171
점마관 _ 168
정간(定簡) _ 75, 79
정구(鄭逑) _ 18, 73, 76, 108, 191,

212, 265, 268, 285
정기가(正氣歌) _ 68
정령위 _ 176, 184
정몽주 _ 270
정묘호란 _ 40, 79
정문(呈文) _ 255, 275, 283
정범조(丁範祖) _ 17
정병석 _ 274
정신남(丁晨楠) _ 15, 49
정이천(程伊川) _ 39
정조 _ 254
정종복 _ 59
정지 _ 174
정탐 _ 159, 171
정통(正統) _ 44
정훈식 _ 256
제도 _ 101, 102
제례 _ 148
제물론(齊物論) _ 41
제본(題本) _ 40, 41, 45, 46, 48, 50,
　　　51, 52, 70
제산정 _ 159, 165
제승보 _ 42, 43
조경시별단서계 _ 14, 304, 305
조고 _ 183
조공정책 _ 73
조동일 _ 254, 261, 266
조림정 _ 159, 169, 188
조보(朝報) _ 48, 49
조선권서국사일원(朝鮮權署國事

一員) _ 28

조선왕조실록 _ 42, 78

조선유민 _ 246, 248

조승훈(祖承訓) _ 244

조월사 _ 271, 274

조익 _ 164

조집 _ 82, 105

조천궁(朝天宮) _ 130

조천사행 _ 75

조총병점(祖總兵店) _ 244

조풍(曹風) _ 27

조헌 _ 238, 255

존경각 _ 13

종계변무 _ 164

종영 _ 156

주문사(奏聞使) _ 30

주역(周易) _ 38

주원장 _ 183

주자 _ 268

주자가례 _ 140, 146, 147

주지번(朱之蕃) _ 42, 162, 165

주청사 _ 30

주희 _ 178

죽천조천록(竹泉朝天錄) _ 29, 68,
    255

죽천행록(竹泉行錄) _ 14, 29, 30,
    52, 257, 258, 282

중강(中江) _ 34

중세 보편주의 _ 52, 58, 70, 301,
    302, 306

중세적 질서 _ 52, 57, 58, 60, 61,
    68, 70

중용 _ 268

증자 _ 278

지공(支供) _ 101

지배이데올로기 _ 254

지식사회 _ 258

진락원루 _ 159, 170, 171

진무양장 _ 82

진봉산 _ 272

진시무구조소(陳時務九條疏)
    _ 21, 24, 44, 51, 69, 287, 303

진이부작(陳而不作) _ 115

진주변무사 _ 30

[차]

채미가 _ 277

채제공(蔡濟恭) _ 17

책봉 _ 73

천문 _ 39

천비묘(天妃廟) _ 66, 67

천산 _ 31, 260, 270

천산유기 _ 31

청성사 _ 277

체현 _ 156, 158

최광벽(崔光璧) _ 25, 27, 28, 32, 68,
    82, 106, 191, 257, 306

최립 _ 235, 236

최부 _ 205

최산휘 _ 172, 174

최신호 _ 28
최심(崔深) _ 107
최아(崔阿) _ 75
최인자 _ 263
최재남 _ 17
춘추시대 _ 59
취승정 _ 159, 168

[카]
쾌재정 _ 158, 162, 188

[타]
탐풍 _ 41, 52, 60, 65, 69, 70
태자하 _ 34, 87
태학 _ 67, 68, 104
태허루 _ 158, 162, 188
통군정 _ 159, 174, 175, 176, 177,
        178, 188
통보(通報) _ 41, 48, 49, 86, 97
통주 _ 103
퇴계학파 _ 20, 73, 76

[파]
파산 _ 272
팔의정 _ 159, 167, 171, 188
패러다임 _ 254
편년체 _ 264
평양 _ 120
포화보 _ 42, 43
표류당인 _ 96, 105, 119, 125, 135,

223
표문(票文) _ 126
필가봉 _ 274
필기체 _ 260

[하]
하마연 _ 132
하천(下泉) _ 27
하흠 _ 199, 206
학봉선생언행록 _ 78
학봉선생유집 _ 78
항전척독 _ 261
해동지도 _ 121
해사록(海槎錄) _ 253
해유록(海遊錄) _ 253
해주위(海州衛) _ 97, 230, 270
해평부원군 _ 89, 90
향사례 _ 169
현관례 _ 124, 125, 126
현당례 _ 127
현람 _ 159, 171, 188, 189
현조례 _ 127
현현 _ 159, 160
호안국(胡安國) _ 59
호응린 _ 160
홍귀달 _ 168, 200
홍대용(洪大容) _ 29, 32, 68, 256,
        257, 259, 261, 283
홍문관조진팔무차(弘文館條陳八
        務箚) _ 21, 22, 24, 25, 51,

69, 287

홍재휴 _ 17, 266

화이관(華夷觀) _ 29, 259, 262

화이론 _ 261

화폐경제 _ 95

화포선생조천항해록 _ 257

황극경세 _ 159

황여헌(黃汝獻) _ 281

황이중 _ 162

황학루 _ 174

황홍헌(黃洪憲) _ 281

회동관 _ 129, 132, 134

회원관 _ 53, 55, 100, 126, 134, 229

회풍(檜風) _ 27

후금(後金) _ 52, 80

후인(候人) _ 27

저자 소개

- **조규익**曺圭益

  문학박사. 해군사관학교와 경남대학교 교수를 거쳐 현재 숭실대학교 국어국문학과 교수·아너 펠로우 교수(Honor SFP). 인문대 학장(2008-2010)을 역임했고, LG 연암재단 해외연구교수(1998)와 Fulbright Scholar(2013) 등으로 선발되어 미국에서 연구했으며, 현재 한국문학과예술연구소 소장을 겸하고 있음.『동동: 궁중 융합무대예술, 그 본질과 아름다움』(2019) 외 다수의 저·편·역서와「조천일록의 한 독법」(2019) 외 다수의 논문들을 발표했음. 홈페이지(http://kicho.pe.kr) 및 블로그(http://kicho.tistory.com) 참조.

- **성영애**成英愛

  문학박사. 안동대학교와 한국방송통신대학교 시간강사, 한국문학과예술연구소 연구원을 거쳐, 현재 한국문학과예술연구소 학술연구교수.『動動: 궁중 융합무대예술, 그 본질과 아름다움』(2019) 외 저·역서와「최현의『조천일록』에 나타난 의례관련 사실과 그 의미」(2020) 외 다수의 논문들을 발표했음.

- **윤세형**尹世衡

  박사과정수료. 숭실대학교 시간강사를 거쳐 현재 한국문학과예술연구소 연구원.『박순호본 한양가연구』(2013),「17세기 초 최현의 사행기록으로 본 요동 정세」(2019) 외 다수의 저서와 논문들을 발표했음.

- **정영문**鄭英文

  문학박사. 숭실대학교 시간강사·겸임교수·강의교수를 거쳐 현재 숭실대학교 국어국문학과 연구교수. 현재 한국문학과예술연구소 연구원을 겸하고 있음.『조선시대 통신사문학 연구』(2011) 외 다수의 저·편서와「최현의『조천일록』에 나타난 현실인식」(2018) 외 다수의 논문들을 발표했음.

- 양훈식梁勳植

  문학박사. 중앙대와 숭실대 강사를 거쳐 현재 선문대학교 국어국문학과 BK21+연구교수. 저역서로는 『(박순호본) 한양가 연구』,『대한제국기 프랑스 공사 김만수의 세계 여행기』(공역),「우계와 구봉의 도학적 성향의 시에 나타난 미학」(2019) 외 다수의 논문을 발표했음.

- 김지현金智鉉

  문학박사. 「조선시대 대명사행문학 연구」로 한국학대학원에서 박사학위를 받음. 현재 한국학중앙연구원과 광운대에서 고전문학과 한문을 가르치고 있음. 공저로『조선의 명승』이 있으며, 『(역주)백천당집(百千堂集)』(2019) 역서와 「조선 북경사행의 한양 전별 장소 고찰」,「최현의『조천일록』속 유산기 연구」외 다수의 논문 등을 발표했음.

- 김성훈金成勳

  문학박사. 한국고전번역원(구 민족문화추진회) 수료. 선문대, 서경대, 남서울대 등의 시간강사를 거쳐 현재 숭실대학교 국어국문학과 강사.『바늘(箴)로 마음을 치료하다!』(2012) 외 다수의 저서와「최현 문학 연구의 현황과 전망」(2019) 외 다수의 논문을 발표했음.

숭실대학교 한국문학과예술연구소 학술총서 60

최현의 조천일록 세밀히 읽기

초판 인쇄   2020년 4월 22일
초판 발행   2020년 5월 1일

공 저 자 | 조규익 · 성영애 · 윤세형 · 정영문 · 양훈식 · 김지현 · 김성훈
펴 낸 이 | 하운근
펴 낸 곳 | 學古房

주   소 | 경기도 고양시 덕양구 통일로 140 삼송테크노밸리 A동 B224
전   화 | (02)353-9908 편집부(02)356-9903
팩   스 | (02)6959-8234
홈페이지 | http://hakgobang.co.kr/
전자우편 | hakgobang@naver.com, hakgobang@chol.com
등록번호 | 제311-1994-000001호

ISBN   978-89-6071-952-1 94810
        978-89-6071-160-0 (세트)

값 : 28,000원

이 도서의 국립중앙도서관 출판예정도서목록(CIP)은 서지정보유통지원시스템 홈페이
지(http://seoji.nl.go.kr)와 국가자료공동목록시스템(http://www.nl.go.kr/kolisnet)에서 이
용하실 수 있습니다. (CIP제어번호 : CIP2020015302)

■ 파본은 교환해 드립니다.